ACTION

BAND 101

Wenn Lesen zur Mutprobe wird ...

www.Festa-Verlag.de

BRAD THOR
DER VERRÄTER

Aus dem Amerikanischen von Alexander Amberg

Die amerikanische Originalausgabe *Foreign Agent*
erschien 2016 im Verlag Atria Books, Simon & Schuster.
Copyright © 2016 by Brad Thor

1. Auflage März 2022
Copyright © dieser Ausgabe 2022
by Festa Verlag GmbH, Leipzig
Titelbild: Arndt Drechsler-Zakrzewski
Alle Rechte vorbehalten

ISBN 978-3-86552-989-3
eBook 978-3-86552-990-9

Für Scottie Schwimer –
den weltbesten Medienanwalt
und noch besseren Freund.
Vielen Dank für alles,
was du für mich getan hast.

»Wenn die Bösen sich zusammenschließen, müssen die Guten sich
vereinen; andernfalls werden sie
einer nach dem anderen fallen, ein
erbarmungsloses Opfer in einem
verachtenswerten Kampf.«

– Edmund Burke

1

Mit seinen knapp 1,95 Meter und seinen 125 Kilo bot Ken Berglund schon einen gewaltigen Anblick. Er hatte einen dichten blonden Bart und war an beiden Armen bis oben hin tätowiert. »Die T-Bone-Steaks sind gleich fertig«, rief er.

Jubel erscholl von seinen Teamkameraden im Hof und von den Frauen, die sich um die alte Steinplatte versammelt hatten, die als Esstisch diente. Jemand ließ einen Charlie-Daniels-Song auf seinem iPhone laufen, während mehr Bier aus der Kühlbox geholt wurde.

Es war eine perfekte Nacht für eine Grillparty. Über der verlassenen Wüstenfestung leuchteten die Sterne am blauschwarzen Himmel, eine kühle Brise wehte die anhaltende Hitze des Tages weg, und einen Moment lang konnte man beinahe vergessen, wo man war.

Das heißt, bis man die modifizierten M4-Gewehre bemerkte, die die Männer stets griffbereit in der Nähe behielten, oder die Pistolen vom Kaliber 45, die sie an den Hüften trugen. Sobald man die Waffen sah, war die Illusion dahin. Niemand ging so schwer bewaffnet zum Abendessen, es sei denn, er befand sich in einem Kriegsgebiet. Und ebendies war der Fall.

Ashleigh Foster hatte die Gefahr jedoch heruntergespielt, als sie ihren beiden Freundinnen den Ausflug schmackhaft machte wie etwas aus *Lawrence von Arabien* – ein Wochenende in einem romantischen Wüstenschloss, ringsum nichts als Sand und hin und wieder mal ein Kamel. Als CIA-Nachrichtenoffizierin wusste sie es natürlich besser. Sie war in der US-Botschaft in Amman, Jordanien, stationiert und hatte täglich Einblick in die neuesten Informationen. Ja, ihr Job bestand darin, die Informationen zu klassifizieren, zu verschlüsseln und alles nach Hause in die CIA-Zentrale in Langley, Virginia, zu senden.

Kein Ort im Irak war sicher – und das galt doppelt für Anbar. Der IS war zwar noch nicht so weit in diese Provinz vorgestoßen, doch es war nur eine Frage der Zeit.

Ihre Freundinnen wussten es ebenfalls besser. Als Botschaftsmitarbeiterinnen wurden sie über die Sicherheitslage auf dem Laufenden gehalten, nicht nur in Jordanien, sondern auch im benachbarten Irak und in Syrien. Was sie da taten, war gefährlich.

Aber die Gefahr machte ja auch den Reiz des Wochenendes aus. Es war ein Abenteuer, und Abenteuer sollten doch nun mal aufregend sein. Und was war denn aufregender als zwei Nächte lang in einem sicheren Haus der CIA Party zu machen?

Am Freitag hatten sie sich früher von der Arbeit weggeschlichen und gerade lange genug in ihren Apartments vorbeigeschaut, um ihre Kleidung und vier riesige Yeti-Kühlboxen (aus einem Lagerraum der Botschaft ausgeliehen) zu holen, die mit allen möglichen Lebensmitteln gefüllt waren, darunter Steaks, Eiscreme, Bier und sogar Donuts.

Sorglos wie drei College-Studentinnen auf dem Weg zum Spring Break stiegen sie in Ashleighs Toyota Land Cruiser, drehten die Musik lauter und brachen mit dem

SUV auf in Richtung des Grenzübergangs Karameh/ Turaibil.

Keine drei Stunden später zückten sie ihre Diplomatenpässe und wurden sowohl durch den jordanischen als auch durch den irakischen Checkpoint gewinkt. Gleich dahinter warteten Ashleighs Freund und zwei seiner Teamkameraden.

Ken Berglund, ehemaliger Ranger der US-Army, arbeitete für die streng geheime paramilitärische Abteilung der CIA, bekannt als SAD beziehungsweise Special Activities Division.

Seit über einer Woche saß er mit seinem sechsköpfigen Team nun schon in der zerfallenden Wüstenfestung und wartete darauf, dass die CIA grünes Licht gab für ihren Einsatz in Syrien, um ein hochrangiges Ziel zu schnappen, eine Schlüsselperson des IS.

Berglunds Team gingen bereits die Vorräte aus, als Langley ihnen mitteilte, dass die Zielperson erneut den Standort gewechselt habe und es zu einer weiteren Verzögerung komme. Die CIA wollte die Zielperson ein paar Tage lang überwachen, um zu sehen, mit wem sie sich traf. Danach würden sie entscheiden, was zu tun war.

Immer schnell, schnell, und dann ewig nichts mehr. Was konnte ein Operator schon anderes erwarten? Wenn Langley diese Mission verzögern wollte, war das deren Entscheidung.

In der Zwischenzeit hatte Berglund allerdings selbst auch eine Entscheidung getroffen. Warum nicht die Etappe etwas interessanter gestalten?

Er hatte Ashleigh seit Monaten nicht mehr gesehen. Als er sie fragte, ergriff sie die Gelegenheit beim Schopf.

Solange sie bis zum Freitagsgebet losfuhr, war alles okay. Zwischen Amman und der Grenze gab es nicht viel zu befürchten. Außerdem hatte sie ihre Waffe dabei, und wenn sie mit ihrer Glock abrocken musste, konnte sie sich durchaus behaupten.

Ihr Vater, ein Ex-Soldat, hatte ihr schon als Kind das Schießen beigebracht. Zusätzlich zu ihrer umfangreichen CIA-Ausbildung übte sie fortwährend und war ziemlich stolz darauf, besser zu schießen als jeder Kerl, der dämlich genug war, sie zu unterschätzen.

Es war eines der vielen Dinge, die Berglund an ihr liebte. Sie war nicht nur eine heiße Wahnsinnsfrau aus Südflorida, sondern auch ausgesprochen selbstbewusst – ohne Furcht, kompromisslos, und es war ihr egal, was andere von ihr dachten.

Ihr Vater allerdings hatte eigene Pläne für sie. Er hatte nicht gewollt, dass sie auch nur in die Nähe des Nahen Ostens kam, und großen Druck ausgeübt, um sie zu Hause in den USA zu behalten. Aber da Ashleigh nun mal Ashleigh war, hatte sie einen Weg gefunden, zu bekommen, was sie wollte.

Sie bekam stets, was sie wollte, und das bereitete Berglund Sorgen. Zwar trieben sie es oft ziemlich schlimm über FaceTime. Doch er befürchtete, dass sie es irgendwann auch in natura brauchte und dann finden würde, entweder in der Botschaft oder sonst wo in Diplomatenkreisen.

Der Gedanke an sie mit einem affektierten Diplomaten oder, Gott bewahre, einem *Hurra*-Botschaftsmarine war mehr, als der einstige Ranger ertragen konnte. Da lohnte es sich doch, gegen alle möglichen Vorschriften zu verstoßen, indem er sie raus in die Wüste holte.

Aber wie so oft führt eine schlechte Entscheidung in der Regel zur nächsten.

Den Gedanken an Steaks und hübsche Mädchen fanden die übrigen Männer im Team reizvoll, darum hatten sie auch zwei von Ashleighs Freundinnen eingeladen.

Was die Operators betraf, blieb das, was im Einsatzgebiet geschah, auch vor Ort. Niemand in Langley musste davon erfahren.

Berglund wandte seine Aufmerksamkeit wieder den T-Bone-Steaks zu, drehte sie ein letztes Mal um 90 Grad, um das perfekte Gittermuster ins Fleisch zu sengen – eine Technik, die er auf dem College gelernt hatte, als er im Sommer in einem Steakhouse in Dallas jobbte.

Es würde eine kolossale Mahlzeit werden. Ashleigh hatte sogar die Zutaten für einen Eisberg-Keilsalat besorgt. *Wenn doch alle ihre Einsätze so sein könnten.*

Als die Steaks fertig waren, schichtete er sie auf einen Teller, schulterte sein M4 und strebte dem Tisch zu. Sein Helm mit dem Nachtsichtgerät stand in einer Reihe bei den anderen.

Berglund war erst auf halbem Weg, da hörte er das schrille Pfeifen eines Granatwerfers. Er ließ die Steaks fallen, rannte auf die anderen zu, brüllte: »Granate! Runter! In Deckung!«

2

Heiße, gezackte Steintrümmer flogen in alle Richtungen, als die erste Granate explodierte. Unmittelbar darauf folgten zwei weitere.

Hastig drängten die Teammitglieder zu ihrer Ausrüstung, brüllten ihr Rufzeichen heraus und dass sie »Up!« seien – gefechtsbereit.

Während jeder zu dem Bereich rannte, den er abzudecken hatte, schnappte Berglund sich einen seiner Untergebenen, einen Mann namens Moss. Er deutete auf die Frauen und schrie: »Schaff sie ins Loch!«

Das Loch war ein unterirdischer Vernehmungsraum aus der Zeit, als die Iraker das Fort noch als Gefangenenlager nutzten. Es war der sicherste Ort für Ashleigh und ihre Freundinnen.

»Und bring das MG mit!«, brüllte Berglund über dem Lärm. Er meinte das leichte Maschinengewehr des Teams.

Es hagelte weiter Granaten. Sie rissen riesige Stücke aus der Mauer und erzielten einen direkten Treffer auf den letzten verbliebenen Turm der Festung, während Moss mit den Frauen zur Treppe hastete.

Unten befand sich eine riesige Stahltür, die von einem großen Stein offen gehalten wurde. Moss trieb die Frauen hindurch, schnappte sich das 10,8 Kilogramm schwere Maschinengewehr und griff sich so viele Kisten Norma-Magnum-Munition Kaliber 338, wie er tragen konnte.

»Geht ganz nach hinten, in den hinteren Teil des Raumes«, wies er sie an. »Und kommt nicht raus, bis einer von uns euch holen kommt.«

Während er den Stein aus dem Weg stieß, lehnte er sich mit den Schultern gegen die schwere Tür und versetzte ihr einen Stoß. Er war bereits auf halber Höhe der Treppe, bevor sie krachend ins Schloss fiel.

Draußen auf den verfallenen Wehrgängen des Forts war das Feuergefecht in vollem Gang.

Berglund gab mit seinem schallgedämpften Gewehr kontrollierte Feuerstöße ab, als Moss in den Hof gestürmt kam. »Mach schon mit dem MG!«, rief er.

Moss rannte zu ihm, ließ die Munitionskisten fallen und begann die Waffe aufzustellen.

»Sind sie unten im Loch?«

Moss wollte gerade antworten, als heulend eine weitere Mörsergranate heranflog und im Hof explodierte. Sie sprengte die halbe Wand neben der Treppe weg, keinen Meter von der Stelle entfernt, an der er sich soeben noch befunden hatte.

»Sind sie unten im Loch?«, wiederholte Berglund. Er musste schreien, um das Klingeln in seinen Ohren zu übertönen.

»Sie sind in Sicherheit«, rief Moss zurück.

Mit dem Gewehrlauf deutete Berglund nach Südosten. »Es sind mindestens 50. Wenn nicht mehr. Bewaffnet mit Kalaschnikows und Panzerfäusten.«

»Wer zum Teufel sind die?«

»*Ist doch scheißegal!* Fang endlich an, sie einzudecken.«

Moss blickte durch das auf dem Maschinengewehr montierte Nachtsichtgerät, legte den Sicherungshebel um und eröffnete das Feuer.

Die Norma-Magnum-Patrone Kaliber 338 war unglaublich treffsicher und hatte eine enorme Durchschlagskraft. Ihre effektive Reichweite betrug 1800 Meter, aber sie war in der Lage, Ziele noch in über 5500 Metern Entfernung zu treffen. Das Lightweight Medium Machine Gun von General Dynamics konnte 500 Schuss pro Minute hinausjagen, und die nutze Moss auch.

Doch kaum hatte er einen Trupp niedergemäht, tauchte ein anderer auf. Mittlerweile kamen sie aus unterschiedlichen Richtungen auf das Fort zu. Es wimmelte nur so von ihnen. Sie waren überall.

Moss wechselte sechsmal die Stellung, während ein Mann aus dem Team in den Keller hastete, um die restliche Munition zu holen.

Berglund hatte über sein verschlüsseltes Satellitentelefon bereits Langley um Hilfe gebeten. Er benötigte dringend Informationen. *Wer sind diese Leute? Wie viele sind es? Und welche Kräfte stehen in der Region zur Verfügung, um das Team zu unterstützen?* Langley hatte keine guten Antworten für ihn.

Wer auch immer die Angreifer sein mochten, sie hatten zugeschlagen, als die CIA-Drohne außerhalb der Satellitenreichweite war. Frühestens in 20 Minuten wäre eine neue Drohne über ihnen. Das Retasking eines Satelliten dauerte mindestens 30 Minuten. Berglund hatte keine 30 Minuten. Er bezweifelte, dass ihm noch 20 Minuten blieben. Nicht mehr lange, dann würde ihnen die Munition ausgehen. Wenn das geschah, war dieses Gefecht vorüber.

Erschwerend kam hinzu, dass das SAD-Team ja noch nicht einmal im Irak sein dürfte. Dies war eine absolut geheime Operation. Allerdings hatte die CIA nicht vor, ihre Leute sterben zu lassen.

In einem verlassenen Lagerhaus hinter der jordanischen Grenze stand ein ganz gewöhnlicher Sattelzug. In seinem langen weißen Anhänger verborgen befanden sich zwei stark modifizierte Hughes/MD 500 Hubschrauber mit eingeklappten Rotorblättern.

»Los! Los, vorwärts!«, brüllte der CIA Crew Chief, als die Vögel herausgerollt und hastig für den Start vorbereitet wurden. Ihre bisher schnellste Zeit vom Truck bis zum Abheben betrug viereinhalb Minuten. Wenn sie auch nur die Hoffnung haben wollten, Berglunds Team zu helfen, mussten sie es in der Hälfte der Zeit schaffen.

Die Hubschrauber, CIA-Versionen des MH-6 Little Bird der US Army, hatte man im Vorfeld als Plan B auf der jordanischen Seite der Grenze stationiert. Plan A sah vor, dass Berglund und seine Männer mit drei separaten Fahrzeugen nach Syrien eindrangen, ihrer IS-Zielperson einen Sack über den Kopf stülpten und wieder hinausfuhren. Die Hubschrauber waren lediglich für den Fall da, dass während der Mission etwas schiefging.

Einen Angriff dieser Größenordnung an einem derart abgelegenen Ort, wo eigentlich niemand wissen konnte, dass sie überhaupt da waren, hatte man als nahezu unmöglich betrachtet. Doch hier waren Berglund und seine Männer nun und hatten nur noch wenige Minuten zu leben. Die Hubschrauberbesatzungen ahnten noch nicht einmal, dass sich im Keller unter der Festung unbefugte Besucher verbargen.

Der Crew Chief schwenkte seinen Zeigefinger eindringlich über dem Kopf und bellte den Piloten zu, endlich ihre Vögel anzuwerfen. »Bringt sie auf Touren! Vorwärts! Los! Los! Los!«

Während vier Mann vom Bodenpersonal die Waffensysteme an den Hubschraubern anbrachten und sie einrasten ließen, wurde der Lärm im Lagerhaus übertönt von dem schrillen Aufheulen, mit dem die Turbinen zum Leben erwachten.

Augenblicke später fielen lose Glasscheiben aus den Fenstern der Lagerhalle, als die vibrierenden Rotoren hungrig die Luft zerschnitten.

Als die Piloten den Daumen nach oben hielten, gab der Crew Chief das Zeichen, die Tore der Halle zu öffnen. Damit ließ er die Vögel los.

Gleichzeitig hoben die MD 500s vom Betonboden ab, schwebten zum Ausgang und starteten durch.

Das Team hatte seine eigene Bestzeit um eine Minute und 18 Sekunden übertroffen. Es war eine heroische Anstrengung. Sie hätte den Ausschlag geben können, wäre nicht eingetreten, was als Nächstes geschah.

Drei Kilometer von der Festung entfernt, als die Co-Piloten der Hubschrauber ihre Waffensysteme scharf machten, erfassten zwei Boden-Luft-Raketen die Hitze der Triebwerke. Die Hubschrauber hatten keine Chance.

Berglund brauchte Langley nicht, damit sie ihm mitteilten, was passiert war. Die Explosionen am Nachthimmel konnte er selbst sehen. Er verschoss die letzte Patrone seines Magazins, legte das Gewehr weg und zog die Pistole.

Auf seine großspurige texanische Art hatte er sich für besonders geistreich gehalten, als er Ashleigh und ihre Freundinnen in »Anbar Alamo« willkommen hieß. Ob das nun prophetisch gewesen war oder eine Ironie des Schicksals, spielte jetzt keine große Rolle mehr.

Da ihre Fahrzeuge durch Mörserbeschuss zerstört und die Hubschrauber abgeschossen waren, blieb ihnen keine andere Wahl als hier bis zuletzt Widerstand zu leisten. Sogar falls Jets aus Jordanien noch einen Alarmstart hinlegen könnten, würden sie erst eintreffen, wenn es zu spät wäre. Das war es dann wohl.

Berglund war ein Krieger. Und so wollte er auch sterben – im Kampf und so viele Feinde wie möglich mitnehmen. Er bedauerte lediglich zwei Dinge – dass er Ashleigh nicht besser versteckt hatte und dass er keine Gelegenheit mehr gehabt hatte, sein Steak zu essen.

Sascha Baseyew war beeindruckt. Die Amerikaner hatten härter gekämpft als erwartet. Selbst nachdem ihnen die Munition ausgegangen war, hatten sie ihre Messer gezogen und versucht, sich mit bloßen Händen zu wehren.

Nur zwei waren noch am Leben. Allerdings gab es für beide keine Hoffnung mehr, kein Arzt konnte sie wieder zusammenflicken. Er sagte den Leuten mit den Videokameras, sie sollten sich beeilen und an die Arbeit machen.

Während er über den mit Trümmern übersäten Innenhof ging, kam er auch an die Kühlboxen. Er wischte eine Staubschicht weg, zückte eine Taschenlampe und öffnete einen der Deckel. Als er hineinlangte, stellte er fest, dass die Box angefüllt war mit – *Eis. Ein unglaublicher Luxus mitten in der Wüste.*

Er ging zur nächsten Box und zur übernächsten, musterte ihren Inhalt. *Flaschen Roséwein? Gebäck? Eiscreme?* Die Amerikaner mochten zwar dekadent sein, aber dieser Proviant ergab keinen Sinn, noch nicht einmal bei einer paramilitärischen CIA-Einheit.

Neben der letzten Kühlbox lagen Steaks auf dem Boden verstreut. Baseyew langte nach unten, berührte eines. Es war noch warm. Er zählte neun. *Neun Steaks für ein Sechs-Mann-Team.*

Zog man in Betracht, wie groß einige der Amerikaner waren, hatten sie vielleicht vor, mehr als ein Steak zu essen. Aber das erklärte immer noch nicht den Wein, den er gesehen hatte. Amerikaner, insbesondere Militärs, tranken für gewöhnlich Bier oder harte Sachen. Wenn sie überhaupt Wein tranken, dann bestimmt keinen Rosé.

Hier stimmte etwas nicht. Der Inhalt der Kühlboxen sah eher nach Verpflegung für ein Picknick aus oder so etwas wie eine amerikanische Beach Party. Ein paar Meter entfernt sah er im Schein seiner Taschenlampe etwas aufblitzen.

Unter weiterem Schutt fand er ein iPhone, das in einer Strasshülle steckte. Das passwortgeschützte Display war gesprungen, doch deutlich war das Bild einer Frau zu sehen, die einen der CIA-Soldaten küsste. Dies war in der Tat ein Geschenk des Himmels.

Er hielt es hoch in die Luft und rief seinen Kämpfern auf Arabisch zu: »Hier ist noch eine Frau. Eine *Amerikanerin*. Wenn ihr sie findet, könnt ihr sie haben!«

Die Dschihadisten brachen in Jubel aus, während eine Handvoll von ihnen bereits zum Treppenschacht stürmte.

Im Durchgang unten mussten sie zu zweit die Tür zum Kellerloch aufstemmen. Der erste Mann, der sich hindurchzwängte, erhielt zwei Schüsse in die Brust und einen in den Kopf. Eine weitere Schießerei war eröffnet.

Diese währte allerdings nicht so lange. Ashleigh hatte bloß zwei Ersatzmagazine.

Als ihre Pistole verstummte, strömten die Dschihadisten herein. Ashleighs Kolleginnen hatten Schreibtisch-Jobs. Sie trugen keine Waffen.

Es dauerte nur Sekunden, bis das Unaussprechliche begann.

3

Scot Harvath versuchte gar nicht erst, sich zu verstecken. Er ging davon aus, dass man ihn sah. Das war der Plan. Mach es kurz. Und blutig. Und dann verschwinde.

Natürlich würde es bei den Österreichern einiges Hän-deringen geben. Aber die Politik hinter dem Auftrag ging ihn nichts an.

Das Weiße Haus hatte sich glasklar ausgedrückt. Ent-weder befassten sich die Europäer mit ihrem Problem, oder die Vereinigten Staaten würden es tun.

Harvath saß in einer Ecke des Café Hawelka. Auf sei-nem Schoß lag unter einer Zeitung eine Beretta mit Schalldämpfer. Kunstdrucke hingen an den verblichenen Wänden. In dem Café roch es nach Schokolade und abge-standenem Zigarettenrauch.

Er nahm einen letzten Schluck von seinem Kaffee, erhob sich und legte die Zeitung auf den Tisch.

Seine Zielperson saß mit einem weiteren Mann am Fens-ter. Beide waren Anfang 30. Keiner der beiden blickte auf.

Harvath trat an den Tisch und sagte lediglich: »Paris.« Damit hielt er dem Mann den Schalldämpfer unters Kinn und drückte ab.

Die Beretta hatte zwar einen Schalldämpfer, dennoch hörte man den Schuss und sah nur zu deutlich, wie die Hirnmasse des Mannes über die Fensterscheibe spritzte.

Gäste schrien und stießen in ihrer überstürzten Hast zu entkommen Tische und Stühle um. Andere blieben wie erstarrt sitzen, entweder unter Schock oder zum Selbstschutz – in der Hoffnung, die Aufmerksamkeit des Schützen nicht auf sich zu ziehen.

Der CIA-Direktor wollte einen Rembrandt – wuchtig, kühn, unmissverständlich. Harvath hatte geliefert.

Er verließ das Café durch den Hinterausgang, setzte die Mütze ab, zerlegte die Waffe und steckte sich alles in die Taschen.

Sechs Blocks entfernt betrat er das Hotel Sacher. Er gab dem Mädchen an der Garderobe ein Trinkgeld und bekam seinen Mantel und seine Einkaufstaschen zurück.

Anschließend suchte er die Waschräume auf, um sich zurechtzumachen und sich umzuziehen.

Er stand am Waschbecken und wusch sich die Hände. Die Polizei würde etliche Beschreibungen von ihm bekommen, keine davon präzise. Die Umstehenden waren wie gelähmt gewesen angesichts der Gewalt und weil alles so schnell ging.

Sein Kellner würde sich lediglich daran erinnern, dass er weiß war, männlich, vielleicht in den Dreißigern, und seine Bestellung leise auf Deutsch aufgegeben hatte.

Falls sie ihn bis zum Hotel Sacher verfolgen konnten, könnte das Mädchen an der Garderobe ihn wohl als gut aussehend beschreiben. Er bezweifelte, dass sie in der Lage war, ihrer Beschreibung hinzuzufügen: »1,80, sandbraunes Haar und blaue Augen.« So oder so wäre er dann bereits weg.

Vor dem Hotel ließ er sich vom Portier ein Taxi zum Hauptbahnhof rufen. Dort legte er eine falsche Spur, indem er ein Ticket nach Klagenfurt erstand, eine Stadt in Grenznähe.

Er verließ den Bahnhof, ging ein paar Blocks zu einer nahe gelegenen U-Bahn-Station und nahm sechs Haltestellen weit die U-Bahn.

20 Minuten lang schlenderte er durch ein zweifelhaftes Wiener Viertel.

Schließlich fand er ein Taxi, das ihn zum Ristorante Va Bene direkt am Fluss brachte. Davon überzeugt, dass ihm niemand folgte, setzte er sich ins Freie und bestellte ein Bier.

Er war spät dran. Das Schiff fuhr bald ab. Aber er brauchte dieses Bier.

Mehr noch als das Bier brauchte er die fünf Minuten Ruhe. Fünf Minuten, um seinen Kopf frei zu bekommen für das, was vor ihm lag.

Noch nie hatte er einen Einsatz auf diese Weise durchgeführt. Der Versuch, zwei Herren gleichzeitig zu dienen, war nie eine gute Idee. Egal wie clever man war. Es hieß geradezu darum zu betteln, dass etwas schiefging. Und wenn etwas schiefging, dann häuften sich nicht nur die Fehler, sondern es gab auch Tote.

Er blickte auf seine Uhr. *So viel zum Thema fünf Minuten Ruhe.* Er zog etwas Geld aus der Tasche, kippte sein Bier hinunter, zahlte und ging.

Bis zum Wiener Hafen waren es etwas über anderthalb Kilometer. Unterwegs warf er erst die Beretta, dann den Schalldämpfer in die Donau.

Er holte sich den verschließbaren Plastikbeutel wieder, den er mit seinem Pass, seiner Schlüsselkarte und sonstigen persönlichen Gegenständen unter einen Müllcontainer geklebt hatte. Dann steckte er sich alles wieder in die Taschen und ging im Geist noch einmal durch, ob er etwas vergessen hatte, während er sich abklopfte. Er wollte sich mit nichts erwischen lassen, das ihn mit dem in Verbindung brachte, was im Café passiert war.

Als er die Gangway des Schiffes betrat, zeigte er seine Bordkarte vor und lächelte die Besatzung an. Sie legten seine Einkaufstaschen auf das Band des Röntgengeräts und ließen ihn durch den Metalldetektor gehen.

In den vier Tagen, die er nun schon auf dem Schiff war, hatte er hundert Möglichkeiten ausgemacht, wie ein Terrorist oder sonst ein Krimineller Unheil anrichten konnte. Bei keiner davon ging es darum, etwas durch den Metalldetektor oder das Durchleuchtungsgerät zu schmuggeln.

Nachdem er die Freigabe hatte, bekam er von der Crew seine Sachen zurück und wurde wieder an Bord willkommen geheißen. Eine gut gelaunte Mitarbeiterin machte Anstalten, ihn zu fragen, ob es ihm an Land gefallen habe. Doch er war bereits auf halbem Weg durch die Lobby, ehe sie fertig war.

Als er an seiner Kabine ankam, blieb er an der Tür stehen, um zu lauschen. Nichts. Er kramte seine Schlüsselkarte hervor und trat ein.

Es war dunkel. Er streckte die Hand nach dem Lichtschalter aus, hielt jedoch inne. Die Glasschiebetür war offen. Auf seinem Balkon stand eine Gestalt.

4

Harvath hatte gewusst, dass es so kommen würde. Er wollte es zwar nicht, aber es war unvermeidlich. Er legte die Taschen auf der Couch ab und trat auf den Balkon hinaus.

Lara Cordero lehnte mit einem Glas Champagner in der Hand an der Reling. Ihr enges Kleid schmiegte sich an ihren atemberaubenden Körper, während eine schwache Brise mit ihrem langen braunen Haar spielte. Sie hätte als Model für die Kreuzfahrtlinie arbeiten können. Sie sah umwerfend aus.

»Wie ist es gelaufen?«, fragte sie und blickte auf die Donau hinaus.

Er hatte ihr nicht gesagt, was er machte, aber sie war ja nicht blöd. Seit ihrer Ankunft in Europa war er mit Anrufen und E-Mails bombardiert worden. Außerdem hatte er ein Smartphone bei sich, das sie noch nie zuvor gesehen hatte. Sie wusste genug über ihn, um zwei und zwei zusammenzuzählen.

Im letzten Herbst hatte er ihr versprochen, mit ihr Urlaub zu machen, kurz bevor ein Größenwahnsinniger bei den Vereinten Nationen eine verheerende globale Pandemie auslöste. Während die Seuche sich totlief, hatte er mit Lara Zuflucht in Alaska gesucht. Unter den gegebenen Umständen war es nicht gerade die Auszeit, die sie beide sich vorgestellt hatten. Da kam eine Donaukreuzfahrt der Sache schon näher – zumindest was Lara betraf. Harvath hegte noch eine ganz andere Absicht dabei, deshalb hatte er sie vorgeschlagen.

Der islamische Terrorismus nahm in Europa überhand. Amerikaner waren getötet worden. Die Vereinigten Staaten hatten unmissverständlich geäußert, was sie von ihren europäischen Verbündeten erwarteten. Nun war es an der Zeit, rigoros durchzugreifen. Sie befanden sich im Krieg.

Die Terroristen versteckten sich mitten unter den Menschen, die sie niedermetzelten. Sie nutzten die Freiheit und Offenheit des Westens, um Soft Targets anzugreifen, ungeschützte Ziele wie Kirchen, Cafés, Restaurants, Bars, den öffentlichen Verkehr, Touristenattraktionen, Sportveranstaltungen, Konzerte, Kinos und Schulen.

Sie waren keine legalen Kombattanten. Es waren Wilde. Von den Nationen, die ihnen zum Opfer fielen, auch noch Gnade zu erwarten, war der Gipfel des Irrsinns. Es gab nur eines, wovor sie Respekt hatten – Gewalt.

Abubakar al-Shishani war für eine Reihe von Terroranschlägen in Paris verantwortlich, bei denen zahllose Amerikaner getötet wurden. Die Tatsache, dass er sich in Wien völlig offen bewegte, zeigte, dass er keinerlei Vergeltung fürchtete. Harvath hatte sich allerdings darum gekümmert.

Es war als Botschaft an den Rest dieser Kerle gedacht. Wenn sie Amerikaner umbrachten, würde Amerika sie umbringen. Egal wo sie sich aufhielten oder wie lange es dauerte. Diese Botschaft überbrachte Harvath gern.

Per Schiff nach Wien zu fahren und wieder abzureisen war eine Gelegenheit, die Harvath sich nicht entgehen lassen wollte. Die Kreuzfahrt war die perfekte Tarnung. Außerdem bot sie ihm die Möglichkeit, zwei Fliegen mit einer Klappe zu schlagen.

Er und Lara standen an einem Scheideweg. Beide brauchten sie den Urlaub, aber sie brauchten ihn, um zu klären, was als Nächstes passieren sollte.

Die Pandemie hatte zwar nicht lange gedauert, war jedoch brutal gewesen. Wie es schien, kannte jeder jemanden, der betroffen war. Lara eingeschlossen. Zwei ihrer Vorgesetzten waren der Pandemie zum Opfer gefallen. Und darum hatte man ihr eine unfassbare Beförderung angeboten.

Das Boston Police Department wollte sie vom Detective zur Chefin der gesamten Mordkommission befördern.

Es war eine unglaubliche Chance. Aber es hieß auch, dass sie in Boston bleiben musste.

In der Hoffnung, dass sie vielleicht umziehen könnte, hatte Harvath seine Fühler ausgestreckt. Doch seine Kontaktpersonen in und um DC steckten alle in einer ähnlichen Klemme. Sie hatten einzigartige Leute verloren, wollten aber jemanden aus den eigenen Reihen fördern. Die Chance, die Lara geboten wurde, erhielt sie nirgendwo anders.

Es tat zwar weh, es zuzugeben, aber eine bessere Entscheidung konnte sie nicht treffen. Er respektierte ihre Loyalität gegenüber einer Abteilung, die stets hinter ihr gestanden hatte, und gegenüber einer Stadt, die sie liebte.

Es gab noch weitere Faktoren, die eine Rolle spielten. Ihre Eltern lebten in der Wohnung direkt unter ihrer. Sie waren zu alt, um aus Boston wegzuziehen und von vorn zu beginnen. All ihre Freunde lebten dort. Die Familienmitglieder waren eng miteinander verbunden. Der Gedanke, dass Laras Sohn in Virginia aufwachsen sollte ohne seine Großeltern eine Treppe tiefer, war auch nicht gerade berauschend. Wenn sie nicht gemeinsam umziehen konnten, wollte sie lieber ganz auf den Umzug verzichten.

Harvath verstand. Er liebte sie genug, um das Beste für sie zu wollen – und das war, die Beförderung anzunehmen. Außerdem liebte er sie so sehr, dass er wollte, dass ihr letzter gemeinsamer Ausflug etwas Besonderes war.

Und dass er nach Boston zog, kam nicht infrage. Er konnte seinen Job nicht aus der Ferne erledigen. Die CIA hatte ihn jetzt unter Vertrag und der Präsident verlangte oft seine persönliche Anwesenheit. Mit der neuen, offensiven Haltung des Landes zum Terrorismus bekam er wahrscheinlich nur noch mehr zu tun.

Es war kein leichter Entschluss. In zehn, eventuell auch nur fünf Jahren würde er vielleicht anders denken. Aber nicht jetzt, nicht in diesem Moment. Es stand zu viel auf dem Spiel.

Die Welt wurde immer gefährlicher. Manche belächelten den amerikanischen Traum. Nicht Harvath. Er wusste, dass der amerikanische Traum nur überleben konnte, wenn es Menschen gab, die bereit waren, ihn zu schützen. Für ihn stand sein Land stets an erster Stelle. Das war als SEAL so gewesen, und seitdem hatte er es in verschiedenen Funktionen weiterhin so gehalten. Und das würde nicht aufhören, ganz gleich wie sehr es ihn persönlich schmerzte oder was es ihn kostete.

Gleich nach Paris hatte er ein Gespräch mit dem Präsidenten geführt. Darin hatte er ihm seine Theorie anvertraut, dass es auf der einen Seite Wölfe gab, auf der anderen Schafe. Um die Schafe zu schützen, brauchte das Land Schäferhunde, und so sah er sich.

Der Präsident dachte einige Augenblicke darüber nach, ehe er ihm seine Ansicht mitteilte. Ja, die Vereinigten Staaten brauchten ihre Schäferhunde, aber sie brauchten auch Wolfsjäger. Und so konnte Harvath nach Meinung des Präsidenten am besten zum Schutz der Schafe beitragen.

»Wir werden nicht darauf warten, dass die Wölfe zu uns kommen«, hatte er gesagt. »Wir werden zu ihnen gehen, dorthin, wo sie wohnen, wo sie essen, wo sie schlafen. Wir werden sie so erbittert jagen, wie sie es noch nie erlebt haben. Wenn sie auch nur in unsere Richtung schielen, werden wir sie umlegen.«

Es war eine der eindringlichsten Aussagen, die Harvath jemals gehört hatte. Sie war nicht für die Kameras bestimmt oder um politisch zu punkten. Es war der Kern dessen, woran dieser Mann glaubte. Und damit wuchs Harvaths Respekt für ihn nur noch mehr.

Nehmt uns doch die Ketten ab und lasst uns unseren Job machen. Es war eine Aussage, die immer wieder von Spionen und Special-Operations-Mitarbeitern getätigt wurde. Nun bekam Harvath seine Chance. Er hatte nicht vor, sie verstreichen zu lassen.

Er holte die kalte Flasche Champagner aus dem Eiskübel und schenkte sich ein Glas ein.

»Können wir morgen wenigstens noch gemeinsam Budapest genießen, bevor wir nach Hause fliegen müssen?«, fragte sie, nach wie vor dem Fluss zugewandt.

Er ging zu ihr und legte die Arme um sie. Er küsste sie auf den Nacken und war gerade im Begriff, etwas zu erwidern, als sein Handy vibrierte.

5

MONTAG
WASHINGTON, D. C.

Senator Daniel Wells beugte sich vor und musterte den Mann auf der anderen Seite seines Schreibtisches. »Habe ich gestottert?«, fragte er. Sein Jackett hing über der Stuhllehne, die Ärmel hatte er hochgekrempelt.

»Nein, Sir«, erwiderte sein Gast.

»Habe ich mich einer Fremdsprache bedient?«

»Nein, Sir«, wiederholte der Mann in frustriertem Tonfall, müde von der Herablassung des arroganten Senators aus Iowa. Er zählte zur schlimmsten Sorte Politiker. Selbst in der schweren Zeit nach der Pandemie ging es ihm einzig und allein darum, seine eigene Agenda voranzutreiben.

»13 Amerikaner sind tot. 13«, bellte Wells. »Und Sie haben noch nicht mal eine verfluchte Ahnung, was passiert ist? Nicht einen Hinweis?«

»Sir, wenn ich nur …«

»Hören Sie auf, mich Sir zu nennen«, fiel Wells ihm ins Wort. »Ich bin Senator der Vereinigten Staaten.«

»Ja, Senator. Ich wollte nicht …«

Wells ignorierte ihn und machte einfach weiter. »Es ist Ihre Pflicht als CIA-Direktor, meinen Ausschuss auf dem Laufenden zu halten.«

»Wir versuchen immer noch dahinterzukommen, was passiert ist.«

»Fangen wir doch damit an, was zum Teufel Sie eigentlich in Anbar getrieben haben.«

Die Unterhaltung driftete auf gefährliches Terrain. Bob McGee wählte seine Worte sorgfältig. »Wir waren auf der Suche nach hochrangigen IS-Leuten.«

»Sie schicken ein sechsköpfiges SAD-Team an die syrische Grenze, dazu schwer bewaffnete, geheime Hubschrauber im Wert von mehreren Millionen Dollar, nur um mal jemanden zu suchen?«

Der CIA-Direktor nickte. Er war Ende 50, hatte welliges, grau meliertes Haar und einen dichten Schnurrbart.

»Das ist doch Bockmist. Dafür haben wir ein Drohnen-programm. Was haben Sie wirklich dort gemacht?«

»Senator, wir waren wie gesagt auf der Suche nach hochrangigen IS-Persönlichkeiten.«

Wells funkelte ihn wütend an. Das führte zu nichts. »Und die Nachrichtenoffizierin? Was ist mit ihr? Was hat *sie* dort gemacht?«

Sie befanden sich jetzt ganz offiziell auf gefährlichem Terrain. Dennoch beschloss McGee, ihm eine ehrliche Ant-wort zu geben: »Ich habe keine Ahnung, weshalb Ashleigh Foster dort war.«

»Bullshit!«

»Senator, Sie haben mein Wort, dass …«

»Was ist mit den anderen beiden?«, unterbrach ihn Wells. »Den beiden anderen Frauen aus der Botschaft?«

Der CIA-Direktor schüttelte den Kopf. »Darüber sind wir uns noch nicht ganz im Klaren.«

Wells starrte ihn zornig an.

»Was ist mit dem Video? Haben Sie das überhaupt gesehen?«

McGee war versucht, seinen Blick ebenso zornig zu erwidern. *Ob er es gesehen hatte?* Natürlich hatte er es gese-hen. Die ganze Welt hatte es mittlerweile gesehen. Der IS hatte keine Zeit verloren, es zu veröffentlichen. Es war mehr als barbarisch.

Man hatte die Frauen gezwungen, unaussprechliche Dinge mit den Körperteilen der toten SAD-Männer zu tun. Anschließend hatte man sie brutal vergewaltigt und gefoltert, ehe sie ermordet wurden. Es war sogar zu hören, wie eine nach ihrem Vater schrie, er solle ihr helfen. Selbst für eine Gruppe, die so verkommen war wie der IS, war es abscheulich.

»Wilde«, sagte McGee und bestätigte damit, dass er es in der Tat gesehen hatte.

»Können Sie sich vorstellen, was die Familien durchmachen?«

»Das kann ich mir unmöglich …«

»Da haben Sie verdammt recht, das können Sie nicht«, schnitt Wells ihm das Wort ab. »Ich weiß nicht, was für ein Spiel Sie spielen. Aber was mich betrifft, ist die CIA voll verantwortlich für den Tod dieser Amerikaner.«

McGee begriff, wohin das jetzt führte. Wells hasste die Agency. Er wollte alles Langley anhängen, wenn nicht gar ihm persönlich.

Der Senator war ein kleinlicher, rachsüchtiger Mensch, der alles in seiner Macht Stehende getan hatte, um McGees Bestätigung zu blockieren. Wells hatte nie etwas von der Entscheidung gehalten, ihn zum Direktor zu machen. Er hatte jemanden mit mehr politischem Gespür im Spiel gewollt, einen Karrieristen, den er manipulieren konnte.

Aber genau deshalb hatte der Präsident McGee ausgewählt. Er wurde nicht als »Insider« angesehen. Er spielte das Spiel nicht mit. Zwar konnte er auf einen langen Werdegang bei der CIA zurückblicken, allerdings auf der operativen Seite, nicht in der Verwaltung. Was den Präsidenten anging, war das ein Pluspunkt.

McGee machte sich wirklich Gedanken um die CIA, die Wiederherstellung ihrer zerrütteten Kultur lag ihm am Herzen. Darum war er die perfekte Wahl, um diesen Augiasstall auszumisten.

Als Direktor der Central Intelligence Agency hatte McGee gnadenlos die Axt angelegt. Die Firma musste zu ihren Wurzeln zurückkehren. Es gab zu viele Bürokraten, zu viele Bürohengste im mittleren Management, die sich eher um ihre nächste Beförderung sorgten als um die Männer und Frauen im Außeneinsatz.

Unter McGee wurden bei der CIA mehr Menschen gefeuert als in den letzten drei Jahrzehnten. Er verfolgte Verschwendung, Betrug und Missbrauch wie ein Krebsgeschwür, was es ja auch war. Unter anderem auch Menschen, die mit Senator Wells befreundet waren. Leute, die dachten, Wells würde ihre Stellung protegieren.

Der Senator war außer sich wegen der Entlassungen. Sein Einfluss innerhalb der Firma war im Schwinden begriffen. Er verlor gute Informationsquellen und die Möglichkeit, Macht auszuüben. Leute, die ihm einen Gefallen schuldeten, wurden mit einem Mal ausgeschaltet. Es dauerte nicht lange, bis er sich zur Wehr setzte, indem er dem neuen Direktor subtil drohte.

»Sie kümmern sich um die CIA, und ich kümmere mich um Wells«, hatte der Präsident McGee versichert. Bis jetzt hatte diese Strategie funktioniert. Doch Anbar hatte soeben alles verändert. Es würde die Ambitionen von Senator Wells nur forcieren.

Er hatte es zwar noch nicht angekündigt, aber jeder wusste, dass er den Präsidenten bei der nächsten Wahl herausfordern wollte. Anbar und dieses perverse Video mussten ihm wie ein Geschenk des Himmels erschienen sein.

McGee hatte nicht die Absicht, Wells zu helfen. »Sobald ich mir ein besseres Bild davon verschafft habe, was passiert ist«, sagte er, »werde ich den Ausschuss gern informieren.«

»Nein, Sie werden mich informieren. Und es ist mir egal, in wie viele Ärsche Sie treten oder kriechen müssen. Aber Sie sollten lieber bald etwas für mich haben.«

McGee nickte und machte Anstalten aufzustehen. »Falls das alles ist, werde ich …«

»Setzen Sie sich!«, brüllte Wells. »Ich bin noch nicht fertig.«

McGee musste sich sehr zusammennehmen, um dem Mann nicht an die Kehle zu gehen, doch er fügte sich.

»Was wissen Sie über Wien?«, wollte Wells wissen.

Ohne zu überlegen, erwiderte er: »Es ist die Hauptstadt von Österreich.«

»Wollen Sie sich mit mir anlegen, Direktor McGee? Ist es das? Wie lustig wird es Ihrer Meinung nach wohl sein, wenn der CIA die Mittel gekürzt werden?«

McGee war klug genug, nicht den Besserwisser zu spielen. Wells war nicht nur ein arroganter Trottel – er war ein extrem mächtiger arroganter Trottel. Das machte ihn gefährlich. Der CIA die Mittel zu kürzen wäre politischer Selbstmord für Wells. Das würde er niemals tun. Er konnte es allerdings in die Länge ziehen. In diesem Fall hätte die CIA alle möglichen Probleme.

Damit hatte er McGee in der Hand, und McGee verabscheute ihn dafür. Er hasste es, vor einem eigennützigen Clown wie Wells zu Kreuze zu kriechen.

Noch mehr allerdings hasste er die Vorstellung, dass seine Leute bei der CIA nicht das bekamen, was sie brauchten. Geld war im Nachrichtengeschäft wie Sauerstoff. Wenn es nicht mehr floss, hörte alles auf zu funktionieren. Das durfte er nicht riskieren. »Wien«, sagte McGee, während er sein Ego beiseiteschob. »Sie beziehen sich auf den Anschlag auf al-Shishani?«

»Nein, ich beziehe mich auf das verfluchte Schnitzel. Natürlich meine ich den Anschlag auf al-Shishani. Was wissen Sie darüber?«

Alles, dachte McGee. *Aber ich werde dir nichts davon verraten.*

Der CIA-Direktor blickte dem Senator direkt in die Augen. »Wir glauben, die Franzosen wollten damit eine Botschaft senden.«

»*Die Franzosen?* Weil der Schütze Paris erwähnt haben soll?« Wells überlegte einen Moment. »Das kann ich mir nicht vorstellen. Nicht ihr Stil. Die Israelis vielleicht. Aber das ist nicht ihr Bier.«

McGee zuckte die Achseln. »Sie haben mich gefragt, was ich darüber weiß.«

»Und Sie haben mir einen Scheißdreck erzählt«, entgegnete Wells. »In unserer Regierung gibt es aus einem bestimmten Grund eine Gewaltenteilung. Sollte ich herausfinden, dass Sie *oder* der Präsident außerhalb Ihrer verfassungsmäßigen Befugnisse tätig waren, mache ich Ihnen beiden die Hölle heiß. Haben Sie mich verstanden?«

»Ja, Sir!« McGee erhob sich, brachte ihn noch ein bisschen mehr auf die Palme. »Ist das alles, Sir?«

Wells durchbohrte ihn mit Blicken. »Machen Sie, dass Sie aus meinem Büro rauskommen.«

Als McGee das Büro des Senators verließ, waren ihm zwei Dinge klar. Erstens: Er hasste Wells mehr denn je. Und zweitens: Wenn Harvath nicht herausfand, wer hinter dem Debakel in Anbar steckte, drohten ihnen allen jede Menge Schwierigkeiten.

6

BRÜSSEL, BELGIEN

In Budapest wartete am Kai ein grauer Mercedes der CIA auf sie. Lara fuhr ins Four Seasons. Harvath zum Flughafen. Sie waren beide erschöpft.

Keiner von beiden wollte sich den großen Gefühlen einer Trennung stellen. Es war einfacher gewesen, das Ganze mit zwei Flaschen Champagner so gut wie möglich zu betäuben, und sie hatten eine letzte, wilde Nacht hinter sich.

Sie gaben ein großartiges Paar ab – elegant, leidenschaftlich, und es knisterte, wenn sie zusammen waren. Die Tatsache, dass sie es nicht hinkriegten, dass etwas so Gutes in ein und derselben Stadt funktionierte, war irrsinnig.

Als es Zeit für den eigentlichen Abschied wurde, gab Lara ihm einen der besten Küsse, die er je bekommen hatte. Lang, langsam, sexy. Dann stieg sie aus dem Wagen, holte ihre Tasche aus dem Kofferraum und ging ins Hotel.

Harvath saß auf dem Rücksitz und starrte auf die polierten Glastüren. *Was zum Teufel ist gerade passiert,* fragte er sich. Es war, als hätte man ihm soeben den gesamten Sauerstoff aus der Lunge gesaugt. *Habe ich sie wirklich gehen lassen?*

Einige Momente vergingen, während er dasaß und alles zu begreifen versuchte. Schließlich unterbrach der Fahrer seinen Gedankengang. »Können wir jetzt zum Flughafen fahren, Sir?«

Die kurze Antwort lautete *Nein*. Er war nicht bereit, zum Flughafen zu fahren. Er wollte Lara auf ihr Zimmer folgen, die Tür abschließen und so tun, als hätte er nicht Ja zu Brüssel gesagt. Doch das konnte er nicht. Er hatte sein Wort gegeben.

Normalerweise reiste Harvath gern per Privatjet, insbesondere mit etwas so Luxuriösem wie einer Dassault Falcon 5X. Aber selbst das dramatische Panoramadach vermochte ihn heute nicht zu beeindrucken.

Er verrührte Salz, Zucker und eine Aspirin-Brausetablette in einem hohen Glas Tomatensaft mit Eis. Es schmeckte fürchterlich.

Nachdem er ein zweites Glas hinuntergekippt hatte, streckte er sich mit einer großen Flasche Wasser auf der weißen Ledercouch aus.

Die CIA verwendete eine verschlüsselte App, mit der er sich das Anbar-Video nur einmal ansehen und die Bilddateien anzeigen konnte. Das reichte auch.

Der IS war ein islamischer Todeskult, der versuchte, die Apokalypse einzuleiten. Je größer sie wurden, desto verkommener wurden sie.

Letztlich bestand ihr Ziel darin, die Ungläubigen in Dabiq, einem winzigen Kaff in Nordsyrien, zum Kampf zu bewegen. Nach einer entscheidenden Bodenschlacht würde der muslimische Messias wiederkehren. So ungefähr lautete zumindest eine uralte Prophezeiung. Harvath ging jede Wette ein, dass der Prophet Mohammed sich Kernwaffen niemals auch nur vorgestellt hatte.

Wenn es nach Harvath ging, würde er gleich die Atomraketen losschicken. Nach dem Abwurf von Flugblättern, in denen die Bewohner zur Flucht aufgefordert wurden, würde er erst Dabiq und dann Raqqa, die Hauptstadt des IS, dem Erdboden gleichmachen. Eine Bodenschlacht würde es nicht geben. Nur ausgedehnte Glasflächen. Die Barbaren des IS waren keinen weiteren Tropfen amerikanischen Blutes wert.

Aber es ging nicht nach Harvath. Es war Sache des Präsidenten der Vereinigten Staaten, und dieser verfolgte im Moment einen anderen Plan.

Er wollte wissen, wie es kam, dass das SAD-Team im Irak angegriffen wurde. Woher hatte der IS gewusst, dass sie dort waren?

Harvath hatte die Informationen für die Operation gesammelt. Er war derjenige, der die hochrangige IS-Zielperson identifiziert und lokalisiert hatte. Die Informationen stammten von seinen Kontaktleuten. Nun waren 13 Amerikaner tot.

Die CIA hatte umgehend eine Untersuchung eingeleitet. Sie brachten in Erfahrung, dass Ashleigh Foster eine Beziehung zu einem Mann des SAD-Teams hatte. Sie hatte zwei Freundinnen aus der Botschaft überredet, mit ihr das Wochenende zu verbringen und im Safe House zu feiern. Telefonaufzeichnungen, SMS und E-Mails stützten dies. Es war ein Fall von durch die Bank ausnehmend schlechtem Urteilsvermögen. Der IS-Angriff jedoch stand auf einem völlig anderen Blatt.

Die Dschihadisten waren kampfbereit angerückt. Sie hatten nicht nur das SAD-Team überwältigt, sondern auch zwei CIA-Hubschrauber abgeschossen. Sie wussten ganz genau, womit sie es zu tun hatten. Hatten sogar ein Videoteam mitgebracht. Hatten sie auch gewusst, dass die Frauen sich dort aufhalten würden?

Harvath hatte man damit beauftragt, all dies herauszufinden. Und der Ausgangspunkt war in Brüssel.

Die Stadt war zu über 25 Prozent muslimisch, das Viertel mit der dichtesten islamischen Bevölkerung war Molenbeek. Auf der falschen Seite des Kanals gelegen, befanden sich dort mehr als zwei Dutzend Moscheen.

Hier lebte auch einer von Harvaths besten Kontaktmännern – ein Kontaktmann, der plötzlich nichts mehr von sich hören ließ.

Entweder befand Salah Abaaoud sich in Schwierigkeiten oder er trieb ein Doppelspiel mit Harvath.

Falls Salah Harvath reingelegt hatte, gab es kein Loch, das tief genug war, um sich darin zu verstecken. Harvath würde ihn finden. Immerhin war das sein Job.

Salah war ein Arzt mit einer Praxis in bester Geschäftslage. Jeder in Molenbeek kannte ihn. Er war der inoffizielle Bürgermeister des Viertels. Er legte Streitigkeiten bei, half neuen muslimischen Einwanderern, sich im belgischen Sozialsystem zurechtzufinden, zog schlechte Zähne und arrangierte sogar Ehen.

Er leistete großzügige Spenden für die örtlichen Moscheen und Wohltätigkeitsorganisationen, fuhr einen knallroten BMW und hatte stets Tickets für die besten Sportereignisse.

Nach außen hin war Dr. Salah Abaaoud ein erfolgreicher Mann. Niemand in dem Viertel hatte eine Ahnung von seiner kriminellen Vergangenheit. Sogar die belgische Regierung tappte im Dunkeln.

Zu Hause im Nahen Osten hatte Salah als Schmuggler ein Vermögen gemacht. Seine Position als Arzt ausnutzend, schlug er Kapital aus dem Roten Halbmond, den UN und einer Vielzahl weiterer medizinischer Hilfsaktionen und Konvois. Er schmuggelte alles, von gestohlenen Antiquitäten über Drogen und Waffen bis hin zu Menschen. Es waren jedoch die Waffen, die letztlich dafür sorgten, dass er geschnappt wurde.

Einmal transportierte er eine Kiste mit gestohlenen Raketen von Marokko in den Libanon. Harvath spürte der Zelle hinter dem Diebstahl nach. Eine Information führte zur nächsten, bis Harvath schließlich vor Salahs Haustür landete. Das Einzige, was dem Doktor das Leben rettete, war seine Kooperationsbereitschaft.

Angesichts seiner ganzen Verbindungen war Salah in der Lage, so manches in Erfahrung zu bringen. Er verfügte über ein beeindruckendes Netzwerk, und das wollte Harvath.

Salah stimmte einer großzügigen monatlichen Besoldung zu und durfte weiteratmen. Allah hatte ihn doppelt gesegnet.

Harvath verpasste ihm den Codenamen Sidewinder, nach den Raketen, bei deren Schmuggel Salah erwischt wurde. Aber im Lauf der Zeit erkannte er, dass Klapperschlange eigentlich besser gepasst hätte. Salah war kaltblütig. Er machte viel Lärm, wenn er sich aufregte, und konnte ohne Vorwarnung zuschlagen. Mit dem Mann musste man behutsam umgehen.

Im Moment allerdings war Harvath nicht in der Stimmung, behutsam vorzugehen. 13 Amerikaner waren tot. Zehn von ihnen hatten mit Informationen gearbeitet, die er besorgt hatte. Die übrigen drei waren bloß zur falschen Zeit am falschen Ort. Allerdings hätte keiner von ihnen sich dort befunden, wäre er nicht gewesen. Das war eine Tatsache, und sie lastete schwer auf ihm. Er versuchte, sie aus seinen Gedanken zu verbannen, während er nach Salah suchte.

Als Erstes überprüfte er das Haus des Mannes. Aber dort fand er keine Spur von ihm beziehungsweise dem roten BMW. Als Nächstes kam die Praxis an die Reihe.

Sie war fest verschlossen. Durchs Fenster sah Harvath einen Stapel Post auf dem Boden liegen. Hatte Salah die Stadt verlassen? War er aus dem Land geflohen? Harvaths Besorgnis, dass Salah ihn reingelegt hatte, wuchs. Ihm fiel nur noch ein Ort ein, an dem er ihn suchen konnte.

Salahs Frömmigkeit kannte Grenzen. Sie endete direkt an seiner erogenen Zone. Er unterhielt ein Liebesnest und dazu einen gut sortierten Barwagen im eleganten Viertel Saint-Gilles. Harvath war ihm einmal dorthin gefolgt. Die Wohnung lag in unmittelbarer Nähe der Avenue Louise.

Maß man den wahren Charakter eines Menschen daran, was er so trieb, wenn niemand zusah, wären die Brüsseler Muslime von Dr. Salah Abaaoud schockiert gewesen. Er war nicht nur ein semiprofessioneller Alkoholiker, sondern vögelte auch die äußerst attraktive, sehr viel jüngere und sehr verheiratete Sprechstundenhilfe seiner Praxis, Aisha.

Harvath blieb vor der Tür stehen und lauschte. Was erwartete er eigentlich zu hören? *Sex?* Nicht einmal ein so unersättlicher Kerl wie Salah würde wegen einer Sauftour tagelang verschwinden. Dazu war er zu vorsichtig, hatte zu viel in sein öffentliches Image investiert. Allerdings nicht so viel, dass es ihn vom Vögeln oder Trinken abhielt. Er hatte sich wohl einfach an ein gewisses Risiko gewöhnt.

Harvath konnte etwas von drinnen hören. Es klang nach Schreien, war aber definitiv kein Sex. *Ein Fußballspiel?*

Er drehte den Knopf der Messingklingel in der Türmitte und wartete. Das letzte Mal, als er bei Salah hereinplatzte, hatte er etwas Furchtbares zu Gesicht bekommen. Splitternackt hatte Salah dagestanden, ganz zu schweigen von dem vielen Fett, und so haarig. Das war ein Anblick, den er nie mehr erleben wollte.

Niemand kam an die Tür.

Nachdem er einige Augenblicke gewartet hatte, zog er ein kreditkartengroßes Stück Stahl aus der Tasche. Mit einem Laser war ein Lockpicking-Set hineingeschnitten. Alles, was er tun musste, war, die Dietriche auszuklappen, die er brauchte.

Während er das Schloss musterte und im Begriff war, einen passenden Dietrich zu wählen, entschied er sich, die Klinke auszuprobieren.

Die Tür war nicht abgeschlossen. Salah ließ nie etwas unverschlossen.

Er stieß die Tür auf und konnte die Wohnung ganz überblicken, ohne einzutreten.

Jemand war hier gewesen. Und hatte seinen eigenen Rembrandt kreiert.

7

Es gab keinerlei Anzeichen für einen Kampf. Oder Folter. Salah saß in einem gold-violetten Bademantel auf der Couch, den Kopf nach hinten geneigt. Ein wahrer Strahlenkranz aus Blut war hinter ihm an die Wand gespritzt. Auf dem Tisch stand ein Highball, zur Hälfte wohl mit seinem Lieblingsbourbon gefüllt. Der Fernseher lief. Wahrscheinlich schon seit Tagen.

Harvath trat ein und schloss die Tür. Der Duft nach Tee und Gewürzen war überlagert vom Geruch des Todes. Er musste schnell machen.

Er stand im Vorraum, nahm alles in sich auf. Der Mord sah professionell aus. Salah hatte nur eine einzige Kugel in den Kopf bekommen.

Da niemand die Polizei gerufen hatte, hatte der Mörder wahrscheinlich eine Waffe mit Schalldämpfer benutzt. Das schloss Aishas Ehemann und eine Tat im Affekt aus.

Als Harvath ins Schlafzimmer ging, registrierte er das ungemachte Bett. Salahs Kleidung hing über einer Stuhllehne, die Kleidung einer Frau war auf einer Chaiselongue am Fenster drapiert. Schwaches Licht drang aus dem Badezimmer. Harvath hatte ein ungutes Gefühl, was er darin finden würde.

Er trat an die Tür und stieß sie vorsichtig auf. Nackt und tot lag Aisha in der Wanne. Jemand hatte ihr ein einziges Mal in den Kopf geschossen, genau wie bei Salah. Die Fliesen hinter ihr waren hellrot von ihrem Blut, das Badewasser von einem dunklen Rosa.

Harvath trat aus dem Badezimmer und ging durch die Wohnung zurück.

Es war definitiv ein professioneller Mord. Allem Anschein nach war nichts gestohlen worden. Salah trug immer noch seine goldene Rolex Daytona, die beiden Chagalls hingen immer noch im Wohnzimmer. Der ganze Schmuck, den er für Aisha gekauft hatte und den sie niemals mit nach Hause nehmen konnte, lag in einem roten Samtkästchen auf ihrem Schminktisch.

Der Mörder war nicht nur ein Profi, sondern auch diszipliniert. Dies schloss die meisten, wenn nicht alle Unterweltgestalten und Dschihadisten aus, mit denen Salah Geschäfte machte.

Hätte einer von ihnen ein Hühnchen mit dem Schmuggler zu rupfen gehabt, hätte Harvath davon gehört. Salah hatte ihre Beziehung häufig missbraucht, um seine geschäftlichen Streitigkeiten beizulegen. Er hatte gewusst, dass es gewisse Kunden gab, die die Vereinigten Staaten mit Freuden für ihn beseitigen würden.

Tatsächlich kritzelte die CIA manchmal EGSA auf die Raketen, die ihre Drohnen für solche Einsätze verwendeten – *ein Geschenk von Salah Abaaoud.*

Salahs Erfolgsquote bei der Identifizierung und Lokalisierung terroristischer Ziele war der Grund, weshalb die CIA seine jüngsten Informationen den IS betreffend so ernst genommen hatte.

Und jetzt sieh ihn sich einer an, dachte Harvath, als er den Leichnam untersuchte. Er saß eindeutig schon ein paar Tage hier.

Also wenn es kein eifersüchtiger Ehemann war und auch kein unzufriedener Geschäftspartner, wer hat ihn dann getötet?

Der Anschlag war so professionell, dass es nach einem staatlichen Auftraggeber aussah, ausgeführt von einem Geheimdienst.

Harvath schloss jegliche mit den Vereinigten Staaten verbündeten Dienste gleich aus. Er hatte sie alle vor Salah gewarnt. Hätte der MI6, der Mossad oder dergleichen ihn gewollt, wäre dies Harvath zu Ohren gekommen.

Konnte es ein Land aus Nahost gewesen sein? Marokko, Ägypten oder Saudi-Arabien zum Beispiel? Schon möglich, aber sie waren nicht sehr gut darin, Kräfte allzu weit außerhalb ihrer eigenen Landesgrenzen einzusetzen. Und falls es einer von ihnen gewesen war, weshalb machten sie sich wegen Salah diese Mühe? Das ergab keinen Sinn.

44

Ihm kamen wesentlich mehr Fragen als Antworten in den Sinn. Eines jedoch war sicher. Salah ging einem im Tod nicht weniger auf die Nerven als im Leben.

Vorsichtig setzte Harvath seinen Weg durch die Wohnung fort, während er nach Hinweisen suchte. Das Letzte, was er wollte, war, Spuren zu hinterlassen, die ihn mit dem Tatort in Verbindung brachten. Er wollte, dass die belgischen Behörden sich darauf konzentrierten, den wahren Mörder zu schnappen.

Und wer auch immer dies war, er hatte beschlossen, Salah hier umzulegen, anstatt zu Hause oder in seiner Praxis. *Warum?*

Den Spuren nach zu urteilen, sah es so aus, als hätte er Salah überrascht. Nachdem Salah gerade Sex gehabt hatte, hatte er sich vor den Fernseher gesetzt und etwas getrunken, während seine Geliebte ein Bad nahm. Anscheinend hatte der Attentäter nur ein einziges Ziel gehabt – ihn gleich dort umzubringen, wo er ihn fand.

Aber wenn das der Fall war, warum hatte er nicht einfach kehrtgemacht und war abgehauen? Warum war er nach hinten ins Badezimmer gegangen, um Aisha zu töten? Zeit.

Wenn er einfach kehrtgemacht hätte, um abzuhauen, hätte es nicht lange gedauert, bis Aisha Salahs Leiche fand. Hätte sie, die untreue Ehefrau, die Polizei gerufen? Vielleicht. Hätte sie geschrien und die Aufmerksamkeit der Nachbarn auf sich gezogen? Durchaus möglich, und ein Profi zog alles in Betracht.

Dies galt insbesondere für jemanden, der das Land verlassen wollte. Je mehr Zeit er hatte, bevor die Polizei überhaupt merkte, dass er da war, desto besser standen seine Chancen, vor allem wenn er mit dem Flugzeug oder per Zug verschwinden wollte.

Harvath zückte sein Handy und machte von allem Fotos. Mittels Geotagging fügte er die Standortdaten hinzu und übermittelte die Bilder an sein Team in den USA. Außerdem fügte er eine Nachricht für seinen IT-Experten Nicholas bei.

Nicholas, bei den Geheimdiensten weltweit nur als »Der Troll« bekannt, litt an Zwergwüchsigkeit. Er war zwar keinen Meter groß, dafür aber ein digitales Genie, das sich durch den Kauf, Verkauf und Diebstahl hochsensibler Schwarzmarktinformationen einen Namen gemacht hatte.

In seinem Werdegang hatte er sich mächtige Feinde gemacht. Und obwohl er »ehrlich« geworden war, hatte er stets seine beiden Hunde an der Seite, zwei riesige weiße Kaukasische Owtscharkas, nur für alle Fälle.

Profi-Job, lautete Harvaths Nachricht. *Womöglich ausländischer Geheimdienst. Besorg dir Aufnahmen der umliegenden Überwachungskameras. Sieh zu, ob du den Killer aufspüren kannst.*

Harvath kehrte ins Schlafzimmer zurück, holte die Schlüssel aus Salahs Hose und verließ das Apartment.

Als er zurück nach Molenbeek kam, war es bereits dunkel und die Bewohner beim Abendgebet. Er beschloss, zuerst Salahs Praxis zu überprüfen.

Er schloss die Eingangstür auf, stieg über die Post hinweg und schlüpfte hinein. Salahs persönliches Büro befand sich ganz hinten.

Harvath hatte keine Ahnung, wonach er suchte. Ein professioneller Killer, der es auf Salah abgesehen hatte, war eine Sache. Ein Profikiller, der direkt nach dem Angriff in Anbar hinter Salah her war, war etwas völlig anderes.

Solange Harvath keinen Grund hatte, etwas anderes zu vermuten, ging er davon aus, dass die beiden Ereignisse miteinander zu tun hatten. In dieser Branche überlebte man nicht lange, wenn man an Zufälle glaubte.

Rasch durchsuchte er Salahs Büro, aber alles schien an Ort und Stelle. Es sah nicht so aus, als wäre überhaupt jemand hier gewesen.

Harvath fuhr die Praxis-Computer hoch und steckte einen USB-Stick ein mit einem Programm, das Nicholas den Zugriff ermöglichte. Nachdem es geladen war, entfernte er den USB-Stick und machte sich auf den Weg zu Salahs Haus.

Es war ein trister, dreistöckiger Backsteinbau. Das Erdgeschoss, wo Salah Treffen abhielt und Leute aus dem Viertel empfing, war bescheiden eingerichtet. Die erste und zweite Etage waren wesentlich großzügiger ausgestattet.

Die Farbgebung dieser Stockwerke ähnelte der des Bademantels, in dem Salah erschossen worden war – viel Gold und Violett. Dick gepolsterte Sofas standen auf üppigen Perserteppichen, die den Mittelpunkt für reich verzierte Sessel und schwere Vorhänge bildeten. Gemälde mit fülligen nackten Frauen und Obstschalen zierten die Wände. Die muffige Luft war erfüllt von dem widerlich süßen, überladenen Geruch nach Räucherwerk.

Mit dem Ellenbogen öffnete Harvath eine Balkontür, um frische Luft einzulassen. Er ging von Raum zu Raum, nahm zur Kenntnis, was er sah.

Schmutziges Frühstücksgeschirr stand in der Spüle. Auf der Fensterbank im Badezimmer stand eine Kaffeetasse. Eine drei Tage alte Zeitung lag aufgeschlagen auf dem Esstisch. Es sah nicht danach aus, als wäre seitdem jemand anderes als Salah hier gewesen.

Entweder war der Mord die Rache für etwas, das sehr weit zurück in Salahs Vergangenheit lag. Oder er war getötet worden, um ihn zum Schweigen zu bringen.

Harvath tippte auf Schweigen. *Doch worüber sollte er schweigen?*

Im Haus musste es etwas geben, das es ihm verraten konnte. Er kehrte in Salahs Arbeitszimmer zurück, öffnete die Schreibtischschubladen und begann, dessen persönliche Papiere durchzugehen. Das meiste davon war auf Arabisch verfasst.

Es war eine Sprache, die Harvath ganz leidlich sprach, aber Lesen kam so gut wie gar nicht infrage. Er musste alles einpacken und es einem Übersetzer der Agency bringen.

Er kam gerade mit einem Kissenbezug aus dem Schlafzimmer zurück, als er eine SMS auf sein Handy bekam.

Kennst du diesen Kerl?, lautete die Nachricht von Nicholas. Ein Foto folgte.

Es zeigte einen dünnen, beinahe weiblich wirkenden jungen Mann mit blasser Haut und blondem Haar, das fast weiß war. Er trug ein kurzärmliges Anzughemd, dazu eine schmale schwarze Krawatte.

Nein. Wer ist das?, tippte Harvath zurück.

Innerhalb von Sekunden vibrierte sein Handy. Es war ein Anruf von Nicholas.

»Er heißt Sascha Baseyew«, sagte der kleine Mann aus fast 5000 Kilometern Entfernung zu Hause in Nord-Virginia. »Vor zwei Jahren vernahm das FBI einen russischen Geheimdienstoffizier, der politisches Asyl beantragte. Er kam vorbereitet und war bereit mitzuspielen. Baseyew taucht auf einer Namensliste auf, die er uns gab.«

»Und warum reden wir über ihn?«

»Dazu komme ich gleich«, erwiderte Nicholas. »Erinnerst du dich an die Geiselnahme von Beslan und an das Massaker in dem Moskauer Theater?«

Harvath erinnerte sich an beides sehr gut. Es waren Ereignisse mit zahllosen Todesopfern gewesen.

Beslan war ein verheerender Anschlag gewesen, der drei Tage andauerte und bei dem 1100 Menschen als Geiseln genommen wurden. 385 wurden ermordet, davon 186 Kinder.

Bei dem Anschlag auf das Moskauer Theater gab es 900 Geiseln, von denen 170 getötet wurden.

Es waren Fälle wie aus dem Lehrbuch, die von Amerikas führenden Antiterror- und Geiselbefreiungsteams studiert wurden.

»Ich entsinne mich«, sagte Harvath. »Die Anschläge wurden von islamischen Terroristen ausgeführt. Tschetschenen. Gibt es einen weiteren Zusammenhang?«

»Ein stellvertretender Direktor der GRU, Russlands größtem Auslandsgeheimdienst, verlor an diesem Abend in dem Theater seine Frau und seine Tochter. Nach einer langen Beurlaubung – manche glauben, um im Kaukasus Terroristen zu jagen – kehrte er zur GRU zurück und erhielt die Genehmigung, eine neue Einheit aufzustellen.«

»Was für eine Einheit?«

»Ein Killerkommando.«

»War es Teil der Reaktion auf Beslan?«, wollte Harvath wissen.

»Nein, sie kamen erst hinterher.«

»Um den Rest der Terroristen zur Strecke zu bringen?«

Einen Moment herrschte Schweigen. »Um zu rekrutieren«, antwortete Nicholas schließlich.

»Unter den Überlebenden? Die Kinder?«

»Wer könnte besser Jagd auf den Teufel machen als jemand, der bereits die Hölle durchgemacht hat? Das zumindest dachten sie.«

Harvath hatte einmal die Überlebende einer Flugzeugentführung rekrutiert, um einen Terroristen zu identifizieren, aber das war etwas anderes. Was die Russen da versuchten, war Wahnsinn. »Ich würde mich wundern, wenn diese Kinder überhaupt in der Lage wären, normale Erwachsene zu werden – geschweige denn Agenten, die unter hoher Belastung noch Befehle befolgen können.«

»Alle Rekruten erwiesen sich als Reinfall«, pflichtete Nicholas ihm bei. »Entweder brachen sie unter dem Druck zusammen oder waren so aggressiv, dass es ans Psychotische grenzte.«

»Bis auf einen, nehme ich an.«

»Richtig! Sascha Baseyew. Egal was sie ihm vorsetzten, er zeichnete sich stets aus.«

»Jetzt kommen wir wieder zu meiner Ausgangsfrage zurück«, meinte Harvath. »Weshalb reden wir über ihn?«

»Weil ich glaube, dass er dein Killer ist.«

8

ANTALYA
TÜRKISCHE RIVIERA

Die plastische Chirurgie hatte aus Sascha Baseyew einen Mann mit unscheinbaren Zügen gemacht, dem man nicht ansah, woher er kam. Umso besser für ihn, wenn er sich an Orten aufhielt, an denen er eigentlich nicht sein sollte.

Er war 1,75 Meter groß, konnte aber größer oder kleiner wirken, je nachdem, welche Haltung er einnahm.

Das einzig Auffällige an ihm war, dass er vollkommen unauffällig war. Selbst wenn er neben einem stand, bemerkte man ihn normalerweise nicht. Er war der Inbegriff des Schattens, der einfach mit dem Hintergrund verschmolz.

Er war eine der besten Waffen, die die Russen jemals gegen islamische Extremisten geschaffen hatten. Er war darauf trainiert, ihre Reihen zu infiltrieren, sie von innen heraus zu zerstören. Darin war er außergewöhnlich.

Aber mit Anbar hatte er das, was er tat, auf ein völlig neues Niveau gehoben. Die Russen hatten den USA eine ausgeklügelte Falle gestellt. Seine Aufgabe bestand darin, sie hineinzulocken. Darum befand er sich nun in der Türkei.

Er leitete eine Zelle mit IS-Kämpfern von einem alten Lagerhaus aus. Es lag in einem Teil der Stadt, in dem nur wenige Menschen redeten und noch weniger Fragen stellten – der perfekte Ort für ein sicheres Haus.

Heute Nacht war Baseyews geöltes Haar schwarz, seine Augen braun. Seine Kenntnis des Korans war so tief wie der Ozean. So tief, dass die Brüder ihn auserwählten, sie im Gebet zu führen. Es war nur natürlich. In ihren Augen war er der Gottesfürchtigste, Frömmste unter ihnen. Er war ihr Anführer.

Ihr Vertrauen in ihn war absolut, bereitwillig hatten sie die Pillen eingenommen, die er ihnen gegeben hatte. Drogen waren im Islam zwar verpönt, zur Vorbereitung auf eine Schlacht wurde allerdings eine Ausnahme gemacht.

Ihre Körper entspannten sich, ihre Gedanken begannen abzuschweifen. Es war eine religiöse Erfahrung für sich, ein Vorgeschmack darauf, was sie im Paradies erwartete.

Einer der Männer, dessen Augen geweitet waren, lächelte. »*Inschallah,* morgen werden wir siegreich sein, Bruder Ibrahim.«

Ibrahim al-Masri war Baseyews Nom de Guerre. Er hatte ihn vor Jahren angenommen, als er sich einer radikalen Medrese im Kaukasus anschloss. Von dort infiltrierte er seine erste muslimische Extremistengruppe in Tschetschenien. Sie hatten keine Ahnung, was für eine tödliche Viper sie in ihren Reihen aufgenommen hatten.

Baseyew sammelte Informationen über die Organisation, die dazu führten, dass mehrere hochrangige Mitglieder getötet wurden. Einen Teil der Morde beging er selbst – ließ es aber jedes Mal wie einen Unfall aussehen.

Als er seine dschihadistischen Verbindungen nutzte, um zum IS überzugehen, eilte ihm sein Ruf voraus. Viele furchterregende Taten verband man bereits mit dem Namen Ibrahim al-Masri.

Im Irak und in Syrien schlachtete er zahllose Feinde des IS ab. Damit wuchsen sein Ruhm und seine Bekanntheit innerhalb der Organisation. Mit der Zeit betrachteten sie ihn als einen wilden Löwen. Doch das war nicht immer so. Anfangs trauten seine Vorgesetzten ihm nicht so recht.

Seine Reisemuster bereiteten ihnen Sorge. Der junge Kämpfer kam und ging, blieb nie länger als ein paar Monate. Wie es schien, war er ihrer Sache nicht völlig ergeben.

Doch als er anfing, mit Dingen aufzutauchen, die sie brauchten, änderte sich das Bild allmählich, das sie von ihm hatten. Er war ziemlich gut darin, schwer beschaffbare Gegenstände aufzutreiben wie Medikamente und Blanko-Pässe, Nachtsicht- und Infrarotlaserzielgeräte.

Später half er bei der Entwicklung von Rekrutierungs-strategien und der Planung von Anschlägen. Schließlich wurde Bruder Ibrahim als wertvoller Aktivposten und aufstrebender Stern innerhalb des IS angesehen.

Als das Kalifat wuchs, wurde ihm die Stellung eines Gouverneurs angeboten, was er jedoch höflich ablehnte. Treibstoff zu rationieren, kleinliche Streitigkeiten beizu-legen und Ratsversammlungen zu leiten, das war nichts für ihn. Allah, erklärte er, hatte ihn mit der Fähigkeit und Ausdauer gesegnet, um zu kämpfen. Sein Schwert sollte singen, nicht in einer Scheide an der Wand hängen.

Die Männer, die das Sagen hatten, verstanden. Sie waren besser dran, wenn er nicht hinter einem Schreibtisch saß. Sie gestatteten ihm weitgehende Autonomie und wurden weiterhin dafür belohnt.

Alles entwickelte sich so, wie die GRU es geplant hatte. Er befand sich im inneren Kreis. Niemand zweifelte an Ibrahim al-Masris Aufrichtigkeit oder seiner Hingabe an die Sache.

Er rollte seinen Teppich auf dem Boden des Lagerhauses aus und betete den Männern beim Abendgebet vor.

Er kannte die Worte so gut, dass er sie im Schlaf auf-sagen konnte. Er war bei einer arabischsprachigen Familie aufgewachsen, hatte seit frühester Jugend vollständig in der islamischen Kultur gelebt. Nun, mit Ende 20, konnte er sich wie ein Gelehrter über alles unterhalten, von den Eroberungen des Propheten Mohammed bis zum

Scheitern des panarabischen Nationalismus und dem Aufstieg des Kalifats.

Viele, die zum harten Kern des IS gehörten, verfügten über einen Universitätsabschluss. Intelligenz wurde, insbesondere auf den höchsten Ebenen der Organisation, sehr hochgeschätzt. Intelligente Männer brachten es weit und wurden reichlich belohnt. Dafür sorgte der IS.

Die Männer, die er hier in diesem Lagerhaus versammelt hatte, würden es allerdings nicht weit bringen. Jeden, der den morgigen Anschlag überlebte, würde er selber töten. Das war sein Wille. Ihr heidnischer Wüstengott hatte nichts damit zu tun. Er würde keine magische Hand ausstrecken, um sie zu beschützen und ihre Feinde zu zerschmettern. Allah war ein Hirngespinst.

Er war ein Märchen, dem Kopf eines gestörten Psychopathen namens Mohammed entsprungen. Die Gewalt und der Hass, die er predigte, sorgten seit über 1000 Jahren nur für Angst und Leid.

Sascha Baseyew sah die Männer auf ihren Matten an. Wie diese blutrünstigen Bestien sich einen Gott vorstellen konnten, der ihnen ihre barbarischen Handlungen vergab, war ihm ein Rätsel.

Er würde sich immer an jenen Septembertag in Beslan erinnern. Es fühlte sich eher nach Frühling an als nach dem Ende der Sommerferien. Sein Vater, der Direktor der Schule, hatte ihn und seine kleine Schwester vor Tagesanbruch geweckt. Seine Mutter, sie unterrichtete Kunst, machte bereits Frühstück.

Sein Vater scherzte gern, dass die beiden besten Tage des Jahres der erste und der letzte Schultag seien. Sascha antwortete jedes Mal, dass sein Vater nur zur Hälfte recht habe.

Wer, der noch alle fünf Sinne beisammenhatte, wollte schon, dass die Sommerferien aufhörten? Sogar seine Mutter, eine Schullehrerin, seufzte, während sie durch die Küche ging und kurz innehielt, um das Wasser für die Blumen in der kleinen Vase zu wechseln, die sie vor Kurzem bei einer gemeinsamen Wanderung gepflückt hatten.

Es war ein Sommer voller Abenteuer gewesen. Seine sechsjährige Schwester Dascha war zum ersten Mal auf einem Pferd geritten. Er und Grigori, sein bester Freund, hatten eine Höhle gefunden, in der ein herrenloser Jeep stand. Sie verbrachten Wochen damit, so zu tun, als reparierten sie ihn, und redeten über all die Orte, an die sie damit fahren wollten.

Von seinem Vater bekam Sascha ein wunderschönes Taschenmesser zum Geburtstag. Katja, die sommersprossige Nichte des Nachbarn, die aus Stawropol zu Besuch war, ließ ihn ihre Hand halten.

Wer wollte das schon gegen die Schule eintauschen?

Die Sonne ging gerade erst auf, als sie im Büro seines Vaters eintrafen. Er schenkte ihnen einen kleinen Kaffee ein und erlaubte ihnen ein Stück Zucker extra. Eine Belohnung dafür, dass sie so früh aufgestanden waren.

Sascha trank seinen Kaffee und sah den Beamten des Bezirkspolizeireviers nebenan beim Schichtwechsel zu. Viele von ihnen hatten Kinder auf der Schule. Grigoris Vater war Polizist. Im Sommer hatte er sie in den Wald mitgenommen und sie mit seiner Pistole schießen lassen. Es war sehr laut. Allerdings nicht so laut wie das, was noch kommen sollte.

Der traditionelle Beginn des russischen Schuljahrs war als Erste Glocke oder Tag des Wissens bekannt. Die

Kinder zogen ihre beste Kleidung an und brachten ihre Eltern und Verwandten mit. Sie überreichten den Lehrern Blumen und nahmen an Schulfeierlichkeiten teil.

An jenem Morgen war Sascha um elf nach neun mit seinen Eltern und seiner Schwester draußen. Sie begrüßten jeden, als ein Polizeiwagen und ein Militär-Lkw vorfuhren und sein Leben für immer zerstört wurde.

Mehrere Dutzend schwer bewaffneter islamischer Terroristen sprangen heraus und fingen an zu schießen. Sie trugen Tarnanzüge und schwarze Masken. Viele trugen Sprengstoffgürtel.

Über 1000 Menschen wurden zusammengetrieben und mussten sich in die Schulturnhalle zwängen. Dort sonderten die Terroristen die größten und stärksten Männer ab und exekutierten sie. Einer von ihnen war Saschas Vater.

In den nächsten drei Tagen stiegen die Temperaturen in der Turnhalle ins Unermessliche. Die Kinder zogen sich bis auf die Unterwäsche aus. Um nicht zu dehydrieren, tranken Sascha und seine Freunde aus ihren Schuhen ihren eigenen Urin. Seine Mutter wurde weggebracht und vergewaltigt. Er sah sie nie wieder.

Die Terroristen hatten die Turnhalle mit Sprengsätzen vermint für den Fall, dass sie überrannt wurden. Am dritten Tag, drei Minuten nach ein Uhr nachmittags, explodierte etwas. Zwei Minuten später gab es eine weitere Explosion. Das Dach der Turnhalle stand in Flammen. Die Terroristen lehnten es ab, jemanden gehen zu lassen.

Minuten später fielen brennende Sparren herab, große Teile des Daches stürzten ein. Saschas Schwester Dascha wurde eingeklemmt. Er und Grigori versuchten, zu ihr zu gelangen, schafften es jedoch nicht. Sie verbrannte bei lebendigem Leib.

Eine dritte Explosion folgte und sprengte einen riesigen Teil der Wand weg. In Panik geratene Geiseln rannten in wilder Flucht davon, um rauszukommen. Grigori und Sascha kämpften sich durch Rauch und Feuer, um sich ihnen anzuschließen. Dann fielen Schüsse.

Die Terroristen feuerten in die Menge, um die Leute an der Flucht zu hindern. Niemand sollte lebendig entkommen. Eltern, Lehrer, Kinder … rings um sie herum sanken Leichen zu Boden, doch Sascha und Grigori rannten weiter. Sie mussten raus. Sich befreien.

Es gab einen Knall, und die Zeit schien stillzustehen. Sascha blickte nach links und sah, wie die Hälfte von Grigoris Gesicht verschwand. Eine verirrte Kugel der Terroristen war ihm durch den Hinterkopf gedrungen und trat vorn im Gesicht wieder aus. Er schien Sascha anzustarren, während sein Körper leblos zu Boden sackte.

Jemand, er sollte nie erfahren, wer, packte Sascha und stieß ihn vorwärts.

Die Leute sagten ihm, er habe Glück, am Leben zu sein. Dass er sein Leben jetzt nicht nur für sich selbst leben müsse, sondern auch für seine tote Mutter, seinen Vater und seine Schwester. Diese Leute irrten sich.

Es hatte nichts mit Glück zu tun, dass er noch am Leben war. Es war nichts Gutes daran, so etwas zu überleben. Es hatte ihn zerbrochen – wie eine Uhr, die bei einem fürchterlichen Unfall einen so harten Schlag abbekommt, dass sie stehen bleibt. Er war nicht mehr am Leben. Er war ein wandelnder Toter. Er war eiskalt bis ins Mark. Der tatsächliche physische Tod wäre eine Erlösung für ihn, sollte er jemals kommen.

Das CIA-Team und die Frauen in Anbar waren erst der Anfang. Ein Appetithappen. Der nächste Anschlag würde noch dramatischer werden.

9

DIENSTAG
TÜRKISCHE RIVIERA

Richard Devon warf einen letzten Blick über das türkis-blaue Mittelmeer und atmete tief ein. Bald würde er zehn Stunden in einem Flugzeug sitzen, und er wollte sich alles noch einmal ins Gedächtnis einprägen.

Normalerweise traf er sich mit seinem türkischen Amtskollegen auf dem Luftwaffenstützpunkt in Incirlik, aber Ismet Bachar, Chef des türkischen Generalstabs, machte gerade Urlaub in der Nähe von Antalya. Bachar hatte nicht die Absicht, seinen Urlaub abzubrechen, noch nicht einmal für den US-Verteidigungsminister. Also war Devon zu ihm gekommen.

Die türkische Riviera war ein Teil des Landes, den er noch nie gesehen hatte. Sie erwies sich als umwerfend.

Bachars Villa lag so, dass man dort am meisten von dem atemberaubenden Blick aufs Meer hatte. Sie aßen auf der Terrasse zu Mittag, umgeben von mit Lavendel bepflanzten Steintöpfen. Die Sonne schien hell und stark, aber die Brise vom Wasser sorgte für die perfekte Temperatur.

Devon verstand, weshalb sein Kollege nicht von hier wegwollte, um sich mit ihm zu treffen.

Der Verteidigungsminister sah aus wie ein teigiges, 55 Jahre altes Country-Club-Mitglied, das mehr Zeit auf dem Laufband verbringen sollte und weniger Zeit im Grillrestaurant. Bachar hingegen hatte das Aussehen eines Hollywoodstars. Er war groß und hager und hatte weißes, perfekt frisiertes Haar. Sein gut aussehendes, kantiges Gesicht war gebräunt, betont von einer schwarz gerahmten Brille. Aus Höflichkeit gegenüber seinem amerikanischen Gast hatte er einen Anzug angezogen, allerdings keine Krawatte umgebunden.

Es war, als befände man sich in der Gegenwart eines türkischen Cary Grant.

Devon hatte zwar lediglich einen Hausdiener gesehen, konnte sich jedoch unschwer eine Schar von Frauen im Bikini vorstellen, die oben versteckt waren und nur darauf warteten, dass er endlich ging, damit die Party, in die er geplatzt war, weitergehen konnte.

Zum Mittagessen tischte Bachar mediterranen Schwertfisch mit einem Granatapfel-Pistazien-Salat auf. Dazu einen 2008er Domaine Leflaive Puligny-Montrachet Les Folatières Premier Cru. Eine ganz schöne Protzerei. Aber bedachte man, wie weit Devon angereist war und warum, war es das Mindeste, was er tun konnte.

Die Türken verfügten über die zweitgrößte Armee in der NATO und waren ein wichtiger amerikanischer Verbündeter. Außerdem nahm ihr Militär die Bedrohung durch den fundamentalistischen Islam sehr ernst.

Viermal seit der Gründung der Türkei hatte das türkische Militär eingegriffen, um die Macht der Islamisten in ihrem Land einzuschränken. Bachar befürchtete, dass Nummer fünf vor der Tür stehen könnte, vielleicht sogar noch vor den nächsten Wahlen.

Das türkische Staatsoberhaupt sah sich eher als Sultan denn als Präsident. Er häufte in seinem Amt Macht an, die ihm nicht zustand. Andere Bereiche der Staatsgewalt, die eigentlich der Kontrolle dienen sollten, hatten nichts getan, um ihn aufzuhalten.

Das Militär war besorgt darüber, dass sein Präsident ein Islamist war. Die Vereinigten Staaten waren besorgt darüber, dass er ein Islamist war, der mit dem IS sympathisierte.

Beim Kampf gegen den IS zog die Türkei die reinste Show ab. Während ihr Präsident den Vereinigten Staaten erlaubte, von Incirlik aus Bombenangriffe zu starten, unternahm er nichts gegen die Männer, das Geld und das Material, die über die türkische Grenze zum IS flossen.

Wenn türkische Flugzeuge flogen, bombardierten sie keine IS-Stellungen. Sie warfen ihre Bomben über den Kurden ab, die erfolgreich den IS bekämpften. Die Türken wollten nicht, dass die 40 Millionen Kurden in Syrien, dem Nordirak und in der Osttürkei sich vereinten und eine eigene souveräne Nation bildeten.

Außerdem hassten die Türken das syrische Regime. Das hieß, dass sie auch Russland und den Iran hassten, weil diese es stützten. Sie überlegten nicht lange, wenn sie den Russen oder Iranern eine blutige Nase verpassen konnten. Bot sich eine Chance, die sich rechtfertigen ließ, ergriffen sie sie.

An einem Benzinfass mit offenem Feuer zu hantieren konnte nur in die Katastrophe führen. Wenn niemand dieser waghalsigen Politik einen Riegel vorschob, stand die ganze Welt vor einem Krieg. Dazu brauchte es lediglich einen Gegenschlag gegen die Türkei, die sich dann auf Artikel 5 des NATO-Vertrags berufen könnte – *Ein bewaffneter Angriff gegen ein Mitglied des Bündnisses ist ein Angriff gegen alle Mitglieder des Bündnisses.*

Die Männer unterhielten sich über drei Stunden lang. Bachar hielt sich bedeckt. Bis auf Weiteres folge das türkische Militär den Anweisungen seines Präsidenten. Das könne sich ändern. Mehr wollte Bachar nicht dazu sagen.

Er stimmte mit Devon überein, dass der IS ein wachsendes Krebsgeschwür sei. Allerdings ein Krebsgeschwür, das einen Nachbarn auffraß, den die Türkei verabscheute. Im Moment begnüge er sich damit, alles einfach weiterlaufen zu lassen.

Die Aussicht auf einen Krieg mit den Russen oder dem Iran gefiel ihm jedoch keineswegs. Dies teilte er Devon mit und schlug vor, dass sich die Vereinigten Staaten doch auf Russland und den Iran konzentrieren sollten, anstatt die Türkei unter Druck zu setzen. Alles, was die Türkei getan habe, sei lediglich eine Vergeltung für Dinge gewesen, die Russland beziehungsweise der Iran getan hätte. Nichts davon war grundlos geschehen, stets hatte es eine Provokation gegeben. Falls Russland und der Iran ihre Eskapaden in Syrien fortsetzen wollten und diese Eskapaden über die Grenze drifteten oder die türkische Souveränität in irgendeiner Weise bedrohten, konnten sie noch mehr an Vergeltung erwarten. Die Türkei hatte das Recht, sich zu verteidigen.

Devon begriff, dass es eine Frage des Nationalstolzes war. Er begriff auch, dass das türkische Militär, indem es die Muskeln spielen ließ, sein Image beim türkischen Volk stärkte. Das könnte sich als ganz nützlich erweisen, sollte das Militär sich gegen den Präsidenten und andere mächtige Islamisten stellen.

In der Türkei nahm ein kompliziertes Schachspiel Gestalt an. Konnten die Vereinigten Staaten schon nicht die Züge kontrollieren, mussten sie zumindest wissen, wo sich die Figuren befanden.

Bevor Devon sich verabschiedete, versicherte er seinem Freund, dass er die Unterstützung der Vereinigten Staaten habe, was auch immer er tun werde. Das Maß an Unterstützung konnte man allerdings nach oben oder unten schrauben, je nachdem, wie die Türkei mit dem IS und weiteren russischen oder iranischen Provokationen umging.

Bei Devon war es nicht notwendig, zwischen den Zeilen zu lesen. Er war stets sehr deutlich, wenn er darlegte, was er wollte. Er wollte nämlich nicht, dass man seine Worte interpretieren musste. Er wollte, dass sie verstanden wurden. Das war ein Unterschied.

Bachar lächelte. Er hatte nichts übrig für Politiker. Er mochte einfache, geradlinige Gespräche. Devon war immer offen zu ihm gewesen. Das schätzte er. Und obwohl er unter dem derzeitigen Präsidenten nicht sehr viel tun konnte, versicherte Bachar seinem Kollegen, dass er die Kommunikationswege offen halten werde.

Sie tranken eine letzte Tasse starken türkischen Kaffee, dazu gab es einen Teller reifer Feigen. Anschließend brachte Bachar seinen Gast zu dessen Wagen.

In der Einfahrt standen drei schwarze Range Rover und eine Polizeieskorte. Heutzutage tat nur noch der Präsident der Vereinigten Staaten kund, dass er im Ausland war, indem er sich einer Flotte amerikanischer Fahrzeuge bediente.

Die luxuriösen, gepanzerten SUVs hatten getöntes, kugelsicheres Glas, Reifen mit Notlaufeigenschaften und eine Menge böser Überraschungen für jeden, der dumm genug war, einen Anschlag auf die Wagenkolonne des Ministers zu versuchen. Darüber hinaus wurde Devon von einem Team bestens ausgebildeter Special Operations-Leute begleitet, die allesamt auf Draht waren.

Nachdem er Bachar für das Treffen gedankt hatte, stieg der Verteidigungsminister in den mittleren Range Rover, und die Kolonne rollte durch das Tor der Zufahrt und schlug den Weg zum Flughafen in Antalya ein.

Die Hauptstraße wand sich in Serpentinen bergab, um schließlich am Meer entlangzuführen. Mit ihren Stränden, schillernden Boutiquen und Gourmet-Restaurants erinnerte die Gegend Devon an die französische Riviera. Man konnte unschwer erkennen, weshalb es eine der größten Touristenattraktionen der Türkei war.

Als sie die Innenstadt erreichten, raste die Polizeieskorte voraus, um den Verkehr an den Kreuzungen zu stoppen, damit der Minister durchfahren konnte, ohne anzuhalten.

Antalya war die achtgrößte Stadt der Türkei. Eine Kombination aus römischen Ruinen und moderner Architektur, breiten Boulevards und engen, mittelalterlichen Straßen, die perfekte Mischung aus Exotik und Tradition: genau der richtige Urlaubsort für seine Frau. Je nachdem, wie die Türkei mit den vor ihnen liegenden Angelegenheiten umging, konnte er sich durchaus vorstellen, mit ihr hierherzukommen.

Die Wagenkolonne passierte gerade ein malerisches Straßencafé, dessen Name in Blattgold gemalt war, da sprangen zwei Männer aus einem geparkten Auto. Sie waren maskiert, trugen Kalaschnikows und fingen sofort an zu schießen.

»Kontakt links! Kontakt links!«, brüllte ein Mann des Sicherheitsteams.

Reifen quietschten und Benzin wurde in die riesigen Motoren der Range Rover gepumpt, während die SUVs Ausweichmanöver einleiteten.

Sekretär Devon wurde zu seiner Sicherheit auf den Boden gezwungen. Gerade als ihm der Kopf unter die Fensterlinie gedrückt wurde, sah er die beiden Polizisten der Motorradeskorte tot auf der Straße liegen.

Über Funk gab der Agent im vorderen Fahrzeug dem Rest des Teams Anweisungen, während ein anderer Agent die Zentrale alarmierte, dass sie angegriffen wurden.

Sie bogen scharf rechts ab, nur um auf weitere Bewaffnete zu stoßen, die sie erwarteten. Obwohl das Fahrzeug praktisch schalldicht war, konnte Devon von draußen das Knallen der Schüsse hören und wie die Kugeln in sein Fahrzeug einschlugen.

»Sie wollen uns in eine bestimmte Richtung drängen!«, warnte einer der Agenten, als an der nächsten Kreuzung weitere maskierte Bewaffnete auftauchten.

»Gebt Gas!«, brüllte ein anderer, die Wagenkolonne anspornend, durch die Bewaffneten hindurchzurasen.

»Mein Gott«, fluchte Devons Fahrer, während er einen Schlenker machte, am Lack dreier Autos entlangschrammte und ihnen die Spiegel abriss. »Wir müssen zurück zum Boulevard! Diese Straßen sind viel zu eng.«

Der Fahrer des vorderen Range Rovers raste in die Kreuzung, kurbelte hart am Lenkrad und schleuderte geradewegs ins Gewehrfeuer.

Die Schützen deckten den Wagen mit einem Kugelhagel ein und schafften es, dass die Windschutzscheibe zersplitterte. Zwei von ihnen verfingen sich unter dem Fahrgestell und wurden mitgeschleift.

Einer kam frei, nur um von dem Fahrzeug direkt dahinter überrollt zu werden. Es ging so schnell, dass der Fahrer es nicht vermeiden konnte.

Devon spürte, wie sein schwerer Range Rover leicht vom Boden abhob, als er den Körper eines Bewaffneten zerquetschte.

An der nächsten Kreuzung machten sie sich auf weitere Schüsse gefasst, doch nichts geschah. Anscheinend waren sie an den Schützen vorüber. Das Führungsfahrzeug bog hart nach links ab. Die anderen folgten.

Die Straße war menschenleer, nur Reihen geparkter Autos zu beiden Seiten. Das Führungsfahrzeug nahm Fahrt auf. Die anderen taten es ihm gleich.

Sie hatten den Block zur Hälfte hinter sich, als eine Reihe gewaltiger Autobomben gleichzeitig hochging.

Von einer kleinen Wohnung am Ende der Straße aus nahm Sascha Baseyew alles mit einer Kamera auf. Die Ermordung des US-Verteidigungsministers Richard Devon sollte sein bisher spektakulärstes Video werden. Und es war ein weiterer Nagel im Sarg des IS.

10

WEISSES HAUS
WASHINGTON, D. C.

Präsident Paul Porter zögerte den Moment der Stille lange hinaus. Er wollte, dass sie die Erschütterung hinter sich ließen. Er wollte, dass sie wütend waren, so wie er.

Nach der Pandemie hatten viele Menschen ihre Sicht auf den Tod geändert. Einige hatten privat so enorme Verluste erlitten, dass sie geradezu abgestumpft waren.

Auch der Präsident hatte einiges durchgemacht. Er hatte Freunde und Bekannte verloren, zuverlässige Vertrauenspersonen und Kabinettsmitglieder.

Er war gezwungen gewesen, sein Team innerhalb kürzester Zeit neu aufzustellen. Jeder, den er ausgewählt hatte, war ihm wärmstens empfohlen worden. Einige von ihnen hatte er vorher gekannt, andere waren für ihn völlig neu.

Einige von ihnen waren zweite, wenn nicht dritte Garnitur, aus den unterschiedlichsten Behörden zusammengeklaubt – Lückenfüller, bis endlich ein förmlicheres Team zusammengestellt werden konnte.

Aufgrund seiner Führungsqualitäten und seiner Handhabung der Krise hatte der Präsident die höchsten Umfragewerte seiner Laufbahn. Selbst der Kongress, der ebenfalls mit Lückenbüßern bestückt war, die bis zu den nächsten Wahlen von ihren jeweiligen Gouverneuren ernannt worden waren, arbeitete mit ihm zusammen.

Der Präsident wusste jedoch, dass dieses ganze Entgegenkommen auch seine Grenzen hatte. Außerdem war ihm klar, dass weiterhin Kräfte des Bösen gegen die Vereinigten Staaten Gewehr bei Fuß standen. Seine Aufgabe als Präsident, das Land zu schützen, ließ ihn nicht innehalten, auch wenn er dringend eine Atempause brauchte.

Porter ließ seinen Blick über den Tisch schweifen, und als er das Gefühl hatte, dass genug Zeit verstrichen war, rief er die Sitzung seines Nationalen Sicherheitsrates zur Ordnung. Der Erste, den er ansah, war sein CIA-Direktor. »Was haben wir?«

Bob McGee drückte eine Taste an seinem Laptop, und auf den Bildschirmen ringsum im Situation Room leuchteten Tatortfotos auf. Sie waren mit dem Logo der türkischen Generaldirektion für Sicherheit versehen.

»Die Türken glauben, dass bis zu zehn Terroristen an dem Anschlag auf Secretary Devon und sein Team beteiligt waren. Zeugen zufolge«, sagte McGee, während er zu einem neuen Foto weiterschaltete, »wurden diese drei vom Führungsfahrzeug der Wagenkolonne angefahren und getötet. Sie wurden als Abdullah Özal, Ahmet Çiçek und Hüseyin Tüzman identifiziert. Einer arbeitete in einer Apotheke, einer war Lehrer, und der Dritte wohnte noch zu Hause bei seinen Eltern.«

»Tragen sie GoPros?«, unterbrach ihn der Vorsitzende der Joint Chiefs.

»Ja«, erwiderte der CIA-Direktor, während er auf einen der toten Terroristen und die an dessen Brust befestigte Kamera zoomte.

»Wo sind die Aufnahmen? Haben die Türken sie uns schon übermittelt?«

»Diese Kameras hatten keine SD-Karten. Alles wurde drahtlos in Echtzeit in die Cloud hochgeladen. Die NSA ist bereits dran.«

»Aber wir sollten mit einem weiteren Video rechnen«, sagte der Außenminister.

McGee nickte.

»Hat schon eine Gruppe die Verantwortung übernommen? Wissen wir, mit wem wir es zu tun haben?«

»Kurz nach den Anschlägen wurden mehrere Fotos in den sozialen Medien gepostet, die Tüzman und womöglich Çiçek zeigen, wie sie in Syrien kämpfen.«

»Demnach sieht es nach dem IS aus?«

Abermals nickte der CIA-Direktor.

»Woher zum Teufel wussten sie, welche Route die Fahrzeugkolonne nimmt?«, fragte der Nationale Sicherheitsberater. »Wie kommt eine Gruppe wie der IS an solche Informationen?«

»Offensichtlich gibt es eine undichte Stelle.«

»Offensichtlich.«

»Und wir müssen davon ausgehen, dass es mit dem, was in Anbar passiert ist, in Verbindung stehen könnte«, warf der Außenminister ein.

»Das haben wir bereits in Betracht gezogen«, entgegnete McGee.

Alle warteten darauf, dass er näher darauf einging, doch das tat er nicht.

Präsident Porter räusperte sich. »Innerhalb von vier Tagen wurden 22 Amerikaner brutal ermordet. Einer von ihnen saß bei uns hier in diesem Raum. Wir werden nicht nachlassen, wir werden nicht ruhen, wir werden nicht aufhören, bis die Verantwortlichen die volle Wucht unseres Zorns zu spüren bekommen. Und wenn wir jeden verdammten Stein im Nahen Osten umdrehen müssen, bis wir sie finden, dann werden wir das tun.

Aber während wir die Steine umdrehen, möchte ich eine umfassendere Strategie erörtern. Für jeden muslimischen IS-Fanatiker, den wir töten, tauchen zwei weitere auf, um seinen Platz einzunehmen. Wie können wir sie besiegen?«

»Wir verwehren ihnen ein Hoheitsgebiet«, antwortete der Vorsitzende der Joint Chiefs. »Ohne Herrschaftsbereich gibt es kein Kalifat.«

»Und wie stellen wir das an?«, wollte der Präsident wissen.

»Wir bomben sie zurück in die Steinzeit und entsenden Bodentruppen.«

»Genau das wollen sie doch«, erwiderte der Außenminister. »Dafür bräuchten wir eine ständige Streitmacht von mindestens 500.000 Soldaten.«

»Um weniger als 50.000 Dschihadisten zu vernichten?«, entgegnete der Vorsitzende.

»Nein, für die Jahrzehnte der Besatzung danach.«

»Wie kommen Sie auf diese Zahl?«

»Der IS ist eine Schöpfung des sunnitischen Islam. Ein Teil seiner Anziehungskraft besteht darin, dass er eine Reaktion auf den wachsenden schiitischen Einfluss in der Region ist. Dieser Einfluss wird vom Iran unterstützt. Letzten Endes wird man 25 Millionen syrische und irakische Sunniten haben, die Schutz suchen. Wenn wir diese Rolle nicht ausfüllen, werden sie mit fliegenden Fahnen zum IS zurückkehren oder zu etwas noch Schlimmerem.«

»Wenn der IS eine Schöpfung des sunnitischen Islam ist«, sagte der Präsident, »wie bringen wir die Sunniten dann dazu, sie zu vernichten?«

»Sie wollen, dass Frankenstein sein eigenes Monster tötet?«, fragte der Nationale Sicherheitsberater.

Porter nickte.

»Sie fordern eine vollständige Reformation des Islam.«

»Im Christentum gab es eine Reformation. Im Judentum gab es eine. Warum nicht auch im Islam?«

»Weil der Islam Mohammed als den perfekten Menschen betrachtet und den Koran als eine perfekte Ausgabe eines perfekten Buches im Paradies. Sie haben keine Geschichte der Kritik oder Selbstprüfung. Das Wort *Islam* bedeutet Unterwerfung. Und das Wort *Muslim* bedeutet: jemand, der sich unterwirft.«

Der Präsident beugte sich vor, hinterfragte seinen Berater: »Sie sagen also, Muslime seien irgendwie anders als Juden oder Christen? Dass sie intellektuell nicht reformfähig sind?«

»Ich sage, dass die sogenannten ›Radikalen‹ ihren Glauben genau so praktizieren, wie Mohammed es wollte. Die Gemäßigten sind diejenigen, die ihn verzerrt haben.«

»Die Gemäßigten stellen allerdings die Mehrheit. Wie drängen wir sie zu einer Reform?«

»Ich weiß nicht, ob das überhaupt geht«, erwiderte sein Berater.

»Das sind doch Ausflüchte. Wenn Sie Ihren National-Security-Zauberstab schwingen und das Ganze innerhalb eines Tages erledigen könnten, wie würden Sie es handhaben?«

Der Nationale Sicherheitsberater überlegte einen Moment. »Jedes Mal wenn uns ein Terroranschlag trifft, verschärfen wir unsere Sicherheitsmaßnahmen. Das heißt, am Tag nach einem Anschlag wachen die Amerikaner auf und haben wieder weniger Freiheiten. Das war die spontane Reaktion einer jeden Administration seit 9/11. Anstatt die bürgerlichen Freiheiten der Amerikaner auszuhöhlen, würde ich die muslimischen Staaten unter Druck setzen.«

»Wie?«

»Die betreiben Profiling wie verrückt. Sie haben keinerlei Problem damit. Tatsächlich lachen sie uns hinter vorgehaltener Hand aus, weil wir uns so sehr dagegen wehren. Ich sage, drehen wir den Spieß um.

Die amerikanische Öffentlichkeit wäre schockiert, wenn sie wüsste, bei wie vielen Ausländern aus muslimischen Ländern das Visum abgelaufen ist. Wir setzen alle

Visa für die nächsten zwölf bis 24 Monate aus, während wir Jagd auf sie machen.«

»Wissen Sie, was dann los wäre?«, fragte der Außenminister. »Haben Sie eine Ahnung, wie sehr das den Beziehungen zu unseren Verbündeten im Nahen Osten schaden würde?«

»Für Diplomaten könnten wir eine Ausnahme machen«, erwiderte der Nationale Sicherheitsberater.

»Das spielt keine Rolle. Die würden trotzdem in die Luft gehen.«

»Würde der Plan wohlwollende, gemäßigte Muslime verletzen? Ja. Aber genau das ist der Punkt. Sie und ich können den Islam nicht reformieren. Das können nur die Gemäßigten, und die müssen sauer genug sein, um endlich den Hintern hochzukriegen und etwas zu unternehmen.«

»Aber die Einzigen, auf die diese verärgerten Gemäßigten sauer sein werden«, konterte der Außenminister, »sind die Vereinigten Staaten.«

Der Nationale Sicherheitsberater schüttelte den Kopf. »Nicht alle. Nicht die Klugen. Diejenigen, die hier geschäftlich tätig sind, und davon gibt es einige, werden es als das sehen, was es ist. Sie wissen, wer die Radikalen in ihren eigenen Familien sind. Sie wissen, welche Moscheen den Radikalismus predigen. Sie wissen, wer ihn finanziert. Darauf wird sich ihr Zorn konzentrieren. Wenn sie anfangen, sich gegen die Radikalen in ihrer Mitte zu wenden, dann werden sich Reformen abzeichnen.«

»Das zumindest hoffen Sie.«

»Das ist das Schöne daran, wenn man einen Zauberstab hat. Ich muss nicht hoffen. Ich schwenke ihn bloß.«

»Das ist doch lächerlich«, entgegnete der Außenminister. »Ja, die gesamte Idee ist lächerlich. Damit würden Sie dem IS doch genau das geben, was die wollen.«

Der Präsident, der mit seinem Stabschef Notizen gemacht hatte, sah plötzlich auf.

»Das ist es.«

»Was denn?«

»Wie wir den IS besiegen«, erwiderte Porter. »Wir geben ihnen genau das, was sie wollen.«

11

Kopfschüttelnd betrachtete der Außenminister die Karte auf den Monitoren. »Ich denke, ich würde lieber unser Visa-Waiver-Programm einstellen. Die Auswirkungen wären vergleichsweise gering.«

Präsident Porter nickte. »Ganz recht! Die Folgen meiner Idee wären gewaltig. Genau genommen so gewaltig, dass vielleicht tatsächlich etwas geschieht.«

»Damit beerdigen wir nicht nur unsere diplomatischen Beziehungen zu jedem muslimischen Staat in der Region, wenn nicht auf der ganzen Welt. Obendrein werden wir auch noch die Briten und Franzosen den Wölfen zum Fraß vorwerfen.«

»Nicht zu vergessen Israel«, erklärte der Nationale Sicherheitsberater. »Die werden vollkommen aus dem Häuschen sein deshalb.«

»Die Israelis sind zäh«, erwiderte Porter. »Die können ihren Mann stehen. Trotzdem werden wir sicherstellen, dass sie vorab gewarnt werden.«

»Können wir hier mal einen Moment weiter ausho-len?«, fragte der Justizminister. » Könnte das mal jemand für diejenigen unter uns, deren Geschichtskenntnisse etwas eingerostet sind, erläutern?«

Der Präsident klärte ihn auf. »Haben Sie je den Film *Lawrence von Arabien* gesehen?«

»Vor Jahren.«

»Darum geht es hier. Als das Osmanische Reich sich im Ersten Weltkrieg mit Deutschland und Österreich-Ungarn verbündete, befürchteten die Briten und Franzosen, dass die Osmanen ihnen den Zugang zu den entscheidenden Schiffsrouten abschneiden und ihre Wirtschaft lahmlegen würden.

Sie mussten die Araber dazu bringen, gegen die Osmanen zu kämpfen. Darum schickten die Briten T. E. Lawrence, um sie zu überzeugen. Den Arabern wurde das Blaue vom Himmel versprochen, einschließlich der arabi-schen Herrschaft über ein neues, vereinigtes Königreich Großsyrien.«

Der Justizminister blickte die Karte auf den Bild-schirmen an. Sie stammte von 1851 und trug die Auf-schrift *Osmanisches Syrien*. Sie umfasste das heutige Syrien, den Libanon, Israel sowie Teile des Iraks und Jordaniens.

»Es gab nur ein Problem«, fuhr Porter fort. »Die Briten und Franzosen hatten nie vor, die Versprechen einzu-halten, die sie den Arabern machten. Damit würden sie ja bloß ein Kalifat gegen ein anderes eintauschen.

Mit dem Segen Russlands formulierten zwei Diploma-ten – Sir Mark Sykes aus Großbritannien und François Georges-Picot aus Frankreich – heimlich einen Plan zwischen ihren Regierungen, um den Nahen Osten aufzuteilen für den Fall, dass das Osmanische Reich besiegt wurde. Die Übereinkunft wurde als Sykes-Picot-Abkommen bekannt und führte dazu, dass vollkommen neue Grenzen gezogen wurden.

Das brachte die ganze Region aus dem Gleichgewicht, und indem sie sie destabilisierten, konnten die Briten und Franzosen sie kontrollieren. Diese Kontrolle ermöglichte es ihnen, einen Staat für das jüdische Volk herauszuarbeiten. Dies ist das Land, das der IS will. Deshalb haben sie sich auch ISIL genannt – Islamischer Staat im Irak und der Levante. Welche modernen Länder bilden die Levante?« Der Präsident drehte sich um, deutete auf die Karte. »Ägypten, Syrien, Jordanien, der Libanon und Israel.«

Er wandte sich wieder zurück. »Was sie wollen, ist, was die Briten ihnen vor 100 Jahren versprachen. Ihr arabisches Kalifat.«

»Und das wollen Sie denen geben?«, fragte der Nationale Sicherheitsberater. »Weshalb?«

»Ich möchte diesen Schlächtern gar nichts geben. Ich will lediglich der gesamten verdammten Region eine Warnung zukommen lassen. Sie sagten doch selbst, wir können den Islam nicht reformieren. Das kann nur die islamische Welt. Dies könnte unser Zauberstab sein.«

»Wenn wir die Gültigkeit des Sykes-Picot-Abkommens anzweifeln oder gar infrage stellen, könnte dies die gesamte Region destabilisieren. Und wenn wir uns einfach davonstehlen, dann war es das. Game over. Jede einzelne dieser Regierungen wird gestürzt.«

Der Präsident blickte ihn an. »Klingt für mich nach einem ziemlich guten Grund dafür, dass die sich endlich am Riemen reißen.«

»Aber damit stellen Sie auch die Rechtmäßigkeit Israels infrage. Ist dieser Funke erst einmal entfacht, wird er den ganzen Staat vernichten. Ihre Nachbarn werden die Israelis überrennen.«

»Lassen Sie Israel meine Sorge sein«, erwiderte Porter. »Hier geht es nicht um die Israelis. Hier geht es darum, die muslimischen Staaten im Nahen Osten unter Zugzwang zu setzen, damit sie endlich Reformen einleiten.«

»Ihr Plan berücksichtigt nur eines nicht«, sagte der Außenminister. »Saudi-Arabien. Das war nicht Teil des Sykes-Picot-Abkommens, ist aber das Herzstück des sunnitischen Islam. Ohne die Saudis an Bord ist das alles doch von Anfang an zum Scheitern verurteilt.«

Der Präsident blickte seinen CIA-Direktor an und nickte. Es war offensichtlich, dass sie dieses Thema bereits zuvor besprochen hatten.

»Mit den Saudis werden wir schon fertig.«

»Wie bitte?«, sagte der Außenminister.

»Sie haben mich gehört.«

»Ja, das habe ich. Was ich wissen möchte, ist, *wie* Sie mit den Saudis fertigwerden wollen. Ich bin schon lange dabei und glaube nicht, dass ich jemals die Worte *fertigwerden* und *Saudis* im selben Satz gehört habe.«

»Nun«, erwiderte McGee, »gerade haben Sie es.«

Der Außenminister sah den Präsidenten an. »Sir, was zum Teufel haben Sie vor?«

»Sie werden uns vertrauen müssen«, antwortete Porter.

»Bei allem Respekt, was ich muss, ist, für all dies Rede und Antwort zu stehen. Und das kann ich nicht, wenn ich nicht weiß, was vorgeht.«

»Ein Schritt nach dem anderen. Zunächst verfolgen wir einmal die Leute, die hinter den Anschlägen von

Anbar und Antalya stecken. Danach kümmern wir uns um alles Weitere.«

Mit Blick auf den Vorsitzenden der Joint Chiefs fügte der Präsident hinzu: »Ich möchte, dass umgehend ein Reaktionsplan erstellt wird. Innerhalb der nächsten zwei Stunden will ich die Planungen für einen Luftangriffsverband auf meinem Schreibtisch sehen. Wo schlagen wir auf IS-Territorium zu? Wen und was treffen wir? Das amerikanische Volk erwartet von uns, dass wir reagieren.«

»Der IS ebenfalls«, erwiderte der Vorsitzende der Joint Chiefs.

»Dann geben wir eben allen etwas, das sie niemals vergessen werden.«

Als die Sitzung beendet war und die Leute allmählich einer nach dem anderen den Saal verließen, gab der Stabschef dem Präsidenten ein Zeichen, zum Kopfende des Konferenztisches zurückzukehren.

»Was gibt's?«, fragte Porter.

»Das kam während der Sitzung herein. Ich wollte Sie nicht damit belästigen.«

Der Präsident blickte auf den Laptop des Mannes hinab. Senator Daniel Wells aus Iowa hatte nicht nur eine Video-Erklärung über den Mord an Verteidigungsminister Richard Devon veröffentlicht, sondern instrumentalisierte ihn auch unterschwellig, um Spenden für seinen Wahlkampf zu sammeln.

»Das ist ein neuer Tiefpunkt, sogar für ihn«, meinte Porter.

»Normalerweise würde ich vorschlagen, dass wir es ignorieren, aber das ist ziemlich ungeheuerlich.«

»Wo haben Sie das her?«

»Über eine Schein-E-Mail-Adresse habe ich seinen Newsletter abonniert.«

»Mit anderen Worten«, sagte der Präsident, »dies wird nur an sein Gefolge verschickt.«

»Im Moment«, erwiderte sein Stabschef. »Aber ich garantiere Ihnen, dass alle Sonntags-Talkshows ebenfalls seinen Newsletter abonniert haben.«

»Im Augenblick ist der Sonntag noch eine ganze Ewigkeit entfernt.«

»So mag es einem vorkommen, aber so ist es nicht. Glauben Sie mir.«

»Und Sie müssen mir glauben: Zwischen jetzt und Sonntag kann viel passieren.«

12

FRANKFURT, DEUTSCHLAND

Sascha Baseyew aufzuspüren war nicht einfach. Nicholas hatte einen erstaunlichen Job gemacht. Er hatte damit begonnen, die gesamten Überwachungsaufnahmen rings um das Viertel zu durchsuchen, in dem Salah Abaaoud sein Liebesnest unterhielt. Nichts schien aus dem Rahmen zu fallen, bis er seiner Suche eine zusätzliche Ebene hinzufügte.

Danach zog er das Material rings um Salahs Haus und die Praxis heran. Er ging davon aus, dass der Killer Salah zumindest flüchtig observiert hatte, ehe er zuschlug. Seine Annahme erwies sich als richtig. Dennoch hätte Nicholas ihn um ein Haar übersehen.

Im Hintergrund seiner Suche ließ er eine Reihe von Algorithmen laufen. Einer davon war ein neues, im Entstehen begriffenes biometrisches Verfahren, das man Gangerkennung nannte. Es vermaß, wie eine Zielperson ging.

Baseyew war in der Tat ein Profi. Er hatte alles an seinem Aussehen verändert. In dem Mann, der die Praxis beobachtete, konnte man unmöglich den Attentäter wiedererkennen, der das Apartmenthaus betrat. Selbst die Art zu gehen war anders. Doch es war sein Gang, der Baseyew letztlich verriet.

Sich beim Gehen zu verstellen war das eine. Aber es konsequent durchzuhalten stand auf einem ganz anderen Blatt. Dem Verfahren zur Gangerkennung fielen selbst kleinste Veränderungen auf. Außerdem war es in der Lage, nach Mustern zu suchen. Stellte es Unstimmigkeiten beim Gehen fest, während die Kamera einen aufnahm, wurde man markiert. Auf diese Weise merkte Nicholas, dass die beiden Gestalten, die er ausgemacht hatte, ein und dieselbe Person waren.

Er verfolgte einen getarnten Sascha Baseyew zu einem mittelgroßen Hotel in der Brüsseler Innenstadt. Als Baseyew Stunden später wieder vor der Kamera auftauchte, trug er eine Lufthansa-Uniform und befand sich in Gesellschaft von fünf weiteren Flugbegleitern.

Sie stellten ihr Gepäck in einen Kleinbus und wurden zum Flughafen gefahren. Baseyew passierte mit dem übrigen Bordpersonal die Sicherheitskontrolle, ging in ein paar Läden, kam wieder heraus und stieg schließlich in ein Flugzeug nach Frankfurt.

Als das Flugzeug landete, konnte Nicholas die Passagiere und die anderen Flugbegleiter wiederfinden, nicht jedoch Baseyew. Er war verschwunden.

Menschen verschwanden nicht einfach, besonders nicht an einem großen internationalen Flughafen wie Frankfurt. Zumindest nicht ohne Hilfe. Und so hatte Nicholas tiefer gewühlt.

Als Flugbegleiter aufzutreten war eine hervorragende Tarnung. Besser als sich als Geschäftsmann auszugeben. Flugbegleiter wurden oftmals einer beschleunigten Kontrolle unterzogen, konnten mit der Umgebung verschmelzen und wurden von Flughafenmitarbeitern überall auf der Welt als »einer von uns« angesehen.

Als die Vereinigten Staaten von Baseyews Existenz erfuhren, war von seiner Tarnung nicht die Rede gewesen. Es war möglich, dass der russische Überläufer nichts davon gewusst hatte. Oder dass die Tarnung später erstellt wurde.

Für Nicholas spielte das keine Rolle. Er war an ihm dran. Er würde nicht ruhen, bis die Schlinge so fest zugezogen war, dass Sascha Baseyew keine Luft mehr bekam.

Für den Anfang brauchte er einen Namen. Er sah sich noch einmal das Filmmaterial vom Brüsseler Flughafen an. Baseyew hatte in einem der Läden etwas gekauft, bevor er in sein Flugzeug gestiegen war. Er hatte mit Kreditkarte gezahlt. Nicholas brauchte keine zehn Minuten, um in ihr System zu gelangen.

Anscheinend gönnte der Killer sich gern mal was Süßes. Per Visa-Karte hatte er sechs Tafeln belgische Schokolade gekauft. Der unprätentiöse Name auf der Karte lautete Peter Roth.

Mit diesem Namen konnte Nicholas die belgische Einreisedatenbank ins Visier nehmen. Zwei Stunden später hatte er einen vollständigen Scan von Peter Roths deutschem Pass. Daraufhin machte er sich an die Arbeit in den Systemen der Lufthansa.

Die Lufthansa verfügte über eine der größten Passagier-flotten der Welt. Sie flog fast 200 Ziele in 78 Ländern welt-weit an. Jahr für Jahr beförderte sie mehr als 100 Millionen Passagiere.

Über 100.000 Menschen arbeiteten für die Lufthansa. Vier davon hießen Peter Roth. Jeder hatte seinen Sitz in Frankfurt, dem Hauptdrehkreuz für das operative Geschäft der Lufthansa.

Sobald Nicholas Zugriff auf die Akten der Mitarbeiter und deren Fotos hatte, konnte er die vier Peter Roths auf exakt den einen eingrenzen, den sie suchten – Sascha Baseyew. *Die Schlinge hatte sich soeben zugezogen.*

Anscheinend war es ein Nebenjob, dem er nur spora-disch nachging. Er flog lediglich eine Handvoll Routen, zumeist international.

Was Baseyew bei der Lufthansa verdiente, wurde direkt auf ein Konto in Frankfurt überwiesen. Die Adresse, die er als Wohnsitz angab, stimmte mit den Adressen von fünf weiteren Lufthansa-Mitarbeitern überein. Nicholas leitete alles an Harvath weiter.

Es war ein Crash Pad, eine Flugbegleiter-WG, wie Harvath sie von früher kannte. In seiner Zeit bei den SEALs war er mit einer ganzen Reihe von Stewardessen der Scandinavian Airlines zusammen gewesen und war in mehreren davon ein und aus gegangen.

Eine Gruppe Flugbegleiter mietete ein Haus oder Apart-ment, weil sie entweder nicht in der Stadt wohnten, von der ihre Flüge abgingen, oder weil sie so viel reisten, dass sie sparen wollten, indem sie die Miete auf mehrere Mitbe-wohner verteilten.

Baseyew hingegen diente es als zusätzliche Tarnung und quasi als Safe House.

Laut Dispositionssystem der Lufthansa stand erst nächsten Monat ein weiterer Flug für ihn an. *Ob er sich bis dahin in dem Apartment versteckte?* Es gab nur einen Weg, das herauszufinden.

Harvath parkte seinen Wagen am Ende des Blocks, schaltete die Zündung aus und klappte den Kofferraum auf.

13

Nicholas zufolge waren die anderen Lufthansa-Flugbegleiter, die sich die Wohnung mit Baseyew teilten, zurzeit alle auf Reisen außer Landes. Keiner von ihnen wurde heute Abend zurückerwartet.

Harvath hatte eine Adresse und eine Apartmentnummer erhalten. Das war es auch schon. Er hatte keine Ahnung, wie es innen aussah.

Diskret erkundete er die Umgebung und stellte fest, wo der Eingang und die Ausgänge waren und in welchen Apartments Licht brannte. Nachdem er bereit war, knackte er das Schloss der Hintertür am Parkplatz und schlich sich hinein.

In der Lobby blieb er stehen und überprüfte den Briefkasten der Wohnung. Er war leer. Jemand hatte erst vor Kurzem die Post geholt.

Er fand die Treppe und ging hoch in den ersten Stock. Er betrachtete die Klingelschilder und fand jenes, das er suchte. Die einzigen Wohnungen, in denen er von draußen Licht gesehen hatte, befanden sich am anderen Ende des

Flurs. Aber nur weil er kein Licht gesehen hatte, hieß das noch lange nicht, dass niemand zu Hause war.

Bei Piloten und Flugbegleitern zählte der Jetlag zu den Berufsrisiken. Außerdem waren die Fluggesellschaften sehr strikt darin, wie viele Stunden Schlaf ihre Mitarbeiter vor dem Flug bekommen mussten. Darum investierten viele in Verdunkelungsvorhänge.

Als Harvath sich der Tür näherte, rückte er mit der Rechten die Glock 22 Kaliber 40 zurecht, die in dem Sticky-Holster an seinem Rücken steckte. Die CIA hatte es arrangiert, dass sie in einem kleinen Hotel in Flughafennähe für ihn hinterlassen wurde. In der linken Hand hielt er einen Blumenstrauß.

Als er sich die Flugpläne der Mitbewohner angesehen hatte, war ihm eine Mitbewohnerin aufgefallen, der man in letzter Minute einen Flug zugewiesen hatte. Nach einer kurzen Überprüfung ihrer Facebook- und Instagram-Konten war klar, dass die attraktive junge Frau gern feierte und viele Männerbekanntschaften hatte. Es fiel nicht schwer anzunehmen, dass sie vergessen hatte, einen Termin abzusagen, bevor sie verreiste.

Während Harvath vor der Tür stand, lauschte er einen Moment. Von drinnen war kein Laut zu hören. Er klopfte, wartete. Niemand kam. Er versuchte es noch einmal. *Nichts.*

Er probierte den Knauf, aber die Tür war verschlossen. Er zückte seine Dietriche und schloss auf.

Die Wohnung wurde vom schwachen Schein der Straßenlaternen draußen erhellt. Harvath ließ seinen Augen einen Moment Zeit, sich anzupassen.

Er legte die Blumen weg, zog die Glock und ging langsam von Raum zu Raum.

Die Einrichtung war elegant und minimalistisch. Die Bilder an der Wand geschmackvoll, aber nicht allzu teuer. Alles sah aus wie aus einer IKEA-Anzeige. Der einzige Ort, für den wirklich Geld ausgegeben wurde, war die Küche.

Vom Le-Creuset-Kochgeschirr bis zu den teuren japanischen Küchenmessern, die wie Museumsstücke ausgestellt waren, war offensichtlich, dass hier jemand das Kochen sehr ernst nahm.

In einem Regal stand eine Reihe von Kochbüchern mit Titeln auf Deutsch, Englisch und Französisch. In einer Schublade fand er einen Stapel Ernährungsmagazine. Der Kühlschrank und die Küchenschränke waren mit einer großen Auswahl an Gourmet-Lebensmitteln gefüllt, darunter Kaviar, Trüffeln und Gänseleber.

In den Schränken hing Kleidung, und vereinzelt lagen ein paar persönliche Dinge herum. Doch davon abgesehen sah die Wohnung eher nach einem Hotel aus als nach einem Zuhause.

Bei seinem zweiten Durchgang suchte Harvath nach Stellen, an denen Baseyew womöglich einen Notfall-Cache versteckt hatte. Jeder Agent, der sein Geld wert war, hatte so etwas in der Nähe. Dazu zählten normalerweise Bargeld, ein Prepaidhandy beziehungsweise saubere SIM-Karten sowie eine Waffe. Arzneimittel, Verkleidungen und sogar gefälschte Papiere konnten ebenfalls dazugehören. Es kam jeweils darauf an, was der Agent oder seine Organisation für nötig hielt.

Harvath ging unwahrscheinlich gründlich vor, doch seine Suche förderte nichts zutage. Falls Baseyew eine Notausrüstung für den Fall hatte, dass die Kacke am Dampfen war, befand sie sich nicht in der Wohnung.

Der Trip nach Frankfurt erwies sich als Reinfall auf ganzer Linie. Harvath ärgerte sich. Wenn er etwas hasste, dann Sackgassen und Zeitverschwendung. Das Einzige, was die CIA zu diesem Zeitpunkt tun konnte, war, die Wohnung zu verkabeln und abzuwarten. Für den Fall, dass Baseyew zurückkehrte, mussten sie ein Team bereithalten, das ihm einen Sack über den Kopf zog und ihn zu einem schönen langen Gespräch in ein Geheimgefängnis verfrachtete.

In der Zwischenzeit würde die CIA seine Mitbewohner kontaktieren, um festzustellen, was sie wussten. Selbst dem besten Agenten konnte ein Fehler unterlaufen. Vielleicht hatte Baseyew ja irgendwann Mist gebaut und ihm war etwas herausgerutscht, das hilfreich sein könnte.

Harvath legte alles genau so wieder hin, wie er es vorgefunden hatte, holte die Blumen und verließ das Apartment. Er musste Meldung machen. Allerdings war die Befehlskette ein bisschen undurchsichtig.

Technisch gesehen arbeitete er für ein Privatunternehmen namens The Carlton Group. Reed Carlton war ein legendärer Meisterspion, der das Antiterrorzentrum der CIA aufgebaut hatte. Er war verantwortlich für das *Old* in »Old School«.

Nach Jahrzehnten treuen Dienstes war er ausgestiegen. Er konnte die Karrieristen und die Bürokratie nicht mehr ertragen. Er sah eine echte Zukunft für eine Organisation, die in der Lage war, ohne Behördenkram und außerhalb der Reichweite des Kongresses zu operieren. Das Verteidigungsministerium und die CIA erwiesen sich als zwei seiner besten Kunden. Diese beiden wiederum wollten stets seinen besten Agenten.

Carlton hatte Harvath alles beigebracht, was er über das Geheimdienstgeschäft wusste. In Verbindung mit seinem SEAL-Hintergrund hatte dies Harvath an die Spitze der Nahrungskette katapultiert. Er war ein Beutegreifer der Spitzenklasse, ein Jäger, der seinesgleichen suchte.

Zur Seite gelegt und abgeschottet war der Mensch Harvath. Er mochte seine Arbeit. Wahrscheinlich zu sehr. Sie überschattete alles andere in seinem Leben. Und das Problem mit zu viel Schatten war, dass dort nur sehr schwer etwas gedeihen konnte.

Er wünschte sich nichts sehnlicher als den amerikanischen Traum, doch er war dazu berufen, ihn zu schützen. Es gab nun mal Wölfe, und die musste man jagen. Er hatte noch jede Menge an Jagden vor sich.

Was ihm nicht mehr unbegrenzt zur Verfügung stand, war Zeit. Zeit, eine Familie zu gründen. Die Zeit rann ihm durch die Finger. Er hatte sein ganzes Erwachsenenleben damit verbracht, jedem gegenüber loyal zu sein. Jedem gegenüber, außer sich selbst. Irgendwann musste das Zepter weitergegeben werden. Irgendwann musste jemand anders seinen Platz einnehmen.

Allerdings nicht heute. Es stand viel zu viel auf dem Spiel.

Wieder in seinem Mietwagen, benutzte Harvath sein verschlüsseltes Telefon, um der stellvertretenden CIA-Direktorin, Lydia Ryan, eine SMS zu schreiben. Ryan war Bob McGees rechte Hand in Langley. Wie McGee war sie eine hervorragende Agentin im Außendienst gewesen und vom Präsidenten handverlesen, um den Wiederaufbau der CIA von innen heraus zu unterstützen.

Indem die CIA sich der Carlton Group bediente, konnte sie die Grenzen dessen überschreiten, was ihr gesetzlich gestattet war. Außerdem konnten sie und, wichtiger noch, der Präsident es glaubhaft abstreiten, sollte je eine dieser Aktionen ans Licht kommen.

Fehlanzeige, tippte er. *Keine Spur von Pitchfork.*

Pitchfork war der Codename, den sie Baseyew zugewiesen hatten.

Moment, antwortete Ryan.

Sekunden später klingelte sein Handy.

»War das Apartment leer?«, fragte sie, als Harvath abnahm.

»Nein. Es ist möbliert und in Gebrauch.«

»Wie lange ist es her, dass er zum letzten Mal dort war?«

»Keine Ahnung. Wir könnten nach Überwachungskameras suchen und das Filmmaterial abrufen, wenn Sie möchten.«

»Ja«, sagte Ryan geistesabwesend.

»Sie sollten das Gebäude observieren lassen, das komplette Paket.«

»Ja.«

Harvath merkte, dass sie mit den Gedanken nicht bei der Sache war. »Möchten Sie mich zurückrufen?«

»Wie bitte? Nein, tut mir leid.«

Da stimmte etwas nicht. »Was ist los?«

»Es sind gerade weitere Informationen darüber eingegangen, was in der Türkei passiert ist«, sagte sie.

»In der *Türkei?* Was ist denn passiert?«

Schweigen. »Hat es Ihnen keiner gesagt?«

»Was denn? Ich bin hier im Einsatz.«

Er hörte, wie sie langsam ausatmete. Es klang, als ließe man die Luft aus einem Reifen.

»Verteidigungsminister Devon ist tot«, sagte Ryan. »Es gab einen Anschlag auf seine Wagenkolonne.«

»Wo? Wann?«

»In Antalya. Vor ungefähr vier Stunden.«

Harvath hatte Richard Devon gekannt, ihn gemocht, und zwar sehr. Er hatte auch einige Männer seiner Personenschutzgruppe gekannt. »Hat jemand überlebt?«

»Nein«, erwiderte Ryan. »Sie sind alle tot.«

Harvath konnte es nicht fassen. »Wie zum Teufel ist es passiert?«

»Das wissen wir nicht. Das Ganze ist äußerst komplex. Wir versuchen immer noch, es zu verstehen.«

»Wer steckt dahinter?«

»Es sieht nach dem IS aus.«

»Kommen Sie, Lydia«, entgegnete er. »Erst Anbar und jetzt das? So gut ist der IS nicht. Und *niemand* hat so viel Glück. Wer zum Teufel hilft denen?«

»Das ist die Frage, die wir uns hier alle stellen.«

Es gab tausend Dinge, die er sagen wollte. Nichts davon hilfreich oder angemessen. Er hielt seinen Zorn in Schach und stellte die einzige Frage, die angebracht war: »Was kann ich tun?«

Die stellvertretende CIA-Direktorin zögerte nicht. »Finden Sie Pitchfork«, sagte sie. »Und zwar schnell.«

14

OBERURSEL
17 KILOMETER NORDWESTLICH VON FRANKFURT

Wenn Baseyew die Lufthansa als Tarnung benutzte, um sich von einem Land ins andere zu bewegen, mussten die Russen dort jemanden haben. Einen Insider. Harvath hatte Nicholas beauftragt herauszufinden, wer dieser Jemand war.

Das größte Hindernis, dem Nicholas sich gegenübersah, bestand darin, das Buchungssystem der Lufthansa zu begreifen und zu verstehen, wie die Dienstpläne für die Crews erstellt wurden. Sobald sich das für ihn herauskristallisierte, nahm seine Suche Fahrt auf.

Als jemand, der sich mit Daten befasste, war Nicholas besessen von Mustern. Selbst wenn es kein Muster gab, war das ein Muster, pflegte er zu sagen. Und je genauer er Baseyews Reisen unter die Lupe nahm, desto schlauer wurde er aus dem Mann. Baseyew hatte definitiv jemanden im Innern. Jemanden, der sehr gut darin war, seine Spuren zu verwischen. *Sehr gut,* allerdings nicht perfekt.

Nun, da sie Baseyews Mitarbeiternummer hatten, konnten sie alle seine Lufthansa-Reisen als Peter Roth nachverfolgen. Dazu zählten nicht nur Flüge, bei denen er arbeitete, sondern auch Freiflüge, die er als Mitarbeiter einer Fluggesellschaft bekam, sowie Dead-Head-Flüge zu einem bestimmten Zielort, um dort auf einem weiteren Flug eingesetzt zu werden. Es kam sogar vor, dass er in einer Stadt irgendwo im Ausland auftauchte und einen Lufthansa-Flug nahm, ohne dass es einen Anhaltspunkt dafür gab, wie er dorthin gelangt war.

Die ganze Zeit über hielt Nicholas Ausschau nach einer Konstante, nach etwas, das sich wiederholte – nach etwas, das auf denjenigen hinwies, den die Russen im Innern hatten, wer auch immer dies sein mochte. Schließlich fand er es.

Jörg Strobl war leitender IT-Spezialist in der Crew-Management-Abteilung der Lufthansa. Er leitete eines der zahllosen Teams, die die Dienstpläne der Besatzungen erstellten. Zwar hatte er seine Spuren aufwendig verwischt, um seine Beteiligung zu verbergen, doch war er derjenige, der hinter allen Flügen Baseyews stand.

Aber das war noch nicht alles. Strobls Frau Anna war bei der Bundespolizei – eine uniformierte Polizistin, stationiert am Frankfurter Flughafen. Wie es aussah, hatten die Russen mit den Strobls zwei Fliegen mit einer Klappe geschlagen.

Die Stadt, in der sie wohnten, war als Zentrum für Tourismus- und IT-Unternehmen bekannt. Laut seiner Akte war Jörg Strobl bis vor vier Jahren im Lufthansa Aviation Center am Flughafen beschäftigt, bis er anfing, im Homeoffice zu arbeiten.

Annas Bundespolizei-Akte war nicht übermäßig beeindruckend. Sie hatte einen durchschnittlichen Abschluss hingelegt und mehrere Jahre damit verbracht, Bundesgebäude zu schützen, bevor sie in den Flughafendienst versetzt wurde.

Was einem hingegen auffiel, war das Foto in ihrem Dienstausweis. Sie war eine äußerst attraktive Frau mit glattem braunem Haar, hohen Wangenknochen und einem beneidenswerten Körper, den nicht einmal ihre plumpe Uniform verbergen konnte.

Sie und der gut aussehende, blonde Jörg Strobl schienen wie füreinander geschaffen. Nach allem, was Nicholas in Erfahrung brachte, hatten sie sich wohl am Flughafen kennengelernt. Soweit er es beurteilen konnte, hatten sie keine Kinder.

Die Strobls wohnten am Stadtrand von Oberursel, nicht weit von der A 661 entfernt. Ihr Zuhause war leicht zu finden.

Es war ein ruhiges Viertel, lauter Einfamilienhäuser. Sichtschutzhecken trennten die Gärten voneinander. Einige Häuser hatten Garagen, andere Carports.

Im Carport der Strobls stand ein neuer Mercedes-Van. Der Platz daneben war frei.

Der Van schien eine seltsame Wahl, bis Harvath die Rampe an der Treppe sah. Er fragte sich, ob sie sich um einen alternden Elternteil kümmerten.

Das könnte erklären, warum Jörg angefangen hatte, von zu Hause aus zu arbeiten. Was es jedoch nicht erklärte, war, weshalb er für die Russen arbeitete.

Harvath duckte sich unter die Fensterlinie und schlich um das Haus herum nach hinten.

Es war nicht viel los. Alles, was er durch eines der Fenster im Erdgeschoss sehen konnte, war ein schwaches Leuchten, wahrscheinlich von einem Fernsehgerät.

Hinter dem Haus befand sich eine kleine Backsteinterrasse mit drei Steinstufen, die zu einer Tür führten. Er stieg die Treppe hinauf und spähte durch ein Fenster in die Küche. Plötzlich fiel ihm eine Bewegung auf, und er wich ins Dunkel zurück.

Er konnte immer noch in die Küche sehen und beobachtete, wie eine Gestalt in einem elektrischen Rollstuhl in Sicht kam. Er wollte schon annehmen, seine Vermutung über einen alternden Elternteil sei richtig, da erkannte er, dass es Strobl selbst war.

In der Akte stand nichts, das darauf hindeutete, dass er behindert war. *Warum sitzt er im Rollstuhl? Und wo ist seine Frau?*

Harvath wartete, bis der Mann die Küche wieder verlassen hatte. Dann machte er sich an der Hintertür an die Arbeit.

Sobald er das Schloss geknackt hatte, öffnete er langsam die Tür. Das Haus war nicht allzu groß, wahrscheinlich war Strobl in dem anderen Zimmer, in dem er den Schein des Fernsehers gesehen hatte.

Er trat ein und schloss behutsam die Tür hinter sich. Auf dem Küchentresen stand eine halbe Flasche Wein. Daneben befanden sich Verpackungsreste eines Fertiggerichts. Aus dem Zimmer nebenan hörte er Musik. Es war eine sehr alte Aufnahme. Er brauchte einen Moment, um die Sängerin zu erkennen. *Sarah Vaughan.*

Er zog seine Glock und bewegte sich langsam und lautlos darauf zu.

Am Rand der Küche konnte er das Leuchten aus dem anderen Zimmer sehen. Noch drei Schritte, dann merkte er, dass es nicht von einem Fernseher kam. Es stammte von drei langen Flachbildschirmen, die im Halbkreis auf einem langen Tisch in dem Arbeitszimmer angeordnet waren.

Davor saß ein Mann, der ganz anders aussah als auf dem Foto in den Akten, das Harvath gesehen hatte. Jörg Strobl war dünn und gebrechlich, ein Schatten seiner selbst. In der linken Hand hielt er ein Glas Rotwein. Die Augen hatte er geschlossen, während er Sarah Vaughan zuhörte, die »Don't Blame Me« sang.

»Interessante Wahl!« Harvath erschreckte den Mann zu Tode.

Strobl ließ sein Weinglas fallen, und es zerschellte auf dem Boden.

Er wirbelte seinen Rollstuhl herum, um Harvath anzusehen. »Wer sind Sie?«

Harvath hob den Zeigefinger an die Lippen. »Wo ist Anna?«

»Was wollen Sie von Anna?«

»Wo ist sie?«, fragte Harvath noch einmal.

»Ich weiß es nicht.«

Harvath glaubte ihm nicht. »Letzte Chance!« Er richtete die Pistole auf seine Brust.

»Sie ist bei der Arbeit.«

»Wann kommt sie nach Hause?«

Der Mann zuckte die Achseln. »Sie hätte schon vor einer Stunde hier sein sollen. Manchmal geht sie noch mit ihren Kollegen aus.«

»Ruft sie Sie nicht an?«

Strobl bediente den Joystick, um seinen Rollstuhl auf den Eindringling zuzubewegen.

»Das ist nah genug«, warnte Harvath.

»Wer sind Sie und was wollen Sie von Anna?«, fragte der Mann erneut.

»Ich bin nicht wegen Anna hier. Ich bin wegen Ihnen gekommen, Herr Strobl.«

»Wegen mir? Weshalb denn?«

»Sie treffen Reisevorkehrungen für einen äußerst gefährlichen Mann.«

»*Einen äußerst gefährlichen Mann*«, erwiderte Strobl mit einem Lachen. »Da liegt offensichtlich ein Fehler vor.«

»Ich mache keine Fehler«, sagte Harvath. »Sie sind der Mann, den ich suche, und Sie wissen ganz genau, warum ich hier bin.«

»Ich wünschte, ich könnte Ihnen helfen. Aber das kann ich nicht.«

»Sie können mir helfen, und Sie *werden* es auch.«

»Ich rufe die Polizei.« Strobl drehte seinen Rollstuhl um und rollte zurück zu seinem Schreibtisch.

Harvath griff sich eine Handvoll der Verkabelung des Rollstuhls und riss die Drähte heraus. Prompt blieb das Gerät stehen.

»Sie machen mich wütend, Jörg.«

»Sie haben den Falschen!«, beharrte Strobl. Er hob die Stimme. »Ich möchte, dass Sie jetzt gehen. Auf der Stelle!«

»Erst nachdem Sie mir alles erzählt haben, was ich wissen möchte.«

»Ich weiß nichts«, sagte Strobl. Er wandte den Blick ab.

»Jörg, je mehr Sie mich belügen, desto schlimmer wird es. Glauben Sie mir. Ihr Zustand wird Ihnen keine Sonderbehandlung einbringen. Sie haben einen Mörder unterstützt und ihm Beihilfe geleistet. Ich möchte die Details. Alle!«

Strobl machte sich bereit zu reden, wurde jedoch unterbrochen.

»Ich will auch die Details«, sagte eine Stimme.

Harvath blickte auf und sah Anna Strobl in der Tür stehen. Sie hielt eine Pistole in der Hand, und sie war direkt auf ihn gerichtet.

15

Anna Strobl war zwar keine überragende Polizistin, aber sie war auch nicht schlecht. Wie alles im Leben hatte Polizeiarbeit viel mit Timing und Instinkt zu tun.

Auf dem Heimweg hatte sie beschlossen, noch tanken zu gehen. Vor sich hatte sie einen Wagen bemerkt, der vor ihrem Haus langsamer wurde. Er blieb nicht stehen, aber der Fahrer sah sich das Anwesen lange an, ehe er weiterfuhr. Lange genug, dass bei ihr die Alarmglocken schrillten.

Nachdem er an ihrem Haus vorüber war, beschleunigte er wieder auf normale Geschwindigkeit und bog ab. Sie beobachtete ihn und ließ ihn fahren.

Selbst wenn sie ein offizielles Fahrzeug der Bundespolizei mit Lichtern und Sirenen benutzt hätte, anstatt ihren Privatwagen, hätte sie den fremden Wagen nicht einfach grundlos anhalten können.

Als sie von der Tankstelle zurückkam, ließ ihr der Wagen noch immer keine Ruhe. Sie beschloss, auf dem Nachhauseweg noch einmal durchs Viertel zu fahren und die Augen offen zu halten. Sie fand ihn vor einer Kirche geparkt, zwei Querstraßen von ihrem Haus entfernt. Der Fahrer war nirgends zu sehen. *Da stimmte etwas nicht.*

Einer der Nachbarn war im Urlaub und hatte Anna gebeten, auf sein Haus aufzupassen. Sie parkte in seiner Einfahrt und ging durch die Gärten, bis sie an ihren eigenen kam. Es gab keinerlei Anzeichen dafür, dass etwas nicht stimmte. Doch ihr Bauchgefühl sagte ihr etwas anderes.

Als sie feststellte, dass ihre Hintertür unverschlossen war, zog sie ihre Waffe, streifte ihre Schuhe ab und schlich hinein.

Sie hatte das ganze Gespräch mit angehört. Was sie noch mehr beunruhigte, als dass der Eindringling ihren Namen kannte, war, dass Jörg nicht einmal ein guter Lügner war.

»Lassen Sie die Waffe fallen«, sagte sie zu dem Kerl, der ihrem Mann die Waffe vors Gesicht hielt.

»Sie zuerst«, erwiderte Harvath.

Anna beugte ihre Schulter nach vorn, damit er das Abzeichen sehen konnte. »Bundespolizei«, sagte sie. »Weitere Beamte sind unterwegs. Lassen Sie die Waffe fallen. *Jetzt!*«

»Nein danke. Ich warte, bis die anderen hier sind.«

»Das war keine Bitte, sondern ein Befehl. Nehmen Sie die Waffe runter!«

Harvath blickte den Mann im Rollstuhl an. »Meine Vorgesetzten wissen alles, Jörg. Sie wissen, weshalb ich hier bin und was Sie getan haben. Wenn Sie die Bundespolizei mit hineinziehen, ist es aus für Sie.«

»Was genau wissen Sie?«, wollte Anna wissen.

»Fragen Sie Ihren Mann!«

Sie sah Jörg an. Sekundenlang wich er ihrem Blick aus. Schließlich sagte er: »Alles was ich getan habe, habe ich nur für dich getan.«

»Was hast du getan?«

»Ich wollte sichergehen, dass du versorgt bist.«

»*Was hast du getan?*«, wiederholte sie.

»Nichts. Nichts Großartiges.«

»Sag es mir, Jörg. Auf der Stelle!«

Beschämt gab er sich geschlagen und richtete den Blick zu Boden. »Ich habe die Dienstpläne manipuliert.«

»Warum?«

»Für Geld. Damit du hast, was du brauchst, wenn ich nicht mehr bin.«

Anna verstand nicht. »Du hast Geld von den Crewmitgliedern genommen? Wofür? Um die Flüge zu arrangieren, die sie wollten? Damit sie mehr Freizeit haben?«

»Wenn das alles wäre«, meinte Harvath, »wäre ich nicht hier.«

»Sag mir, warum dieser Mann hier ist, Jörg.«

»Ich habe es dir doch gesagt. Ich habe Geld genommen, um die Dienstpläne zu manipulieren.«

Anna blickte von ihrem Mann zu Harvath. Sie verstand immer noch nicht. Harvath erklärte es ihr. »Er hat Geld genommen, um einem Attentäter zu helfen, unbehelligt von internationalen Strafverfolgungsbehörden zu reisen.«

»Ich hatte doch keine Ahnung, dass …«, stotterte Strobl.

»Wie viel?«, unterbrach sie ihn.

»Anna, du musst mir glauben, dass ich …«

»Wie viel?«

»200.000 Euro.«

»Mein Gott«, erwiderte sie. »200.000 Euro, und du hattest keine Ahnung, dass es falsch war? Dass Kriminelle beteiligt sein könnten?«

»Ich sterbe!«, schrie er. »Ich habe es für *dich* getan.«

»Schieb es bloß nicht mir in die Schuhe. Du hast es für dich getan, weil du dich schuldig fühlst. Ich brauche kein Geld.«

Jörg Strobl lachte. »Und dein neuer Wagen? Der teure Van, um meinen Rollstuhl unterzubringen? Was glaubst du, woher das wohl kommt?«

»Du sagtest, du hast nebenher noch einen IT-Job.«

»Und jetzt kennst du die Wahrheit.«

Anna kramte den Autoschlüssel aus ihrer Tasche und warf ihn ihrem Mann zu. Er hob die Hände nicht schnell genug, um ihn aufzufangen. Der Schlüsselanhänger traf ihn an der Brust und landete auf seinem Schoß.

Eine unbehagliche Stille machte sich breit, während die Strobls einander anstarrten.

Harvath hatte keine Zeit herumzustehen, während sie eine Lösung für ihre Probleme suchten. »Wie wurden Sie angesprochen?«, fragte er. »Wer bezahlt Sie? Wie werden Sie kontaktiert?«

Strobl sah seine Frau an, die ihre Waffe wieder ins Holster steckte. »Ich denke, du solltest ihm eine Antwort geben«, sagte sie. Anschließend wandte sie sich an Harvath. »Es kommen keine weiteren Beamten.«

Das hatte Harvath auch nicht angenommen. Man hatte ihm beigebracht, Mikroausdrücke wahrzunehmen, die kleinen Tics, die Menschen unbewusst aussenden, wenn sie nicht die Wahrheit sagen. Sie war eine sehr gute Lügnerin. Ihr Tic war kaum wahrnehmbar.

»Wenn ich rede«, sagte Jörg zu Harvath, »bringen die mich um. Rede ich nicht, bringen *Sie* mich um. Ich sehe in alldem nichts, das mir etwas bringen könnte.«

»Wenn Sie reden, werde ich Sie beschützen. Sie *und* Anna.«

Das war eine Entwicklung, mit der Jörg nicht gerechnet hatte. Er überlegte einen Moment. »Woher weiß ich, dass ich Ihnen vertrauen kann?«

»Das wissen Sie nicht.«

Jörg schüttelte den Kopf. »Ich weiß ja noch nicht einmal, wer Sie sind.«

»Ebendeshalb bin ich in der Lage, Sie zu beschützen«, erwiderte Harvath. »Entweder fangen Sie jetzt an zu reden oder ich gehe – und mit mir jede Hoffnung auf Sicherheit, die Sie und Ihre Frau je haben werden. Die Entscheidung liegt bei Ihnen.«

Strobl blickte zu Anna auf. »Würdest du uns bitte Wein einschenken?«

16

Zum Bahnhofsviertel gehörten natürlich der Frankfurter Hauptbahnhof und das Rotlichtviertel. Außerdem befand sich dort auch die Wohnung des Mannes, der Jörg Strobl rekrutiert hatte.

Dabei konnte Harvath Anna Strobl nicht gebrauchen, wollte sie auch nicht dabeihaben, aber sie hatte darauf bestanden. Ihr stärkstes Argument war, dass sie in der Lage wäre, die Informationen zu verifizieren, die er sich erhoffte.

Sigmar Eichel arbeitete in der Flugzeugabfertigung. Damit hatte er Zugang zu den Terminals, Landebahnen, Hangars und allen sonstigen Facetten des Frankfurter Flughafens. Er konnte in Sicherheitsbereichen ein und aus gehen, ohne Verdacht zu erregen. Er kannte alle Security-Protokolle, wusste, welche Kameras funktionierten und welche nicht. Anna meinte, dass er wahrscheinlich auch Zugriff auf die Aufnahmen der Überwachungskameras hatte und diese sogar ändern konnte.

Ein weiterer Vorteil, wenn Harvath Anna dabeihatte, bestand darin, dass sie Bundespolizistin war. Sobald Sigmar sie sah, würde er wissen, dass es aus war. Der Trick bestand darin, ihn zu überreden, sich gegen die Leute zu wenden, für die er arbeitete.

Harvath hatte nicht erwartet, dass die Russen sich direkt mit Jörg Strobl befassten. Das brauchten sie nicht. Sie bedienten sich eines Mittelsmannes, dem sie vertrauten.

Das war Eichels Job. Er gab die Anweisungen weiter, Strobl führte sie aus.

Eichel stand weiter oben in der Nahrungskette. Damit war er wohl besser ausgebildet und hatte wahrscheinlich auch mehr zu verlieren. Das hieß, dass er womöglich schwerer zu knacken war.

Strobl hatte erklärt, dass er Eichel damals kennengelernt hatte, als er im Lufthansa Aviation Center arbeitete. Als Strobl Harvath von seinem Gesundheitszustand erzählte, wusste dieser fast genau, wie die Rekrutierung abgelaufen war.

Kurz nachdem Jörg die Diagnose amyotrophe Lateralsklerose erhalten hatte, war Eichel ihm immer wieder zufällig begegnet. An den unterschiedlichsten Orten, sowohl bei der Arbeit als auch außerhalb des Flughafens. Zwar nicht oft, aber oft genug.

Bald schlossen die beiden Freundschaft, trafen sich nach der Arbeit zu einem Bier, unternahmen hin und wieder etwas am Wochenende. Normalerweise dann, wenn Anna Dienst hatte. Sie war Eichel nur ein-, zweimal begegnet.

Da Harvath annahm, dass sie als Polizistin über halbwegs anständige Menschenkenntnis verfügte, fragte er Anna, was sie von Eichel hielt. Ihre Einschätzung enttäuschte ihn nicht.

Von seinem Aussehen her erinnerte Anna sich daran, dass Eichel übergewichtig war, schlecht sah und trockene Haut hatte. Er kleidete sich wie ein Mann, in dessen Leben es keine Frau gab und der auch keine wollte. Von der Persönlichkeit her hatte er eine ziemlich überhöhte Meinung sowohl von seinem Talent als auch von seinem Wert für den Airport. Seine Witze waren chauvinistisch und nicht sehr intelligent.

Um dem Ganzen die Krone aufzusetzen, beschrieb Anna ausführlich, dass Eichel am linken Fuß einen Korrekturschuh trug, weil sein linkes Bein wahrscheinlich kürzer war als das rechte. Dazu merkte sie an, dass Eichel aus diesem Grund als Kind womöglich gehänselt worden war. In der Folge entwickelte er wohl ein niedriges Selbstwertgefühl, was zu seiner unangenehmen Persönlichkeit führte und dem mangelnden Interesse an der Pflege seines äußeren Erscheinungsbildes.

Zuletzt meinte sie, vielleicht sei Eichel aber auch nur als Arschloch geboren worden, weshalb diese ganzen Betrachtungen nicht von Belang seien.

Harvath bemühte sich, nicht zu lächeln, konnte jedoch nicht anders. Mit ihrer scharfen Beobachtungsgabe hatte sie eine erstaunlich aufschlussreiche Einschätzung abgegeben.

Harvath war versucht zu fragen, weshalb ihr bei ihrem Ehemann so vieles entgangen sei, ließ es jedoch bleiben. Liebe machte zwar oftmals blind, aber die kräftezehrende Krankheit eines geliebten Menschen war ein Käfigkampf mit harten Bandagen. Die Schläge kamen so schnell und so wütend, dass man schon Glück hatte, wenn man es überlebte, geschweige denn alles erfassen konnte, was um einen herum vorging.

Von jemandem in einer emotionalen Ausnahmesituation zu erwarten, dass er subtile Veränderungen bei seinem Ehepartner wahrnahm und diese nicht der Krankheit zuschrieb, war Schwachsinn. Jeder Tag war ein neuer Kampf. Jeden Tag musste man mit dem Unerwarteten rechnen. Harvath gab Anna keine Schuld. Er konnte es ihr nachempfinden, da er schon Ähnliches durchgemacht hatte.

»Sie sind nicht verheiratet?«, fragte sie.

Er stand am Fenster von Eichels schäbiger Wohnung in der Nähe der Kaiserstraße und wartete darauf, dass Eichel nach Hause kam.

»Nein«, antwortete Harvath. »Ich bin nicht verheiratet.«

»Warum nicht?«

Er lächelte. »Keine Ahnung.«

»Mögen Sie keine Frauen?«

Er lachte. »Doch, ich mag Frauen. Das ist nicht das Problem.«

»Was ist es dann?«

»Ich bin mit meinem Job verheiratet, nehme ich an.«

Anna schüttelte den Kopf. »Das ist albern.«

»Meine Arbeit ist mir wichtig.«

Bevor Anna das Haus in Oberursel verließ, hatte sie sich umgezogen. Sie trug nun Jeans, T-Shirt und eine Lederjacke. Sie zog die Lederjacke aus, legte sie über die Armlehne des Sofas und kam auf ihn zu.

»Haben Sie momentan eine Frau?«

In Harvaths Hinterkopf schrillten die Alarmglocken. Er hatte so einige Frauen gehabt. Viele hatten ihn einfach verlassen, ohne ein Wort zu sagen. »Ich bin mir nicht sicher«, antwortete er.

»Was soll das heißen?«

»Wir werden in unterschiedlichen Städten wohnen.«

»Aber im Moment wohnen Sie in derselben Stadt?«

»Nein.« Anna sah ihn an.

»Es ist kompliziert«, räumte Harvath ein.

Sie blickte ihm in die Augen, war im Begriff, etwas zu erwidern. Da gab Harvath ihr ein Zeichen, still zu sein. Er hatte etwas gehört.

»Da kommt jemand«, flüsterte er.

17

Eichel trat die Tür mit dem Fuß hinter sich zu, warf seine Schlüssel in eine Schale auf dem Esstisch und stellte eine große Tüte mit Fast Food auf den Couchtisch.

Er hängte seinen Mantel an einen Haken neben der Tür und ging in die Küche. Erst hörte man die Kühlschranktür, dann eine Schranktür, die geöffnet und wieder geschlossen wurde. Mit einem hohen Glas und einer großen Flasche Bier kehrte er ins Wohnzimmer zurück.

Sobald er es sich auf der Couch bequem gemacht hatte, trat Harvath aus dem Schlafzimmer.

Eichel bekam fast einen Herzinfarkt. »Scheiße!«, entfuhr es ihm. Harvath richtete seine Glock auf ihn und sagte ihm, er solle die Klappe halten.

»Wer sind Sie?«, fragte er. »Was wollen Sie?«

»Ich bin hier, um mich mit Ihnen über Peter Roth zu unterhalten.«

»Ich kenne keinen Peter Roth«, sagte Eichel.

Harvath lächelte. »Da hat mir Jörg Strobl aber etwas anderes erzählt.«

»Ich kenne keinen Jörg Strobl.«

»So läuft das also. Ist in Ordnung für mich.«

Eichel sah zu, wie Harvath eine Rolle Klebeband zückte und sich der Couch näherte. Der Mann schwitzte bereits, sein Herz raste. »Das können Sie nicht tun!«

»Ich tue es doch.«

»Sagen Sie mir einfach, was Sie wissen möchten.«

»Das habe ich bereits«, meinte Harvath, »aber Sie haben beschlossen, lieber Spiele zu spielen. Das ist okay für mich. Ich mag Spiele.«

»Ich bin deutscher Staatsbürger. Das können Sie mit mir nicht machen.«

Der dicke Mann schien kaum in der Lage, jemandem zu sagen, was er tun oder lassen sollte.

Als Harvath versuchte, ihm die Handgelenke zu fesseln, wehrte Eichel sich. Also versetzte Harvath ihm einen Schlag auf den Mund.

Prompt traten dem Mann Tränen in die Augen. »Warum?«, stöhnte er.

»Sie wissen, warum. Und Sie sollten ebenfalls wissen, dass das hier nur umso schmerzhafter wird, je mehr Sie sich wehren. Haben Sie verstanden?«

Eichel antwortete nicht, darum schlug Harvath ihn erneut.

»Okay. Genug. Es reicht. Ich habe verstanden.«

Nachdem Harvath dem Mann die Hände gefesselt hatte, fragte er: »Wer ist Peter Roth?«

»Ich habe Ihnen doch gesagt, dass ich es nicht …«, begann Eichel, verstummte jedoch, als er sah, wie Harvath die Hand zur Faust ballte und ausholte. »Okay, okay.«

»Okay was? Wer ist Peter Roth?«

»Er arbeitet für die Lufthansa.«

»Für wen arbeitet er wirklich?«

»Ich weiß es nicht!«, rief der Mann.

Harvath schlug wieder zu, wesentlich fester diesmal.

Eichel spie einen abgebrochenen Zahn auf den Couchtisch. »Sie müssen mir glauben. Ich habe keine Ahnung, worum es bei alldem geht.«

Harvath holte aus und Eichel schloss die Augen. Doch anstatt zuzuschlagen, packte Harvath ihn an den gefesselten Handgelenken und zerrte ihn in die Küche.

Es fehlte ihm gerade noch, dass er sich die Hand brach, weil er diesem Idioten andauernd ins Gesicht schlug.

Er stieß Eichel zu Boden und durchwühlte die Schränke, bis er fand, wonach er suchte.

Ehe der dicke Mann zu schreien vermochte, stülpte Harvath ihm die Plastiktüte über den Kopf und zog sie fest zu. Sauerstoffmangel wirkte oftmals Wunder, wenn es um die Kooperationsbereitschaft ging, ganz zu schweigen von der Erinnerungsfähigkeit der Leute.

Eichel lag auf den Händen, unfähig, nach oben zu langen und nach der Plastiktüte zu greifen. Während er sich wie wild auf dem Boden krümmte, setzte Harvath sich auf ihn, um die Erstickungsgefahr intensiver zu gestalten.

Als er das Gefühl hatte, der Mann habe genug, gab er ihm noch drei Sekunden und zog ihm dann die Tüte vom Kopf.

Eichel rang um Atem, bekam jedoch keine Luft, bis Harvath endlich von seinem Rücken stieg. Sobald er weg war, sog der Airport Operations Manager die Luft ein wie ein Verdurstender Wasser in einer Wüstenoase.

Kaum war er zu Atem gekommen, meinte Harvath »Das reicht« und machte Anstalten, ihm die Tüte wieder über den Kopf zu ziehen.

Eichel schüttelte heftig den Kopf. »Nein«, stieß er krächzend hervor.

»Du hattest deine Chance, als ich dich nach Roth fragte. Aber du wusstest es ja besser. Diesmal behältst du die Tüte doppelt so lange auf.«

Eichel zappelte noch wilder als zuvor. »Bitte!«, flehte er. »Bitte! Aufhören!«

Harvath kannte sich mit diesem Spiel aus. Wenn der Kerl ihn darum bat aufzuhören, war das nicht dasselbe wie seine Frage zu beantworten. Eichel wusste es ebenfalls. Also bekam er die Tüte wieder über den Kopf.

Kaum hatte er sie auf, begann er, einen Namen zu schreien. »Malevsky!«, brüllte er. »Michail Malevsky!«

Harvath nahm die Tüte weg, wartete, bis der übergewichtige Deutsche wieder zu Atem kam. Anschließend wälzte er ihn in eine sitzende Position und lehnte ihn an die Wand. »Wer ist Michail Malevsky?«

»Ein Russe!«

»Ach was!«, erwiderte Harvath. »Wer ist er?«

»Ein Geschäftsmann.«

»Was für *Geschäfte?*«

»Ich weiß es nicht.«

Mit der Faust griff Harvath in Eichels schlaffe Wangen, drehte sie um. »Sag mir, wer er ist, oder ich ziehe dir die Tüte wieder über und nehme sie nicht mehr runter.«

»*Mafia!*«, schrie Eichel. »Die Russenmafia.«

Harvath ließ sein Gesicht los. *Die Russenmafia, das konnte alles heißen.* Die russische Mafia steckte voller russischer Agenten. Manche waren im Ruhestand. Andere nicht. Alle unterhielten sie gute Beziehungen zu Moskau. Immerhin war es der Kreml, der für die *Organisation* im organisierten Verbrechen stand.

»Wo finde ich ihn?«, wollte Harvath wissen.

»Sie können ihn nicht finden. Er ist äußerst vorsichtig. Er hat die beste Security.«

»Das werden wir sehen. Wie kontaktiert er dich?«

»Er schickt mir per SMS einen Code«, antwortete Eichel. »Ich entschlüssle ihn und tue dann, was drinsteht.«

»Was tust du sonst noch für ihn, außer die Dienstpläne der Lufthansa zu manipulieren?«

»Nichts. Das schwöre ich.«

Er log. Harvath streckte die Hand nach der Plastik-tüte aus.

»Manchmal«, fügte Eichel hastig hinzu, »habe ich geholfen, Herrn Roth durch bestimmte Teile des Flughafens zu bringen.«

»Um Sicherheits- oder Passkontrollen zu umgehen?«

»Ja.«

»Was sonst noch?«, fragte Harvath.

»Manchmal habe ich ihm auch geholfen, in den privaten Bereich zu gelangen.«

Das erregte Harvaths Aufmerksamkeit. »Wie oft ist Roth privat geflogen?«

»Ein paarmal im Jahr.«

»Warum nicht mit der Lufthansa?«

Eichel zuckte die Achseln. »Ich weiß es nicht.«

»Wann war das letzte Mal?«

»Vor ein paar Tagen.«

Harvath blickte ihn an. »Wohin ist er geflogen?«

»In die Türkei«, sagte Eichel.

»Wohin genau in die Türkei?«

»Nach Antalya.«

18

ANTALYA
TÜRKISCHE RIVIERA

Der Anschlag auf den amerikanischen Verteidigungs-minister war spektakulär gewesen. Alles war perfekt gelaufen.

Baseyew hatte sich darauf eingestellt, alle seine Männer zu verlieren. Stattdessen hatte er nur drei verloren. Das bedeutete, dass er nun aufräumen musste.

Als die Männer sich wieder im Lagerhaus versammelten, standen sie immer noch unter den neuen Drogen, die er ihnen heute Morgen gegeben hatte – Pillen, um sie aggressiv und hyperwachsam zu machen.

Drogen, um sich in der Nacht vor einem Anschlag zu entspannen, und Drogen, um sich am Tag des Anschlags aufzuputschen, waren in Terrorkreisen weitverbreitet. Nun, erklärte Baseyew, war es an der Zeit, dass sie wieder herunterkamen und locker wurden. Wenn sie nervös oder überdreht seien, würden sie niemals entkommen.

Er verteilte Wasserflaschen und winzige Pappbecher, in denen sich jeweils eine einzige Pille befand. Die Männer lächelten über ihren Sieg und skandierten »Allahu'akbar«, *Gott ist groß!*

Sie stellten Baseyew Fragen darüber, wie das Leben in Syrien aussah, im Kalifat. Im Gegenzug entwarf er ihnen ein rosiges Bild.

Die Männer würden als Helden, als Löwen gepriesen. Der Kalif persönlich hatte bereits von ihrem Erfolg gehört. Für jeden von ihnen stünden großzügige Wohnungen und Frauen bereit. Männer würden ihrem Kommando unterstellt. Sie seien nichts weniger als islamische Rockstars.

Noch wichtiger, erklärte Baseyew, Allah selbst sei nicht nur erfreut, sondern habe ihre heutige Leistung gesegnet. Er habe sie beschützt und ihnen im Kampf den Sieg geschenkt. Ihm sei der ganze Ruhm zu verdanken.

Die Männer hielten in ihrem selbstgefälligen Eifer inne und baten Baseyew, sie im Gebet zu führen. Er war einverstanden und vergewisserte sich, dass alle ihre Pillen geschluckt hatten.

Nachdem sie ihre rituelle Waschung durchgeführt und die Gebetsteppiche ausgerollt hatten, begann Baseyew.

Muslime durften nicht unruhig herumrutschen oder sich umsehen. Sie sollten ihre Gebete rezitieren, als befänden sie sich in Gegenwart Gottes. Es verlangte einen Zustand völliger Konzentration.

Wo es Baseyew gestattet war, zusätzliche Verse aus dem Koran beizutragen, rezitierte er die längsten, an die er sich erinnern konnte.

Während des ganzen Gebets nahmen die Männer alle erforderlichen Haltungen ein, vom Beugen der Stirn bis zum Boden im Sudschud bis zum Zurückschwingen und Hocken auf den Fersen im Tashahhud.

Allmählich wurden ihre Bewegungen schwerfälliger, träger. Die Augenlider wurden schwer, ihre Augen glasig. Baseyew redete langsamer, senkte die Stimme.

Als die Gebete beendet waren, bat er die Brüder, sitzen zu bleiben. Ohne ihnen zu erklären, warum, begann er einen Vortrag über den Vater einer der Frauen Mohammeds. Es war eines der langweiligsten Themen, die ihm einfallen wollten. Bald sackten den Männern die Köpfe auf die Brust, während sie darum kämpften, nicht einzuschlafen.

Er stand auf, setzte seinen Vortrag fort und ging hinter den Männern herum. Keiner von ihnen bemerkte es. Ihr Blut war gesättigt von dem starken Betäubungsmittel, das er ihnen verabreicht hatte. Das Einzige, was einfacher war als einem Kind den Lutscher wegzunehmen, war, ihm einen zu geben.

Er zog eine SIG Sauer Kaliber 22 unter dem Hemd hervor und schraubte den Schalldämpfer auf. Die Mosquito, wie sie genannt wurde, hatte nur 90 Prozent der Abmessungen ihres berühmten großen Vorbildes, der P226. Doch so viel Feuerkraft brauchte Baseyew nicht. Den Lärm benötigte er ebenfalls nicht.

Bei aufgeschraubtem Schalldämpfer war das einzige Geräusch, das man hörte, die Bewegung des Schlittens der Mosquito, wenn sie die verbrauchte Hülse auswarf und eine neue Patrone in die Kammer beförderte.

Es wurde Zeit.

Er lobte die Weisheit und Herrlichkeit des Propheten Mohammed, ging die Reihe entlang und schoss jedem der Männer in den Hinterkopf. Nach dem Letzten drehte er sich um und betrachtete sein Werk.

Alle Männer waren tot, vornüber auf ihren Gebetsteppichen Richtung Mekka zusammengesackt. Baseyew sah auf die Uhr.

Er war genau im Zeitplan.

Nachdem er den Sprengstoff vorbereitet hatte, überprüfte er ein letztes Mal das Lagerhaus, bevor er ging.

Sobald sein Privatjet für den Start freigegeben war, tätigte er einen Anruf von seinem Handy und leitete den Countdown ein.

Auf dem Steigflug vom Airport aus sah er das Lagerhaus explodieren. Es war ein unglaublicher Anblick.

Ein gigantischer Feuerball quoll über der Türkei in den Nachthimmel. Die Behörden konnten den Ort monatelang durchkämmen, doch sie würden lediglich finden, was er sie finden lassen wollte.

Während er sich in seinem Sitz zurücklehnte, dachte er darüber nach, was vor ihm lag. Der beste, dramatischste Anschlag stand erst noch bevor. Doch dabei stand wesentlich mehr auf dem Spiel, Fehler durfte er sich nicht erlauben. Mit jedem Schritt vorwärts wuchsen die Gefahr und das Risiko.

Baseyew hatte keine Angst. Tatsächlich kam ihm die Gelegenheit gerade recht. Auf amerikanischem Boden zu operieren würde sein größter Triumph werden. Und hoffentlich würde sich dann die gewaltigste Militärmacht der Welt auf den IS stürzen.

19

WASHINGTON, D. C.

Senator Daniel Wells drehte sich um und nahm sein iPhone vom Nachttisch. »Wie spät ist es?«, fragte er, als er den Anruf entgegennahm.

»Kurz nach drei Uhr morgens«, sagte seine Stabschefin.

Sie hieß Rebecca Ritter und spielte das Spiel in Washington besser als jeder andere, dem er je begegnet war. Sie war klug und aggressiv und ließ nie ein Nein als Antwort gelten.

Außerdem war sie eine verdammt gut aussehende Frau. Sie konnte ihr Aussehen je nachdem, wie es die Situation verlangte, hochpuschen oder abschwächen.

Im einen Moment noch das süße, sittsame Bauernmädchen aus Iowa, das jeder Mann nur allzu gern mit nach Hause brachte, um es seinen Eltern vorzustellen, konnte Rebecca im nächsten Augenblick zu einer umwerfenden Blondine im kleinen Schwarzen mutieren, bei der selbst die treuesten Ehemänner sich fragten, ob sie nicht eine Sünde wert sei.

Wells allerdings hatte sie nie angefasst. Das wäre ungefähr so, als würde man Alkohol trinken, während man eine Schusswaffe trug. Es machte garantiert Spaß bis zu dem Punkt, an dem es dann nicht mehr so lustig war.

Der Senator hatte größere Ambitionen als die 26-jährige Absolventin der John F. Kennedy School of Government ins Bett zu kriegen, die auf der anderen Seite seiner Bürotür saß. Außerdem: Je mächtiger er wurde, desto mehr wollte sie ihn. Sobald er im Weißen Haus saß und sich einer zweiten Amtszeit sicher war, würde er sich vielleicht ein bisschen Spaß gönnen. Bis dahin war jedoch zu viel zu tun.

»Drei Uhr morgens?«, erwiderte er. »Da müssen Sie aber etwas Gutes haben.«

Rebecca hatte das Bett eines jungen Mannes namens Brendan Cavanagh gewärmt. Zufällig war Mr. Cavanagh der Chefassistent von CIA-Direktor Bob McGee.

»Wollen Sie es ganz genau wissen, oder soll ich die Einzelheiten auslassen und gleich zur Sache kommen?«

Wells legte sich ein Kissen hinter den Kopf und machte es sich bequem. Seine Frau Nancy war zu Hause in Cedar Rapids. Er hatte das Kingsize-Bett und das Apartment ganz für sich.

Er griff nach seinen Zigaretten. »Geben Sie mir die Einzelheiten. Unterhalten Sie mich.«

Das tat Rebecca, bis ins schmutzigste Detail.

Sie begann mit dem, was sie getragen hatte, wohl wissend, in welche Richtung der Geschmack ihres Chefs ging – insbesondere was Strümpfe und High Heels betraf. Es mag genügen zu sagen, dass Mrs. Wells den Gelüsten ihres Mannes zum Trotz wesentlich dezenter auftrat.

Rebecca schilderte das Abendessen, die Getränke und alles andere, was bei Cavanagh passiert war. Sie nahm sich Zeit und machte es äußerst anschaulich.

Als sie damit fertig war, den Sex zu beschreiben, kam sie zu dem eigentlichen Grund, aus dem sie Wells um drei Uhr nachts aufgeweckt hatte.

Der Senator nahm einen weiteren Zug von seiner Zigarette und setzte sich im Bett auf. »Sind Sie sicher?«

»Ich war direkt daneben. Ich habe das ganze Gespräch mitbekommen.«

»Was ist dann passiert?«

»Wir hatten noch einmal Sex unter der Dusche, dann fuhr er überstürzt nach Langley.«

Wells schüttelte den Kopf. Sie war unverbesserlich. »Sie sind aber nicht mehr in seiner Wohnung, oder?«

»Dann hätte ich Sie doch nicht angerufen.«

Kluges Mädchen, dachte er. Er griff nach seiner Uhr und sah nach, wie spät es jetzt war. »Sehen Sie zu, dass Sie noch etwas Schlaf bekommen.«

»Was werden Sie tun?«

»Ich denke, ich gehe joggen.«

»Jetzt?«

»Ich muss nachdenken«, sagte Wells.

»Okay«, antwortete Rebecca. »Bis nachher im Büro.«

»Klingt gut. Ach, übrigens … Exzellente Arbeit.«

Sie erwiderte nichts darauf, legte einfach auf. Ihr Chef war zufrieden, außerdem brauchte sie Schlaf. Wenn es erst sechs war, brachten sie eine Dose Red Bull und ein hübsches Gesicht allein nicht sehr weit.

Wells hingegen war klar, dass er nicht mehr einschlafen konnte. Nicht angesichts dessen, was er gerade erfahren hatte. McGee hätte nicht so lasch mit den

Informationen umgehen sollen, die bei der CIA umher-schwirrten.

Aber selbst dann wäre Rebecca wahrscheinlich noch darangekommen. Dass Wells sie eingestellt hatte, war das Klügste, was er je getan hatte. Es war ihm gleich, wie sehr seine Frau sie hasste. Frauen wie Nancy hatten stets einen Hass auf Frauen wie Rebecca. Sie betrachteten sie als Bedro-hung. Dabei waren sie in den richtigen Händen Gold wert.

Mit ihrem sexy Körper und den dicken Titten war Rebecca sein goldenes Kalb. Wie er ihre Informationen an den Mann bringen würde, stand auf einem völlig ande-ren Blatt.

Was er da hatte, war zu gut, um es nicht gegen Präsi-dent Porter zu benutzen. Rebecca allerdings musste er abschirmen. Wenn sie es zu ihr zurückverfolgten, war das Spiel aus. Dann wüssten sie, dass Cavanagh die Quelle war, und die CIA würde ihn feuern. Dann wäre Wells außen vor. Er musste sich etwas einfallen lassen.

Er zog seine Jogging-Sachen an, verließ das Apartment und fuhr mit dem Aufzug nach unten in die Lobby.

Als er hinaus auf den Bürgersteig trat, sah er sich um. Es war noch dunkel. Die Sonne würde bald aufgehen, aber er wusste, dass dies die gefährlichste Tageszeit war. Kriminelle waren wie Vampire. Sie scheuten das Tages-licht, dafür waren sie in der Stunde vor Sonnenaufgang zum Äußersten entschlossen.

Er beschloss, parallel zur Mall zu laufen. Dort herrschte reger Straßenverkehr. Da würde ihm nichts passieren.

Nachdem er sich gelockert hatte, joggte er los. Das war immer der beste Teil seines Tages. Keine Anrufe, keine E-Mails, keine erbärmlichen Wähler, die etwas von ihm wollten. Nur er und das Straßenpflaster.

Er war immer wieder erstaunt, wie schlecht das Gelände der Mall in Schuss gehalten wurde. Die Bürgersteige waren rissig, die Bordsteine bröckelten. Zwischen dem Gras wuchs Unkraut, überall lag zu viel Müll herum.

Eine leuchtende Stadt auf einem Hügel war Washington ganz gewiss nicht. Für die Hauptstadt der größten Nation der Weltgeschichte war dies einfach ein Armutszeugnis.

D.C. aufräumen war eines der ersten Dinge, die er als Präsident angehen würde. Besser noch, Nancy konnte es zu einer ihrer Initiativen als First Lady machen. Sie brauchte ohnehin ein Projekt, mit dem sie sich verlustieren konnte. Und das hier war gut. Gut und überparteilich. Perfekt für sie.

Binnen weniger Minuten war er zwei Blocks weit gerannt. Seine Herzfrequenz war erhöht, Endorphine wurden ausgeschüttet. Es war ein köstlicher Rausch. Was ihn anging, war die Dröhnung eines Läufers fast so gut wie Sex. *Fast.*

Für gewöhnlich ließ er seine Gedanken beim Laufen einfach schweifen. Heute jedoch musste er sich konzentrieren. Er hatte einen möglichen Riss in der Rüstung des Präsidenten entdeckt. Und der schrie geradezu danach, dass man ein Messer hindurchstieß.

Doch bevor er das tat, musste er sicherstellen, dass die Informationen verlässlich waren. Was, wenn Rebecca falschlag? Was, wenn sie falsch verstanden hatte, was sie gehört hatte?

Der Satz hatte etwas Wahres an sich: *Wenn etwas zu schön klingt, um wahr zu sein, dann ist es wahrscheinlich nicht wahr* – zumal in Washington.

Während Wells weiterlief, sah er eine einsame Gestalt auf einer Bank sitzen. *Ein Obdachloser,* dachte er bei sich.

Das war eine weitere Sache, bei der seine Frau sich engagieren konnte. Gute Möglichkeit, bei der Presse und in
der Öffentlichkeit Punkte zu sammeln.

Als er an der Gestalt auf der Bank vorüberkam, stellte
er fest, dass es kein Obdachloser war. Lediglich ein älterer
Mann in einem bis oben hin zugeknöpften Trenchcoat.
Er sah aus wie aus einem Agentenfilm. Eine Zeitung lag
zusammengefaltet auf seinem Schoß.

Da fiel es Wells wie Schuppen von den Augen. Er
musste Rebeccas Informationen ja gar nicht bestätigen.
Er brauchte jemand anders, der es für ihn tat. Und er
hatte die perfekte Person dazu im Sinn.

Diese Person machte allerdings nichts umsonst. Sie
würde etwas dafür wollen.

Wells sah auf seine Uhr und beschloss, umzukehren
und zurückzulaufen. Es gab eine Menge, was er auf die
Beine stellen musste.

20

DEUTSCH-ÖSTERREICHISCHE GRENZE

Von Frankfurt aus waren es fünf Autostunden, neun,
wenn viel Verkehr war. Harvath schaffte es in vier Stunden. Und das mit einem Gefangenen im Kofferraum.

Lydia Ryan hatte ihn so lange auf eine Antwort warten
lassen, dass er sich schließlich gesagt hatte: *Scheiß drauf!*
Er war in seinen Wagen gestiegen und losgefahren.
Gerade wenn jede Sekunde zählte, brauchten sie bei der
CIA oftmals ewig, um eine Entscheidung zu treffen.

Der Name Michail Malevsky ließ in ganz Washington die Alarmglocken schrillen. Und zwar die schlimmsten. Nun war Politik im Spiel. Malevsky war mit dem russischen Premierminister verwandt.

Sie waren Cousins zweiten oder dritten Grades, nahe genug jedenfalls, dass Malevsky es geschafft hatte, sich eine Stellung als Handelsattaché zu sichern. Dem Vernehmen nach war es nur pro forma, aber die Position ging mit einem Diplomatenpass einher. Und damit befand Malevsky sich in einer Grauzone.

Er wurde verdächtigt, an einer Geldwäsche-Operation in München beteiligt zu sein. Alles wurde über eine Immobilieninvestitionsgesellschaft in russischem Besitz abgewickelt. Ihre Transaktionen schienen zwar legitim zu sein, die Herkunft der Gelder allerdings nicht.

Die deutschen Behörden wussten, dass das Geld, das in ihr Land floss, vom organisierten Verbrechen in Russland stammte. Aber es zu beweisen war eine völlig andere Sache. Für den Moment konnten sie Malevsky nichts anhaben. Harvath hingegen schon.

Auch die Vereinigten Staaten wussten, dass Malevsky Dreck am Stecken hatte. Sie hatten genügend Beweise gesehen. Seine Verbindung zu Sascha Baseyew war eines der belastendsten Details von allen. Problematisch dagegen war, wie man mit seinem Diplomatenstatus und seinen familiären Beziehungen zum russischen Premierminister umgehen sollte.

Die Russen kämpften mit harten Bandagen. Falls sie Harvath schnappten, war er ein toter Mann. Und nicht nur das. Überall auf der Welt wären amerikanische Diplomaten auf einmal Freiwild. Die Russen waren keine Leute, die Vergangenes ruhen ließen.

In jeder anderen Situation hätte die CIA einen Weg gefunden, Malevsky zu umgehen. Leider war dies nicht jede andere Situation. Hier gab es keine Möglichkeit, das Problem zu umgehen. Der Weg zu Baseyew führte direkt über Michail Malevsky. Er war der Missetäter. Ihnen blieb gar keine andere Wahl als Harvath von der Leine zu lassen und darauf zu vertrauen, dass er tat, was er am besten konnte.

Und was er am besten konnte, war Ergebnisse zu erzielen. Ganz gleich wie viel Security oder Absicherungen Malevsky haben mochte, Harvath kam an ihn heran. Und was dann geschah, lag ganz bei ihm. Berücksichtigte man den Hintergrund des Russen, ging Harvath allerdings nicht davon aus, dass er kooperieren würde.

Anhand der Telefonnummer, die Harvath von Eichel bekommen hatte, war Nicholas in der Lage, Malevsky in Berchtesgaden aufzuspüren, einem malerischen Dorf in den bayerischen Alpen. Das Haus war nicht schwer zu finden. Es war eine Jagdhütte aus massivem Stein, zitronengelb gestrichen, mit privater Zufahrt und schmiedeeisernen Toren.

Vor dem Anwesen stand ein Verkaufsschild. Eine Überprüfung des Grundbuchs ergab, dass eine Immobilieninvestmentgesellschaft in München, zwei Stunden entfernt, der Eigentümer war.

Das Anwesen war mit einem Preis von umgerechnet zwölf Millionen Dollar ausgezeichnet. Darüber hinaus bot es eine Aussicht, die noch einmal so viel wert war. Es blickte nach Süden über das Tal auf den dritthöchsten Berg Deutschlands, den Watzmann. Die zerklüfteten Gipfel waren immer noch schneebedeckt, die sanften Almwiesen darunter voller Frühlingsblumen.

Über dem Dorf türmte sich ein Berg auf, der Hohe Göll. Vor den pittoresken Felswänden hatte Adolf Hitler sein kostspieliges Feriendomizil errichtet, den Berghof.

Das Dorf selbst war eine herrliche Sinfonie aus pastellfarbenen Gebäuden, geneigten Kopfsteinpflasterstraßen und schrägen Hausdächern. Hier und da schilderten handgemalte Wandbilder das traditionelle bayerische Leben. Jahrhundertealte Kirchtürme ragten in den Himmel.

Der Aga Khan, der Herzog und die Herzogin von Windsor sowie Neville Chamberlain, sie alle waren durch Berchtesgaden gefahren, um Hitler aufzusuchen. Mussolini, Göring und Goebbels waren hier gewesen. Und nun nannte Michail Malevsky diesen Ort sein Zuhause.

Man konnte sich nur schwer vorstellen, dass ein Ort von solcher Schönheit ein derartiges Übel beherbergen konnte. Doch Harvath wusste es besser.

Er wusste, dass das Böse überall existieren konnte. Und dass das Böse sich von Schönheit angezogen fühlte. Sie war wie ein Magnet. Er hatte sich immer gefragt, warum.

Er nahm an, es lag daran, dass das Böse nicht in der Lage war, etwas zu erschaffen. Es konnte lediglich zerstören. Und da das Schöne die ultimative Schöpfung war, wurde es vom Bösen über alles geschätzt und begehrt, ausgenommen Macht.

Schönheit war über die Maßen wertvoll, etwas, das man sich zum Vergnügen hielt – eine Illusion, die den Rest der Welt täuschen, sie glauben machen sollte, das Böse sei gar nicht böse. Darum gierten wirklich böse Menschen danach. Es war eine Sucht, die vom Kern ihrer dunklen Seele ausströmte. Schau mich nicht an, sieh dir das an. Und *jetzt* schau wieder zurück zu mir. Siehst du die Schönheit, zu der ich fähig bin?

Kunstsammlungen, Ehefrauen, Geliebte, Autos, Häuser, vergoldete Pistolen – sogar diamantenbesetzte Motorräder –, das Böse wollte immer mehr. Alles musste immer größer sein, strahlender, besser. Es war ein sich selbst erhaltender Zyklus, ein Verlangen, das niemals wirklich gestillt werden konnte. Harvath hatte es immer und immer wieder gesehen. Es gab nur eine einzige entsetzliche Ausnahme – *den Dschihadismus*.

Islamische Fundamentalisten lehnten Schönheit ab. Frauen mussten sich stets bedeckt halten. Darstellungen der menschlichen Gestalt waren verboten. Verzierungen und Prunk ebenfalls. Ihr Fanatismus war schlimmer als der von Mönchen.

Ihre Grausamkeiten waren *unzweifelhaft* böse. In ihrem Glauben hingegen sahen sie darin fromme Taten, um ihren Gott zu ehren. Ihre Krieger praktizierten die wahrste und grundlegendste Form des Islam. Nämlich den Islam, den ihr Prophet sie gelehrt hatte, der als der vollkommene Mensch angesehen wurde. Es war der Islam, der im Koran klar dargelegt war. Sie pervertierten ihre Religion nicht – sie läuterten sie.

Die Dschihadisten hielten sich für die wahren Bewahrer des islamischen Glaubens. Ihre Zeit auf dieser Erde war flüchtig. Alles, was sie taten, geschah im Dienst ihres Gottes. Wie sie sich kleideten, wie sie aßen, wie sie badeten, wie sie beteten – jede noch so kleine Handlung war ein Schritt auf der Treppe zum Paradies. Dort lag ihre Belohnung.

Je größer ihre Taten zu Ehren des Islam hier auf Erden, desto größer waren ihre Chancen, das Paradies zu erreichen.

Sie waren der schlimmste Feind, mit dem die Zivilisation je konfrontiert war. Und nie in ihrer Geschichte war die Zivilisation schwächer gewesen.

Die westliche Welt hatte sich zurückgezogen, war weich geworden, gleichgültig. Nur noch sehr wenige waren übrig, um sie zu schützen. Noch weniger, die bereit waren, eine politische Karriere aufgrund schwieriger Entscheidungen aufs Spiel zu setzen, die Konsequenzen nach sich zogen.

Der amerikanische Präsident jedoch war bereit, dieses Risiko einzugehen. Ihm blieb gar keine andere Wahl. Das Überleben der Vereinigten Staaten hing davon ab.

Grünes Licht für den Einsatz gegen Malevsky zu geben war die richtige Entscheidung. Eine blutige Spur aus den Leichen von Amerikanern, einschließlich des US-Verteidigungsministers, mochte mit dem IS begonnen haben. Aber dort endete sie nicht. Sie zog sich weiter, bis vor die Türschwelle der Russen. Harvath hatte keine Ahnung, warum, aber er wollte es herausfinden. Er hatte vor, dem ein Ende zu setzen. Und zwar hier und jetzt!

Harvath überprüfte sein GPS und fuhr weiter. Er wollte nur einen kurzen Blick auf das Haus werfen. Je früher er an sein Ziel kam und den Kofferraum ausräumte, desto besser würde er sich fühlen.

21

Der alte Bauernhof lag 15 Kilometer außerhalb des Dorfes. Harvath fuhr hinter die Scheune, von der die Farbe abblätterte, und stellte den Wagen ab. Es fühlte sich gut an, auszusteigen und die Beine auszustrecken.

Die Lage hätte nicht besser sein können. Regelrecht im Berg versteckt, war der Hof an drei Seiten von schroffen

Felswänden umgeben. Die Wiese fiel vom Haus ab und bot freie Sicht auf die Straße. Nachbarn gab es keine.

Als er in die Scheune blickte, sah er einen schwarzen 7er BMW. Daneben lag ein Stapel Heimwerkerbedarf. Von dem Besitzer keine Spur, also machte er sich auf den Weg zum Haus.

Es war ein zweigeschossiges Chalet mit Blumenkästen. Das massive Dach überragte einen langen Balkon im ersten Stock. Die Hintertür war unverschlossen. Harvath trat ein.

Ein Paar riesiger Stiefel stand auf dem gefliesten Boden. An einem Holzzapfen hing eine Lederjacke. Die Wände waren mit grob behauenen Brettern überzogen. Niedrige Balken säumten die Decke. Von weiter innen nahm man den Geruch und das Knistern eines Kaminfeuers wahr.

Harvath zückte sein Smartphone. Zunächst wollte er sich um die Bestätigung kümmern.

Er ging weiter und spähte im Vorbeigehen in jeden Raum. Gute Angewohnheiten waren nun mal gute Angewohnheiten, unabhängig von der Situation.

Im Wohnbereich fand er den Besitzer des BMW – einen riesigen, 1,95 Meter großen Mann, ein Kerl wie ein Bär. Er saß an einem Tisch in der Nähe des Feuers, vor sich einen Laptop, zwei Beretta-Pistolen und eine große Flasche Bier.

Harvath tippte BESTÄTIGT ein und drückte die Senden-Taste seines Telefons.

Augenblicke später ertönte ein Klingelton aus dem Computer des Mannes. »Das gefällt mir«, sagte er über die Schulter. »Mach das noch mal.«

»Die Hälfte jetzt. Die andere Hälfte, wenn der Job erledigt ist«, erwiderte Harvath. »Gibt es was zu essen?«

»Küche«, brummte der Mann.

Der Kühlschrank war gut mit Fleisch bestückt, Unmengen davon. Dazu ein paar Dutzend Eier, Mineralwasser und noch mehr Bier. Auf der Theke standen Tüten mit Nüssen und mehrere Packungen Dörrfleisch.

Harvath packte sich einen Teller voll, öffnete eine Flasche Bier und kehrte ins Wohnzimmer zurück.

Der Riese stand vom Tisch auf, um ihn zu begrüßen. Sein Bart war grau geworden, sein Haar grau meliert, aber nach wie vor kurz geschnitten. »Du bist geschrumpft«, sagte er.

Harvath deutete auf den Bauch des Mannes. »Du auch!«

»Keine Kohlenhydrate. Kein Zucker. Kein Spaß«, antwortete er. Mit einem Blick auf sein Bier fügte er hinzu: »Okay, vielleicht ein bisschen Spaß.«

Lächelnd trat Harvath zu ihm an den Tisch. Kaum hatte er seinen Teller abgestellt, schlang der Mann seine gewaltigen Arme um ihn. »Du siehst gut aus«, sagte er. »Älter, aber trotzdem noch gut.«

Der Bärenkerl hieß Hermann Toffel, ehemals Mitglied der renommierten deutschen Antiterroreinheit GSG 9. Sie hatten sich damals, als Harvath noch bei den SEALs war, bei einem Austausch kennengelernt. Hermann hatte einen respektlosen Sinn für Humor und sie waren fast augenblicklich Freunde geworden.

»Wie geht es Diana?«, fragte Harvath, nachdem Hermann ihn aus seinem Schraubstockgriff entlassen hatte.

»Gut! Ich soll dir viele Grüße von ihr sagen.«

»Sag ihr vielen Dank dafür, dass sie das alles arrangiert hat.«

Hermann winkte ab. »Kein Problem. Es gehört einer Freundin von ihr aus München. Die kommt mit ihrem

Mann und den Kindern ein paarmal im Winter zum Skifahren hierher. Vielleicht ein-, zweimal im Sommer, um im Königssee zu baden. Das war's auch schon. Den Rest der Zeit vermieten sie es an Urlauber.«

»Ich hoffe, das Honorar wird reichen.«

Der Mann lachte. »Es wird mehr als genügen.«

Nun, da Harvath in die Welt der Dienstleister eingetreten war, hatte er Zugriff auf ein beachtliches Spesenkonto. Hermann war ein Profi. Als solcher sollte er auch ordentlich bezahlt werden. Er verdiente nicht nur eine Prämie, weil er in letzter Minute eingesprungen war, sondern auch ein kleines Extra für all die Gelegenheiten in der Vergangenheit, bei denen er geholfen hatte, ohne dafür eine Entlohnung zu erhalten.

Er war ein guter Freund. Und nun, wo Harvath in der Lage war, sich zu revanchieren, war es das Mindeste, was er tun konnte.

Nachdem Hermann angeschossen worden war und ein dauerhaftes Hinken zurückblieb, war er gezwungen gewesen, die GSG 9 zu verlassen. Er fand Arbeit bei einer deutschen Rüstungsfirma und verdiente nicht schlecht. Sein Geld legte er in mehreren erfolgreichen Unternehmungen an – darunter eine private Sicherheitsfirma.

Da seine Geschäfte Erfolg hatten, konnten er und seine Frau Diana zwischen einem Luxusapartment in München und einem imposanten Haus in Berlin hin und her pendeln.

Es war Jahre her, seit Harvath ihn zuletzt gesehen hatte. Aber es zeugte von ihrer Freundschaft, dass sie genau dort weitermachten, wo sie aufgehört hatten.

Hermann erkundigte sich nach Harvaths gutem Freund und ehemaligem Chef, Gary Lawlor. Harvath fragte nach

Max und Sebastian – zwei Kommandosoldaten, die Hermann bei einem früheren Auftrag zur Unterstützung angeheuert hatte.

Bald jedoch wandte sich das Gespräch Harvaths gegenwärtigem Einsatz zu. »Ich habe die Ausrüstung in der Scheune gesehen. Ist das alles auf der Liste?«, wollte er wissen.

»Ich musste ein wenig improvisieren«, erwiderte Hermann. »Aber ich denke, wir kommen zurecht.«

Harvath vertraute ihm. »Wo willst du unseren Gast unterbringen?«

»Wenn wir ihn in der Scheune lassen, wird er uns noch erfrieren.«

»Das wäre mir auch recht.«

Hermann zuckte die Achseln, nahm einen großen Schluck von seinem Bier. Dies war Harvaths Operation, nicht seine. Er machte bloß, was ihm gesagt wurde.

»Wir müssen es observieren«, fuhr Harvath fort. »Langley lässt einen Satelliten umprogrammieren, aber ich möchte es gern selbst in Augenschein nehmen.«

»Was schwebt dir vor?«

»Ideal wäre es, als potenzieller Käufer aufzutreten und tatsächlich einen Rundgang durch das Anwesen zu machen.«

Hermann nahm noch einen Schluck Bier, ehe er antwortete. »Ein so teures Haus öffnen die nur für Käufer, die vorab die Bankunterlagen zusammenhaben. Du brauchst nicht nur eine Finanzierungsaufstellung, sondern auch einen etablierten Makler.«

Er hatte recht, allerdings hatte Harvath bereits daran gedacht. »Es könnte einen Weg geben, das zu umgehen.«

»Und der wäre?«

»Die CIA verfügt überall über Vermögenswerte, insbesondere in den USA.«

Hermann sah ihn an. »Ich dachte, das wäre illegal.«

»Eigentlich dürfen sie keine Operationen in den USA durchführen. Aber sie können Amerikaner rekrutieren und tun es auch, um sie bei Operationen außerhalb des Landes zu unterstützen.«

»Und wie hilft uns das weiter?«

»In Beverly Hills gibt es eine Immobilienfirma. Sie richtet sich an eine exklusive Kundschaft und ist auf hochwertige Immobilien spezialisiert. Die CIA hat sich ihrer auch früher schon bedient.«

»Und die bürgen für dich als Käufer?«

Harvath schüttelte den Kopf. »Nicht als Käufer. Als jemand, der für den Käufer *arbeitet*. Jemand, der auf der Durchreise ist und glaubt, dass das Haus sich perfekt für seinen Arbeitgeber eignen könnte. Sie werden es so darstellen, dass ich es mir gern ansehen würde, bevor ich nach Hause fliege.«

»Und wann *fliegst* du nach Hause?«

»Sagen wir: morgen. Wenn sie es ernst meinen mit dem Verkauf, bekomme ich eine Führung.«

»Und wenn nicht?«, wollte Hermann wissen.

»Dann gehen wir zu Plan B über.«

»Wie sieht Plan B aus?«

Harvath lächelte. »Das muss ich mir noch überlegen.«

»Großartig!«

»Es wird schon klappen.«

»*Klar wird es klappen*«, erwiderte Hermann, schon im Aufstehen begriffen, um sich ebenfalls etwas zu essen zu holen. »Ich denke, mein Honorar ist gerade gestiegen.«

»In dem Fall«, sagte Harvath, während er ihm seine Autoschlüssel zuwarf, »darfst du den Kofferraum ausräumen.«

»Wo parkst du?«

»Hinter der Scheune.«

»Ich habe Diana versprochen, dass wir nichts Illegales machen.«

Das brachte Harvath zum Lachen. »Du solltest deine Frau nicht belügen«, meinte er, während er sich über seinen Teller hermachte. »Das ist nicht gut für deine Ehe.«

Hermann holte seine Stiefel und seine Jacke. »Lass das Feuer nicht ausgehen. Und geh bloß nicht weg. Wenn ich zurückkomme, möchte ich, dass du als Junggeselle mir alles darüber erzählst, wie eine Ehe funktioniert.«

Harvath zeigte seinem Freund den Finger.

Ein paar Sekunden später hörte er, wie Hermann die Tür öffnete, um zur Scheune zu gehen. »Er ist ziemlich schwer«, rief er ihm nach. »Denk dran, ihn aus den Beinen heraus zu heben!«

22

Der Kofferraum von Harvaths Wagen roch entsetzlich. Er wusste zwar nicht, ob Malevsky Hunde einsetzte, aber auf jeden Fall war es bestimmt besser, Hermanns BMW zu nehmen. Dass ein paar Hunde wegen seines Autos durchdrehten, hätte ihm gerade noch gefehlt. Je entspannter sich alle fühlten, desto besser würde es laufen.

Die Inhaberin des Immobilienunternehmens in Beverly Hills hatte hervorragende Arbeit geleistet. Sie hatte schon mit so vielen vermögenden Personen zu tun gehabt, dass sie genau wusste, was sie sagen musste und was nicht.

Sie hatte einen Termin vereinbart und Harvath mitgeteilt, er solle ans Tor fahren und sich an der Sprechanlage melden. Jemand werde da sein, um ihn durch das Anwesen zu führen. Ob dieser Jemand Malevsky war oder nicht, würde sich zeigen.

Er ließ seine Glock bei Hermann, warf seinen Koffer auf den Rücksitz und fuhr wieder nach Berchtesgaden. Wenn sie ihn nach Waffen abtasteten oder seinen Koffer durchsuchten – er rechnete mit beidem –, musste er seine Rolle glaubwürdig spielen. Falls sie ihm gegenüber auch nur den geringsten Verdacht schöpften, konnten sich die Dinge sehr schnell sehr hässlich entwickeln.

Das Einzige zu Harvaths Gunsten war, dass Malevsky Geschäftsmann war. Die russische Mafia besaß ein sehr teures Anwesen, das sie loswerden musste. Sobald es verkauft war, würden Millionen sauberer Dollars an ihre Organisation fließen. Sie mussten Harvath seine Rolle lediglich für die Dauer der Führung abnehmen. Was danach geschah, war nicht mehr sein Problem.

Er ließ den Wagen bis an die Sprechanlage rollen und drückte die silberne Taste.

»*Da?*«, erscholl eine Stimme, korrigierte sich dann jedoch. »Ja?«

»Hallo«, antwortete Harvath. »Tommy Molteni! Ich bin hier, um das Anwesen zu besichtigen.«

Die Stimme begrüßte ihn nicht, gab ihm keinerlei Anweisung, wo er parken solle. Man hörte einen kurzen Ton, als würde jemand eine Telefontaste drücken, und die Torflügel begannen nach innen zu schwingen.

Harvath wartete, bis sie sich ganz geöffnet hatten, und folgte der Auffahrt zum Haus.

Das Gelände war akkurat gepflegt. Er registrierte, wo sich die Gartenbeleuchtung befand, ebenso die Anzahl der Bäume. Unter dem Security-Gesichtspunkt gab es eine Menge Dinge, die Harvath anders gemacht hätte. Vom Standpunkt des Investors aus konnte er jedoch verstehen, warum Malevsky und seine Geldwäsche-Organisation lieber auf die Änderungen verzichtet hatten. Pfuschte man zu sehr am natürlichen Erscheinungsbild und der Atmosphäre eines Grundstücks herum, indem man Bäume und Sonstiges abholzte, konnte das den Verkauf erschweren.

Oben erweiterte die Auffahrt sich zu einem großen Parkplatz. Harvath machte zwei Porsche Cayenne aus, einen klassischen Rolls-Royce Silver Spirit und einen Audi R8 Cabrio. Schwer zu sagen, was sich sonst noch hinter den geschlossenen Garagentoren befand. Er fragte sich, ob die Autos auch zur Geldwäsche gehörten.

Er hatte erwartet, ein paar Gorillas zu sehen, und in dieser Hinsicht enttäuschte Malevsky ihn nicht. Aber anstatt Muskelprotze in schlecht sitzenden Anzügen wie aus dem Moskauer Bilderbuch waren die Männer durchtrainiert und trugen Maßanzüge. *Ob sie wohl Speznas waren – ehemalige russische Spezialkräfte?* So sahen sie auf jeden Fall aus. Sie hatten auch diese Ausstrahlung.

Jäger und Beutegreifer konnten einander aus einer Meile Entfernung riechen. Harvath achtete darauf, jeden Blickkontakt zu vermeiden. Er setzte ein Lächeln auf und gab ihnen mit Winken und Handzeichen zu verstehen, dass sie ihn anweisen sollten, wo er parken könne.

Wenn überhaupt, schienen die Männer von seiner Gegenwart nur genervt. Sie winkten ihn an die Seite und ließen ihn wenden, damit sein Wagen in der korrekten Richtung zum Wegfahren stand. Ehe er die Automatik in Parkstellung hatte, war bereits einer der Männer bei ihm am Fenster und bedeutete ihm, die Scheibe herunterzu-lassen.

»Können Sie sich bitte ausweisen?«, sagte der Mann, kaum dass die Scheibe unten war.

Harvath klopfte seine Taschen ab. »Sie möchten eine Visitenkarte? Tut mir leid. Ich habe keine dabei. Die Maklerin aus Beverly Hills hätte Ihnen sagen sollen, dass ich …«

»Ihr Pass«, schnitt der Mann ihm das Wort ab.

Er war höflich, aber bestimmt. Ein Profi. Speznas – diesen Eindruck vermittelte er Harvath zu 100 Prozent. »Klar doch!« Harvath drehte sich um, um nach seiner Tasche auf dem Rücksitz zu greifen. »Meinen Pass habe ich gleich hier hinten.«

»Stopp!«, sagte der Mann.

Harvath tat, was er verlangte. Der Mann gab seinem Kollegen einen Befehl und bat Harvath, den Motor abzu-stellen und auszusteigen.

Der andere Wachposten nahm Harvaths Koffer aus dem Wagen und brachte ihn zu ihm.

»Ihren Pass bitte«, wiederholte der erste Posten.

Harvath zog den Reißverschluss der Fronttasche auf, nahm den Pass heraus, den die CIA ihm ausgefertigt hatte, und reichte ihn dem Mann.

Der Russe betrachtete ihn genau, blickte von Harvath zu dem Bild und den im Pass enthaltenen Informationen. Schließlich gab er ihn zurück.

Harvath lächelte.

Der andere Wachmann sagte etwas in ein Sprechfunkgerät und bedeutete Harvath, ihm zu folgen. Abermals tat Harvath, was von ihm verlangt wurde.

Sie gingen einen gepflasterten Weg entlang zur Haustür, wo Harvath, wie erwartet, auf Waffen untersucht wurde. Ein weiterer Sicherheitsmann, ebenfalls auf Draht und im Maßanzug, tastete ihn mit einem Metalldetektor ab.

Nachdem er sich davon überzeugt hatte, dass Harvath keine Waffen trug, öffnete er die Tür, eine Alarmsicherung ertönte, und er ließ ihn ein.

Es war, als beträte man Versailles, allerdings auf Crack. Alles war mit Blattgold überzogen – die Geländer, die Balustraden, die Möbel, die Spiegelrahmen, die Leuchten, die Kapitelle auf den rosafarbenen Marmorsäulen, die Deckenleisten, die Türbeschläge, selbst die 1,20 Meter hohen Greife am Fuß der Treppe.

Es als »übertrieben« zu bezeichnen wäre eine gewaltige Untertreibung. Harvath hatte nur ein einziges Wort dafür: »Wow!«

»Mr. Molteni, willkommen«, sagte ein kleiner, serviler Mann mit russischem Akzent. Er hatte dunkles Kraushaar mit Seitenscheitel und trug einen schlecht sitzenden Blazer zu einem Poloshirt. »Ich heiße Jakob. Ich bin der Immobilienverwalter.«

Harvath schüttelte ihm die Hand und dankte ihm, dass er sich Zeit für ihn nahm.

Jakob ließ den Blick genießerisch über den Eingangsbereich schweifen. »Ist das was?«

»Allerdings«, erwiderte Harvath.

»Wo möchten Sie anfangen?«

»Wo immer Sie möchten. Ich möchte Ihre Zeit nicht zu lange in Anspruch nehmen.«

»Fangen wir im großen Saal an.«

Harvath folgte dem Mann und hörte zu, wie er die Geschichte des Hauses erzählte. Es war 1908 von einem Russen erbaut worden – General Nikolas von Malzoff, der aus St. Petersburg stammte.

Bei der Erwähnung von St. Petersburg bemerkte Jakob, dass so etwas wie Erkennen über Harvaths Gesicht huschte. »Waren Sie schon mal in Russland?«, fragte er.

Harvath war mehrere Male in Russland gewesen, aber immer nur im Einsatz. Lächelnd nickte er. »In St. Petersburg, genau genommen.«

Das hörte Jakob gern. Sie plauderten einige Minuten über die Stadt, ehe er die Tour wieder in Gang brachte.

Er machte dort weiter, wo er aufgehört hatte, schilderte, welche Handwerker für den Bau der Villa Malzoff importiert worden waren. Insbesondere erwähnte er die Künstler aus Italien, welche die Deckenfresken in jedem einzelnen Raum gemalt hatten.

Harvath hatte noch nie etwas von General Nikolas von Malzoff gehört, aber wer auch immer er war, er hatte eine Menge Geld ausgegeben.

Als sie in die große Halle kamen, wurde klar, warum Jakob dort anfangen wollte. Sie war sensationell.

Die große Halle war in ein langes Wohnzimmer mit sechs verschiedenen Sitzbereichen umgewandelt worden. Das dramatischste Merkmal jedoch war die Aussicht.

Vom Boden bis zur Decke reichende Fenster konnten eingefahren werden, sodass der Raum sich nach außen öffnete und man sich, so wie jetzt, wie auf einer Veranda wähnte. Der Blick auf den schneebedeckten Gipfel des Watzmann war atemberaubend.

Eine schönere Aussicht hatte Harvath kaum je gesehen. Jakob war hocherfreut, das zu hören.

Während sie weitergingen, wurde offenkundig, dass Jakob das Anwesen liebte. Es gab nicht ein einziges Detail, mit dem er sich nicht vertraut gemacht hatte. Harvath fragte, ob seine Dienste als Immobilienverwalter im Verkaufspreis enthalten seien. Jakob war geschmeichelt, erklärte jedoch, dass er von einem Anwesen zum anderen wechselte, je nachdem, wie sein Arbeitgeber es verlangte.

Harvath versuchte, ihn über seinen Chef auszufragen, aber Jakob wollte nicht anbeißen und fuhr einfach mit der Besichtigung fort.

Raum für Raum machte Harvath eine Bestandsaufnahme der Sicherheitsvorkehrungen in der Villa Malzoff. Bislang hatte er nichts gesehen, womit er nicht fertigwurde.

Nachdem sie mit dem Haus durch waren, zeigte Jakob ihm die Außenanlage.

Das Anwesen war knapp drei Hektar groß. Es umfasste einen Swimmingpool, ein Poolhaus, ein Gästehaus und ein Wohngebäude für Mitarbeiter, in dem sich sieben Apartments befanden.

Die ganze Zeit über sah er keine Spur von Mr. oder Mrs. Malevsky – abgesehen von der Kleidung, die in ihrem Schlafzimmerschrank hingen.

Harvath hatte gehofft, dass die Ehefrau und die Kinder wieder in München waren. Sie waren eine Eventualität, mit der er eigentlich nichts zu tun haben wollte.

Die letzte Station der Besichtigungstour war ein kleines Forsthaus. Es sah aus wie einem Märchen entsprungen. Aus »Hänsel und Gretel« oder »Schneewittchen«.

Es war aus Feldsteinen errichtet, hatte ein Strohdach, einen großen Schornstein und kleine Buntglasfenster mit Holzläden.

Harvath dachte daran, dass es für Malevskys Kinder wohl ideal zum Spielen war, als sich die Tür öffnete und er den Schock seines Lebens erlitt.

23

»Bist du sicher?«, fragte Hermann. Die Ärmel seines schweißfleckigen Hemdes waren bis zu den Ellenbogen hochgekrempelt. In seinem Hosenbund steckte eine Beretta. In der letzten Stunde hatte er eine schwere Aufgabe gehabt.

Eichel in Frankfurt zurückzulassen kam nicht infrage. Dort hätte er zu viel Ärger verursachen können.

Darum hatte Harvath Eichel, während Anna Strobl vorausging, die Pistole in die Seite gehalten und ihn die Treppe hinab auf die Straße hinausgeführt. Am Wagen zwang er ihn, in den Kofferraum zu steigen, wo er ihn mit Klebeband fesselte und knebelte. Anschließend fuhr er mit Anna zurück in ihr Haus in Oberursel.

In der Einfahrt plauderten sie einige Minuten lang. So umwerfend sie auch aussah, strahlte sie doch aus jeder Pore Einsamkeit aus. Die Krankheit ihres Mannes machte ihr sehr zu schaffen.

Seine Prognose war nicht gut. Das Leiden hatte sich wesentlich schneller entwickelt als vorhergesehen. Anna gestand, dass sie noch nie jemanden verloren hatte, noch nicht einmal unter den Cops, mit denen sie zusammenarbeitete.

Harvath hatte schon viele Menschen verloren, einiges davon erzählte er ihr. Wichtiger noch, er erzählte ihr von dem Kummer, den er mit sich trug, und wie sehr dieser auf ihm lastete. Er ermunterte Anna, das Beste aus der Zeit zu machen, die ihr noch mit ihrem Ehemann blieb.

Sie hatte Angst, aber in ihr steckte auch eine große Stärke. Ob sie es glaubte oder nicht, sie war hart im Nehmen. Sie war eine Kriegerin. Sie würde es schaffen, und so viel sagte Harvath ihr auch. Sie dankte ihm.

Als er rückwärts aus der Einfahrt setzte, stand sie auf der Rampe und sah ihm in die Augen. Er hoffte um ihretwillen und auch für Jörg, dass sie gemeinsam ein bisschen Glück finden konnten.

Was Strobl getan hatte, war falsch, verdammt falsch, aber Harvath hatte Verständnis dafür. Er wollte, dass nach seinem Ableben für seine Frau gesorgt war. Das war ein hehres Anliegen. Einem Mann in seinem Zustand, dessen Uhr ablief, blieben nicht mehr viele Möglichkeiten. Das entschuldigte allerdings nicht, was er getan hatte. Bei Weitem nicht.

Aber vielleicht gab es in der Zeit, die Jörg noch blieb, eine Möglichkeit, wie er seine Schuld wiedergutmachen konnte. Vielleicht könnte er Harvath unterstützen. Anna hatte sicherlich das Zeug zu einer nützlichen Agentin. Harvath musste es sich durch den Kopf gehen lassen.

In der Zwischenzeit hatte Hermann ihm einen großen Gefallen getan. Irgendwann während der Fahrt von Frankfurt hierher hatte Eichel eine Toilettenpause gebraucht. Aber er befand sich im Kofferraum, gefesselt und geknebelt, unfähig zu kommunizieren.

Hermann hatte nicht nur Harvaths Wagen sauber gemacht, sondern auch Eichel. Er hatte ihm anscheinend einen seiner Pyjamas angezogen, wie Harvath vermutete. Eichel hatte eine Kapuze über dem Kopf und saß an einen stabilen Stuhl gefesselt in der Scheune.

Von den Balken hing Plastikfolie herab, der Fußboden war damit ausgelegt. Ein Normalverbraucher würde wohl davon ausgehen, dass die beiden etwas streichen wollten. Aber Michail Malevsky war kein Otto Normalverbraucher. Er würde genau wissen, was los war und wofür die ganze Folie gebraucht wurde.

»Bist du absolut sicher?«, fragte Hermann abermals, während Harvath Eichels Fesseln ein weiteres Mal überprüfte.

»Bist du sicher, dass er uns nicht hören kann?«, entgegnete Harvath mit einer Kopfbewegung zu dem Gefangenen hin.

Hermann zog die Kapuze zurück, um zu demonstrieren, dass Eichel nicht nur die Augen verbunden waren, sondern dass er auch einen professionellen Gehörschutz trug, der mit Klebeband an seinem Kopf befestigt war. Sensorische Deprivation. Das brachte ihn aus dem Gleichgewicht und jagte ihm Angst ein. Hinzu kam das übel zugerichtete Gesicht. Damit ließ sich Malevsky ausgezeichnet unter Druck setzen. Sobald er den Zustand sah, in dem Eichel sich befand, war er möglicherweise aufgeschlossener, was eine Kooperation anging.

Ein wenig beruhigter meinte Harvath: »Ob ich *absolut sicher* bin? Natürlich! Sie hat mir das Leben gerettet. So jemanden vergisst man nicht.«

Harvath dachte an das Geschehen damals. Es war über zehn Jahre her. Sie waren knapp fünf Kilometer vom Weißen Haus entfernt gewesen. Auf dem Kongressfriedhof war eine taktische Atomwaffe versteckt. Wäre sie nicht gewesen, wäre die Bombe hochgegangen und er wäre jetzt tot. Er hatte an ihrer Loyalität gezweifelt, und sie hatte ihm das Gegenteil bewiesen.

»Okay«, fuhr Hermann fort, »sagen wir, du hast recht. Nach all den Jahren ist sie es. Aber hat sie dich erkannt?«

»Nach allem, was wir durchgemacht haben?«

»Was ich meine, ist, hat sie irgendwie zu verstehen gegeben, dass sie dich erkannt hat?«

Harvath schüttelte den Kopf. »Sie war kalt wie Eis. Ein Profi.«

»Also, was tut sie hier? Warum spielt sie bei einem russischen Gangster das Kindermädchen?«

»Malevsky ist nicht bloß irgendein russischer Gangster.«

»Ich weiß«, sagte Hermann. »Er ist mit dem Premierminister verwandt. Aber selbst wenn er mit dem Papst verwandt wäre, warum sollte eine russische SWR-Agentin in Bayern für ihn babysitten?«

Das war eine gute Frage. Der SWR war die russische Version der CIA. Pitchfork alias Sascha Baseyew war ein Produkt der GRU, Russlands Version der Defense Intelligence Agency. *Warum kreuzten sich die Wege der beiden Dienste ausgerechnet hier?*

Nichts davon ergab einen Sinn. »Ich muss herausfinden, weshalb sie hier ist«, erwiderte Harvath.

»Moment mal! Wie bitte?«

»Du hast mich schon verstanden.«

»*Nachdem* wir uns Malevsky geschnappt haben«, sagte Hermann.

»Was, wenn sie etwas weiß?«

»Rein und sofort wieder raus. Das waren deine Worte.«

»Ich weiß, dass ich das gesagt habe. Aber das war, bevor sie mich gesehen hat. Wir können uns Malevsky jetzt nicht greifen – erst müssen wir wissen, was hier vor sich geht. Wenn wir jetzt reingehen und ihn schnappen, werden die Russen wissen, dass ihnen die USA auf der Spur sind.«

»Ich sage es dir nur ungern, mein Freund, aber das wissen sie bereits. Meinst du nicht, dass sie es melden wird, dass sie dich gesehen hat?«

»Ich weiß nicht, was sie tun wird«, entgegnete Harvath. »Deshalb muss ich ja mit ihr sprechen. Allein. Heute Abend.«

Hermann überlegte ein paar Sekunden. Schließlich sah er auf seine Uhr. »Es wird bald dunkel«, sagte er. »Wie willst du es anstellen?«

Bei seiner Besichtigung der Villa Malzoff hatte Harvath keinerlei Anzeichen für Hunde gesehen. Das hieß nicht, dass Malevsky keine hatte. Aber falls er welche hatte, waren es persönliche Schutzhunde, die mit ihm reisten, keine Wachhunde, die durchs Gelände streiften. Das war gut.

Ebenfalls zu Harvaths Gunsten sprach die Tatsache, dass das Grundstück nicht umfriedet war. Weder gab es eine Mauer noch einen Zaun, nichts – nur das Tor am Ende der Auffahrt.

Es gab eine Gartenbeleuchtung, aber kein Flutlicht. Das Haus verfügte über ein drahtloses Überwachungssystem, das jedoch nicht sehr anspruchsvoll war – hauptsächlich Bewegungsmelder. Kameras hatte er nicht gesehen.

Malevsky schien großes Vertrauen in seine Wachen zu setzen. Und wenn das der Fall war, musste Harvath es ebenfalls tun.

Beim Durchsehen der von Langley bereitgestellten Satellitenaufnahmen identifizierte er alle wahrscheinlichen

Zugangswege und strich sie von seiner Liste. Sie waren zu offensichtlich. Damit rechneten Malevskys Wachen bereits.

Der schwierigste und daher unwahrscheinliche Weg hinein war, über das felsige Gelände hinter dem Anwesen zu kommen. Dies sagte Harvath aus mehreren Gründen zu.

Ein schmales Waldstück versperrte die Sicht auf das Haus. Das hieß, dass es ein lausiger Ansitz für einen Scharfschützen war. Außerdem gab es dahinten keine Möglichkeit, ein Fahrzeug auch nur in die Nähe zu bekommen. Diebe oder Kidnapper entfernten sich aber nur ungern weit von ihrem Fahrzeug.

Der Einzige, der von hinten kommen würde, war jemand, der vorhatte, Malevsky zu töten, wahrscheinlich aus der Nähe, irgendwo auf dem Grundstück.

Also ein Profi wie Harvath, und es wäre äußerst schwierig, mitzubekommen, dass er da war.

Wenn die Wachen Speznas waren, bedeutete dies, dass sie einen militärischen Hintergrund hatten und Probleme wahrscheinlich so angingen, dass sie am ehesten nach militärischen Lösungen suchten. Hätte Harvath hier das Sagen, würde er Bodensensoren aufstellen und sie so justieren, dass sie alles ausblendeten, was dem Gewicht der häufigsten einheimischen Tiere entsprach beziehungsweise darunterlag. Auf diese Weise ging nicht gleich alles in Gefechtsbereitschaft, falls mal ein Hirsch über das Anwesen rannte.

Bei dem Geld, das Malevsky hatte, konnten seine Leute sich allerdings ein noch wesentlich ausgeklügelteres System leisten. Womöglich erreichten sie militärisches Niveau mit einem Produkt, das nicht nur automatisch zwischen Tier und Mensch unterschied, sondern auch über eine bewegungsempfindliche Kamera verfügte, die den Eindringling verfolgte und die Aufnahme in Echtzeit übertrug.

Derartige Kameras übertrugen ihre Aufnahmen über Kabel, Satellit oder per Funk. Basierend auf dem, was Harvath gesehen hatte, bezweifelte er, dass sie sich die Mühe machten, Gräben zu ziehen, um Kabel zu verlegen – nicht auf einem Anwesen, an dem Malevsky nur so lange Gefallen fand, bis es verkauft werden konnte.

Harvath wettete auf ein Satelliten- oder Funksignal und leitete dies an die CIA weiter, während er seinen Plan ausarbeitete.

Nachdem er fertig war, weihte er Hermann ein. »Wo beziehe ich Position?«, fragte dieser.

Harvath deutete auf die Karte und zog einen Kreis um den Bauernhof. »Du bleibst hier bei Eichel.«

Der hünenhafte Deutsche legte die Stirn in Falten. »Schlechter Plan.«

»Es ist ein guter Plan. Er wird funktionieren.«

»Bis er nicht mehr funktioniert.« Hermann nahm seinen Stift und drehte die Karte um. »Du gehst davon aus, dass du das Anwesen auf die gleiche Weise verlassen wirst, wie du reingekommen bist.«

»Ja, und?«

»Was, wenn dein Zugangsweg blockiert ist?«

Harvath warf einen Blick auf die Karte. »Dann werde ich hier langgehen.«

»Das ist die doppelte Strecke zurück zu deinem Wagen. Was, wenn du verletzt bist?«

»Dann werde ich improvisieren.«

»Und wenn die Polizei deinen Wagen auf der Straße geparkt findet?«, fragte Hermann.

»Er wird nicht auf der Straße stehen. Ich werde ihn abseits abstellen und sicherstellen, dass sie ihn nicht finden.«

»Aber falls doch?«

»Dann improvisiere ich.«

»Ich kann es schon vor mir sehen.« Hermann breitete die Hände aus. »Hier ruht Scot Harvath. *Er hat improvisiert.*«

So langsam ging er Harvath auf die Nerven. Harvath brauchte seine Hilfe nicht. Schließlich wusste er, was er tat. »Ich möchte, dass du bei Eichel bleibst.«

»Das geht schon in Ordnung«, entgegnete Hermann. »Wir verschnüren Eichel in Decken, ordentlich Klebeband darum, und stecken ihn bei mir in den Kofferraum. Ich setze dich hinter dem Anwesen ab und hole dich anschließend wieder ab, wo immer du willst.«

»Und wenn die Polizei dich anhält? Mit Eichel?«

Hermann lächelte. »Dann improvisiere ich eben.«

24

Die CIA brauchte länger als erhofft, um sich wieder bei Harvath zu melden. Aber sie waren durchgekommen. Eigentlich war es eine ganze Verquickung von Behörden, die durchkam.

Es war keine leichte Aufgabe, festzustellen, ob sich rings um das Anwesen Kameras befanden oder nicht, und wenn ja, welche Art von Signal sie aussendeten. Satelliten schwebten nicht in der Luft. Sie bewegten sich in einer Umlaufbahn um die Erde und hatten nur begrenzte Zeitfenster, in denen sie Informationen sammeln konnten.

Nach Rücksprache mit dem National Reconnaissance Office – dem für das militärische Satellitenprogramm zuständigen nationalen Aufklärungsamt – und der nationalen Geospatial-Intelligence Agency – der nationalen Behörde für geografische Aufklärung – wurde beim deutschen Militär beantragt, zwei US-amerikanischen F-16 Falcon von der Spangdahlem Air Base eine Änderung der Route ihres abendlichen Trainingsmanövers zu gestatten.

Angeblich um ein neues Geländekartierungssystem zu testen, und zwar über dem Gebirge in Bayern.

Die Deutschen erteilten die Erlaubnis, und innerhalb von 15 Minuten waren die beiden Jets in der Luft.

Das ausgeklügelte System, das sie mit sich führten, tat aber viel mehr als nur das Gelände zu vermessen. Die Jets funktionierten ähnlich wie die Google »Street View« Autos, allerdings auf Crack. Sie saugten jedes bisschen an elektrischer Information auf, mit dem sie in Kontakt kamen – WLAN-Signale, Handyinformationen, Funkverkehr und Satellitenkommunikation, sogar die RFID-Codes für Garagentorfernbedienungen. Es war ein unfassbares Stück Hightech.

Die Jets benötigten nur einen Überflug im Tiefflug. Sie schalteten ihre Sauger ein, fegten über Berchtesgaden herein, und bis jemand sie hörte und merkte, dass sie da waren, waren sie auch schon wieder weg.

Nach der Landung in Spangdahlem wurden die Laufwerke entnommen, die Daten verschlüsselt und alles nach Hause in die USA übertragen.

Harvath hatte recht gehabt. Rings um das Anwesen befanden sich mehrere Objekte, die mit einem Satellitennetzwerk kommunizierten.

Nun, da sie wussten, wo sie waren und worum es sich handelte, machte die NSA sich daran, sie zu stören.

Die Operation war in höchstem Maß abgeschottet und begrenzt auf eine Handvoll Mitarbeiter. Das war gut für die Geheimhaltung, allerdings nicht ganz so gut für eine rasche Bearbeitung. Als endlich alles so weit war, vernahm Harvath eine Stimme über seinen Ohrstöpsel.

»Norseman, hier Round Top. Wir sind bereit, auf Ihr Kommando fortzufahren. Over.«

Harvath hatte sich dem Grundstück so weit genähert, wie er es wagte. Solange er nicht wusste, dass die Signale der Bodensensoren unterbrochen waren, wollte er nicht weiter vorrücken. »Roger, Round Top«, antwortete er. Es war kalt. Er konnte seinen Atem sehen. »Stand by. Over.«

»Roger, Norseman. Round Top auf Stand-by. Over.«

Zusätzlich zu den ganzen Materialien, die in der Scheune lagerten, hatte Hermann auch in einem anderen Bereich für Harvath geliefert – nämlich taktische Ausrüstung.

Er überprüfte sein Zeug ein letztes Mal, ehe er sagte: »Round Top, hier Norseman. Auf mein Zeichen. Over.«

»Roger, Norseman. Auf Ihr Zeichen. Over.«

Er stellte sein Nachtsichtgerät ein und zählte laut von fünf rückwärts.

Als er bei eins ankam, sagte die Stimme in seinem Ohrstöpsel: »Norseman, hier Round Top. Das Satellitensignal ist unterbrochen. Ich wiederhole: Das Satellitensignal ist unterbrochen. Sie können loslegen. Viel Glück, Norseman. Over.«

Harvath antwortete nicht, er war bereits unterwegs.

Der Boden war steil, die Felsen spitz. Er trug Wanderstiefel, dunkle Jeans und eine schwarze North-Face-Jacke.

Die Sensoren würden nur für kurze Zeit ausfallen. Er musste sich schnell bewegen.

Zweimal verlor er den Halt. Zweimal fing er sich wieder. Hätte er nicht Hermanns Handschuhe getragen, hätte er sich die Hände vollkommen zerschrammt.

Am Fuß der Felsen sprintete er auf das Waldstück zu. Sobald er zwischen den Bäumen war, gab er einen Lagebericht durch, kurz SITREP. »Round Top, hier Norseman. Ich bin am Strand. Stelle Kommunikation ein. Over.«

Round Top bestätigte, dass Harvath die Bäume erreicht hatte und Funkstille wünschte, indem er zweimal die Taste zur Rauschunterdrückung betätigte. Jetzt wurde es ernst. Kommunikation fand nun nur noch statt, wenn Harvath sie initiierte.

Er zog die 9 mm Heckler & Koch USP SD, die Hermann ihm gegeben hatte, und schraubte einen GEMTECH-Schalldämpfer auf den Lauf. Sie war mit Unterschallmunition geladen und er hatte zwei zusätzliche Magazine dabei. Wenn allerdings erst einmal Kugeln flogen, bedeutete dies, dass etwas verdammt schiefgelaufen war.

Harvath hatte vor, es wie militante Naturschützer zu machen – rein und wieder raus, ohne eine Spur zu hinterlassen.

Es war ein gewagtes Unterfangen. Sollte Malevsky herausfinden, dass seine Security eine Lücke aufwies, würde es wesentlich schwieriger werden, an ihn heranzukommen. Entweder verstärkte er seine Sicherheitsmaßnahmen oder er würde abtauchen. Keine dieser beiden Optionen machte Harvaths endgültige Aufgabe einfacher.

Dieser Streifzug war allerdings ein akzeptables, ja, notwendiges Risiko. Er musste sein. Niemand in Langley war anderer Meinung.

Hermanns Handschuhe in der Tasche verstaut, die Hände fest um den Griff der Waffe fand er seinen Weg durch die verbleibenden Bäume und machte sich bereit, einen Spurt zum ersten Gebäude hinzulegen.

»Round Top, hier Norseman«, flüsterte er. »Vom Homeplate zur First Base. Ist alles frei?«

Er wartete, hörte, wie die Squelch-Taste zur Rauschunterdrückung einmal klickte. *Alles frei.* Über ihren derzeitigen Satelliten sahen sie in Langley keine Probleme zwischen ihm und seinem ersten Zielpunkt.

Harvath ließ sein Nachtsichtgerät über die Wiese schweifen, die er überqueren musste. Wie es aussah, war alles in Ordnung. Er holte tief Luft, zählte bis drei und rannte los.

Das Gelände war uneben, aber überwiegend grasbewachsen und bei Weitem nicht mehr so felsig. Solange er in kein Loch trat, war alles okay. Nicht allzu weit vor sich konnte er bereits das Gebäude sehen, in dem die Mitarbeiter wohnten. Drinnen brannte kein Licht. Anscheinend waren alle …

Unvermittelt erscholl ein digitales Klicken in seinem Ohrstöpsel. Zweimal. Harvath warf sich hin, streifte das Nachtsichtgerät ab und vergrub das Gesicht im Boden. Jemand in den Staaten hatte etwas gesehen.

Er bewegte nicht einen Muskel. Atmete nicht einmal. Konnte nur lauschen. Doch da war nichts. *Was zum Teufel hatten sie gesehen?*

Da lag er auf dem kalten Boden und machte sich Gedanken, bis der Wind ihm die Antwort gab. Über dem Geruch nach kalter, feuchter Erde stellte er allmählich etwas anderes fest – Zigarettenrauch.

Jemand machte eine Zigarettenpause und musste wohl in seine Richtung spaziert sein.

Er holte langsam und kontrolliert Luft, versuchte, die Entfernung zu dem Raucher abzuschätzen, aber der Geruch wurde schwächer. *War der Raucher weggegangen?*

Wie zur Antwort auf seine Frage erhielt er von Round Top Entwarnung – drei Klicks.

Er setzte das Nachtsichtgerät wieder auf, gab seinen Augen einen Moment, um sich daran zu gewöhnen, und blickte dann langsam auf, um die Lage einzuschätzen.

Es war niemand zu sehen. Der Zigarettengeruch war so gut wie verflogen.

Er stemmte sich hoch und ging auf das Gebäude zu. Rasch. Ruhig. Im Gehen drehte er den Kopf von links nach rechts, hielt Ausschau nach einer Bedrohung, seine schallgedämpfte Pistole im Anschlag, feuerbereit.

Die Eingangstür zu den Personalwohnungen war nicht abgeschlossen. Er trat ein. Er hatte sich alles genau eingeprägt – was er in jedem Zimmer gesehen hatte, welcher Mitarbeiter zu welcher Wohnung gehörte. Sie befand sich nicht in diesem Gebäude. Malevsky und seine Frau wollten sie bestimmt in ihrer Nähe haben, bei den Kindern. Sie war garantiert im Haupthaus. Aber es gab noch jemanden, der hier schlief und von Nutzen sein konnte. *Der Koch.*

Harvath hatte ihn gesehen, als Jakob ihn durch die Küche führte. Er hatte die geplatzten Äderchen in der Nase des Mannes bemerkt, das Zittern seiner Hände, die Kaffeetasse in der Nähe, gefüllt mit etwas, das kein Kaffee war.

Als Jakob mit ihm das Wohngebäude besichtigte, hatte Harvath das Apartment des Mannes anhand der persönlichen Fotos auf dessen Kommode erkannt, ebenso anhand der russischen Kochbücher in seinem Bücherregal. Die dürftig versteckte Wodkaflasche im Badezimmer bestätigte seinen Verdacht.

Als Harvath vor seiner Tür stand, konnte er den Mann schnarchen hören. Ein, aus, ein, aus. Es klang, als wollte er einen ganzen Wald absägen.

Harvath probierte den Türknauf des Kochs. Es war nicht abgeschlossen. Langsam, um ja kein Geräusch zu machen, schob er die Tür auf und trat ein.

Der Mann hatte es noch nicht einmal ins Bett geschafft. Bewusstlos lag er auf seiner Couch. Auf dem Couchtisch stand auf einem Teller sein angebrochenes Essen, daneben die »Kaffeetasse«, die Harvath zuvor bei ihm gesehen hatte. Er trug immer noch seine Uniform.

Kopfschüttelnd ließ Harvath den Blick durch das Wohnzimmer schweifen, bis er fand, wonach er suchte. Der Koch hatte seine Schlüssel auf den Boden fallen lassen.

Vorsichtig, um kein Geräusch zu verursachen, hob er sie auf.

Jetzt musste Harvath nur noch ins Haupthaus gelangen. Doch das war wesentlich leichter gesagt als getan.

25

Seinerzeit hatte Harvath genügend Gebäude, Veranstaltungen und ganze Anwesen gesichert, um zu wissen, dass das Wesentliche darin bestand, die Ein- und Ausgänge zu begrenzen. Bei einem Anwesen bedeutete dies normalerweise, dass der Eigentümer durch die Garage oder die Haustür kam und ging. Das Personal benutzte einen von außen nicht einsehbaren Serviceeingang, in der Regel nahmen sie dort auch Lieferungen in Empfang.

Im Fall der Villa Malzoff war es die beeindruckende Küche ganz hinten, die einem Restaurant alle Ehre gemacht hätte. Sie war durch eine schmale, von der Auffahrt abzweigende Service-Spur mit den Personalwohnungen verbunden.

Die Bäume als Deckung nutzend, näherte Harvath sich dem Haupthaus. Bei seiner Besichtigungstour hatte er mitbekommen, wie die Mitarbeiter durch die Haupt-küchentür kamen und gingen.

Im Gegensatz zu den übrigen Türen im Jagdschloss ertönte das Alarmsystem nicht jedes Mal, wenn sie geöffnet oder geschlossen wurde. Wahrscheinlich herrschte hier so viel Betrieb, dass der Ton deaktiviert war.

Aber schalteten sie ihn nachts wieder ein? Das war im Moment Harvaths größte Frage.

Es war egal, ob er einen Schlüsselbund hatte und einer der Schlüssel vermutlich die fragliche Tür öffnete. Wenn das Öffnen der Tür bedeutete, dass der Alarm ausgelöst wurde, war es auf der Stelle vorbei.

Prüfend nahm er die 50 Meter in Augenschein, die er im Sprint zurücklegen musste, bis zu einer Batterie von Mülltonnen an einer Treppe vor der Küche. Während er hinter dem letzten Baum stehen blieb, forderte er einen Lagebericht an. Als Antwort erhielt er drei Klicks. *Alles frei.*

In der Küche brannten ein paar Lampen, aber er konnte keinerlei Aktivität ausmachen. Der Rest des Hauses schlief, die Fenster waren dunkel. Harvath beschloss loszuspurten.

Im Gegensatz zu seinem letzten Sprint über offenes Gelände ging dieser ohne Zwischenfall über die Bühne.

Den Rücken flach an die Außenwand des Hauses gepresst, kauerte er sich zwischen zwei Mülltonnen und wartete.

Auf zwei Dinge konnte man sich bei Russen immer verlassen – auf das Trinken und das Rauchen. Der Koch hatte betrunken das Bewusstsein verloren, ganz wie Harvath es erwartet hatte. Nach allem, was er während der Besichtigung gesehen hatte, gab es im Haus keine Aschenbecher und es roch auch nicht nach Zigaretten. Malevsky wollte, dass das Anwesen präsentabel war, darum hatte er wohl das Rauchen im Haus untersagt.

Nun brauchte Harvath nur noch jemanden, der ins Freie kam, um eine Zigarettenpause einzulegen. Sobald dieser Jemand die Küchentür benutzte, hatte Harvath Gewissheit darüber, wie sie gesichert war.

20 Minuten vergingen. Die Temperatur fiel weiter. Die Luft war eisig, schneidend, kroch in jede Kleidungsfalte, die sie finden konnte.

Er hatte es längst aufgegeben, sich hinzukauern. Zu rau an den Knien. Niemand hielt diese Stellung lange aus.

Die Knie an die Brust gezogen saß er da, wartete weiter. Im Hinterkopf begann er, einen Plan B zu erstellen. Was sollte er tun, wenn keiner herauskam? *Sollte er es an der Tür riskieren? Die Operation abbrechen?*

Während er seine Optionen durchging, hörte er, wie jemand die Küchentür aufschloss. Rasch ging er in die Hocke.

Ein Mann trat ins Freie, im Mund eine Zigarette, die noch nicht brannte. Er zog ein Zippo aus der Tasche, klappte es auf, rieb das Rad mit dem Feuerstein seitlich an seinem Bein und hielt das Feuerzeug in die Höhe, um seine Zigarette anzuzünden. Harvath war so nahe, dass er das Feuerzeugbenzin fast riechen konnte.

Kaum brannte die Zigarette, schnippte der Mann mit dem Handgelenk, der Deckel klappte zu, die Flamme erlosch. Der Mann nahm einen langen, tiefen Zug, füllte seine Lunge, legte den Kopf zurück und genoss den Flash des durch seinen Kreislauf strömenden Nikotins.

Der Mann trat den Rest des Weges nach draußen und schloss die Tür hinter sich. Harvath registrierte, dass die Alarmanlage im Innern keinen Ton von sich gab. Die Tür schien sicher zu sein.

Der Mann war größer als die Wachposten, die Harvath zuvor gesehen hatte. Mit seiner Glatze und dem Stier-nacken sah er aus wie ein Zirkus-Muskelmann, nur ohne gezwirbelten Schnurrbart. Genau so stellte Harvath sich einen billigen Schläger der Russenmafia vor, Goldschmuck und so weiter inbegriffen.

Dem Aussehen nach war er Ende 50, womöglich älter. Schwer zu sagen. Die Russen lebten ausschweifend und alterten schnell, vor allem in der kriminellen Unterwelt.

Während er so dahockte, versuchte Harvath, mög-lichst langsam zu atmen. Er wollte vermeiden, dass der Anblick seines in die kalte Nachtluft aufsteigenden Atems ihn verriet.

Der Mann nahm noch ein paar Züge von seiner Ziga-rette und drückte sie dann aus. Aber anstatt die Kippe auf die Service-Spur oder ins Gras zu werfen, ging er auf die Mülltonnen zu.

Fuck war das Erste, was Harvath in den Sinn kam. Was tut dieser Idiot? Wollte er seine erst kürzlich angezündete Zigarette in den Müll werfen?

Doch als er hörte, wie der erste Deckel geöffnet wurde, brauchte er nur ein paar Sekunden, bis er begriff, was los war.

Man hörte das Geräusch von Glas auf Glas, als der Russe wer weiß was für eine Flasche aus dem Müll fischte und den Deckel abschraubte.

Was auch immer er gefunden hatte, es gab nicht viel davon, denn die Flasche wanderte gleich zurück in den Müll und er ging weiter, an die nächste Tonne.

Jetzt war er ganz nahe. Viel zu nahe. *Fuck,* sagte Harvath sich erneut. Selbst mit Unterschallmunition in der schallgedämpften H&K machte die 9-Millimeter-Pistole immer noch viel Lärm. So dicht am Haus würde es noch lauter klingen. Jemand würde es hören. Und wer auch immer es hörte, würde herauskommen, um nachzusehen.

Fuck!

Er versuchte nachzudenken. *Improvisiere,* sagte er sich, während er sich umblickte. Er konnte hören, wie der Muskelmann eine weitere Flasche aus der Tonne fischte, nur noch zwei Mülltonnen von seinem Versteck entfernt.

Harvath musste ihn erschießen. Daran führte kein Weg vorbei. Der Kerl schien fest entschlossen, jeden Mülleimer zu durchwühlen, ehe er kehrtmachte und wieder reinging. *Schnaps und Zigaretten,* dachte Harvath. *Verfluchte Russen!*

Er lehnte sich an die Wand und wechselte die Waffe in die linke Hand. Das vermasselte ihm jetzt alles. Er musste einen Platz finden, um die Leiche zu verstecken, und konnte nur hoffen, dass ihm das genug Zeit verschaffte, um zu tun, was er drinnen zu erledigen hatte.

Irgendwie musste er herausfinden, wie er Malevsky schnappen und ihn aus dem Haus schaffen konnte. Er verabscheute den Gedanken, aber er musste wohl eines der Kinder des Gangsters benutzen. *Verflucht!*

Der Russe war nur noch eine Mülltonne entfernt. Es war eine Frage von Sekunden, bis er die Lücke zwischen den Tonnen erreichte und ihn sah.

Harvath musste schnell handeln. Um den Knall der Waffe zu dämpfen, musste er den Schuss aufsetzen. Er hatte vor, ihn in den Hinterkopf oder ins Herz zu schießen – mehrere Schüsse in rascher Folge. Dann die Leiche um die Ecke schleifen und außer Sichtweite ablegen.

So durfte es nicht ablaufen. Es musste einen besseren Weg geben. *Denk nach*, sagte er sich. Doch es war zu spät. Er musste etwas tun. Der Kerl war bereits über ihm.

Mit voller Wucht stieß er sich aus seiner Hocke ab, stürzte sich wie ein Rammbock auf den Mann und versetzte dem besten Ziel, das sich ihm bot, einen vernichtenden Schlag, genau zwischen die Beine.

Dem Kerl blieb die Luft weg, er sackte zusammen. Unterdessen glitt Harvath an ihm vorbei, drehte sich und stieß ihm den Ellenbogen, so fest er konnte, in die Schädelbasis, was ihn ganz zu Boden gehen ließ.

Er holte mit dem Fuß aus, um ihm noch einen Tritt an den Kopf zu verpassen, hielt jedoch inne. Der Kerl lag am Boden, auf dem Bauch, und rührte sich nicht.

Harvath nahm an, dass er weggetreten war. Er beugte sich über ihn, setzte ihm die Pistole an den Hinterkopf und übte allmählich Druck auf den Abzug aus. Dann bemerkte er seine Augen. Sie standen offen, doch der Kerl atmete nicht mehr. Harvath langte hinab und fühlte den Puls des Mannes. Er hatte keinen. Der Kerl war tot.

Harvath roch den Alkohol, den der Kerl ausdünstete. Das brachte ihn auf eine Idee. *Die Treppe.*

Er packte den Hünen unter den Armen, schleifte ihn zu den sechs hangabwärts führenden Steinstufen. Dort platzierte er den Leichnam, so gut er konnte, am Fuß der Treppe und rannte zurück zu den Mülleimern, um eine Flasche Schnaps herauszufischen.

Er kehrte zurück und schob die Flasche halb unter den Körper. Anschließend setzte er das Knie auf die Leiche und legte sich mit seinem ganzen Gewicht darauf, bis die Flasche zerbrach.

Die Unfallszene war komplett. Ob Malevsky es ihm abkaufen würde oder nicht, stand auf einem gänzlich anderen Blatt.

Harvath wusste lediglich, dass er Glück gehabt hatte. Noch einmal rechnete er nicht damit. Rasch stieg er die Steintreppe empor und strebte der Küchentür zu.

Er schlüpfte ins Haus und schloss die Tür hinter sich. Lautlos erklomm er die Hintertreppe. Er hatte eine ziemlich gute Ahnung, welches Zimmer ihr gehörte.

Die Tür war unverschlossen. Langsam öffnete er sie.

Obwohl es schon spät war, schlief sie noch nicht. Sie war noch nicht einmal im Bett. In der Hand hielt sie eine kleine halbautomatische Pistole. Sie sah ihn an, als er eintrat. »Du hättest nicht zurückkommen sollen«, sagte sie.

26

WEISSES HAUS, SITUATION ROOM
WASHINGTON, D. C.

Präsident Porter nickte, und die Lampen wurden gedimmt. Das leuchtende Siegel des Präsidenten auf den Bildschirmen wich der schwarzen Flagge des IS. Das

Geräusch des Windes war zu hören. Langsam kräuselte sich die Flagge.

Aus den Deckenlautsprechern drang eindringliche arabische Musik. Vor dem schwarzen Hintergrund wurde ein Bild des Verteidigungsministers eingeblendet.

Es erschienen öffentlich zugängliche Fotos aus den letzten 30 Jahren von Richard Devons Leben, jedes schneller Form annehmend als das vorhergehende.

Mit dem rasenden Wechsel steigerte sich auch die Musik zu einem Crescendo. Dann wurde mit einem Mal alles schwarz.

Jeder im Situation Room machte sich auf das Schlimmste gefasst.

Doch wie in einem angsteinflößenden Horrorfilm war es nur ein Täuschungsmanöver – ein Schachzug, um die Zuschauer aus der Fassung zu bringen.

Secretary Devons Stimme erfüllte den Raum. Die Monitore pulsierten vor digitalem Rauschen, so als versuchten sie, ein weit entferntes Signal zu erfassen. Dann wurde das Video scharf.

Es zeigte die Vereidigungszeremonie des Ministers im Pentagon. Die Worte waren sein Amtseid, den ihm der Vizepräsident abnahm.

Bald jedoch ersetzten Bilder von Krieg und Massakern das Vereidigungs-Video. Amerikanische Panzer, Truppen und Flugzeuge, mit Zwischenschnitten versehen, die tote und verstümmelte Araber, Frauen und Kinder aus Nahost zeigten. Die ganze Zeit über war Secretary Devon zu hören, wie er voller Stolz und Zuversicht seinen Eid rezitierte.

Es gab Applaus, als der Vizepräsident Devon gratulierte. Erneut wurden die Bildschirme im Situation Room schwarz. *Nun kam das Schlimmste.*

Einen Sekundenbruchteil später erwachte das Video dröhnend wieder zum Leben. Die Wagenkolonne stand unter Beschuss. Die Angreifer riefen »Allahu'akbar«, während sie, aus automatischen Gewehren feuernd, auf die Straße traten.

Der Anschlag war aus mehreren Blickwinkeln aufgenommen. Die Terroristen trugen nicht nur GoPro-Kameras, es gab auch Aufnahmen, die das Blutbad von oben zeigten. Sie mussten auch in Fenstern oder auf den Dächern Kameras aufgestellt haben.

Das Video war gekonnt und gut produziert. Es sah aus wie aus einem Actionfilm.

Es zerriss einem das Herz, sich das anzusehen. Niemand im Situation Room sagte ein Wort. Sie waren betrübt, angewidert von dem, was sie auf dem Bildschirm sahen.

Alle wussten sie, wie es ausging, aber niemand vermochte den Blick abzuwenden. Sie waren wie gebannt, Gefangene der Gewalt und der Barbarei, die sich vor ihnen abspielte.

Als kurz vor Schluss die ersten Autobomben explodierten, ging das Video in Zeitlupe über. Hätte es eine Auszeichnung für das Böse gegeben, hätte der IS einen Oscar bekommen. Es war, als wäre der Teufel persönlich ins Filmgeschäft eingestiegen.

Das Video endete mit einer maskierten Gestalt, die in der Wüste stand und den Präsidenten verhöhnte. Der Mann sprach Englisch wie ein Amerikaner. Er war anders als die britischen und australischen Sprecher bei früheren Aufzeichnungen.

»Vereint eure Koalition. Mobilisiert eure Armeen. Übt eure Rache«, sagte er. »Ihr wisst, wo ihr uns findet. Wir erwarten euch.«

Damit schrumpfte das Video zu einem einzelnen Lichtpunkt zusammen, der schließlich verschwand – wie ein altes Fernsehgerät, das ausgeschaltet wird.

Das Licht im Situation Room ging wieder an. Wie benommen saßen die Mitglieder des Nationalen Sicherheitsrates des Präsidenten da. Niemand sagte etwas. Ihnen fehlten die Worte.

Dann, als hätte jemand den Startschuss gegeben, redeten alle durcheinander. Die Gemüter waren erhitzt.

Präsident Porter bat um Ruhe und wies CIA-Direktor McGee an, alle auf den neuesten Stand zu bringen.

»Das Video, das Sie gerade gesehen haben, wurde vor weniger als zwei Stunden von der IS-Medienabteilung veröffentlicht«, sagte der Direktor. »Wir sind gerade dabei, es zu analysieren. In der Zwischenzeit möchte ich Sie über die Explosion gestern Abend in der Türkei, in Antalya, informieren.«

Er schaltete seine Präsentation ein und legte eine Folie auf die Monitore, auf der zwei Bilder zu sehen waren. Eines zeigte die rauchenden, ausgebrannten Karosserien von mindestens 15 Fahrzeugen. Das andere sah aus wie ein riesiger Bombenkrater.

»Das Foto links«, kommentierte der Direktor, »ist ein Tatortfoto des Autobombenanschlags auf die Kolonne von Secretary Devon. Das Foto rechts stammt von einer Explosion circa sechseinhalb Kilometer entfernt, die sich einige Stunden später ereignete.«

»Wir gehen davon aus, dass eine Verbindung besteht?«, fragte der Vizepräsident.

McGee nickte. »Das FBI hatte bereits Teams zur Spurensicherung nach Antalya geschickt, um Beweise für den Anschlag auf Secretary Devon zu sammeln. Als sich die zweite Explosion ereignete, erklärte sich ein kleines Kontingent von FBI-Technikern bereit, die türkische Polizei bei ihren Ermittlungen zu unterstützen.

Die Explosion machte fast einen halben Häuserblock dem Erdboden gleich. Es war ein Industriegebiet, hauptsächlich Lagerhäuser. Wir haben noch keine Informationen zu den Opfern.«

»Worin besteht die Verbindung?«

»Der vorläufige Befund des FBI ist, dass die Sprengstoff-Signaturen übereinstimmen«, antwortete McGee. »Wir glauben, dass der IS eines der Lagerhäuser als Bombenfabrik benutzte.«

»Und der Größe des Kraters nach zu urteilen«, stellte der Vorsitzende der Joint Chiefs fest, »hatten sie noch eine Menge Zutaten übrig.«

»Der türkische Geheimdienst nimmt an, sie waren für weitere Anschläge innerhalb der Türkei bestimmt. Man wertet dies als größere Eskalation. Ismet Bachar, der Chef des türkischen Generalstabs, hat sogar seinen Urlaub abgebrochen und ist in die Hauptstadt zurückgekehrt.«

»Gut«, mischte sich der Nationale Sicherheitsberater ein. »Hätten sie den IS von Anfang an wirklich ernst genommen, wäre Secretary Devon vielleicht noch am Leben.«

Das war gut möglich, aber McGee wollte sich nicht auf Hypothesen einlassen. »Zum gegenwärtigen Zeitpunkt reißen sie sich ein Bein aus, um uns alles zu geben, was wir benötigen.«

»Was ist mit dem Mann im Video?«, warf der Außenminister ein. »Er klingt wie ein Amerikaner. Haben wir eine Ahnung, wer er ist?«

»Noch nicht.«

»Wissen wir, woher sie ihre Informationen haben?«, fragte der Justizminister. »Haben wir schon ein bestimmtes Leck identifiziert?«

»Nein. Noch nicht.«

»Was ist mit den drei Türken, die Secretary Devons Team während des Angriffs überfahren hat? Haben wir schon etwas über sie in Erfahrung gebracht? Irgendetwas, das hilfreich sein könnte?«

McGee schüttelte den Kopf. »Nein«, sagte er abermals. »Noch nichts.«

»Hatte die NSA schon Erfolg dabei, den Teil der Cloud einzugrenzen, in den die Angreifer ihre GoPro-Aufnahmen hochgeladen haben?«

Der CIA-Direktor schüttelte den Kopf. Es war für alle Anwesenden entmutigend. Erneut senkte sich Stille über den Raum.

Der Außenminister beschloss, die Gesprächspause auszunutzen. »Mister President, wenn ich fragen darf, haben Sie immer noch vor, die Anerkennung der Sykes-Picot-Grenzen zu widerrufen?«

Porter hatte mit dieser Frage gerechnet. »Ja«, erwiderte er.

»Haben Sie schon entschieden, wann?«

»Nein. Warum?«

»Das wird ein beispielloses Chaos auslösen«, sagte der Außenminister. »Dagegen wird der Arabische Frühling aussehen wie ein Ausflug von Fünftklässlern. Israel ist unser Verbündeter. Es verdient mehr als nur eine kleine Vorwarnung. Sie brauchen Zeit, um Vorkehrungen zu treffen und sich zu verschanzen. Und wenn wir …«

Mit einer Handbewegung gab Porter ihm zu verstehen, dass er aufhören solle. »Ich sagte Ihnen doch: Lassen Sie Israel meine Sorge sein. Ich werde mich schon darum kümmern. Mir ist klar, dass die Israelis unsere Verbündeten sind. Ich weiß auch, dass es schwierig für sie wird. Aber wir werden sicherstellen, dass sie den größten Knüppel im Sandkasten schwingen.«

»Ich verstehe nicht ganz.«

»Das werden Sie schon«, sagte Porter. »In der Zwischenzeit, glaube ich, hat der Vorsitzende der Joint Chiefs etwas für uns. Sind Sie bereit?«

»Ja, Mister President«, antwortete der Vorsitzende der Vereinigten Stabschefs.

Porter nickte.

»In der Annahme, dass der IS für den Anschlag auf Verteidigungsminister Devon verantwortlich ist, und als Vergeltung für den Angriff auf das SAD-Team der CIA in Anbar bat der Präsident das Pentagon, einen Reaktionsplan auszuarbeiten.«

Der Vorsitzende nickte einem Adjutanten zu und ließ eine Zielkarte auf die Monitore hochladen, während er fortfuhr. »Der Angriff mit dem Codenamen Iron Fury konzentriert sich auf Folgendes: bekannte Gefechtsstände des IS, Schulungszentren und vor allem die Ölinfrastruktur.«

Der Außenminister musterte die Karte. »Und wann wird der Angriff starten?«, fragte er schließlich.

Der Vorsitzende blickte den Präsidenten an. Dieser nickte ihm abermals zu. »Jetzt, in diesem Moment!«

Der dreistündige Angriff mit dem Codenamen Operation Iron Fury begann mit zwei Wellen B-2 Spirit Stealth-Bombern, die jeweils eine Nutzlast von 80 jeweils 227 Kilogramm schweren Mark-82-Bomben trugen.

Als sie eine Reihe wichtiger Ölraffinerien zerstörten, wurden von einem US-Lenkwaffen-Zerstörer im Norden des Persischen Golfs und einem Jagd-U-Boot der Los Angeles-Klasse im Roten Meer Salven von Tomahawk-Raketen abgefeuert.

Während diese ihre Ziele in Syrien und im Westirak fanden, setzten mit Hellfire-Raketen bewaffnete Reaper-Drohnen, begleitet von F-22 Raptor-Kampfflugzeugen, an mehreren Stellen entlang der syrischen Grenze Hunderte von Tanklastwagen außer Gefecht, die Öl in die Türkei und den Irak schmuggeln wollten.

Seit dem letzten Golfkrieg hatte niemand im Situation Room einen derart massiven Luftangriff gesehen.

Als es vorüber war und alle Piloten den syrischen Luftraum verlassen hatten, saßen sie mehrere Minuten lang schweigend da.

Schließlich sagte Präsident Porter seinem Chief of Staff, er solle den Pressesprecher eine Erklärung vorbereiten lassen, und erklärte die Sitzung für beendet.

Während die Teilnehmer ihre Papiere zusammenklaubten und einer nach dem anderen aus der Tür gingen, deutete Porter auf den CIA-Direktor und bat ihn, noch einen Moment zu bleiben.

Sobald sie den Saal für sich hatten, bedeutete er McGee, den Stuhl neben ihm zu nehmen, und sie setzten sich wieder.

»Nun«, meinte der Präsident, »möchte ich hören, was wirklich los ist. Wie weit sind Sie mit der undichten Stelle?«

»Immer noch dieselben Namen auf der Liste«, antwortete McGee. »Es hat sich nichts geändert.«

»Noch nicht.«

Der CIA-Direktor nickte. »Ich weiß, es kommt einem vor, als würde nichts passieren. Aber wir haben einiges angestoßen. Glauben Sie mir.«

»Ich weiß. Ich habe bloß ein äußerst ungutes Gefühl.«

»Wegen der undichten Stelle?«

»Wegen allem«, erwiderte der Präsident. »Ich glaube, das Schlimmste steht uns erst noch bevor.«

27

GUADALUPE, MEXIKO

Das Zimmer war nicht besonders, musste es aber auch nicht sein. Sascha Baseyew befand sich bloß auf der Durchreise.

Im Kühlschrank stand Mineralwasser, dazu ein paar Bier. Allerdings nicht genug, um sich zu betrinken und etwas Dummes anzustellen. Wahrscheinlich ein kluger Schachzug des Eigentümers. In seiner Branche wollte man kein Aufsehen erregen.

Das Abendessen brachte ein stämmiger Mexikaner mit einem weißen Cowboyhut vorbei. Er sagte kein Wort.

Das Essen stammte aus dem Restaurant die Straße runter. Es schmeckte nach Ziegenfleisch. Baseyew aß ein paar Bissen und schob es dann beiseite. Er hatte keinen Appetit.

Ein Arzt kam vorbei und untersuchte ihn. Der alte Mann stank nach Tequila. Er hörte Herz und Lunge ab, maß ihm den Blutdruck und ließ ihn in ein Spirometer zur Messung des Atemvolumens pusten.

Er ließ ihn von einem Ende des Raumes zum anderen gehen, ein paar tiefe Kniebeugen machen und ein paar Liegestütze. Anschließend stellte er eine Reihe von

Fragen in sehr schlechtem Englisch. Baseyew log zur Antwort.

Der Arzt schrieb alles in ein kleines blaues Notizbuch.

Als er fertig war, klopfte der Doktor Baseyew auf die Schulter und schlug das Kreuzzeichen über ihn. Er hatte bestanden.

Ein paar Stunden später kam der Mexikaner mit dem Cowboyhut zurück und bedeutete Baseyew, ihm zu folgen. Er hatte einen Truck draußen stehen. Sie stiegen ein.

Der Mann fuhr ihn zu einer alten Schlosserei. Sie betraten sie durch die Hintertür und machten bloß ein paar Lichter an. Es war nach Feierabend, außer ihnen befand sich niemand dort.

Im Werkstattbereich war auf einem fleckigen Tisch eine Kollektion an Tauch-Utensilien ausgebreitet. In der Nähe standen ein alter Fernseher und ein noch älterer Videorekorder.

Der Mann mit dem Cowboyhut deutete auf einen Klappstuhl. Baseyew nahm Platz. Der Mann schaltete den Fernseher ein, legte ein VHS-Band in das staubige Gerät und drückte auf Play.

Stotternd erwachte der Bildschirm zum Leben, er zeigte ein Tauch-Demonstrationsvideo, das aussah, als hätte man es in den 1980er-Jahren gedreht. Baseyew versuchte zu erklären, dass er das Video nicht zu sehen brauchte, doch der Mann mit dem Hut war ziemlich hartnäckig. Anscheinend hatte seine Organisation gewisse Standards.

Das Video lief 45 nutzlose Minuten lang. Nachdem es fertig war, ließ der Mann mit dem Hut Baseyew die Tauchausrüstung zusammenfügen und alles anziehen.

Durch Gebärden gab er Baseyew zu verstehen, dass er seine Vertrautheit mit der Ausrüstung zeigen sollte und begriff, wie man seine Maske ausspülte und den Druckausgleich anstellte. Baseyew tat wie geheißen.

Anschließend zückte er ein Maßband und nahm seine Maße, gab sie in sein Handy ein und schickte sie per SMS weg. Damit waren sie fertig.

Der Mann mit dem Cowboyhut brachte Baseyew zurück in sein Zimmer und setzte ihn ab, ohne ein einziges Wort zu sagen.

Für Baseyew war das okay. Er bezahlte nicht für Gespräche. Ja, je weniger man mit ihm redete, desto besser.

Der Mann mit dem Hut zeigte auf seine Uhr und signalisierte, wann er zurück sein würde, dann bedeutete er Baseyew, dass er schlafen solle.

Schlafen klang gut. Er brauchte seine Kraft für das, was vor ihm lag.

Er entkleidete sich und streckte sich auf dem Bett aus. Er hatte das Fenster gekippt, um etwas Luft in den Raum zu lassen. In der Ferne hörte er leises Donnergrollen.

In der Wettervorhersage hatte es geheißen, es könne Unwetter geben, aber er hatte gehofft, dass sie sich abschwächen würden, bevor sie diesen Teil Mexikos erreichten. Es hatte schon zu viel geregnet. Wenn der nächste Sturm stark genug war, konnte er die ganze Sache zum Erliegen bringen.

Wie er so auf dem Bett lag, rasten seine Gedanken – etwas, das er normalerweise nicht zuließ. Er konnte spüren, wie die Wände näher rückten und wie ihm die Luft aus dem Körper gepresst wurde. *Klaustrophobie.*

Je mehr er versuchte, seine Gedanken unter Kontrolle zu bringen, desto schlimmer wurde es.

Er stand auf, holte eine der Pillen, die er mitgebracht hatte, und brach sie in zwei Hälften. Gerade genug, um ihm beim Einschlafen zu helfen.

Er öffnete eine Flasche Wasser, schluckte die Pille und legte sich wieder hin. Immer noch das gleiche Problem.

Er hatte nie jemandem von seiner Klaustrophobie erzählt. Das ging niemanden etwas an. Beruflich war es nie ein Problem gewesen.

Persönlich war es nur ein weiterer dicker weißer Streifen Narbengewebe, den er von jenem entsetzlichen Tag in Beslan zurückbehalten hatte. Er wusste, dass sich alles bloß in seinem Kopf abspielte – eine toxische Erinnerung daran, dass sie ihn in der Hitze mit all diesen Menschen in die Turnhalle gezwängt hatten. Dann das Feuer. Die Massenpanik. Der Tod seiner Schwester Dascha. Seines besten Freundes Grigori.

Es war seine Psyche, sowenig er auch davon verstand, die nach einem Ausweg suchte. Nach einer Möglichkeit, sich und damit ihn vor dem Trauma zu schützen.

Er hatte gelernt, damit umzugehen wie mit allem anderen auch. Die Dinge waren nun mal so, wie sie waren. Er konnte sich entweder anpassen und es bewältigen oder verkümmern und sterben. Er war zu wütend, um zu sterben. Es gab viel zu viel, was noch getan werden musste. In seinen Adern durfte nur Eiswasser fließen.

Er hatte überlebt, während seine Familie, Freunde und Lehrer gestorben waren. Er hatte eine Verantwortung – die *Verpflichtung*, durchzuhalten.

Schließlich wirkte das Sedativum und beruhigte ihn so weit, dass er einschlafen konnte. Allerdings wälzte er sich hin und her.

Als es an seiner Tür klopfte, fühlte er sich schlimmer, als hätte er überhaupt nicht geschlafen. Der Mann mit dem Cowboyhut brachte ihm Tamales, dazu eine große Tasse Kaffee, und gab ihm zu verstehen, dass er in einer halben Stunde wieder da sein werde.

Baseyew wusste, dass es wichtig war zu essen. Er stellte den Kaffee beiseite und konzentrierte sich auf das Essen.

Nachdem er es halb aufgegessen hatte, wischte er alles im Zimmer und dem winzigen angrenzenden Badezimmer ab. Ganz gleich ob jemals jemand erfahren würde, dass er hier gewesen war, oder nicht, er hinterließ nicht gern Spuren.

Gerade als der Mann zurückkehrte, beendete er seine Mahlzeit. Er schnappte sich seinen Kaffee, eine Flasche Wasser und die wenigen Besitztümer, die er bei sich hatte, und folgte ihm die Treppe hinunter nach draußen zu seinem Truck.

Es war dunkel, aber Baseyew konnte sehen, dass der Boden aufgeweicht war. In den wenigen Stunden, die er geschlafen hatte, hatte es geregnet – und zwar wie aus Kübeln. Trotz der kühlen Luft begann er zu schwitzen.

Die Fahrt dauerte über drei Stunden. Sie fuhren nach Norden in Richtung Laredo und der mexikanischen Grenze zu Texas. Ihr Ziel war eine Region namens Llanos Esteparios del Noreste.

In der Gegend befanden sich der Venustiano-Carranza-See und die Flüsse Salado und Sabinas Hidalgo sowie die Bäche Camarón und Galameses. Ebenso lag hier der einzig bekannte Eingang zu einem ausgedehnten natürlichen Höhlensystem, das sich unter dem Rio Grande bis kurz hinter die Grenze in die Vereinigten Staaten erstreckte. Der Zugang erfolgte über einen künstlichen Tunnel auf einer Ranch in Privatbesitz.

Als sie an ein Servicetor kamen, stieg der Mann mit dem Hut aus, löste die Kette und fuhr mit dem Truck hindurch. Nachdem er das Tor hinter sich wieder verschlossen hatte, ging es weiter.

Sie fuhren 20 Minuten auf einem Feldweg, der sich endlos zu erstrecken schien, bis sie endlich sahen, wonach sie suchten.

Die sich aneinanderdrängenden Wirtschaftsgebäude der Ranch waren aus Betonsteinen und Wellblech errichtet. Der Mann mit dem Hut parkte vor dem breitesten, allerdings nur lange genug, um das große Garagentor in Gang zu setzen und hineinzufahren.

Dort stand bereits ein alter CJ7-Jeep. Baseyews Führer war dabei, die gesamte Ausrüstung zu entladen.

Das größte Risiko, dem Baseyew sich gegenübersah, war, neben der Dekompressionskrankheit oder dem Ertrinken, dass er sich im Höhlensystem verirrte. Deshalb der Führer.

Der größte Teil des Höhlensystems war überflutet. Weil die Passagen, die sie durchqueren mussten, so eng waren, mussten sie ihre Pressluftflaschen ›Sidemount‹ tragen, also anstatt auf dem Rücken seitlich an der Hüfte. Außerdem waren die Flaschen kleiner als diejenigen, die Taucher für gewöhnlich in offenen Gewässern verwendeten. Darum mussten sie mit dem Sauerstoff, den sie verbrauchten, haushalten.

Das war eine von Baseyews größten Sorgen. Wenn es zu viel geregnet hatte und sich die »trockenen« Teile des Höhlensystems mit Wasser gefüllt hatten, hätten sie nicht mehr genügend Sauerstoff, um den Trip zu bewältigen.

Nachdem die gesamte Ausrüstung auf einem Pritschen-Trolley verstaut war, zückte der Mann mit dem Hut einen Schlüsselbund und öffnete eine Tür auf der gegenüberliegenden Seite des garagenartigen Raums.

Gesäumt von nackten, mit Drahtkörben abgeschirmten Glühbirnen wand sich der künstlich angelegte Tunnel hin und her. Alles war nur karg ausgestattet, das Geld hatte man für das Ausschachten des Tunnels und das Erkunden des Höhlensystems ausgegeben.

Die Ranch und damit das Höhlensystem gehörten Los Zetas – Elitesoldaten, die aus der mexikanischen Armee desertiert waren, um Vollstrecker für das Golfkartell zu werden. Schließlich gründeten sie ihr eigenes Syndikat. Die US-Regierung hielt sie für das technologisch fortgeschrittenste, raffinierteste und gefährlichste Kartell, das in Mexiko operierte.

Als der Vorbesitzer der Ranch zufällig die Höhlen entdeckte, ging er davon aus, dass Los Zetas die Gelegenheit beim Schopf ergreifen würde, um sie zum Drogenschmuggel zu benutzen. Aber da sie unter Wasser standen und so viele enge Passagen aufwiesen, waren sie für den Drogentransport nicht zu gebrauchen. Das hieß jedoch nicht, dass Los Zetas keine andere Verwendung dafür hatte.

Sie waren klug genug zu erkennen, dass gewisse Leute hohe Summen für eine sichere Einreise in die Vereinigten Staaten bezahlen würden – insbesondere Leute, die es für zu risikobefrachtet hielten, sich von einem Schlepper über Land schleusen zu lassen. Baseyew war so jemand.

Er hätte seinen Lufthansa-Decknamen verwenden können, aber er wollte vermeiden, dass seine Einreise in die USA aktenkundig wurde. Nicht bei dem, was er

vorhatte. Es war zu riskant. Um keine Spuren zu hinterlassen, musste er es auf diese Weise tun. Ihm blieb gar
keine andere Wahl.

Am Ende des Tunnels befand sich eine Rampe, die in
ein Becken mit kristallklarem Wasser abfiel und unter
der gegenüberliegenden Wand der Höhle verschwand.
Baseyew spürte, wie ihm das Herz schneller schlug.

Der Führer, der nicht älter als 18 oder 19 Jahre alt sein
konnte, warf ihm einen Trockenanzug zu und forderte
ihn auf, diesen anzuziehen. Baseyew nahm eine seiner
Pillen und spülte sie mit dem Rest seines Mineralwassers
hinunter.

Während er sich fertig machte, entrollte sein Führer eine
wasserdichte Karte und erklärte ihm Schritt für Schritt die
Route, die sie nehmen würden. Sie verabredeten Handzeichen und gingen noch einmal jeden Punkt ihrer Check-
liste durch, wozu auch die dreifache Überprüfung ihrer
Ausrüstung zählte.

Als alles fertig war, wechselte der Führer ein paar Worte
mit dem Mann mit dem Hut, schaltete seine Tauchlampe
ein und ging voran ins Wasser.

Baseyew folgte ihm, während der Mann mit dem Hut
den Trolley nahm und sich auf den Rückweg durch den
Tunnel machte.

Er holte einige Male tief Luft, um seine Lunge zu sät-
tigen, steckte den Atemregler in den Mund und ließ sich
unter die Oberfläche sinken.

In diesem Moment setzte die Klaustrophobie ein,
schlang ihm ihre eiskalten Arme um die Brust, drückte zu.
Er sagte sich, dass er sich auf das konzentrieren musste,
was vor ihm lag – auf die Vereinigten Staaten, auf das, was
er erreichen wollte.

Während seine Beine durchs Wasser scherten, begann sein Herz zu pumpen, sein Körper erwärmte sich, das Beruhigungsmittel strömte durch seinen Kreislauf. Allmählich ließ seine Panik nach.

Seine Gedanken wurden klarer, und er begann darüber nachzudenken, was er mit seinem Führer anstellen sollte, sobald sie sicher auf der anderen Seite waren.

28

BERCHTESGADEN, DEUTSCHLAND

»Raus!«, sagte Alexandra Iwanowa, als Harvath ihr Zimmer betrat. »Auf der Stelle!«

Er ignorierte die Aufforderung ebenso wie die Waffe, die sie auf ihn gerichtet hielt. »Erst müssen wir reden.«

»Wir haben nichts zu bereden.«

Harvath schloss die Tür hinter sich. »Wir haben jede Menge zu bereden. Fangen wir damit an, was du hier tust.«

»Was *ich* hier tue? Was machst *du* hier?«

»Ich bin auf der Suche nach einem Haus.«

»Raus«, wiederholte Alexandra, während sie den Hahn ihrer tschechischen CZ-Pistole spannte. »Bevor du mir noch meinen Auftrag ruinierst.«

»Willst du mir verraten, worin der besteht?«

»Lass mich nachdenken.« Nach einer extrem kurzen Pause meinte sie schließlich: »Nein!«

Er hatte ganz vergessen, wie gut Englisch klingen konnte, wenn eine Russin es sprach, zumal eine so attraktive.

Alexandra war schon immer eine umwerfende Frau gewesen, aber sie sah noch besser aus, als er sie in Erinnerung hatte. Sie war groß, hatte langes, blondes Haar und einen durchtrainierten Körper.

»Vielleicht können wir uns gegenseitig helfen«, sagte er.

»Das bezweifle ich.«

»Komm schon, Alex.«

»Hast du eine Ahnung, wie lange es gedauert hat, so nah an Malevsky heranzukommen?«, fragte sie. »Was ich alles mitmachen musste? Welche Risiken ich eingegangen bin?«

»*Risiken?* Was redest du da? Malevsky ist doch einer von euch.«

Alexandra funkelte ihn wütend an. »Bist du sicher, dass du den richtigen Malevsky hast?«

»Und du?«

»Michail Malevsky. Moskauer *Mafia*.«

»Korrekt«, meinte Harvath.

»Und woher willst du wissen, ob *du* den Richtigen hast?«

»Weil ich zwei Agenten auf seiner Gehaltsliste eingehend befragt habe.«

»Russen?«

Harvath schüttelte den Kopf. »Deutsche. Der eine arbeitet bei der Lufthansa, der andere bei der Flugzeugabfertigung am Frankfurter Flughafen.«

»Wusste ich's doch!«, sagte sie. »Ich wusste, dass er Leute im Innern haben musste.«

»Nun, das hat er. Würdest du jetzt bitte die Waffe runternehmen?«

Alexandra senkte die Pistole. »Also benutzt er den Frankfurter Flughafen und nicht München.«

Harvath nickte. »Ihr seid ja noch schlimmer als wir. Reden eure Behörden denn nicht miteinander?«

»Wovon sprichst du?«

»Vom SWR und der GRU. Kommuniziert ihr nicht miteinander?«

Mit einem Mal wirkte Alexandra besorgt. »Was hat die GRU mit Malevsky zu tun?«

Mein Gott, dachte Harvath bei sich. *Die reden wirklich nicht miteinander.* »Malevsky arbeitet für die GRU.«

»Und was tut er?«

»Ich bin noch nicht vollständig im Bild. Deshalb bin ich hier.«

»Dann setze mich unvollständig ins Bild«, erwiderte Alexandra.

Es widerstrebte Harvath, zu früh zu viel preiszugeben. Er und Alex mochten gemeinsam so manches erlebt haben, aber sie spielten für völlig unterschiedliche Teams. »Es gibt da einen GRU-Agenten, für den wir uns interessieren.«

»Das ist alles?«, fragte sie, als er es nicht weiter ausführte. Sie tat, als suchte sie nach ihrer Waffe. »Wo habe ich bloß meine Knarre hingelegt?«

Harvath kannte sie. Sie wusste genau, wo ihre Waffe war. »Du hast das von unserem Verteidigungsminister gehört?«

Sie nickte. »Ja. Tut mir leid.«

»Wir nehmen an, dass der GRU-Agent, den wir suchen, etwas damit zu tun hat.«

Alexandra war sprachlos. »Ihr glaubt, die GRU steckt hinter dem Attentat auf euren Verteidigungsminister? Das ist doch verrückt.«

Vielleicht. Aber in der Vergangenheit hatten die Russen schon wesentlich Schlimmeres angezettelt – und Harvath und Alexandra hatten es gemeinsam aufgeklärt. Er warf ihr einen Blick zu, der all das besagte und noch viel mehr.

»Okay«, erwiderte sie, »nehmen wir mal an, rein hypothetisch, du hast recht. Welches Interesse habt ihr an Malevsky?«

»Er ist der Mittelsmann«, sagte Harvath. »Er ist das Bindeglied zwischen diesem Agenten und der GRU.«

»Und das bastelt ihr euch aus euren Quellen bei der Lufthansa und am Frankfurter Flughafen zusammen.«

»Zum Teil«, antwortete er. »Und jetzt erzähl du mir mal etwas, das ich noch nicht weiß. Was zur Hölle treibst du hier?«

Alexandra holte tief Luft und stieß sie langsam wieder aus. »Der IS.«

Harvath wartete einen Moment, doch als sie nicht fortfuhr, sagte er: »Sprich weiter.«

Sie senkte den Kopf. *Scham? Verlegenheit?* Er war sich nicht sicher, aber im Augenblick spielte es auch keine Rolle. Er wollte Antworten.

»Das größte Kontingent nicht arabischer IS-Kämpfer besteht aus russischsprachigen Personen. Tschetschenien, Dagestan … Ich könnte weitermachen, aber du verstehst, was ich meine.«

Und ob Harvath verstand. Ausländische Dschihadisten, insbesondere Tschetschenen, waren während des Krieges in den Irak geströmt, als hätte jemand eine eiternde, schwärende Wunde mit einer glühenden Nadel aufgestochen.

Die Tschetschenen hatten dem irakischen Widerstand all die hinterhältigen und tödlichen Methoden gebracht, die sie im Kampf gegen die Russen entwickelt hatten. Damit hatten sie den Spieß umgedreht und die

Todesrate unter den Amerikanern war in die Höhe geschnellt. Leute, die Harvath kannte und die ihm etwas bedeuteten, waren getötet worden. Er hasste die verfluchten Tschetschenen.

Sie schleusten ihre Kämpfer turnusmäßig in den Irak, damit sie echte Erfahrungen auf dem Schlachtfeld sammelten. Anschließend kehrten sie nach Russland zurück, um zu töten.

»Immer wieder der Irak«, sagte Harvath. »Ihr habt Angst, dass sie zurückkommen und zu Hause Ärger machen.«

Alexandra nickte. »Es wäre äußerst schlecht für Russland.«

»Schlecht für Russland? Oder für die russische Regierung?«

»Wenn unschuldige Russen getötet werden, ist das schlecht für Russland. Darum geht es mir. Die russische Regierung kann sich von mir aus selber am Arsch lecken.«

Nach all der Zeit hatte sie sich kein bisschen verändert. Sie war nach wie vor dieselbe Frau. Die Regierung hatte ihrem Vater – ebenfalls ein Geheimdienstmitarbeiter – übel mitgespielt, und sie hatte ihnen immer noch nicht verziehen. Was ihr etwas bedeutete, waren ihr Volk und ihr Land. Ihre Regierung konnte zur Hölle fahren – beziehungsweise, wie sie gesagt hatte, sich selber am Arsch lecken.

Harvath hoffte, dass er ihr immer noch vertrauen konnte. »Ich warte darauf, dass du mir etwas erzählst, das ich noch nicht weiß. Weshalb bist du hier? Was führt dich zu Malevsky?«

Sie nahm sich einen Moment Zeit, um sich zu sammeln. »Er ist Teil ihres Finanzierungsmechanismus.«

»Malevsky?«

Alexandra nickte. »Er hilft ihnen, Dinge zu beschaffen, die sie benötigen. Medikamente, Nachtsichtgeräte, Flugzeugteile.«

»Was springt für ihn dabei heraus?«

»Ein unversiegbarer Quell an Antiquitäten von unschätzbarem Wert.«

Harvath spürte, wie sich in der Mitte seiner Brust ein Knoten bildete. »Was meinst du damit?«

Sie schüttelte den Kopf. »Im Ernst? Das Moskauer Syndikat hat Millionen von unbezahlbaren Artefakten für den IS transportiert. Sie schaffen sie aus Syrien und dem Irak nach Europa und Russland.«

Es fühlte sich an, als hätte ihm jemand ein Loch in die Brust gestanzt. »Schmuggler.«

»Einige der besten.«

»Was transportieren sie sonst noch?«, fragte er.

Alexandra lächelte. »Waffen – Unmengen davon. Und nicht bloß Kleinkram wie Gewehre und Panzerfäuste. Sie transportieren auch ernst zu nehmende Hightech-Produkte. Boden-Luft-Raketen, Luft-Luft-Raketen – die Operation läuft auf Hochtouren.«

Der Knoten in Harvaths Brust dehnte sich aus. »Wie transportieren sie das Zeug?«

Sie überlegte einen Moment. »Die meisten Artefakte kommen durch die Türkei, versteckt in Öltankern des IS.«

»Nein. Die Waffen. Wie transportieren sie die Waffen?«

Alexandra lachte. »Eigentlich haben sie es ziemlich schlau angestellt. Sie hatten wohl einen muslimischen Arzt auf ihrer Gehaltsliste. Er konnte unzählige medizinische Hilfseinsätze und Konvois benutzen. Der Rote Halbmond. Die Vereinten Nationen. Was auch immer.«

Harvath hatte noch nie einen schwachen Magen gehabt. Doch mit einem Mal fühlte er sich, als müsste er sich gleich übergeben.

29

Es ging alles viel zu schnell. Was sie verlangte, war viel zu gefährlich. Und es war einfach nur wahnsinnig dämlich. Sie mussten erst einmal tief Luft holen. Einen Schritt zurücktreten und durchatmen. Sich eine Minute Zeit nehmen und das Ganze durchdenken. Aber sie hatten keine Minute.

»Ich lasse dir nur einen Versuch«, sagte Alexandra. »Also mach was draus.«

Harvath holte aus und schlug zu. Fest. Im Stürzen prallte sie an den Nachttisch und das Bettgestell. Sie blutete heftig aus der Nase.

Er langte hinab, riss ihr mit einem Ruck das Höschen weg und steckte es ein. Anschließend zog er ihr den BH aus und ließ ihn neben sie fallen. Sie hatte ihre eigene Vorstellung davon gehabt, auf welche Art ihr Lippenstift verschmiert werden sollte, und er hatte sich gefügt. Es war das Mindeste, was er tun konnte.

Während er sich mit dem Ärmel den Mund abwischte, verließ er ihr Zimmer und ging die Hintertreppe hinunter. Draußen fand er die Leiche des Glatzkopfes genau da, wo er sie zurückgelassen hatte, und steckte dem Kerl Alexandras Höschen in die Tasche. Nachdem er einen Lagebericht erhalten hatte, dem zufolge alles frei war, rannte er los wie der Teufel.

Außer Atem meldete er sich nahe der Grenze des Anwesens wieder in den Vereinigten Staaten. »Round Top, hier Norseman.«

»Schießen Sie los, Norseman.«

»Ich komme jetzt raus.«

»Roger, Norseman. Auf Ihr Kommando.«

»Jetzt!«

»Roger, Norseman«, antwortete die Operationszentrale, während sie das Satellitensignal der Bodensensoren störten. »Sie können los!«

Als er die Felsblöcke emporkletterte, musste er scharfkantigen Steinen ausweichen, doch er behielt seinen Halt und bewegte sich weiter vorwärts.

Oben auf dem Bergrücken brach er zu Hermanns Überraschung zwischen den Bäumen hervor. »Fahr los«, befahl er. »Fahr schon, verflucht noch mal.«

»Bist du okay?«, fragte Hermann. »Was ist passiert?«

Harvath sank auf den Beifahrersitz und schaffte es, die Tür zu schließen. »Fahr«, sagte er.

»Aber …«

»Fahr einfach«, fuhr Harvath ihn an.

Hermann tat wie geheißen.

Hermann hielt sich an die Geschwindigkeitsbegrenzungen, stoppte, wo es verlangt wurde, und gab der örtlichen Polizei keinerlei Grund, sie anzuhalten. So brachte er sie auf den Bauernhof zurück.

Hinter der Scheune hielt er neben Harvaths Wagen. »Willst du mir nicht erzählen, was passiert ist?«

»Nein.«

Das war alles, was er sagte. Damit stieg er aus, schlug heftig die Tür hinter sich zu und ging zum Bauernhaus.

Hermann blieb noch einige Minuten sitzen und fragte sich, was er tun sollte. Schließlich stellte er den Motor ab und folgte Harvath ins Haus.

Er fand Harvath am Kamin sitzend, ein Glas in der Hand. Zwei Fingerbreit Bourbon, mit Eis.

»Bereit zu reden?«

Harvath antwortete nicht.

Kopfschüttelnd marschierte der Hüne zurück in die Küche und holte sich etwas zu trinken.

Als er ins Wohnzimmer zurückkehrte, nahm er sich den Stuhl neben Harvath und setzte sich. Es war ihm egal, ob Harvath reden wollte oder nicht. Wenn es nach ihm ging, konnten sie sich stundenlang anschweigen. Aber sein Freund sollte nicht allein sein.

Harvath trank seinen Bourbon aus und machte Anstalten aufzustehen. Mit einer Handbewegung bedeutete Hermann ihm, sitzen zu bleiben.

Augenblicke später kehrte der Deutsche mit der Flasche und einem Kübel Eis zurück.

Harvath füllte sein Glas nach. Wie es aussah, würden sie Michail Malevsky heute Abend wohl keinen Sack über den Kopf stülpen. Also schenkte Hermann sich ebenfalls noch einmal ein.

Sie machten weiter, bis die Flasche leer war. Hermann warf sie ins Feuer. Sie zersplitterte, und die Flammen loderten auf.

»Musik?«, fragte Hermann leicht angeheitert.

Harvath erwiderte nichts. Er saß nur da und starrte ins Feuer.

Hermann fand sein iPhone und rief eine zufällige Wiedergabeliste auf. Sekunden später begann Don McLeans »American Pie«.

Harvath schloss die Augen, und Hermann hatte schon Angst, dass er etwas falsch gemacht hatte.

»Warum hast du das ausgewählt?«, wollte Harvath wissen.

»Ich weiß nicht«, meinte sein Freund. »Es gefällt mir. Es ist ein gutes Lied.«

Harvath hielt die Augen geschlossen. »Weißt du, worum es geht?«

Hermann zuckte die Achseln. »*The day the music died –* der Tag, an dem die Musik starb. Um den Tod von Buddy Holly.«

»Genau genommen war es eine Warnung.«

»*Eine Warnung?* Wovor denn?«

»Vor der Zukunft und dem, was auf uns zukommt, falls Amerika nicht aufwacht.«

Hermann sah seinen Freund an. »Was zur Hölle ist heute Nacht passiert?«

Harvath antwortete nicht. Er schien zufrieden damit, der Musik zu lauschen. Hermann beschloss, ihn in Ruhe zu lassen. Hermann warf ein weiteres Scheit ins Feuer, lehnte sich zurück und nippte an seinem Glas. Wenn Harvath reden wollte, würde er schon reden.

Eine halbe Stunde war vergangen, als Harvath anfing, etwas an seinen Fingern abzuzählen. »Was machst du da?«, fragte Hermann.

»Ich zähle.«

»Das sehe ich«, erwiderte der Deutsche. »Was zählst du denn?«

»Wie viele Menschen ich umgebracht habe.«

»In deiner Berufslaufbahn oder erst vor Kurzem?«

»Erst kürzlich«, antwortete Harvath ausdruckslos, ohne jede Emotion.

»Wie viele?«

»13«, sagte Harvath. »Aber die Zahl steigt noch.«

Die Zahl steigt noch«, wiederholte Hermann. »Heißt das, dein Kampf ist noch nicht vorbei?«

Harvath nickte.

Sein Freund beugte sich vor. »Was zum Teufel ist heute Nacht passiert?«

Einen Moment lang sah Harvath so aus, als hätte er keine Ahnung, wie er die Frage beantworten sollte. Mit den Gedanken schien er woanders. »Ich wurde reingelegt«, erklärte er schließlich.

»*Reingelegt? *Wovon redest du?«

»Ich habe gegen die Regel Nummer eins in der Nachrichtenbranche verstoßen: Lass dich nicht verarschen.«

Hermann sah ihn an. »Ich weiß immer noch nicht, wovon du eigentlich sprichst.«

»Ich hatte einen unvorstellbaren Agenten, zumindest hielt ich ihn dafür«, antwortete Harvath kopfschüttelnd. »Einen Arzt aus Nordafrika. Nebenher schmuggelte er. Sein Name war Salah Abaaoud. Er verschaffte uns unerhörte Informationen. Wie sich jetzt herausstellt, arbeitete er für Malevsky.«

»Und damit für die GRU«, sagte Hermann.

Harvath nickte. »Das CIA-Team, das wir in Anbar stationiert hatten, um eine hochrangige IS-Zielperson zu schnappen? Das beruhte auf Informationen, die wir von Salah bekommen hatten.«

»Warum sollten die Russen ein CIA-Team auslöschen wollen?«

»Es ist nicht nur das CIA-Team. Salah ist tot. Seine Geliebte ist tot. Der Verteidigungsminister und sein gesamter Personenschutztrupp sind tot.«

Hermann begriff noch immer nicht. »Aber wieso?«

Harvath schüttelte den Kopf. »Ich weiß es nicht. Alles, was ich weiß, ist, dass es meine Schuld ist.«

»Wieso denn deine Schuld?«

»Weil ich es nicht gesehen habe. Ich bin darauf trainiert, es zu sehen, und ich habe nichts mitbekommen.«

Hermann bot ihm an nachzuschenken, doch mit einer Handbewegung lehnte Harvath ab.

»Die Russen können schlau sein«, meinte Hermann. »Äußerst gerissen. Zerbrich dir nicht so viel den Kopf über sie.«

»Ich soll mir nicht den Kopf über sie zerbrechen? Die Russen laufen verdammt noch mal Amok, und es ist meine Schuld. Wie soll ich mir da nicht den Kopf über sie zerbrechen?«, entgegnete Harvath.

Hermann hob die Hände und lehnte sich auf seinem Stuhl zurück. »Lass dir ruhig Zeit. Lass deiner Wut freien Lauf. Wenn du bereit bist, es ihnen heimzuzahlen, gib mir Bescheid.«

Harvath starrte in den Kamin und sah zu, wie die heißen, blauen Flammen an den dicken, trockenen Scheiten leckten. Rote Glut schwelte in der grauen Asche darunter.

Er trank seinen Bourbon und dachte an die Männer und Frauen, die gestorben waren. Und während er an sie dachte, wuchs sein Zorn.

Er hasste die Tschetschenen, aber noch mehr hasste er die Russen. Egal wie oft man ihnen eine Niederlage verpasste, immer wieder rappelten sie sich auf. Sie stellten eine nicht minder ernsthafte Bedrohung dar als die Dschihadisten.

Aber jetzt schienen sie die Dschihadisten auch noch zu benutzen – damit diese Kerle an ihrer Stelle die Drecksarbeit erledigten.

Harvath trank seinen letzten Schluck Bourbon und spürte das Brennen, mit dem er ihm durch die Kehle rann. »Ich sehe nur eine Möglichkeit, damit umzugehen«, wandte er sich an Hermann.

»Ich höre«, sagte der Deutsche.

»Es gibt da bloß ein Problem.«

»Und das wäre?«

»Deiner Frau wird es nicht gefallen«, erwiderte Harvath. »Wir müssen wieder etwas Illegales machen. Etwas verdammt Illegales.«

30

WASHINGTON, D. C.

Lilliana Grace war eine attraktive Frau Ende 30. Kastanienbraunes Haar, perfekte Zähne und genau das richtige Maß an Make-up. Sie hatte es sich zur Aufgabe gemacht, doppelt so ausgefuchst und doppelt so hungrig zu sein wie alle anderen Reporter der *Washington Post*.

Sie mochte keine Heimlichtuerei, aber hin und wieder war es ein notwendiger Bestandteil des Jobs. Senator Wells hatte den Ort gewählt. Eine schäbige Bar im Südosten von D. C.

»Sind Sie sicher?«, fragte Wells. »Hundertprozentig?« Während er sprach, stieß er mit einem hellgrünen Plastikstrohhalm die winzigen Eiswürfel in seinem Cocktail an.

Sie saßen in einer kleinen, fleckigen Nische, die Risse in den Sitzen waren mit Klebeband geflickt. Der Tisch zwischen ihnen war voller Brandflecken, weil die Gäste Zigaretten darauf ausgedrückt hatten. Das Licht war gedimmt, es roch nach verschüttetem Bier und Desinfektionsmittel für Urinale.

»Finden Ihre Termine öfter hier statt, Senator?« Mit ihrem Strohhalm beschrieb Grace eine Bewegung durch die schwach beleuchtete Bar.

»Nur die wichtigen. Jetzt seien Sie etwas leiser und beantworten Sie meine Frage.«

»Ich sagte es Ihnen doch. Ich habe niemanden gefunden, der etwas weiß.«

»Nicht eine einzige Person?«

»Das ist normalerweise die Definition von niemand«, erwiderte sie und nahm einen Schluck von ihrem Gin Tonic.

»Mist!«

»Das heißt nicht, dass die Informationen, die Sie erhalten haben, nicht wahr sind. Es heißt lediglich, dass keiner meiner Kontakte etwas weiß.«

Wells hatte nicht so lange in D. C. überlebt, weil er so unvorsichtig war. Er wollte glauben, dass Rebecca recht hatte – dass das, was sie im Apartment ihres CIA-Freundes mitbekommen hatte, tatsächlich stimmte –, aber es war so verdammt riskant.

Hatten der Präsident und die CIA gewusst, dass Secretary of Defense Devon in der Türkei gefährdet war, und nichts dagegen unternommen, war das eine Riesenstory. Er konnte damit jedoch nicht an die Öffentlichkeit gehen, verflucht noch mal – er durfte es noch nicht einmal andeuten, es sei denn, er war sich absolut sicher, dass es auch stimmte.

Grace war die Chefkorrespondentin der *Washington Post*. Davor war sie dem Pentagon zugeteilt gewesen.

Sie verfügte über die besten verdammten Quellen in der Stadt. Wenn sie Rebeccas Behauptung nicht bestätigen konnte, war die Sache es nicht wert, sie öffentlich zu machen.

»Ich glaube, Sie haben etwas für mich«, sagte sie, als Wells verstummte und mit seinen Eiswürfeln spielte.

»Wie bitte?«

»Wir hatten eine Abmachung. Ich überprüfe Ihr Gerücht, und im Gegenzug geben Sie mir Hintergrundinformationen darüber, was in Anbar passiert ist.«

»Richtig!« Wells konzentrierte sich wieder auf ihre Unterhaltung. »Anbar.«

Grace zückte Stift und Notizblock. Sie wusste, dass der Senator sie dies auf keinen Fall aufnehmen lassen würde.

»Es war eine CIA-Operation«, begann Wells. »Man hatte es auf hochrangige IS-Mitglieder abgesehen. Dabei wurden jede Menge Fehler gemacht.«

Das Gespräch dauerte nicht sehr lange. Senator Wells hatte nach wie vor nicht viele Informationen.

Das einzig Neue, was er hatte, war die Information über Ashleigh Foster, die CIA-Nachrichtenoffizierin aus der US-Botschaft in Jordanien. McGee hatte ein Memo geschickt, das darlegte, dass Foster mit einem der Männer aus dem SAD-Team der CIA zusammen war. Sie hatte die beiden anderen Frauen aus der Botschaft überredet, mit ihr nach Anbar zu fahren. Das Ganze war von vorn bis hinten ein Paradebeispiel für mangelndes Urteilsvermögen.

»Das ist alles?«, rief Grace aus, als Wells verstummte und sich wieder daranmachte, seine Eiswürfel umzurühren.

Der Senator nickte.

»Wie wäre es mit den Namen der einzelnen IS-Mitglieder, hinter denen die CIA her war? Wie es sich anhört, hatte sie ein ziemlich hochrangiges Team entsandt. Außerdem schickte sie noch zwei äußerst geheime Hubschrauber los. Die müssen doch eine Vorstellung davon gehabt haben, wen sie suchen.«

»Keine Ahnung!« Wells hob sein leeres Glas und gab dem Barkeeper Zeichen, ihm noch eins zu bringen. »Der CIA-Direktor wollte es mir nicht sagen.«

»Sie meinen, er wollte es dem Ausschuss nicht sagen.«

»Nein, ich meine *mir*. Ganz persönlich. Mein Ausschuss wurde nie unterrichtet, ebenso wenig der Ausschuss des Repräsentantenhauses.«

Grace beugte sich vor. »Wie bitte?«

»Direktor McGee kam erst nach dem Anschlag in Anbar zu mir.«

»Das ergibt doch keinen Sinn. Selbst wenn der Präsident beschließt, dass ein verdeckter Einsatz erforderlich ist, muss er ein unterzeichnetes *präsidiales Protokoll* erlassen, das diesen Einsatz autorisiert. Und dieses Protokoll muss beiden Ausschüssen so schnell wie möglich vorgelegt werden, und zwar vor Beginn des Einsatzes.«

»Das ist nicht geschehen.«

Grace überlegte einen Moment. »Wenn ich mich recht entsinne, kann der Präsident die Meldung verzögern, aber nur unter außergewöhnlichen Umständen. Er kann auch einschränken, an wen der Bericht geht. Zumindest müsste er an die Fraktionsvorsitzenden jeder Partei sowohl im Repräsentantenhaus als auch im Senat gehen sowie an die Vorsitzenden und die jeweiligen Oppositionsführer in den Geheimdienstausschüssen. Wurden sie informiert?«

Wells nickte. »Ja, allerdings nur vage und erst hinterher ohne Erklärung für die Verzögerung.«

»Interessant«, erwiderte die Reporterin, während der Barkeeper dem Senator ein neues Glas hinstellte. »Nein danke«, sagte sie, als er auf ihr Glas deutete.

Sie war für Wells schwer zu durchschauen. Eigentlich hätte sie jetzt Blut lecken müssen. Immerhin war sie ein Medienhai.

»Und?«, fragte der Senator.

»Wie gesagt, es ist interessant.«

»Interessant genug, um daraus einen Artikel zu machen?«

Grace legte ihren Stift weg. »Sie kandidieren für das Amt des Präsidenten.«

»Ich habe keine derartige Entscheidung getroffen.«

Sie lächelte ihn an. »Eine Geschichte wie diese könnte Ihrem Gegner schaden.«

»Sie könnte auch hervorragende Einnahmen für Ihr Unternehmen generieren und gut für Ihre Karriere sein«, konterte Wells.

»Vielleicht.«

Vielleicht? Was zum Teufel redete sie da? Er präsentierte ihr hier einen Knüller. Er hasste es, dass sie so unergründlich war. Es gefiel ihm nicht, wenn er jemanden nicht zu durchschauen vermochte.

»Womöglich war es ein Fehler, mich an Sie zu wenden«, meinte er.

»Sie haben einen Fehler begangen, allerdings nicht indem Sie sich an mich wandten«, entgegnete sie. »Ihr Fehler bestand darin, zu glauben, ich würde einfach auf das anspringen, was Sie mir hier erzählen.«

Er beugte sich vor und lächelte. »Sind Sie jemals schlecht gefahren mit mir?«

Nein, das bestimmt nicht. Aber dies hier war etwas anderes. Er bereitete sich auf eine mögliche Kandidatur für die Präsidentschaft vor. Alles, was er anbot und was der gegenwärtigen Verwaltung schaden konnte, musste aus diesem Blickwinkel betrachtet werden.

Sie schüttelte den Kopf. »Sie haben mir stets zuverlässige Informationen geliefert.«

»Und das tue ich jetzt wieder.«

»Was genau, denken Sie, hat das Weiße Haus vor? Warum zieren die sich so vor dem Kongress?«

»Im Vertrauen?«, fragte der Senator.

»Okay, inoffiziell«, stimmte sie ihm zu.

Wells beugte sich weiter vor. »Ich glaube, Präsident Porter zieht gemeinsam mit dem CIA-Direktor sein ureigenes Black-Ops-Programm durch und enthält es dem Kongress absichtlich vor.«

Die Reporterin nahm ihren Stift wieder in die Hand und gab dem Barkeeper ein Zeichen, dass sie doch noch etwas zu trinken wünschte. Es würde eine lange Nacht werden.

31

BERCHTESGADEN, DEUTSCHLAND

Der Glatzkopf, den Harvath auf dem Anwesen umgebracht hatte, war Malevskys Gast und hieß Waleri Kumarin.

Er war ein Trinker und Frauenheld. Außerdem eine äußerst einflussreiche Persönlichkeit im organisierten Verbrechen. Er und Malevsky waren im selben Syndikat, allerdings in unterschiedlichen Sparten, die oft im Clinch lagen, vor allem wenn es um Revierstreitigkeiten ging.

Kumarin war aus Moskau eingeflogen, um die Übernahme einiger IS-Geschäfte zu besprechen. Die Tatsache, dass er umgekommen war, als er Malevsky aufsuchte, würde Probleme bereiten. Große Probleme.

Aus Angst vor einem Anschlag könnte Malevsky durchaus untertauchen. Dann allerdings ohne seine Frau und die Kinder. Die würde er anderswo unterbringen.

Dieses Anderswo schloss Alexandra mit ein. Falls es eine Möglichkeit gab, das zu verhindern, musste sie es versuchen.

Nachdem Harvath ihr erklärt hatte, was draußen geschehen war, hätte sie ihn am liebsten umgebracht. Innerhalb weniger Stunden hatte er mehr als zwei Jahre Arbeit des SWR zunichtegemacht. Sie musste sich etwas einfallen lassen, und zwar schnell.

Nun, da Kumarin tot war, konnte sie nicht mehr viel tun. Das Entscheidende war, die Geschichte zu untermauern, dass es sich um einen Unfall handelte.

Malevskys Männer hatten alle gesehen, wie Kumarin Alexandra anstierte. Sogar Malevskys Frau war es aufgefallen. Der russische Gangster war nicht unbedingt besonders dezent. Alexandra beschloss, sich dies zunutze zu machen.

Er war betrunken gewesen und verschaffte sich mit Gewalt Zutritt zu ihrem Zimmer. Er schlug ihr ins Gesicht, versuchte, sich ihr aufzudrängen. Sie wehrte sich und rammte ihm das Knie in den Unterleib, um ihn von sich runterzubekommen. Stöhnend war er aus ihrem Zimmer verschwunden.

Das war die Geschichte, die sie erzählte, nachdem Malevskys Männer ihre Tür eingetreten und sie zusammengerollt und schluchzend auf dem Boden ihres Badezimmers gefunden hatten.

Zwar waren sich alle einig, dass die Situation nicht gut war. Aber selbst ein Blinder konnte sehen, was passiert war. Kumarin war ein Schwein. Der Versuch, Alexandra zu vergewaltigen, war völlig inakzeptabel. Er hatte es ihnen leicht gemacht, indem er draußen die Treppe hinuntergefallen war und sich den Hals gebrochen hatte. Sonst hätte Malevsky ihn mit bloßen Händen umgebracht.

Blieb noch eine letzte Sache, um die sie sich kümmern mussten – die Leiche. Wenn sie die Polizei riefen, beschworen sie damit bloß alle möglichen Probleme herauf. Taten sie es nicht, ergab sich eine ganze Reihe anderer Schwierigkeiten. Wie man es auch drehte und wendete, Malevsky saß in der Scheiße. Der einzige Ausweg bestand darin, die Verantwortung auf jemanden über ihm zu verlagern.

Zu Hause in Moskau waren die Leute, die das Sagen hatten, nicht gerade erfreut. Zwar hatte er alle angemessenen Vorsichtsmaßnahmen getroffen, um Kontakt aufzunehmen. Aber hier befand sich eine Leiche auf seinem Anwesen, noch dazu in einem fremden Land. Sie mochten Kriminelle sein, aber sie waren nicht dahin gekommen, wo sie waren, indem sie sich dämlich anstellten. Malevsky brachte sie in eine äußerst schwierige Lage.

Seine Vorgesetzten drehten den Spieß sofort wieder um. *Was*, mutmaßten sie, *wenn es kein Unfall war und jemand versucht, dir etwas anzuhängen?* Das trug nicht viel dazu bei, Malevsky die Angst zu nehmen. Wenn er die Leiche verschwinden ließ, könnte er in Schwierigkeiten stecken. Ließ er die Leiche nicht verschwinden und wandte sich an die Behörden, könnte er trotzdem in

Schwierigkeiten geraten, insbesondere wenn tatsächlich jemand versuchte, ihm etwas in die Schuhe zu schieben.

Sie sagten ihm, er solle in der Nähe des Telefons bleiben. Sie würden ihn zurückrufen. Malevsky suchte nach Wodka, konnte jedoch keinen finden. *Verfluchter Kumarin!*

Schließlich klingelte das Telefon. Sie hatten eine Entscheidung getroffen. Er sollte die Leiche verschwinden lassen. Und sobald das geschehen war, wollten sie, dass Malevsky nach Moskau zurückkehrte, damit sie ihn persönlich befragen konnten. Das konnte Verschiedenes bedeuten – das meiste davon war nicht gut. Ganz und gar nicht gut. *Verfluchter Kumarin!*

Malevsky kümmerte sich um die Beseitigung der Leiche, anschließend packte er eine Tasche. Seit er den Hörer aufgelegt hatte, spielte er mit dem Gedanken, sich abzusetzen. Er hatte genug Geld bei verschiedenen Banken in unterschiedlichen Ländern versteckt. Davon konnte er ganz gut leben.

Aber wenn er floh, käme dies einem Schuldeingeständnis gleich. Doch er war nicht schuldig. Er hatte nichts getan. Hätte er Kumarin umbringen wollen, wäre er bestimmt nicht so dumm gewesen, es auf seinem eigenen Grundstück zu tun. Außerdem hätte er sich ein hieb- und stichfestes Alibi verschafft.

Er würde nach Moskau gehen, seinen Fall darlegen und wieder nach Hause zurückkehren. Er hatte nicht vor wegzulaufen.

Am liebsten hätte er die Nanny mitgenommen, um sie erklären zu lassen, was passiert war, doch er entschied sich dagegen. Das würde ihn schwach aussehen lassen. Sein Wort musste genügen.

Für den Fall, dass sie es bestätigt haben wollten, hatte er zwei Mann seines Sicherheitsteams dabei. Er würde einen der Männer mitnehmen, die das Kindermädchen auf dem Badezimmerboden gefunden hatten, und einen der Männer, die Kumarin am Fuß der Treppe gefunden hatten. Es war ein bedauernswerter Unfall gewesen, aber nichtsdestotrotz ein Unfall.

Wenn überhaupt, hatte dieser verfluchte Kumarin es sich selber zuzuschreiben, weil er sich so blödsinnig betrunken hatte. Zu Hause in Moskau gab es niemanden, der nicht wusste, wie sehr Kumarin an der Flasche hing. Malevsky bezweifelte, dass dies das erste Mal war, dass der Idiot gestürzt war. Ja, wahrscheinlich war er so oft gestolpert und hingefallen, dass man es nicht mehr zählen konnte.

Wenn sie ehrlich zu sich selbst waren, mussten viele von denen in Moskau zugeben, dass es ein Wunder war, dass Kumarin überhaupt so lange überlebt hatte. Das Problem mit Moskau war jedoch, dass sie nur selten ehrlich zu sich selbst waren.

Als Michail Malevsky, die Reisetasche in der Hand, das Haus verließ, fand er seine Männer auf dem Parkplatz. Sie lungerten um den Rolls-Royce herum. »Los geht's!«, blaffte er auf Russisch.

Der 1,70 Meter große Mafioso mit dem breiten Brustkorb war in seiner Jugend Ringer gewesen. Nun, mit Mitte 40, wurde sein schütteres blondes Haar grau, er war von Schuppenflechte geplagt und musste kiloweise Viagra einnehmen, bloß um eine Erektion zu bekommen.

Diese Faktoren, dazu noch seine ohnehin schon unangenehme Persönlichkeit, sorgten dafür, dass er ständig gereizt war, schnell ausfällig wurde und zu extremer Gewalt neigte. Selbst die Vulgärausdrücke, mit denen ihn seine Feinde belegten, wurden ihm nicht annähernd gerecht.

Zu seiner miesen Laune trug die Tatsache bei, dass es ewig gedauert hatte, einen Jet zu organisieren, der ihn heim nach Russland flog. Er hasste Linienflüge, war jedoch nicht in der Lage, die Ausgaben für ein eigenes Flugzeug zu rechtfertigen. Darum war er einen Kompromiss eingegangen und hatte sich in ein Privatjet-Programm eingekauft.

Wie für Verbrechersyndikate typisch, kannte er jemanden, der jemanden kannte – und den Rat dieses Mannes befolgte er auch.

Die Firma, in die Malevsky sich eingekauft hatte, war ganz in Ordnung, wenn man seine Reisen Wochen im Voraus plante. Benötigte man allerdings sofort eine Maschine, war sie eine Katastrophe. Malevsky bekam fast einen Schlaganfall, als er den Kundendienstmitarbeiter am Telefon anbrüllte bei dem Versuch, ein Flugzeug zu bekommen.

Schließlich fand das Unternehmen eine Gulfstream G650 für ihn. Und sie einigten sich nicht nur darauf, auf die Upgrade-Gebühr für ein derart exklusives Flugzeug zu verzichten, sondern die Maschine sollte ihn auch in Salzburg abholen, damit er nicht die weite Strecke nach München fahren musste.

Respekt, dachte Malevsky, als er auflegte. *Manche erwarten ihn, andere fordern ihn ein.*

Wenn er mit diesem Flugzeug reiste, würde er wie ein Rockstar aussehen. Nicht nur für die Männer, die mit ihm flogen, sondern auch für all jene, die ihn am Flughafen in Moskau in Empfang nahmen. Und er würde sicherstellen, dass in Moskau Leute darauf warteten, ihn abzuholen. Nur ein Dummkopf würde die Gelegenheit verpassen, so einen Auftritt hinzulegen.

Sie rollten aus den schmiedeeisernen Toren des Anwesens, bogen nach rechts ab und fuhren ins Dorf hinunter.

Insgeheim war Malevsky froh, dass das alte Jagdhaus noch nicht verkauft war. Seiner Frau und den beiden Kindern gefiel es hier. Hier ging alles einen einfachen Gang. Es war sauberer und nicht so hektisch wie in München.

Außerdem gab es hier keine Muslime. Es machte ihm nichts aus, mit ihnen in ihrem Teil der Welt Geschäfte zu machen. Aber auf keinen Fall wollte er seine Kinder in ihrer Nähe aufziehen. Die Moslems waren Tiere – unsauber, unzivilisiert. Zumindest in Russland wusste man, wie man mit ihnen umgehen musste. Russland erkannte nur zu gut, was für eine Bedrohung sie darstellten.

Malevsky ließ sich in den gesteppten Ledersitz zurücksinken und versuchte, nicht an Muslime oder Kumarin zu denken oder daran, wie er mit seinen Vorgesetzten in Moskau umgehen musste. Er befand sich an einem der schönsten Orte der Welt und wurde in einem Rolls-Royce gefahren, unterwegs zu einem 65-Millionen-Dollar-Flugzeug. Er hatte es weit gebracht in seinem Leben und würde es noch viel weiter bringen.

Falls er Zeit hatte, gab es da ein Mädchen in Moskau, das er sehen wollte – eine Tänzerin. Sie war das genaue Gegenteil seiner Frau. Sie beklagte sich nicht. Sie hatte gern Spaß. Und einen festen Arsch. *Oh, dieser Arsch!* Er musste sich die Zeit nehmen, um sich mit ihr zu treffen.

Malevsky schloss einen Moment die Augen, um sie sich vorzustellen. Dabei merkte er, wie der Wagen langsamer wurde.

»*Chyort voz'mi*«, sagte der Fahrer. *Verdammt!*

»Was ist?«

»*Politsiya.*« Polizei.

Sie wurden angehalten.

Die Worte *Chyort voz'mi* gingen Malevsky durch den Kopf. Doch was aus seinem Mund kam, war etwas völlig anderes.

»Dieser verfluchte Kumarin«, sagte er, während er nach seinem Diplomatenpass griff.

32

Es gab zwei Teile von Harvaths Plan, die er bedauerte. Hätte er eine bessere Möglichkeit gefunden, hätte er sie ergriffen. Aber die Zeit war gegen ihn.

Alexandras SMS-Nachrichten waren sporadisch gewesen. Jeder auf dem Anwesen schien ihre Geschichte zu glauben. Kumarin hatte getrunken und versucht, sie zu vergewaltigen. Draußen, am Fuß der Steintreppe, hatten sie seine Leiche gefunden.

Es spielte keine Rolle, ob er sich den Schädel angeschlagen oder den Hals gebrochen hatte. Er war tot. Sie hatten beschlossen, nicht die Polizei zu rufen, und die Leiche selber beseitigt. Malevskys Bosse hatten ihn nach Russland zurückbeordert, um eingehend zu prüfen, was geschehen war.

Man befürchtete einen internen Konflikt innerhalb der Organisation. Malevsky war nicht gerade beliebt. Kumarins Leute wollten wahrscheinlich Rache. Die Mafia-Familie versuchte, dies im Keim zu ersticken.

Hätte Harvath jemand anderen als Alexandra zur Verfügung gehabt, wäre er nicht an derartige Informationen gekommen. Obwohl ihr ganzer Einsatz sich womöglich gerade im Umbruch befand, sammelte sie weiter Nachrichten und schickte sie ihm.

Was er ihr über Malevsky, die GRU und den Agenten namens Sascha Baseyew erzählt hatte, war sehr ernst. Zu oft reichten Russlands militärische Ambitionen weit über das hinaus, was für den Rest des Landes das Beste war.

Alexandra war bereit, Harvath zu helfen, allerdings nur bis zu einem gewissen Punkt. Es durfte keine Einbahnstraße sein. Solange er weiterhin kooperierte, tat sie es ebenfalls.

Nachdem Alexandra sich auf die Geschichte festgelegt hatte, dass Kumarin sie angegriffen hatte, konnte Harvath unmöglich zu dem Anwesen zurückkehren und sich Malevsky schnappen. Sie würden sofort mutmaßen, dass Alexandra beide Male die Hand im Spiel hatte. Es war zu gefährlich.

Hermann hatte keine andere Option gesehen. Harvath hingegen schon.

Für ihn stellte es kein Problem dar, wenn der Blitz zweimal denselben Schurken traf, allerdings nicht am selben Ort. Sie mussten Malevsky außerhalb seines Anwesens erwischen.

Alexandra hatte bestätigt, dass Malevskys Security-Truppe aus ehemaligen russischen Spezialkräften bestand. Harvath hatte recht gehabt, sie nicht zu unterschätzen. Mit diesen Leuten wollte er sich nicht anlegen, außer es musste unbedingt sein. Es war allemal besser, sie zu überlisten, als es mit Gewalt zu versuchen. Das brachte Harvath zu den beiden bedauerlichen Teilen seines Plans.

Der erste betraf Anna Strobl. Hätte sie Nein gesagt, hätte er es auch verstanden. Er wusste jedoch, dass es einen Teil von ihr gab, der das Unrecht, das ihr Mann begangen hatte, wiedergutmachen wollte – selbst wenn dies bedeutete, sich weiter in Gefahr zu bringen. Keine 20 Minuten nachdem sie Harvaths Anruf bekommen hatte, war sie unterwegs.

Die zweite Komponente waren die willkürlich ausgesuchten Beteiligten. Es war der riskanteste Schritt in seinem Plan, gleichzeitig derjenige, der ihm am wenigsten gefiel. Im Gegensatz zu Anna hatten die Beteiligten dieses Stadiums keine Wahl.

20 Minuten vor Berchtesgaden trafen sie auf ein Fahrzeug der Bayerischen Polizei. Zwei junge Beamte waren dabei, ein totes Reh von der Straße zu räumen.

Mit vorgehaltener Pistole nahm Harvath ihnen ihre Waffengurte und Funkgeräte ab. Anschließend marschierte er mit ihnen in den Wald, wo sie die Hände um einen großen Baum legen und sich mit ihren Handschellen anketten mussten.

Er ließ ihnen ein paar Flaschen Wasser da und kehrte zur Straße zurück. Hermann war bereits mit dem Streifenwagen verschwunden.

Harvath nahm seine Sturmhaube ab, stieg in seinen Wagen, setzte einen Marker in der GPS-App seines Handys und fuhr ebenfalls los. Er wollte sichergehen, dass sie die Behörden auch wirklich an den richtigen Ort schickten.

Wieder in der Scheune, inspizierte Anna den Streifenwagen. »Ich sollte wohl besser nicht fragen, woher der kommt.«

»Wahrscheinlich eine gute Idee«, antwortete Harvath.

»Außerdem würde ich die Handschuhe anbehalten«, meinte Hermann.

»Euch ist schon klar, dass die Polizei ein Tracking-System für alle ihre Streifenwagen verwendet, oder?«

Harvath hielt einen Drahtschneider hoch. »Nicht bei diesem hier.«

»Wo ist Eichel?«

»In meinem Kofferraum«, erwiderte Harvath. »Wir gehen nirgends ohne ihn hin.«

»Ist er noch am Leben?«, fragte Anna. »Oder sollte ich danach lieber auch nicht fragen?«

»Er lebt noch«, sagte Harvath.

»Was habt ihr mit ihm vor?«

»Das hängt davon ab, was mit Malevsky passiert.«

»Mit anderen Worten, ihr habt bislang noch gar keinen Plan.«

Lächelnd deutete Harvath mit einer Kopfbewegung auf Anna und Hermann. »Es kommt alles auf euch beide an.«

Hermann übernahm, erklärte das weitere Vorgehen.

Harvath spürte, dass sein Handy vibrieren und zog es aus der Tasche. Eine SMS von Alexandra.

Er las sie. »Malevsky ist im Begriff aufzubrechen. Fahren wir!«

Anna setzte sich ans Lenkrad des Streifenwagens. Sie trug ihre Bundespolizei-Uniform, aber das Namensschild hatte sie entfernt. Hermann setzte sich neben sie auf den Beifahrersitz. Harvath verließ die Scheune und stieg in Hermanns BMW.

Im Grunde gab es nur eine Route zum Salzburger Flughafen. Malevskys Team konnte zwar Umwege fahren, um sicherzugehen, dass sie nicht beschattet wurden. Aber

Harvath machte sich keine Sorgen, sie zu verlieren. Was ihn beschäftigte, war eher, wo sie die Falle zuschnappen ließen.

Sie mussten es vor der Grenze zu Österreich tun, außerdem, so wollte Harvath es, in einer Gegend ohne Zeugen. Darüber hinaus würde die Polizei bald nach ihren beiden vermissten Beamten und dem Streifenwagen suchen. Je früher sie es hinter sich brachten, desto besser.

Auf halbem Weg durch Berchtesgaden entdeckten sie Malevskys Rolls-Royce und folgten ihm aus dem Ort. Die Straße führte durch einen Streifen landwirtschaftlich genutzter Flächen, ehe sie das nächste Dorf erreichte. Auf diesem Straßenstück wollten sie sie hochnehmen.

Harvath ließ sich zurückfallen, um keinen Verdacht zu erregen. Außerdem fungierte er als Abschirmung, indem er jegliche Sicht auf den Streifenwagen versperrte.

Ein paar Kilometer vor der Stelle, an der der Zugriff geplant war, fuhr Harvath langsamer, und Anna überholte ihn. Nun hatte sie die Führung.

Sie folgte dem Rolls-Royce eine Zeit lang, ehe sie anfing, die Distanz zu verringern. Sobald sie bereit war, schaltete sie die Lichtleiste auf dem Dach des Streifenwagens ein und stoppte den Rolls-Royce.

Harvath war weit zurückgeblieben und hielt ebenfalls am Straßenrand. Weit vor sich konnte er das Blaulicht sehen, aber das war es auch schon.

Sie hatten beschlossen, dass es sich nicht lohnte, das Risiko einzugehen, dass einer der Männer bei Malevsky womöglich Dienst gehabt hatte, als Harvath das Anwesen besichtigte. Wenn er erkannt wurde, würde das alles zunichtemachen. Sie wollten, dass alles so reibungslos wie möglich ablief.

Hermann hatte versprochen, sein Mikro offen zu halten. Harvath musste sich mit der Rolle des Zuhörers begnügen, während die Sache über die Bühne ging.

Harvath kannte genug Polizisten, um zu wissen, dass eine Verkehrskontrolle nie nur Routine war. Und was sie im Augenblick machten, war äußerst gefährlich.

Die Unbekannte war, ob Malevskys Männer bewaffnet waren oder nicht. Sein Diplomatenpass garantierte praktisch, dass das Passieren der Grenze problemlos vonstattenging.

Sie mussten davon ausgehen, dass sich im Wagen Waffen befanden. Nicht nur das, sie mussten annehmen, dass die Waffen in Griffweite und Malevskys Männer bereit waren, sie auch zu benutzen, wenn es sein musste.

Doch Malevskys Männer waren Profis. Sie waren klug genug zu wissen, dass der Beamte ihr Nummernschild durchgab, bevor er aus dem Streifenwagen stieg. Außerdem waren sie in Richtung Salzburg unterwegs. Falls sie in eine Schießerei gerieten und einen Polizisten töteten, würden sie verdammte Schwierigkeiten haben, über die Grenze zu kommen.

Sie würden Ruhe bewahren – vorerst zumindest, bis es Zeit war, nicht mehr gelassen zu bleiben. Dessen war Harvath sich sicher. Sie wollten erst einmal sehen, warum der Cop sie anhielt. Danach würden sie entscheiden, was zu tun war.

»Wir nähern uns jetzt«, sagte Hermann über Funk.

Der Plan sah vor, dass Anna auf der Fahrerseite und Hermann auf der Beifahrerseite nach vorn ging.

In seinem Ohrstöpsel hörte Harvath den Wind und das Rascheln von Kleidung, während Hermann sich vorwärtsbewegte. Augenblicke später wies Anna sich als

Bundespolizistin aus. Hermann, der in Zivil war, wurde als Kripo-Angehöriger vorgestellt.

In Deutschland gab es zahlreiche gemeinsame Task-Force-Operationen. Falls notwendig, erklärte dies auch, weshalb eine uniformierte Bundespolizistin sich in einem Fahrzeug der Landespolizei befand.

Der Fahrer des Rolls-Royce fragte, weshalb man sie angehalten hatte. Annas Antwort bestand darin, dass sie von allen die Papiere sehen wollte. Prompt zückte Malevsky seinen Diplomatenpass und versuchte, die Situation unter Kontrolle zu bringen.

Weil Harvath Freunde hatte, die bei der Polizei waren, war ihm noch etwas anderes bekannt. Jede Begegnung mit der Polizei begann mit einer Bewährungsprobe. Fiel man dabei durch, hatte man schlechte Karten.

Während Anna die Dokumente einsammelte, befragte sie den Fahrer weiter. Woher kamen sie? Wohin fuhren sie? Wie lange waren sie schon in Deutschland? Was hatten sie hier zu tun? Wem gehörte das Fahrzeug? Was transportierten sie?

Malevsky wurde ungeduldig, fing an zu schimpfen und geigte Anna die Meinung. Sie blieb jedoch eisern. Mit undurchdringlicher Miene sah sie ihm in die Augen und sagte ihm, er solle aussteigen.

Als er sich weigerte, öffnete sie seine Tür, legte die rechte Hand auf ihre Pistole und bat ihn erneut, auszusteigen.

Einer von Malevskys Männern machte eine Bewegung, die Hermann nicht gefiel. Er schlug seine Jacke zurück und zog seine Waffe halb aus dem Holster. »Sie alle«, sagte er, »tun Sie Ihre Hände dahin, wo ich sie sehen kann. Sofort!«

»Raus aus dem Wagen«, wiederholte Anna.

»Wissen Sie überhaupt, wer ich bin?«, fragte Malevsky. »Wer meine Familie ist?«

Anna zog ihre Waffe. »*Sofort*«, befahl sie. Ihr gebieterischer Ton ließ keinen Zweifel daran, wer das Sagen hatte.

»Dir werde ich es noch zeigen, Mädchen«, sagte er, während er sich fügte und aus dem Wagen stieg. »Hast du verstanden?«

»Legen Sie die Hände aufs Heck des Fahrzeugs und spreizen Sie die Beine.«

»Das ist ungeheuerlich. Ich bin Diplomat. Sie haben kein Recht dazu.«

»Den deutschen Gesetzen zufolge habe ich jedes Recht dazu. Legen Sie jetzt Ihre Hände auf das Heck des Fahrzeugs und spreizen Sie die Beine.«

Malevsky sagte etwas ins Auto und fing an, auf Russisch zu reden wie ein Maschinengewehr. Einer der Männer drinnen senkte die Hände.

Hermann zog seine Waffe ganz aus dem Holster und richtete sie auf den Rolls-Royce. »Den Nächsten, der sich bewegt, erschieße ich. Ist das klar?«

Alle im Wagen erstarrten.

Knisternd erscholl Harvaths Stimme in Hermanns Ohrhörer. »Da kommt ein Auto. Ihr solltet jetzt zum Schluss kommen.«

Hermann sah Anna an. »Ich denke, wir sollten diese Diskussion besser im Präsidium fortsetzen.«

»Im Präsidium?«, protestierte Malevsky. »Ich muss einen Flug erreichen.«

»Sie können den nächsten nehmen«, erwiderte Anna, während sie ihm Handschellen anlegte. »Ihre Männer können uns gern in ihrem Fahrzeug folgen. Dort werden wir alles regeln.«

Malevsky war außer sich vor Wut und brüllte seinen Männern etwas auf Russisch zu, während Anna ihn zurück zum Streifenwagen führte.

Hermann wartete, bis sie ihn auf den Rücksitz verfrachtet hatte, dann wich er zu ihr zurück, den Blick unverwandt auf die Männer im Rolls-Royce gerichtet.

Er nahm neben Anna Platz, schloss die Tür und blickte nach hinten. Harvath war bereits weg. »Wende einfach und fahre wieder zurück.«

»Bist du sicher?«, fragte sie.

Hermann nickte. »Die werden es niemals schaffen.«

33

Drei Kilometer weiter hielt der Rolls-Royce am Straßenrand. Seine beiden Hinterreifen waren platt.

Während der Verkehrskontrolle hatten Hermann und Anna jeweils eine speziell gefräste Schraube in den Reifen auf ihrer Seite geschoben. Die Schrauben hatten einen hohlen Schaft und ein Loch im Kopf, um die Luft herauszulassen.

Nachdem der Rolls-Royce zurückgefallen war, bogen sie in eine Nebenstraße ein, zogen Malevsky eine Kapuze über den Kopf, fesselten ihn sicherheitshalber mit Klebeband und legten ihn in den Kofferraum.

Als sie zurück in die Scheune kamen, hatte Harvath alles vorbereitet. Eichel saß nackt auf dem Stuhl, an den er schon zuvor gefesselt gewesen war, ringsum Plastikfolie.

Die einzigen Fenster in der Scheune waren mit schwarzen Müllsäcken verhängt.

Eichel wurde von vier Paar auf Stativen montierten 1000-Watt-Halogenscheinwerfern angestrahlt. Trotz ihres grell-weißen Lichts trugen sie wenig dazu bei, das zugige alte Bauwerk zu erwärmen. Eichel zitterte vor Angst, Erschöpfung und Kälte gleichermaßen. Genau das wollte Harvath.

Anna hatte den Streifenwagen wieder in die Scheune gefahren, sodass er weder von draußen noch von oben zu sehen war. Zwar wäre sie am liebsten geblieben, aber es würde hässlich werden.

Malevsky war schwerer zu brechen als Eichel. So etwas musste Anna nicht mitansehen.

Ihre Hilfe bei der Verkehrskontrolle war von unschätzbarem Wert gewesen. Sie hatte einen perfekten Job gemacht. Doch im Moment war das Beste, was sie tun konnte, nach Frankfurt zurückzukehren. Von nun an übernahm Harvath.

Sie verabschiedeten sich in der Scheune. Hätte er sie zu ihrem Wagen gebracht, hätte dies nur Schwierigkeiten herausgefordert.

Er mochte sie – und das machte ihm zu schaffen. Es machte ihm zu schaffen, weil sie verheiratet war. Und sie war nicht nur verheiratet, ihr Mann war auch noch schwer krank. Es wäre nicht richtig.

Außerdem störte es ihn, weil er sich vorkam, als wäre er Lara gegenüber untreu. Ihre Beziehung war zwar im Wandel begriffen, aber es war nicht unbedingt aus.

Bei diesem Gedanken schüttelte er den Kopf – *nicht unbedingt aus*. Was denn sonst? Sie hatte ihre Karriere gewählt und er seine. Das hieß zwei verschiedene Städte – Boston und D. C.

Konnte das funktionieren? Alles war möglich. *Würde es funktionieren?* Das war die eigentliche Frage.

Wenn die Karriere die bestimmende Kraft im Leben war, das, worüber man sich definierte, wie viel Zeit würde man dann für eine Fernbeziehung aufwenden, ganz gleich wie sehr man den anderen liebte?

Es hieß ja, Liebe besiegt alles. Aber würde sie auch die unzähligen Sicherheitskontrollen, die verspäteten Flüge und die ganze Zeit, die man unterwegs verbrachte, aushalten?

Eine Beziehung, die geografisch nicht erstrebenswert war, schien nicht viel Sinn zu machen. Es war eine Sache, wenn es nur vorübergehend war – eine Warteschleife, in der die Beteiligten sich darüber klar wurden, wie sie in dieselbe Stadt ziehen konnten.

Aber Harvath und Lara hatten das bereits durchgemacht. Ja, sie waren im Begriff gewesen, es hinter sich zu lassen. Und nun ging alles wieder von vorn los.

Es sprach einiges dafür, die Person, die man liebte, in der Nähe zu haben. Einfach mal in die Küche gehen und nur ihr Gesicht sehen. Einen Sonntagmorgen damit verbringen, nichts zu tun als bloß gemeinsam die Zeitung zu lesen. Ein Samstagabend vor dem Kamin und dabei einen alten Film ansehen.

Die Menschen brauchten nun mal gewisse Dinge. Jedes zweite Wochenende zusammen zu sein – wenn sie Glück hatten –, dazu noch der Urlaub, das war keine Beziehung. Jedenfalls keine, wie Harvath sie sich vorstellte.

Harvath liebte Lara. Der Gedanke, sie aus der Ferne zu lieben, gefiel ihm jedoch ganz und gar nicht. Als Paar bewegten sie sich rückwärts.

»Sie hat gute Instinkte«, sagte Hermann.

Harvath stand am Scheunentor und sah zu, wie Anna wegfuhr. Die Stimme seines Freundes lenkte seine Aufmerksamkeit wieder zurück.

»Mit der richtigen Ausbildung würde sie wahrscheinlich eine ganz passable Agentin abgeben«, fuhr Hermann fort. »Bei der Bundespolizei ist ihr Talent verschwendet.«

Anna Strobl war vielversprechend, und das auf mehreren Ebenen, aber Harvath wollte nicht darüber nachdenken. Nicht jetzt. Er musste sich auf Malevsky konzentrieren.

Er zog Hermann außer Hörweite der Gefangenen und erklärte, was er vorhatte.

Nachdem alles bereit war, zerrten sie Malevsky aus dem Kofferraum des Streifenwagens.

Harvath nickte, und Hermann zog dem russischen Mafioso die Kapuze vom Kopf. Malevsky blinzelte mehrmals, damit seine Augen sich anpassten.

Er blickte von links nach rechts und sah den anderen Gefangenen nackt an einen Stuhl gefesselt. Der Mann zitterte und hatte eine Kapuze über dem Kopf. Malevsky war verblüfft und durchbohrte seine Entführer mit Blicken.

Harvath ging zu ihm und riss ihm das Klebeband mit einer schnellen Bewegung vom Mund. Kaum hatte er das getan, begann Malevsky, auf Russisch über ihn zu fluchen. Harvath wartete darauf, dass er fertig wurde.

Aber Malevsky wurde nicht fertig. Er fing gerade erst an. Harvath sprach zwar ein bisschen Russisch, aber nicht so viel, wie er gern würde. Hier und da schnappte er ein paar Schimpfwörter auf. Den Rest konnte er sich anhand des Tonfalls zusammenreimen.

Als Malevsky Harvath auf Russisch nicht zu einer Reaktion provozieren konnte, wechselte er zu Deutsch. Hier war Harvath sprachlich etwas stärker, allerdings nicht sehr. Hermann fand die Drohungen des Mannes jedoch amüsant, über einige der kreativeren musste er schmunzeln.

Harvath holte mit der Faust aus und hieb sie Malevsky, so fest er konnte, auf den Mund.

Blut spritzte, die Wucht des Schlags schleuderte den Russen auf seinem Stuhl nach hinten. Krachend schlug sein Kopf auf dem Boden auf.

Harvath ließ ihn dort liegen, während er ein Handtuch holte und sich die Hand abwischte. Er gab den Ton an. Er wollte, dass Malevsky klar war, dass er so lange weitermachen konnte, wie er wollte. Er hatte es nicht eilig.

Der Mann ächzte etwas, das er nicht verstehen konnte. »Auf Englisch bitte«, sagte Harvath.

»Fick deine Mutter!«

Harvath lächelte. Man würde sehen, wer den stärkeren Willen hatte. Der Kerl war ein Straßenschläger. Das Einzige, was er verstand, war rohe Gewalt. Er würde reden. Letzten Endes kam es nur darauf an, wie viele Schmerzen er zu ertragen bereit war, bevor er den Mund aufmachte.

»Du bist ein toter Mann«, fügte Malevsky hinzu. »Du bist *tooot*.«

Er dehnte das Wort, so als würde es dadurch beängstigender. Er hatte keine Ahnung, mit wem er es zu tun hatte. Doch das sollte sich ändern.

Harvath ging eine Reihe von Werkzeugen durch, die auf einem langen Tisch ausgebreitet waren. Er blieb bei dem Kugelhammer stehen, den Hermann gekauft hatte, und nahm ihn in die Hand. Er hatte einen leuchtend gelben Stiel und einen schwarzen Gummigriff. Harvath prüfte sein Gewicht. »Das linke oder das rechte Knie?«, wollte er wissen.

»Fick deine Mutter!«, fauchte Malevsky.

Harvath drehte den Hammer zur Seite und ließ ihn außen am linken Bein des Russen entlanggleiten. Als er das Knie erreichte, ließ er den Hammer ein paarmal dagegenprallen.

Malevsky setzte zu einem erneuten *Fick deine Mutter* an, doch Harvath war schneller.

Blitzschnell holte er aus und zertrümmerte das Knie des Mannes.

Der Russe schrie lauthals los. Tränen rannen ihm übers Gesicht.

Harvath legte den Hammer zurück auf den Tisch. »Erzähl mir von Sascha Baseyew«, sagte er.

Malevsky gab eine Serie weiterer Flüche auf Russisch von sich.

Harvath bedeutete Hermann, den Gangster auf seinem Stuhl aufrecht zu kippen. Als er wieder dasaß, wiederholte Harvath die Frage.

»Du bist ein toter Mann«, antwortete Malevsky. »Du bist tot.«

»Waren Sie je im Irak, Mr. Malevsky?« Harvath sah seine Werkzeuge durch.

»Fick dich!«

Harvath hielt inne. Dann lächelte er und machte sich wieder daran, sein nächstes Werkzeug auszuwählen. »Vor vielen Jahren wurde ein russischer Diplomat entführt. Die irakische Regierung versuchte es eine Woche lang, konnte ihn jedoch nirgends finden. Die russische Botschaft stellte ein Team von ›Spezialisten‹ zusammen. Männer wie Sie, könnte ich mir vorstellen.

Sie fanden schnell heraus, wer einer der Entführer war, und gingen zu seinem Haus. Natürlich war der Entführer nicht da, aber seine Familie schon. Sie schnappten sich einen der Männer. Ich glaube, es war sein Bruder. Dann fuhren sie mit ihm weg.

Eine Stunde später hörte die irakische Familie ein Klopfen an der Tür. Als sie öffneten, stand dort eine kleine Schachtel. Darin fanden sie das Ohr des Bruders.

Jede Stunde wurde ein Stück des Bruders geliefert – seine Nase, ein Finger, die Lippen, das andere Ohr, bis der russische Diplomat freigelassen wurde.

Die Russen schafften an einem einzigen Tag, was die Iraker in einer ganzen Woche nicht hingekriegt hatten.«

Harvath verharrte bei einem Rasiermesser, nahm es vom Tisch. »Wie viele Körperteile müsste man Ihrer Familie wohl schicken, bis sie kooperiert?«

Panik blitzte in Malevskys Gesicht auf, ganz kurz, nur einen Sekundenbruchteil, ehe er sie unter Kontrolle brachte und wieder verbarg. Aber der Mikroausdruck – der verräterische Hinweis – hatte sich dennoch manifestiert.

Das brachte Harvath auf eine Idee.

34

Wenn irgend möglich, war Harvath dagegen gewesen, Malevskys Kinder zu benutzen. Sie konnten nichts dafür, dass sie einen Mistkerl zum Vater hatten. Sie waren unschuldig. Harvath mochte die Regeln beugen und oftmals auch dagegen verstoßen. Aber es gab Grenzen, die er nicht überschritt.

Gäbe es eine Möglichkeit, Malevskys Kinder außen vor zu lassen, hätte er sie ergriffen. Aber es gab keine. Ja,

Malevsky selbst hatte die Tür dazu aufgestoßen, sie einzubeziehen.

Der Mann war wie ein russischer Granitblock. Harvath konnte ihm Stück für Stück abschneiden, aber es würde lange dauern, bis er ihn brach.

Außerdem bestand die Gefahr, dass Malevsky in einen Schockzustand verfiel oder gar starb. So was kam vor. Kumarin war das beste Beispiel dafür. Murphy – aus Murphys Gesetz – hatte eine komische Art, immer dann aufzutauchen, wenn man ihn am wenigsten erwartete.

Malevsky saß in einer Falle, die er sich selbst gestellt hatte. Der Schmerz und die Qual, die sie ihm verursachen würden, fingen gerade erst an.

Harvath hatte keinerlei Bedenken, den ganzen Tag an ihm herumzuschnipseln, wenn es sein musste. Der Mann hatte Informationen, die er brauchte. Malevsky hatte einen Attentäter unterstützt, der Amerikaner getötet hatte.

Diesen Attentäter wollte Harvath, und Malevsky würde ihm alles erzählen, was er wusste. Indem er dessen Kinder benutzte, hoffte Harvath, wesentlich schneller ans Ziel zu gelangen. »Sie haben zwei reizende Töchter, Mr. Malevsky. Für mich sahen sie aus, als wären sie so ungefähr fünf und sieben Jahre alt. Bin ich dicht dran?«

Erneut huschte das verräterische Zucken über das Gesicht des Russen. »Wenn du meine Familie anrührst«, zischte er, »bringe ich dich um. Hast du verstanden? Ich werde dich umbringen, Arschloch.«

Harvath ignorierte seine Drohung. »Wer ist Sascha Baseyew?«

»Ich werde zusehen, wie du stirbst. Danach mache ich die Menschen ausfindig, die dir nahestehen, und sehe ihnen beim Sterben zu.«

Harvath verpasste ihm einen Schlag mit dem Handrücken, fest, und wiederholte: »Sascha Baseyew. Wer ist er?«

Malevsky spie einen Klumpen Blut auf den Boden. »Ich habe keine Ahnung, von wem du sprichst.«

Harvath gab Hermann ein Zeichen. Dieser ging zu Eichel und nahm ihm die Kapuze ab.

»Na und?«, sagte der Russe unbeeindruckt.

Harvath schlug ihn erneut, härter diesmal. »Eichel hat uns alles erzählt. Jetzt sind Sie dran.«

Malevsky blickte zu Harvath auf, Blut lief ihm aus Mund und Nase, besudelte sein Hemd. Er lächelte zwischen zusammengebissenen Zähnen.

Harvath holte aus, um erneut zuzuschlagen, hielt jedoch inne. Stattdessen trat er zurück, wischte sich die Hände an dem Handtuch ab und holte sein Handy aus der Tasche.

»Haben Ihre Kinder Haustiere, Mr. Malevsky?«, fragte er.

Der Russe weigerte sich zu antworten. Harvath schickte eine kurze SMS und lehnte sich an den Tisch, während er auf die Antwort wartete.

Als sein Handy klingelte, blickte er nach unten und las die Nachricht laut vor. »Ihre ältere Tochter ist allergisch gegen Katzen. Aber sie haben zwei Goldfische.«

Das selbstgefällige Lächeln auf Malevskys Gesicht geriet kaum ins Wanken. »Mit genug Geld kann man alles herausfinden. Katzen, Fische. Ich könnte dir sogar sagen, welche Farbe die Unterwäsche deiner Frau hat.«

Harvath erwiderte sein Lächeln und schickte eine weitere SMS.

Minuten vergingen. Schließlich klingelte sein Handy erneut. Harvath las die SMS und öffnete den Anhang.

Er drehte das Handy um und zeigte ihn Malevsky. Es war ein Foto seiner beiden Töchter. Sie hielten Bilder in die Höhe, die sie gemalt hatten. Eines zeigte einen gelben Hammer. Das andere eine Scheune. Prompt verschwand das Lächeln aus dem Gesicht des Russen.

»Zufrieden?«, fragte Harvath. »Oder möchten Sie noch wissen, welche Farbe die Unterwäsche hat, die Ihre Frau gerade trägt?«

»*Du!* Du bist der Amerikaner, der mein Haus besichtigt hat. Was hast du mit meiner Familie gemacht?«

»Das Einzige, was eine Rolle spielt, ist, was ich tun *werde*. Was auch immer ihnen geschieht, hast du dir selber zuzuschreiben. Wenn du kooperierst, lassen wir dich gehen.«

»Wer ist *wir?* Die USA?«

Mit der hohlen Hand schlug Harvath Malevsky aufs linke Ohr. Es gab einen lauten Knall, und der Gangster schrie vor Schmerz auf.

»Ich stelle hier die Fragen, nicht du. Du gibst bloß Antworten. Sonst werde ich meine Kollegen anweisen, mit ihrer Arbeit an deiner Familie zu beginnen. Ist das klar?«

Malevsky nickte.

»Ich kann dich nicht hören.«

»Ja«, gab der Russe nach. »Klar.«

»Gut«, meinte Harvath. »Und jetzt: Wer ist Sascha Baseyew?«

35

Das Durchschwimmen des Höhlensystems war eines der furchtbarsten Dinge, die Sascha Baseyew je erlebt hatte, es kam gleich nach dem Anschlag in seiner Kindheit. So etwas wollte er nie wieder machen.

Überflutungen durch Regenwasser waren ein ernstes Problem gewesen. Mehrere Bereiche, die eigentlich atembare Luft enthalten sollten, standen vollständig unter Wasser.

In einem Areal, in dem sie auftauchen konnten, hatte sein Führer davon gesprochen umzukehren. Der junge Mann hatte Angst, sie könnten es nicht schaffen.

Insgeheim machte Baseyew Pläne, ihn zu töten und seine Pressluftflaschen zu nehmen. Es gab Hinweise und Markierungen, die einem den Weg wiesen. Er hätte es auch ohne ihn schaffen können. *Es sei denn, etwas lief schief.*

Der Zweifel nagte an ihm, darum drängte er den jungen Mann, es durchzuziehen. Der junge Mexikaner sträubte sich, aber anscheinend sah er Baseyew irgendetwas an. Er erkannte wohl, dass sein Leben in jenem Moment an einem seidenen Faden hing. Klugerweise entschloss er sich weiterzumachen.

Als sie auf der US-Seite der Grenze auftauchten, wurden sie von einem Schmuggler erwartet. Er hatte Proteinriegel dabei, Wasserflaschen und frische Kleidung zum Wechseln für Baseyew.

Obwohl er einen Trockenanzug trug, war er vollkommen durchnässt, weil alles durchgeschwitzt war, was er darunter anhatte.

Er wusch sich im kalten Wasser der Höhle, zog die neue Kleidung an und folgte dem Schmuggler ins Freie zu dessen ramponiertem Ford F-150 Pick-up.

Alles, was Baseyew in jenem Moment besaß, befand sich in einem kleinen, luftdicht verschließbaren Beutel, den er unter dem Anzug getragen hatte. Bargeld, Kreditkarten, ein falscher Ausweis sowie ein Smartphone nebst Ersatz-SIM-Karten.

Der Schmuggler fuhr Baseyew in die nächstgelegene Stadt, Laredo, Texas, und setzte ihn an der Bushaltestelle in der Salinas Avenue ab. Von dort an war Baseyew auf sich allein gestellt.

Da zahllose Geschäfte nur einen Steinwurf entfernt waren, konnte er alles kaufen, was er brauchte. Nachdem er seine Einkäufe erledigt hatte, hielt er ein Taxi an und machte sich auf den Weg zum Flughafen. Ein Cessna Citation M2 Business Jet wartete auf ihn, als er dort ankam.

Nachdem er dem Captain die Hand geschüttelt hatte, stieg er ein und verstaute seine Tasche.

Der Innenraum war zwar eng, aber die karamellfarbenen Ledersitze waren breit genug und ließen sich umlegen. Das Einzige, woran er dachte, war Schlaf. Sobald der Jet abhob, schloss er die Augen. Innerhalb weniger Minuten war er weggetreten.

Als er aufwachte, befand der Jet sich im Landeanflug auf den Manassas Regional Airport in Virginia. Er hatte den ganzen Flug über geschlafen.

In der Toilette des Flughafenbetreibers machte er sich zurecht, anschließend trank er eine Tasse Kaffee, während er auf das Eintreffen seines Uber-Fahrzeugs wartete.

Dass Apps wie Uber und Airbnb überall in die Höhe schossen, war ein wahrer Glücksfall für seine Branche.

Ganz gleich in welcher Eigenschaft er gerade unterwegs war – als Attentäter, Terrorist oder Agent –, er benötigte kein komplexes Unterstützungsnetzwerk mehr aus sicheren Verstecken, Autos und toten Briefkästen. Vieles von dem, was er brauchte, war, insbesondere in den USA nur einen Klick weit entfernt.

Die von ihm verwendeten Kreditkarten und Bankkonten führten zu falschen Holdinggesellschaften und Adressen auf der ganzen Welt, die entweder leer standen oder einfach nicht existierten. Der Versuch, ihn anhand seiner finanziellen Aktivitäten aufzuspüren, war nutzlos. Die GRU hatte ein Labyrinth aus Irrwegen und Sackgassen geschaffen.

Und in Anbetracht dessen, was Baseyew vorhatte, gingen sie davon aus, dass die Amerikaner jede einzelne Transaktion unter die Lupe nehmen würden. Doch bis dahin war es zu spät. Dann wäre der Schaden bereits angerichtet.

Die Entfernung vom Manassas Airport nach Downtown Washington, D. C. betrug nur knapp 50 Kilometer, aber bei dem Verkehr dauerte es fast zwei Stunden.

Baseyew ließ sich von seinem Uber-Fahrer am Marriott Marquis in der Massachusetts Avenue absetzen. Es lag neben dem Kongresszentrum, wo er, wie er sagte, an einer Konferenz für Personalmanager teilnahm.

In der Lobby fand er einen Hotelpagen und deponierte seine Tasche in der Gepäckaufbewahrung. Anschließend verließ er das Hotel durch einen anderen Eingang.

Irgendwie hatte er gedacht, Washington, D. C. – das amerikanische Machtzentrum – habe ein anderes Flair. Er hatte damit gerechnet, von Ehrfurcht überwältigt zu werden. Aber das wurde er nicht.

Er wandte sich nach rechts und ging die New York Avenue entlang. Eine Sache, die ihn beeindruckte, war, wie viele Kameras es hier gab. Kameras waren hervorragend geeignet, um Verbrechen aufzuklären, allerdings nicht unbedingt um sie zu verhindern.

Gleichwohl war die Software an einem Punkt angelangt, an dem Computer erkennen konnten, ob eine Tasche unbeaufsichtigt war, oder man konnte sie anweisen, Dinge wie einen »Mann auf einem gelben Fahrrad« zu finden. Aber Computer würden nicht aufhalten, was er plante.

An der 15. Straße endete die New York Avenue und Baseyew betrat die Pennsylvania Avenue. Augenblicklich war er wie elektrisiert.

Die Abwehrmechanismen und Sicherheitsvorkehrungen, Dinge, die die meisten normalen Menschen niemals bemerken würden, befanden sich nun überall rings um ihn. Der Aufwand, den die Amerikaner betrieben, war geradezu lächerlich. *Alles nur, um einen einzigen Mann zu schützen. Ein einziges Gebäude.*

Allerdings besaßen dieser Mann und dieses Gebäude eine hohe Symbolkraft – eine Tatsache, die Baseyew durchaus bewusst war.

Als er davorstand, musste er stehen bleiben und schauen. Nun setzte die Ehrfurcht ein. Das Weiße Haus und alles, wofür es stand, starrte ihn durch den schmiedeeisernen Zaun geradewegs an. Es war spektakulär.

Eine Touristin, die in der Nähe stand, bat ihn, ein Foto von ihr und ihrer Familie zu machen. Er lehnte höflich ab und setzte sich wieder in Bewegung.

Vier Blocks weiter zückte er sein Handy und überprüfte sein GPS. Als er aufblickte, sah er vor sich das Gebäude, das sein Ziel war.

Nicht zu nah und nicht zu weit. Es war genau richtig.

Bis die USA dahinterkamen, wozu es benutzt worden war, wäre er längst über alle Berge.

36

BERLIN, DEUTSCHLAND

Michail Malevsky hatte seinen Führungsoffizier als Viktor Sergun identifiziert. Harvath war sich nicht sicher, ob das russisch war für *verflucht großer Dreckskerl* oder nicht, aber genau das war der Mann.

Oberst Viktor Sergun war der russische Militärattaché in Deutschland mit Sitz in der russischen Botschaft in Berlin.

Überdies hatte Malevsky bestätigt, dass Sergun auch Sascha Baseyews Führungsoffizier war. Die GRU setzte routinemäßig Agenten als Militärattachés ein, um ihnen einen geschützten Diplomatenstatus zu verschaffen. Wurden sie beim Spionieren erwischt, war das Schlimmste, was ein Gastland tun konnte, sie rauszuschmeißen.

Sergun war jedoch an weit mehr als nur an geheimdienstlichen Tätigkeiten beteiligt. Er war in Terrorismus verwickelt – darunter die Ermordung des US-Verteidigungsministers und seiner Bodyguards.

Harvaths Meinung nach hatte er damit – genau wie Malevsky – jeglichen Schutz verwirkt. Die Entscheidung lag allerdings nicht bei ihm. D. C. musste sie treffen.

Sich Sergun zu schnappen bedeutete den Einsatz erneut zu erhöhen, und zwar dramatisch. Die Russen könnten es als kriegerischen Akt auffassen.

Bei Malevsky hätten sie es mit dem gleichen Argument versuchen können, allerdings würde es niemals funktionieren. Nicht wenn in Deutschland eine Ermittlung wegen seiner verbrecherischen Tätigkeiten lief und auch die Vereinigten Staaten genug gegen ihn in der Hand hatten, um ihn als Mafioso darzustellen. Sergun jedoch stand auf einem anderen Blatt.

Harvath hatte sich an der Befehlskette entlanggearbeitet, um zu Sergun zu gelangen. Doch alles, was er gegen den Oberst vorzubringen vermochte, war das erzwungene Geständnis Malevskys, eines Gangsters.

Die Russen konnten die ganze Sache abstreiten und Malevsky als Kriminellen hinstellen, den man erwischt hatte und der nun alles sagen würde, um einen Deal einzugehen.

Es wäre ein Fehler, irgendetwas davon publik zu machen. Das hatten die Vereinigten Staaten auch nicht vor. Harvaths Auftrag lautete, außerhalb des Systems zu arbeiten – *jedes* Systems –, und das würde er auch weiterhin tun.

Kaum lag die Entscheidung aus D. C. vor, brachte Harvath die Dinge auf seine Art ins Rollen. Sie mussten schnell handeln. Falls Sergun noch nicht wusste, dass Malevsky verschwunden war, würde er es bald erfahren.

Nachdem sie in der Scheune sauber gemacht hatten, entsorgten sie den Streifenwagen und gaben der bayerischen Polizei einen anonymen Hinweis, wo sie ihre Beamten finden konnten. Anschließend fuhren Harvath und Hermann mit ihren jeweiligen Wagen nach Berlin.

Harvath verbrachte die gesamte, über sechs Stunden dauernde Fahrt am Handy und führte verschlüsselte Gespräche in die Vereinigten Staaten. Er war von jeder Nachrichtenquelle abgeschnitten gewesen und hatte keine Ahnung, dass der IS ein Video des Anschlags auf den

Verteidigungsminister veröffentlicht hatte. Er bog auf einen Rastplatz ein und sah es sich dort mit Hermann an.

Aufs Neue übermannten ihn Schuldgefühle. Es hatte alles miteinander zu tun. Irgendwie war auch er ein Faktor in dieser Gleichung. Dessen war er sich sicher.

Mehr als nur zornig stieg er wieder in seinen Wagen und fuhr zurück auf die Autobahn. Eine Zeit lang konnte er mit niemandem sprechen. Zu hören, dass der Minister mitsamt seinen Bodyguards ermordet worden war, war hart genug. Es auch noch mitanzusehen drehte ihm den Magen um.

Er ließ seiner Wut noch ein bisschen länger freien Lauf, ehe er sich zwang, sich wieder auf das zu konzentrieren, was er tun musste. Es war nicht einfach. Der Zorn nagte unentwegt an ihm.

Als er sich wieder ans Telefon hängte, versuchte er, sich mit der Notwendigkeit abzulenken, eine Strategie zu entwerfen. Allmählich entstand auf diese Weise ein Plan.

Doch selbst dabei gab es Elemente, die zu sensibel waren, um sie am Handy zu erörtern – auch wenn das Gespräch verschlüsselt war. Er musste warten, bis er in Berlin eintraf und sie direkt mit der CIA-Stationschefin besprechen konnte.

Ein weiteres Problem, das Harvath lösen musste, war, was er mit Eichel und Malevsky anstellen sollte – beide machten die Reise im Kofferraum von Hermanns BMW mit. Sie konnten sie unmöglich laufen lassen. Sie zu behalten war jedoch nicht nur ein Sicherheitsrisiko, sondern es ging einem auch ganz schön auf die Nerven.

Als er sich Berlin näherte und die Schilder zum Flughafen sah, keimte eine Idee in ihm auf. Allerdings musste noch einiges passieren zwischen dem, wo er sich jetzt befand, und dem, was ihm vorschwebte.

Ein Blick in den Rückspiegel zeigte ihm, dass Hermann ihm Signale mit der Lichthupe gab. Harvath machte Platz, damit er überholen konnte.

Hermann hatte ebenfalls einen guten Teil der Fahrt am Telefon verbracht. Er wollte die Gefangenen auf keinen Fall in seinem Haus in Berlin haben. Das war ein No-Go. Er hatte Harvath versprochen, etwas anderes für sie zu finden. Und das hatte er auch.

Harvath folgte ihm von der Autobahn in ein altes, im Ostteil gelegenes Viertel namens Friedrichshain. Als 1961 die Mauer gebaut wurde, verlief die Grenze zwischen dem US-amerikanischen und dem sowjetischen Sektor direkt an seinem Rand entlang. Im Zweiten Weltkrieg war Friedrichshain eines der am stärksten bombardierten Gebiete der Stadt gewesen, da die Alliierten die Fabriken des Stadtteils ins Visier nahmen.

Heute war es ein Szeneviertel voller junger Leute und Künstler mit Cafés, Clubs und Kneipen, Handyläden, Bankfilialen und Apartmenthäusern. Doch trotz der Gentrifizierung gab es nach wie vor noch Inseln mit verfallenen, verlassenen Gebäuden. Eines davon hatte Hermann sich zu sichern vermocht.

Die Fenster waren vergittert, die Wände mit Graffiti bedeckt. Früher hatte es wohl einmal einen Gemüsegroßhändler beherbergt.

Kaum bog Hermann in die Ladezone ein, war auch schon das Geräusch einer Winde zu hören, die eingeschaltet wurde, und ein stählernes Rolltor begann sich zu heben.

Dahinter befanden sich vier hart aussehende Männer in schwarzen Kampfstiefeln, Jeans und schwarzen Bomberjacken, wie sie bei Skinheads beliebt waren.

217

Diese Männer waren allerdings keine Skinheads. Ihr Haar war militärisch kurz geschnitten und sie trugen schwarze Militäruhren. Hätte Harvath raten müssen, hätte er angenommen, dass es sich um ehemalige Kommandosoldaten handelte, so wie Hermann.

Er folgte dem großen BMW ins Innere, stellte seinen Wagen daneben ab, stieg aus und schloss sich seinem Freund an.

Hermann schüttelte den Männern die Hand, anschließend stellte er ihnen Harvath vor.

Ihre Namen waren Adler, Kluge, Bosch und Farber. Sie hatten zu Hermanns alter Antiterroreinheit gehört und arbeiteten nun für seine private Sicherheitsfirma. Da der Einsatz immer gefährlicher und undurchsichtiger wurde, hielt Hermann es für eine gute Idee, noch ein paar Mann mehr dabeizuhaben.

Drei der Männer – Adler, Kluge und Bosch – wären in Europa oder den Vereinigten Staaten nirgendwo aufgefallen.

Farber jedoch stach heraus.

Er hatte einen dunklen Teint, dunkles Haar und sehr dunkle Augen. Er sah aus, als wäre er auf den Straßen von Riad oder Teheran zu Hause. »Wie ist dein Arabisch?«, wollte Harvath wissen.

»Bismillah al rahman al Rahim«, antwortete er. *Im Namen Gottes, des Allerbarmers, des Barmherzigen.*

Harvath kannte den Satz. Jede Sure im Koran, mit Ausnahme der neunten, begann damit.

»Ash-hadu an laa ilaaha illallah«, fuhr er fort. »Wa ash-hadu anna Muhammadan rasulullah.« *Ich bezeuge, dass es keinen Gott außer Allah gibt. Und ich bezeuge, dass Mohammed der Gesandte Allahs ist.*

Hermann blickte Harvath an und lächelte. »Nicht schlecht, was? Deutsch-jüdischer Vater und libanesische Mutter. Sie haben sich in Hamburg kennengelernt.«

Nein, wirklich nicht schlecht. Sein Arabisch war in der Tat ausgezeichnet. Perfekt für das, was Harvath vorhatte. Solange die Zeugen es ihnen abkauften, war das alles, was zählte. Ob die Russen es ihnen abnehmen würden oder nicht, stand auf einem gänzlich anderen Blatt.

Harvath warf einen Blick auf seine Armbanduhr. Er wollte sich mit der Berliner CIA-Stationschefin in einer Kneipe treffen, nur ein paar Kilometer von der Botschaft entfernt, und er wollte als Erster dort sein. Es gab jedoch ein paar Dinge, die er zuvor noch mit Hermann durchgehen musste, bevor er gehen konnte.

Der Mann namens Bosch unternahm mit ihnen einen kurzen Rundgang durch das Gebäude. Es gab nicht viel zu sehen.

Zwei stillgelegte begehbare Kühlzellen dienten zur Unterbringung der Gefangenen. Sie waren praktisch schalldicht und konnten von außen verschlossen werden.

Ein System winziger drahtloser Kameras war sowohl innerhalb des Gebäudes als auch draußen auf dem Gelände installiert. Die Gefangenen wurden rund um die Uhr überwacht.

Zwei Büros waren mit Feldbetten und Schlafsäcken eingerichtet. Die Toiletten funktionierten, und es gab sogar eine Dusche, wenn auch kein heißes Wasser. Sie müssten eben ohne Komfort auskommen.

Nachdem der Rundgang beendet war, verständigten sie sich auf ein Verfahren, um in Verbindung zu bleiben. Dann verließ Harvath das Gebäude.

Als er durch die Straßen Berlins ging, verspürte er ein unangenehmes Gefühl von Déjà-vu. Hier war viel Blut vergossen worden – sowohl durch ihn als auch wegen ihm. Einer von Hermanns Leuten war dabei sogar umgekommen.

Es gefiel Harvath kein bisschen, dass die Russen ihn dazu brachten, wieder hierher zurückzukommen. So schwer man sie auch abstrafte, unentwegt kehrten sie wieder zurück, weil sie mehr wollten. Ihr Expansionsdrang zur Wiederherstellung des Ruhmes der Sowjetunion war ebenso schlimm wie die Gelüste der Islamisten, die ein neues Kalifat errichten wollten.

Es rief Harvath ins Gedächtnis, wie notwendig es war, gegen beide vorzugehen. Ohne Gegengewicht, daran hegte er keinerlei Zweifel, würde die Welt in Dunkelheit und Chaos versinken.

Aber was führten die Russen im Schilde? Was hatten Salah, der IS, Sascha Baseyew, Sergun und die anderen damit zu tun? Worum ging es letzten Endes?

Als Harvath in der Mansteinstraße 4 ankam, hoffte er auf einige Antworten.

Als er die Tür des Leydicke aufstieß und eintrat, war es, als würde er einen Schritt in die Vergangenheit machen – mitten ins Herz des Kalten Krieges.

37

Das E. & M. Leydicke war seit über 100 Jahren im Besitz der Familie Leydicke und wurde von ihr betrieben. Es war ein Traditionslokal, eine typisch deutsche Kneipe, dunkel, mit viel geschnitztem Holz und schweren Eichentischen. Das wichtigste Merkmal jedoch fiel einem kaum ins Auge.

Hinter der Bar stand ein Bierkrug. Unten war er mit einem Stück Stacheldraht umwickelt. Der Stacheldraht war mitten in der Nacht von der Berliner Mauer abgeknipst worden.

Auf dem Krug standen die Worte *Für die Sicherheit*. Es war das Motto einer streng geheimen amerikanischen Eliteeinheit, die während des Kalten Krieges in Berlin stationiert war.

Ihre Angehörigen gaben sich als ganz gewöhnliche Berliner aus. Überall in der Stadt hatten sie Waffen, Goldmünzen, Sprengstoff und Funkgeräte versteckt. Hätten die Russen jemals die Mauer überrannt, hätte ihre Aufgabe darin bestanden, einen Guerillakrieg zu führen.

Das Leydicke war das inoffizielle Hauptquartier des Teams gewesen. Als Teil des Aufnahmerituals musste sich jeder Agent mit einem Nachtsichtgerät an die Mauer pirschen, ein Stück Stacheldraht abschneiden und wieder zurückkehren, ohne sich von den Sowjets erwischen zu lassen.

Jeder Mann erhielt einen speziellen nummerierten Krug mit seinem Stück Stacheldraht, das um den Boden gewickelt war. Hellfried Leydicke, der Besitzer des Lokals, bekam zum Dank für die Unterstützung der Einheit einen eigenen Krug.

Soweit Harvath wusste, war noch einiges im Keller vergraben und hinter dem Putz der Wände versiegelt. Das gesamte Lokal war eine lebende Zeitkapsel.

Beim letzten Mal, als Harvath Berlin besuchte, war es gewesen, um eines der Teammitglieder zu befreien.

Obwohl Jahre vergangen und die Einheit längst aufgelöst war, war sie reaktiviert worden. Dabei war ein guter Freund Harvaths – ein Mann, der wie ein Vater für ihn gewesen war – entführt worden.

Eine komplizierte Spur aus Hinweisen hatte ihn in die Mansteinstraße 4 zu Hellfried Leydicke geführt – einem kleinen, allmählich kahl werdenden Mann, der eine Brille mit Drahtgestell trug, einen Bauch hatte, der ihm über die Schürze hing, und einen struppigen, ungepflegten Schnurrbart.

Er stand in dem Ruf, dass mit ihm nicht gut Kirschen essen sei, und war ausnehmend grob zu Gästen, die seinem Dafürhalten nach nicht genug tranken.

Gleich am ersten Tag, als Harvath ankam, hatte Leydicke ihm das Leben schwer gemacht. Er tat, als hätte er keine Ahnung, wovon Harvath sprach oder wen er suchte. Alles änderte sich jedoch schlagartig, sobald Harvath auf den Krug hinwies und dessen Bedeutung erklärte.

Als er sich jetzt umsah, war er enttäuscht. Leydicke war nirgends zu sehen. Die Kneipe war halb voll. Zumeist Einheimische, die alle Plätze am Tresen belegten.

Harvath fand einen kleinen Tisch im Hintergrund. Er bot einen halbwegs anständigen Blick auf die Eingangstür, aber, wichtiger noch, hier konnte man sich ungestört unterhalten.

Zwar hätte er am liebsten einen Kaffee bestellt, aber er hütete sich, das zu tun. Stattdessen bestellte er ein Bier und fragte, ob Herr Leydicke da sei.

»Nein«, erwiderte der Kellner, bevor er sich auf den Weg machte, um das Bier zu holen. Es war gut zu sehen, dass der Kundenservice unverändert war.

Nachdem der Kellner mit seinem Bier zurückkehrte, machte Harvath es sich bequem, um darauf zu warten, dass die Stationschefin auftauchte.

Helen Cartland erschien 20 Minuten vor dem vereinbarten Zeitpunkt. Sie kam herein, setzte den Hut ab, den sie getragen hatte, und ließ den Blick durch die Kneipe schweifen.

Sie war eine attraktive Frau Ende 40 mit kurzem, braunem Haar und einem hippen Sinn für Stil. In Stiefeln und einer moosgrünen Jagdjacke wirkte sie eher britisch als amerikanisch.

Cartland blieb an dem überfüllten Tresen stehen, bestellte ein Glas Weißwein und ließ sich Zeit. Sie hatte Harvath zwar gesehen, aber sie hatte es nicht eilig, sich ihm zu nähern. Sie war ein Profi. Sie wollte erst ein Gespür für den Raum bekommen und sich einen Eindruck verschaffen, wer sich hier befand, ehe sie zu ihm kam.

Fünf Minuten später nahm sie ihr Glas und schlenderte zu ihm hinüber.

»Entschuldigung«, sagte sie, »aber sind wir uns letztes Jahr nicht in München auf dem Oktoberfest begegnet?«

Harvath musterte sie einen Moment. »Ich glaube, schon. Im Käfer-Zelt, oder?«

Cartland nickte. »Darf ich mich zu Ihnen setzen?«

»Bitte«, erwiderte er und stand auf, während sie ihm gegenüber Platz nahm. Als sie saß, dankte er ihr, dass sie gekommen war.

»Washington ließ mir keine große Wahl. Können Sie mir sagen, was los ist?«

»Ich werde Ihnen sagen, was ich kann«, antwortete Harvath.

»Fangen wir doch damit an, wer Sie sind.«

»Sie können mich Phil nennen.«

Cartland zögerte einen Moment, dann erwiderte sie: »*Phil.*«

Offensichtlich glaubte sie ihm nicht. Aber das spielte keine Rolle. Sie brauchte seinen richtigen Namen nicht zu erfahren. Je weniger sie wusste, desto besser.

»Okay, Phil«, fuhr sie fort, »ich nehme an, Sie haben einen grünen Ausweis oder so?«

Harvath nickte. Außenstehende, die von der CIA angeheuert wurden, erhielten einen grünen anstelle eines blauen Dienstausweises.

»Angestellt oder freiberuflich?«, fragte sie.

»Macht das einen Unterschied?«

»Es könnte mir helfen, die Tragweite zu verstehen.«

Harvath trank sein Bier aus und hielt das leere Glas hoch, als der Kellner vorbeikam. »Möchten Sie auch noch etwas?« Er deutete auf ihren Wein.

Sie schüttelte den Kopf.

Harvath gab dem Kellner ein Zeichen, dass nur er etwas wollte, und wandte seine Aufmerksamkeit wieder der Stationschefin zu.

Die Nachrichtenabteilung der CIA und ihr National Clandestine Service waren voller Subunternehmer. Viele von ihnen ehemalige Mitarbeiter der Firma, die im Ruhestand waren, nur um mit Sonderverträgen zurückzukehren, die wesentlich mehr einbrachten.

»Wollen Sie die Seiten wechseln?«

»Ich?« Ihre Stimme klang eine Oktave höher. »Ich bin bloß neugierig. Mehr nicht.«

Sie *war* interessiert. Das war gefährlich. Es war nichts Falsches daran, wenn jemand beruflich vorausdachte.

Aber dass ein Station Chief dies offen vor einem Fremden tat, war verstörend.

Harvath wechselte das Thema und kam auf den Grund zu sprechen, aus dem sie hier waren. »Was können Sie mir über Sergun erzählen?«

Cartland rasselte sein Dossier aus dem Gedächtnis herunter. »Geschieden. Gebildet. 58 Jahre alt. Keine Kinder.«

»Eine Freundin?«

Sie schüttelte den Kopf.

»Einen Freund?«

»Keine romantische Beziehung in Berlin, von der wir wüssten.«

»Wie steht es mit einer Adresse?«

Cartland nahm eine Schachtel Zigaretten aus ihrer Handtasche und legte sie auf den Tisch. »Darin ist eine SD-Karte. Darauf befindet sich alles, was wir über ihn zusammengestellt haben, als er hierher versetzt wurde.«

»Fotos?«, fragte Harvath.

Sie nickte.

»Wie kommt er zur Arbeit? Hat er einen Fahrer?«

»Nein«, erwiderte Cartland. »Die Russen sind berüchtigt für ihren Geiz. Nur der Botschafter bekommt einen Vollzeitfahrer. Wer sonst ein Fahrzeug braucht, muss einen Volkswagen aus dem kleinen Fuhrpark anfordern, den sie in der Botschaft haben.«

»Also geht er zu Fuß? Fährt er Fahrrad? Nimmt er ein Taxi?«

»Er geht zu Fuß. Sein Apartment ist nicht weit von der Botschaft.«

Das war eine gute Nachricht. Sergun in einem Fahrzeug zu schnappen, ob mit oder ohne Fahrer, würde nur Scherereien bedeuten, und das brauchte er nicht.

»Sonst noch etwas?«, wollte Harvath wissen. »Hobbys? Mag er Sport? Trinkt er?«

Cartland lachte. »Welcher Russe ist *kein* Trinker?«

Damit hatte sie nicht ganz unrecht. »Was ich meine«, stellte Harvath klar, »ist, ob es etwas gibt, das wir zu unserem Vorteil nutzen können. Gibt es einen Ort, den er öfter aufsucht?«

»Das Pasternak.«

»Wie in Boris Pasternak? Der Schriftsteller?«

Die Stationschefin nickte. »Restaurant Pasternak. Es ist nach ihm benannt. Sie bieten russische Speisen an. Viele der älteren Botschaftsmitarbeiter gehen freitags dorthin zum Essen und um etwas zu trinken. Sergun ist normalerweise dabei.«

»Und hinterher?«

»Wankt er zurück in seine Wohnung.«

»Heißt das, dass er betrunken ist?«

»Er hat vielleicht ein paar getrunken, aber er ist immer noch auf Draht. Er macht Umwege, um sicherzugehen, dass er nicht verfolgt wird. Er ist stets auf der Hut, also seien Sie vorsichtig. Unterschätzen Sie ihn nicht.«

»Das werde ich nicht.« In Harvaths Gedanken kristallisierte sich bereits ein Plan heraus. »Was können Sie mir über die Gegend um das Restaurant erzählen?«

»Freitagabends? Da ist viel los. Sehr viel. Da geht man nicht hin, wenn man unter dem Radar bleiben möchte. Es ist nahezu unmöglich, dort unbemerkt zu bleiben.«

Gut, dachte Harvath, während der Kellner mit seinem Bier kam. Unbemerkt zu bleiben war so ziemlich das Letzte, was er im Sinn hatte. Er wollte, dass alle es mitbekamen, genau wie in Wien.

Was ihn jedoch beschäftigte, war, ob sie es sich leisten konnten, bis morgen Abend zu warten.

Sie mussten sich Sergun eher früher als später schnappen. Er war der Schlüssel, um Baseyew aufzuspüren. Je länger sie warteten, desto größer die Gefahr, dass etwas passierte.

Harvath warf einen Blick auf seine Uhr und rechnete nach. Sie könnten ihren Versuch am Morgen starten, aber Sergun war Soldat. Falls er der Typ war, der morgens als Erster vor allen anderen am Schreibtisch saß, hätten sie womöglich nicht das Publikum, das sie brauchten.

Das einzig Sinnvolle war, ihn auf dem Heimweg zu schnappen – entweder von der Botschaft oder noch besser vom Restaurant.

Harvath war klar, dass ihm keine große Wahl blieb. Er betete nur, dass er seine Entscheidung nicht bereuen würde.

38

FREITAG
WASHINGTON, D. C.

Baseyew hatte Zainab ausgesucht, weil sie eine Frau war. Sie war nicht nur jung und attraktiv, sondern auch schnell. *Sehr* schnell.

Er war ihr in Syrien begegnet. Sie wollte sich dem Dschihad anschließen, um für den IS und das Kalifat zu kämpfen. Der Werber, an den sie sich wandte, war hochintelligent. Er erkannte, dass es ein unverzeihlicher Fehler wäre, eine Frau wie Zainab an die Front zu schicken.

Wenn Allah jemanden mit so einer Gabe segnete, dann weil er wollte, dass man sie auch angemessen nutzte. Zainab wurde in einem Haus untergebracht und abgeschirmt, von den anderen Rekruten ferngehalten, bis eine Entscheidung getroffen werden konnte.

Die Führung hatte sich, was sie immer öfter tat, mit Baseyew beraten. Und wie er ihnen wieder und wieder bewiesen hatte, enttäuschte er nicht, wenn es um Strategie ging.

Zainab besaß sowohl die amerikanische als auch die kuwaitische Staatsbürgerschaft. Sie war Studentin an der Georgetown University. Mit ihrem amerikanischen Pass war sie nach Kuwait zurückgekehrt und anschließend mit ihrem kuwaitischen Pass nach Syrien weitergereist.

Ihre Spur war in jeder Hinsicht einwandfrei. Die Amerikaner hatten keine Möglichkeit zu wissen, dass sie irgendwo anders hin als nach Kuwait gefahren war, um Verwandte zu besuchen. Die Gelegenheit war zu gut, um sie nicht beim Schopf zu packen.

Baseyew und mehrere IS-Führer verbrachten geraume Zeit damit, sie zu befragen. Sie mussten absolut sicher sein, dass sie der Sache ergeben war. Sie hatte es nach Syrien geschafft und war entschlossen zu kämpfen, aber was würde passieren, wenn sie nach Hause, nach Amerika zurückkehrte? Würde sie ihre Entschlossenheit dann verlieren? Würde sie es sich anders überlegen?

Nach langem Nachdenken kam man zu dem Schluss, dass ihr Entschluss feststand und man sich darauf verlassen konnte, dass sie ihre Mission erfüllte.

Als ihre Mission festgelegt und ihre Ausbildung abgeschlossen war, wurde sie in die USA zurückgeschickt und aufgefordert zu warten. Und nun waren sie hier.

Zainab brauchte es keine 30 Meter weit zu schaffen. Lediglich vom Zaun bis kurz hinter den Springbrunnen. Sollte sie es weiter schaffen, war dies begrüßenswert. Aber unter keinen Umständen, selbst wenn die Tür weit offen stand, durfte sie die Schwelle überqueren und ins Weiße Haus eindringen. Das würde alles ruinieren. Sie musste draußen bleiben, im Blickfeld der Kameras.

Baseyew wusste, dass der Secret Service nicht schießen würde. Sie würden auch nicht die Hunde auf sie hetzen. Das Weiße Haus war politisch zu sensibel. Bilder einer jungen Demonstrantin arabischer Abstammung, die auf dem Rasen des Weißen Hauses erschossen oder von Hunden angefallen wurde, würden im Fernsehen gar nicht gut ankommen.

30 Meter. Das war alles, was er brauchte. Sie versprach, dass sie ihn nicht enttäuschen würde.

Trotz des strahlenden Sonnenscheins war es ein frischer Apriltag, es war nur knapp über zehn Grad. Jeder trug eine Jacke, auch Zainab. Im Gehen konnte sie den süßen, rosigen Duft der Kirschblüten ausmachen, die um das Tidal Basin herum allmählich aufblühten. Es war ein gutes Omen. Allah hatte diesen Tag gesegnet.

Das Banner, das sie trug, war ein Kunstwerk. Es war aus Seide und würde wunderschön hinter ihr herflattern, während sie über das Gelände rannte. Die Augen der ganzen Welt würden auf sie gerichtet sein. Es war die unfassbarste Chance, die ihr je geboten wurde. Sie war begeistert und zugleich furchtbar nervös. *Nur 30 Meter,* rief sie sich ins Gedächtnis.

Baseyew hatte den Secret Service studiert. Er hatte sich jedes Video über Sicherheitsverletzungen im Weißen Haus angesehen, jeden Artikel gelesen. Und nachdem er all das analysiert hatte, hatte er es Zainab gezeigt. Um erfolgreich zu sein, musste sie wissen, womit sie es zu tun hatte und wie sie damit umgehen musste.

Ein letztes Mal tranken sie gemeinsam Tee, und zwar in dem Apartment, das er in Gehweite des Weißen Hauses arrangiert hatte. Sie unterhielten sich stundenlang und unterbrachen ihr Gespräch nur, um für Allahs Schutz zu beten und dass er sie auch weiterhin leitete.

Nachdem er ihr eine Pille gegeben hatte, damit sie besser schlafen konnte, machte er es sich auf der Couch bequem und wartete den Rest der Nacht ab für den Fall, dass sie es sich anders überlegte. Doch das geschah nicht.

Am nächsten Morgen stand er früh auf, rasierte sich die dunklen Stoppeln ab und zog ein frisches Hemd an, das er in Texas gekauft hatte.

Als Zainab endlich die Küche betrat, lächelte er warm und bot ihr eine Tasse Kaffee an. Die Droge, die er ihr in der Nacht zuvor gegeben hatte, war stark gewesen. Es dauerte ein paar Minuten, bis sie wieder einen klaren Kopf bekam.

Er holte eine kleine Pillendose hervor. Diesmal reichte er ihr etwas anderes. »Die Brüder und Schwestern im Irak und in Syrien finden das hilfreich.« Damit schob er ihr eine dicke Pille hin. »Sie birgt den Mut eines Löwen und die Kraft von zehn Männern in sich.«

Zainab machte keine Einwände. Sie nahm die Droge in Empfang, legte sie sich auf die Zunge und spülte sie mit einem Schluck Kaffee hinunter.

»Gibt es noch etwas, das ich in der Wohnung tun muss?« Mit der Hand vollführte sie eine Wischbewegung.

»Du meinst, sie von Fingerabdrücken säubern?«, erwiderte Baseyew. »Darum kümmere ich mich. Du konzentrierst dich auf die Erhabenheit, die du bald erreichen wirst.«

Sie beteten noch einmal gemeinsam, bevor er ihr sagte, dass es an der Zeit sei, sich fertig zu machen.

Weil es so ein besonderer Tag war, mussten bestimmte zusätzliche Rituale vollzogen werden, einschließlich der Art und Weise, wie sie baden musste.

Sobald sie vollständig angekleidet war, kam sie wieder ins Wohnzimmer, damit Sascha sie ein letztes Mal ansehen konnte.

Alles war perfekt. *Sie* war perfekt. Sie würde ihn nicht enttäuschen. Dessen war er sich sicher.

In ihrer gemeinsamen Zeit in Syrien waren sie einander nahegekommen, und er hatte keine Angst, ihr seine Zuneigung zu zeigen. Wie ein Bruder beziehungsweise ein Cousin gab er ihr einen sanften Kuss auf die Stirn, während er ihr zwei weitere Tabletten in die linke Hand drückte. »Nimm diese, wenn du aufbrichst.«

Sie wechselten noch ein paar Worte, dann war er verschwunden.

Während sie so allein in der Küche saß, beobachtete sie die Uhr an der Mikrowelle. Es war beinahe surreal. Das Wissen darum, was gleich geschehen würde, und dass es sonst niemand wusste, berauschte sie geradezu. Die Drogen steigerten nur ihre Erregung, ließen sie sich fast euphorisch fühlen.

Als die festgesetzte Zeit gekommen war, konnte sie es kaum erwarten, endlich loszuschlagen. Sie schenkte sich ein Glas Wasser aus dem Wasserhahn ein, schluckte die Pillen, die Ibrahim ihr gegeben hatte, zog den

Reißverschluss ihrer Jacke zu und verließ das Apartment.

Sie hatte Anweisung, ihre Route nicht zu ändern, es sei denn, sie glaubte, verfolgt zu werden. Da ihr nichts diesen Eindruck vermittelte, ging sie einfach los.

»Du wirst mich nicht sehen«, hatte Baseyew ihr gesagt, »aber ich werde in der Nähe sein. Ich werde über dich wachen.«

Hin und wieder blickte sie sich im Gehen verstohlen um, warf Blicke zur Seite und nach hinten in der Hoffnung, einen letzten Blick auf ihn zu erhaschen. Doch seinem Wort getreu war nichts von ihm zu sehen.

Allerdings hatten die Pillen, die er ihr gegeben hatte, ihr Bewusstsein geschärft. Sie vermochte ihn zwar nirgends zu sehen, aber sie glaubte seine Gegenwart zu spüren. Er war überall um sie herum.

Zainab folgte ihrem Weg zum Lafayette Square Park, direkt gegenüber dem Weißen Haus. Dort sah sie das Aufgebot von Demonstranten, die immer dort zu sehen waren und alle darauf hofften, die Aufmerksamkeit des Präsidenten und der Medien auf sich zu ziehen. Gleich würde sie ihnen zeigen, wie man das anstellte.

Sie brauchte sich nicht ins Gedächtnis zu rufen, dass sie lächeln sollte. Von ihr ging ein Strahlen aus, das sie einfach nicht kontrollieren konnte. Sie fühlte sich lebendiger als je zuvor, ihrer Sache und ihrer Bestimmung sicher.

39

Viktor Sergun verließ das Mietshaus pünktlich um sieben Uhr morgens, ging bis zum Ende des Blocks und bog nach links ab.

Er trug einen grauen Anzug und einen dunkelblauen Trenchcoat. Seine schwarzen Schuhe waren poliert, sein Haar fein säuberlich gekämmt. Ein kleines Stück Hygiene-papier markierte, wo er sich diesen Morgen beim Rasieren geschnitten hatte.

Harvaths Anweisungen waren eindeutig. Er wollte nicht, dass Sergun verfolgt wurde. Er brauchte lediglich eine Bestätigung.

Kaum war Sergun um die Ecke verschwunden, funkte Adler Kluge an. Sobald Kluge Sergun die Botschaft betreten sah, funkte er Hermann an. Das Spiel war eröffnet.

Sie waren alles in allem sechs Mann. Zwei mussten bei den Gefangenen bleiben. Das hieß, dass sie jederzeit vier Agenten im Einsatz hatten.

Eine Botschaft zu observieren war keine leichte Auf-gabe. Wer auch noch die russische Botschaft observierte, schrie geradezu danach, sich erwischen zu lassen.

Die Russen mochten ja viele Fehler haben, aber dumm waren sie nicht. Und auch nicht leichtsinnig. Sie hatten nicht nur stark in elektronische Abwehrmaßnahmen investiert, sondern konzentrierten sich auch auf die gute, altmodische, mit Manpower betriebene Spionage-praxis.

Die Botschaft lag östlich des Brandenburger Tors an einem großen Boulevard, Unter den Linden. Es war eine der belebtesten, beliebtesten Gegenden ganz Berlins.

Hier wimmelte es von Geschäften, Cafés, Büros und diversen Sehenswürdigkeiten. Darüber hinaus verlief in der Mitte des Boulevards eine von Bäumen gesäumte Allee, reichlich mit Parkbänken versehen, die zahllose Stellen bot, an denen man zum Observieren Position beziehen konnte.

Um diesem Problem zu begegnen, sandte die Botschaft Beobachter-Streifen aus. Sie schickten sie in unregelmäßigen Abständen los, was es schwierig machte, sie zu erkennen. *Schwierig*, aber nicht unmöglich.

Sie hatten etwas an sich, das einem sagte: osteuropäisch. Sah man nur beiläufig hin, konnte es einem entgehen. Nicht jedoch wenn man wusste, wonach man Ausschau halten musste. Und Hermanns Männer wussten genau, wonach sie Ausschau halten mussten.

Daher waren sie in der Lage, das Gebiet abwechselnd zu beschatten. Einer nach dem anderen behielten sie die Botschaft im Auge, ohne von den Überwachungskameras und Beobachtungsteams entdeckt zu werden.

Gegen Mittag fuhren Harvath und Hermann zum Restaurant Pasternak. Sie ließen sich Zeit mit der Parkplatzsuche und kurvten durch das Viertel, um sich einen Eindruck zu verschaffen.

Es gab zahllose Engpässe, aber auch unzählige Seitenstraßen und Möglichkeiten zu verschwinden. Eine bunte Mischung, aber Harvath war sich mit Hermann einig, dass die Örtlichkeit zu gut war, um sie nicht zu nutzen.

Das Restaurant befand sich an einer merkwürdig geformten Ecke, an der sich mehrere Straßen trafen. Eine lange Außenterrasse wie bei einem Pariser Café zog sich an der Fassade entlang. Auf der gegenüberliegenden Straßenseite erhob sich aus einem dichten grünen Park ein alter Wasserturm, den man zu Wohnzwecken umgebaut hatte.

Sie nahmen einen Tisch im Freien unter einer der roten Markisen und bestellten sich etwas zu essen. Hermann trank ein Bier, Harvath Red Bull.

Während sie den Verkehr beobachteten, diskutierten sie leise, wie das Viertel heute Abend wohl aussehen mochte und auf welche Probleme sie stoßen könnten.

Als ihr Essen kam, aßen sie. Anschließend suchten sie einzeln die Toilette auf, um das Innere des Restaurants auszukundschaften.

Nachdem sie den langen Block zu Fuß umrundet hatten, holten sie Hermanns BMW und fuhren zurück zu dem alten Lagerhaus in Friedrichshain.

Farber und Bosch waren gerade im Begriff, ihre Wachschicht zu beenden.

Harvath rief eine Übersichtskarte Berlins auf Hermanns Laptop auf und ging mit ihnen durch, was er gesehen hatte.

Sie erörterten primäre und alternative Routen und sprachen darüber, was passieren sollte, falls die Polizei kam oder sie nicht in der Lage waren, ins Lagerhaus zurückzukehren. Ihnen allen war klar, dass alles möglich war.

Der Schlüssel zum Erfolg war, auf alles vorbereitet zu sein. Das schloss einen Notplan ein für den Fall, dass Sergun nicht ins Restaurant ging. Sollte das geschehen, mussten sie ihn sich in seinem Apartment schnappen.

Alles in allem wäre es sicherer, ihn in seiner Wohnung hochzunehmen. Allerdings hätte dies den Nachteil, dass es kein öffentliches Spektakel war.

Harvath wünschte sich Zeugen, weil er wollte, dass sie redeten. Wenn es so aussah, als wäre Sergun von einem Arabisch sprechenden Team entführt worden, würden die Russen nicht wissen, was sie davon halten, geschweige denn, was sie tun sollten. Vielleicht würden sie es für einen Trick halten, aber sie wären sich nicht sicher. Es würde sie durcheinanderbringen und im Zweifel lassen.

Hinzu kamen Malevskys Fahrer und seine Leibwächter in Berchtesgaden. Malevsky zufolge wusste niemand in seiner Organisation, dass er für Sergun und die GRU arbeitete.

Harvath hielt das für äußerst unwahrscheinlich. Im Grunde war ihm klar, dass es nur eine Frage der Zeit war, bis die Nachricht nach Moskau durchsickerte, dass man Malevsky festgenommen hatte. Wenn dies schließlich geschah, würden die Russen sich im Kreis drehen und sich fragen, woran Deutschland eigentlich interessiert war und ob es womöglich über Malevskys Geldwäscheaktivitäten hinausging.

Sie mussten nur lange genug beschäftigt sein, damit Harvath sich Sergun schnappen konnte. Sobald er ihn in den Fingern hatte, war es ihm egal, was die Russen wussten oder nicht. In jenem Moment waren sie aus dem Spiel.

Als Harvath fertig war, stellte Farber mehrere Fragen, dazu unterbreitete er einige Vorschläge. Es gab zwei Überwachungskameras, auf die Harvath hingewiesen hatte. Diese bereiteten ihm Sorge.

Da sie Masken tragen und andere Vorsichtsmaßnahmen treffen würden, hatte er keine Angst, dass man ihn identifizieren könnte. Was ihn beschäftigte, war, dass sie vielleicht *zu* professionell wirkten.

Es musste so aussehen, als landeten sie bloß einen Glückstreffer. Sie mussten als gut rüberkommen, aber nicht großartig. Es durfte nicht zu lupenrein und choreografiert aussehen. Sonst würden es ihnen die deutschen Sicherheitsbehörden nicht abkaufen. Und die Russen schon gar nicht, sobald sie die Aufnahmen der Überwachungskameras bekamen.

Sie brauchten ein wenig Sand im Getriebe – mussten ein, zwei Fehler einbauen, wie sie Anfänger machten, die sich aber kein Profi erlauben würde. Es musste von vorn bis hinten wie eine Dschihadisten-Aktion aussehen. Harvath stimmte zu und war ihm bereits drei Schritte voraus.

Er legte seine Ideen dar, und nach einigem Hin und Her einigte er sich schließlich mit Bosch und Farber.

Manches, was Harvath vorschlug, bedeutete, dass die Operation länger dauern würde, als sie ursprünglich sollte. Aber damit würde es echter wirken.

Das Schwierigste wäre, gegen jahrelanges Training zu verstoßen. Es gab gewisse Dinge, die man ihnen eingebläut hatte – Dinge, über die sie nicht einmal mehr bewusst nachdachten. Sie machten sie einfach instinktiv.

Heute Abend jedoch mussten sie einiges davon auf den Kopf stellen.

Was zu ihren Gunsten sprach, war, dass sie alle unzählige Stunden mit der Analyse taktischer Videos verbracht hatten. Sie hatten sich sowohl die Behördenarbeit als auch die Gangster angesehen und wussten, wonach Profis Ausschau hielten. Damit, hofften sie, saßen sie am längeren Hebel. Solange sie alle ihre Rollen spielten wie besprochen, müsste es genau so ausgehen, wie sie wollten.

Das Letzte, worauf Harvath zu sprechen kam, waren die Schuhe. Es war nur ein kleines Detail, allerdings ein äußerst wichtiges. Er wollte nicht, dass einer von ihnen Kampfstiefel trug.

Ihre großen schwarzen Armbanduhren mussten sie ebenfalls weglassen. Alles, was sie auch nur entfernt als Profis kennzeichnete, war untersagt. Es war ihm gleich, womit man in der Vergangenheit Terroristen erwischt hatte. Nichts davon durfte Teil dieser Operation sein.

Farber und Bosch stimmten ihm zu. Es war es nicht wert. Das gesamte Team hatte ohnehin schon seine unverkennbaren Stiefel und Jacken mit unauffälliger Straßenkleidung vertauscht. Sie waren gut ausgebildet, darum war ihnen klar, dass sie bei der Observation der russischen Botschaft in der Menge untertauchen mussten.

Nachdem fürs Erste alles geregelt war, machte Harvath sich bereit, seinen Posten zu beziehen. Da klingelte sein Telefon. Es war Lydia Ryan. Sie rief aus Langley an.

»Hey«, meldete Harvath sich, »was gibt's?«

»Schalten Sie Ihren Fernseher ein«, antwortete die stellvertretende CIA-Direktorin.

»Ich habe keinen.«

»Haben Sie einen Laptop?«

»Ja«, erwiderte Harvath, während er Hermanns Laptop wieder aufklappte und die Leertaste drückte, um ihn aus dem Ruhezustand zu wecken. »Was ist los?«

»Soeben wurde ein Anschlag auf das Weiße Haus verübt.«

40

Harvath wollte ihr nicht glauben, wusste jedoch, dass Ryan keine Scherze machte. »Erzählen Sie mir, was passiert ist«, sagte er, während er den Browser des Computers öffnete und eine Kabel-News-Seite aufrief.

»Eine Selbstmordattentäterin«, antwortete die Deputy-Direktorin der CIA. »Sie hat den Zaun auf der Pennsylvania Avenue überwunden und …«

»Moment«, unterbrach Harvath. »Es war eine Frau?«

»Ja. Sie hat es über den gesamten Nordrasen geschafft und sich auf der Zufahrt vor dem nördlichen Säulenvorbau in die Luft gesprengt.«

»Wie zum Teufel konnte sie so weit kommen?«

»Jemand hat Mist gebaut«, räumte Ryan ein.

»Da haben Sie verdammt recht, da hat jemand Mist gebaut. Wurde jemand verletzt?«

»Bislang drei Tote. Allesamt uniformierter Secret Service. Sie rannten auf sie zu, um sie außer Gefecht zu setzen, als sie den Sprengsatz zündete. Die Anzahl der Verletzten können wir noch nicht einmal abschätzen.«

»Gottverdammt!« Harvath war bei den SEALs für den Secret Service angeworben worden. Er hatte im Personenschutz für den Präsidenten gearbeitet. »War der Präsident dort? Wie geht es ihm?«

»Er war im Westflügel, als es passierte. Sie haben ihn in den Bunker evakuiert. Er wurde nicht verletzt. Im Moment wird gerade entschieden, ob er an Ort und Stelle bleibt oder ob sie ihn in die COG-Einrichtung bringen.«

COG stand für Continuity of Government, einen Plan zur Sicherstellung der Regierungsfähigkeit im Falle eines

Angriffs. Die Einrichtung, auf die Ryan sich bezog, war ein sicherer Rückzugsort für den Präsidenten in Zeiten eines Angriffs oder nationalen Notfalls.

»Wie lange ist es her?«, wollte er wissen.

»Fünf Minuten.«

Harvath konnte nun eine Live-Aufnahme sehen, die aus Washington gestreamt wurde. Hermann, Farber und Bosch scharten sich um ihn.

»Mein Gott!«, entfuhr es Hermann.

Fassungslos sahen sie zu, wie die Kamera über die verkohlte, symbolträchtige Fassade des Weißen Hauses schwenkte.

»Das ist noch nicht alles«, fügte Ryan hinzu. »Nur Sekunden bevor sie die Zufahrt erreichte und sich in die Luft sprengte, entfaltete sie ein langes schwarzes Banner.«

»Lassen Sie mich raten: mit weißen arabischen Schriftzeichen drauf?«

»Japp. Sie wurde nicht einen Tick langsamer, rannte einfach weiter.«

Harvath holte tief Luft. »Haben Sie dies als IS-Anschlag bestätigt?«

»Öffentlich? Nein. Intern? Absolut.«

»Glauben Sie, dass eine Verbindung zu unserem Mann besteht?«, fragte Harvath.

»Zu Pitchfork?«, erwiderte die Deputy-Direktorin. »Das wissen wir nicht. Aber Sie können es auf die Liste der Fragen setzen, die Sie seinem Führungsoffizier stellen müssen.«

»Also gilt es nach wie vor?«

»Zu 100 Prozent. Es ist jetzt noch wichtiger. Tun Sie, was immer Sie tun müssen. Verstanden?«

»Verstanden«, antwortete Harvath, während Lydia Ryan auflegte.

Harvath war klar, dass es ein schwerwiegender, vielleicht sogar tödlicher Fehler war, sich von seinem Zorn überwältigen zu lassen. Dennoch kochte er vor Wut.

Der IS hatte in Washington zugeschlagen, und nun waren noch mehr Amerikaner tot.

Sie hatten eines der größten Symbole der Vereinigten Staaten getroffen. Es war ein Ziel, das sie schon seit Jahren bedroht, nach dem sie gegiert hatten. Jetzt hatten sie es tatsächlich getan.

In Harvaths Wut schwang ein gewisser Schock mit. Sie wurden exponentiell besser. Jeder Anschlag drastischer als der vorhergehende. Er hatte zwar noch keinen Beweis, aber er wusste, dass die Russen auch hier ihre Finger im Spiel hatten.

Erst die Türkei und jetzt D. C. Harvath wollte gar nicht daran denken, was als Nächstes kommen könnte. Umso mehr Grund, Sergun zu schnappen und ihn so schnell wie möglich zum Reden zu bringen.

Allerdings ließ der Anschlag in D. C. Harvath an seinem Plan zweifeln. Über jeden Fernseher in Berlin – eigentlich auf der ganzen Welt – flimmerten die Bilder von dem, was im Weißen Haus geschehen war. Mittlerweile wusste jeder darüber Bescheid.

Das hieß zwar nicht, dass Terroristen sich heute Nacht weltweit freinahmen. Aber die öffentliche Entführung eines russischen Militärattachés in Deutschland konnte niemand mehr für einen Zufall halten.

Die Medien würden es noch mehr aufbauschen, als wenn sonst nichts passiert wäre. Sie machten ihr Geschäft mit der Angst. Er konnte es schon hören: »Erst Antalya, dann D. C. und jetzt Berlin. Welches politische Ziel werden die Terroristen als nächstes treffen?«

Allmählich begann Harvath zu glauben, dass sie ihren ganzen Plan in die Tonne treten konnten. Sie sollten besser einfach in Serguns Apartment eindringen, ihn sich im Dunkeln schnappen und ihn rausschleppen. Scheiß auf die Zeugen. Sollten die Russen doch denken, was sie wollten. Es würde sowieso keinen Unterschied machen. Sergun wäre verschwunden.

Harvath besprach es mit Hermann. »Was meinst du?«

Hermann zuckte die Achseln. »Es ist deine Operation.«

»Das ist keine Antwort.«

»Da hast du recht.«

Harvath wartete, doch sein Freund sagte nichts weiter. »Wenn wir ihn in seiner Wohnung schnappen, werden die Russen vermuten, dass die Deutschen dahinterstecken.«

Abermals zuckte Hermann die Achseln. »Nicht mein Problem.«

Harvath hatte gesehen, wie diese Haltung sich in ganz Europa ausbreitete. Es kam ihm so vor, als wären viele unzufrieden mit der Entwicklung. Und während manche auf massive Veränderungen drängten, um einiges in Ordnung zu bringen, hatten andere völlig aufgegeben und sich mit dem Gedanken abgefunden, dass die besten Tage ihrer Nation vorüber waren.

Harvath lehnte es ab, je so zu denken. Solange man kämpfen konnte, befand man sich im Kampf, und das bedeutete, dass der Kampf noch nicht vorbei war. Nichts war unmöglich.

Bis zu einem gewissen Grad fiel es ihm leichter, so zu empfinden. Amerika war nicht Deutschland. Auch nicht Europa. Trotz der tragischen Schläge, die die Vereinigten Staaten erlitten hatten, lagen die Dinge anders.

Wie lange es so bleiben würde, war allerdings die Frage.

Mit jedem Anschlag wurden die Forderungen nach mehr Security lauter. Was am Weißen Haus passiert war, würde die Amerikaner bis ins Mark erschüttern.

Allerdings kannte Harvath Präsident Porter. Sein Instinkt war es nicht, die USA abzuschotten, zumindest nicht auf Kosten der individuellen Freiheit. Er würde die Öffentlichkeit beruhigen wollen, das Selbstvertrauen der Amerikaner stärken und ihnen ein Gefühl der Kontrolle über ihr Leben vermitteln. Mehr Staat war nicht die Antwort, und er würde auch nicht so tun, als ob es sich so verhielte.

Trotzdem würde man vom Präsidenten verlangen, dass er etwas unternahm. So reagierten die Menschen nun mal auf Situationen, die ihnen Angst einjagten. *Man musste etwas unternehmen.* Etwas zu unternehmen war das Allheilmittel.

Es spielte keine Rolle, ob das, was alle forderten, den Anschlag verhindert hätte. Viele würden es trotzdem verlangen. *Tu etwas, irgendwas.* Es ging lediglich darum, dass die Menschen sich sicherer *fühlten*.

Harvath musste an einen Ausspruch Benjamin Franklins denken: *Wer ein bisschen Freiheit gegen ein kleines bisschen Mehr an Sicherheit eintauscht, verdient beides nicht und wird beides verlieren.*

Vielleicht war der Präsident ja in der Lage, die Amerikaner wieder zu beruhigen. Vielleicht auch nicht. Eines jedoch wusste Harvath: Wenn sie diesen Anschlägen nicht auf den Grund gingen und nicht verhinderten, dass noch einmal so etwas geschah, würden das Gezeter, endlich etwas zu unternehmen, nur noch lauter, die Forderungen immer drastischer werden.

Zu viele Menschen waren gestorben, zu viel war bereits verloren gegangen. Genug war genug.

Harvath blickte Hermann an. Er hatte seine Entscheidung getroffen.

41

Als Viktor Sergun sein Apartment betrat, fiel ihm als Erstes auf, dass er keinen Strom hatte.

Ein altes ostdeutsches Haus, dachte er sich. *Alte Verkabelung.* Er war Russe. Er war es gewöhnt, dass nichts funktionierte.

Er machte sich auf den Weg in die Küche. Der Sicherungskasten befand sich in der Speisekammer. Seine Taschenlampe ebenfalls. Er hatte noch eine im Schlafzimmer, aber er hatte keine Lust, durchs Dunkle zu gehen, um sie zu holen.

Er kannte sich in der Wohnung gut genug aus, um die Küche ohne Licht anzusteuern. Sie war so wie all die anderen billigen Wohnungen auf der ganzen Welt, in denen seine Regierung ihn untergebracht hatte.

Eigentlich konnte er sich nicht beklagen. Er hatte schon an viel schlimmeren Orten gewohnt. Zumindest war er in Europa.

Er hängte seinen Mantel über die Rückenlehne des einzigen Stuhls am Frühstückstisch und ging zur Speisekammer. Hoffentlich war es bloß eine Sicherung. In einem der Regale hatte er eine kleine Schachtel Ersatzsicherungen.

Er öffnete die Tür der Speisekammer und: *POP!*

Sergun hörte das Geräusch in demselben Augenblick, als er das rote Licht eines Lasers sah, der direkt auf seine Brust gerichtet war. Das war das Letzte, woran er sich erinnerte, bevor der sengende Schmerz seinen ganzen Körper durchfuhr.

Den Taser nach wie vor in der Hand, war Harvath mit einem Satz aus der Speisekammer, während Serguns Körper auf dem Küchenboden aufschlug. Er machte sich nicht erst die Mühe, die mit Widerhaken versehenen Metallsonden von der Brust des Mannes loszumachen. Dazu war keine Zeit.

Er wälzte ihn auf den Bauch, legte dem Russen Kabelbinder um die Handgelenke und zog sie fest. Das Gleiche machte er an den Knöcheln.

Zum Schluss riss er ein Stück Klebeband von der Rolle in seiner Jackentasche ab und klebte es dem Militärattaché auf den Mund. Er blickte hoch und nickte.

Per Funk gab Hermann seinem Team Befehle durch, während er einen schwarzen Plastikleichensack im Flur ausbreitete. Sie hatten Luftlöcher hineingebohrt, damit Sergun noch atmen konnte.

Als sie sich hinabbeugten, um Sergun hochzuheben, fing dieser an zu zappeln. Harvath winkte Hermann zurück und drückte erneut den Abzug des Tasers.

Wie tausend Glasscherben durchfuhr der schmerzhafte Stromstoß den Körper des Russen, er wurde vollkommen steif.

Als der Impuls vorüber war, wälzten sie ihn herum und hoben ihn hoch. Harvath bei den Schultern, Hermann an den Füßen.

Sie trugen ihn in den Flur und legten ihn auf den offenen Leichensack. Harvath tastete ihn überall ab, durchsuchte seine Taschen, den Hosenbund, die Nähte seiner Hose. Russische Nachrichtendienstoffiziere waren berüchtigt für die Fluchtutensilien, die sie am Leib verbargen.

Neben seinem Pass, seinen Kreditkarten und einer Rolle Bargeld fand Harvath einen Handschellenschlüssel, eine kleine Rasierklinge und eine diamantbesetzte Schnur, mit der sich Fesseln durchsägen ließen. Nachdem sie ihm diese Gegenstände abgenommen hatten, verschnürten Harvath und Hermann den Mann wie eine Mumie mit Klebeband. Je weniger er sich bewegen konnte, desto besser.

Als er hinreichend bewegungsunfähig war, gab Hermann seinen Männern Bescheid, dass sie bereit zum Aufbruch waren. Sie zogen den Reißverschluss des Leichensacks zu und warteten auf das Klopfen an der Wohnungstür.

Sekunden später war ein leises Pochen zu hören. Hermann ließ Bosch und Farber ein, jeder packte einen Griff, und sie verließen die Wohnung und schlossen die Tür hinter sich.

Rasch gingen sie zur Treppe, drei Stockwerke zur Straße hinunter. Sobald sie ins Freie traten, fuhr Adler in Hermanns BMW vor und öffnete den Kofferraum.

Harvath blickte den Bürgersteig auf und ab. Es war niemand zu sehen. Mit einem Nicken gab er den Befehl loszulegen.

Sie zwängten sich zwischen zwei geparkten Autos hindurch und warfen Sergun in den Kofferraum.

Hermann knallte den Kofferraumdeckel zu und stieg mit Harvath und Farber hinten ein. Bosch setzte sich auf den Beifahrersitz, und Adler fuhr los. Die gesamte Operation hatte weniger als zehn Minuten gedauert.

42

Die Fahrt von Berlin nach Frankfurt dauerte wenig mehr als fünf Stunden. Sorgfältig achteten sie darauf, das Tempolimit einzuhalten. Als sie am Flughafen ankamen, war es kurz vor Sonnenaufgang.

Um Menschen und Schwarzmarktantiquitäten durch einen Flughafen zu schleusen, zumal noch von der Größe des Frankfurt International Airport, benötigte man ein ganzes Netzwerk von Leuten, die sich schmieren ließen. Eichel hatte sie alle ans Messer geliefert.

In der Hoffnung, sich seine Freiheit zu erkaufen, hatte er die Namen und Telefonnummern aller am Flughafen tätigen Leute preisgegeben, die für ihn arbeiteten. Er würde jedoch wesentlich mehr tun müssen als seine Kollegen in die Pfanne zu hauen. Harvath hatte ihm erklärt, was. Eichel hatte zustimmend genickt und angefangen zu telefonieren.

Im äußersten Nordosten des Flughafens gab es einen kleinen Checkpoint-Eingang. Als sie vorfuhren, war er nicht besetzt.

Innerhalb von Sekunden senkten sich die gelben Betonpoller vor ihnen, das Tor glitt zurück, und die rot-weiß gestreifte Sicherheitsschranke, die ihnen den Weg versperrte, hob sich.

»Sesam, öffne dich«, meinte Hermann, während er auf das Flughafengelände in Richtung Civil-Aviation-Bereich fuhr.

Vor einem fensterlosen grauen Hangar saß in einem weißen Mercedes ein deutscher Zollbeamter und erwartete sie.

Als sie neben ihn fuhren, ließ der Mann sein Fenster herunter, und Harvath reichte ihm einen Umschlag.

Nachdem er das Geld gezählt hatte, wünschte der Beamte ihnen einen guten Flug, schloss sein Fenster und fuhr weg.

»Es zahlt sich aus, wenn man die Leute kennt«, sagte Hermann, als er den Mercedes losfahren sah. »So schnell komme ich sonst nie durch den Flughafen.«

Es war nicht billig gewesen. Eichels Mann mochte ein krummer Hund sein, aber er war nicht dumm. Er sah zu, dass er für sein Risiko gut entschädigt wurde.

Helen Cartland, die Berliner Stationschefin der CIA, hatte den von Harvath angeforderten Geldbetrag rundweg abgelehnt. Lydia Ryan musste aus Langley anrufen und ihr befehlen, die Summe freizugeben.

Als Cartland im Lagerhaus aufkreuzte, um das Geld in bar abzuliefern, reichte sie Harvath eine Quittung und forderte ihn auf zu unterschreiben. Für eine so hohe Summe wollte sie nicht den Kopf hinhalten.

Kopfschüttelnd unterschrieb Harvath ihren Zettel.

»Wollen Sie mich auf den Arm nehmen?«, fragte sie, als sie seine Unterschrift las. »*Justin Credible?*« – *einfach unglaublich.*

Er zwinkerte ihr zu und ließ sie von Bosch zu ihrem Wagen zurückbringen, während sie die Gefangenen bereit machten.

Nachdem sie alle vorbereitet waren, wurden sie in den Kofferraum des BMW verfrachtet. Bosch und Farber folgten in Harvaths Fahrzeug, das sie für ihn zurückbringen würden.

Im Hangar wartete ein schnittiger Bombardier Global 6000 Business-Jet der CIA. Hermann und seine Männer halfen ihm, die Gefangenen an Bord zu bringen und zu fesseln. Alle drei trugen Augenbinden, Kapuzen und einen Gehörschutz.

Hermann bot an mitzukommen, um beim Bewachen zu helfen, doch Harvath lehnte ab. Es war nur ein kurzer Flug. Er würde schon zurechtkommen.

Sie verabschiedeten sich am Fuß der Bordtreppe. Harvath dankte Hermann und seinen Männern für ihre Hilfe.

Eine Viertelstunde später hatte er eine Tasse heißen Kaffee in der Hand, die leistungsfähige Maschine donnerte die Landebahn entlang und die Sonne ging langsam auf.

Harvath lehnte sich in seinem Sessel zurück und sah aus dem Fenster, während die Piloten eindrehten und den Jet nach Süden in Richtung Mittelmeer ausrichteten.

Normalerweise wäre dies eine hervorragende Gelegenheit, ein bisschen Schlaf zu bekommen. Aber mit Gefangenen an Bord kam das nicht infrage.

Stattdessen nutzte er die Zeit, um seine Gedanken schweifen zu lassen. Es gab nach wie vor so viele Fragen, auf die er keine Antworten hatte.

Kaum begann er sie aufzulisten, kollidierten sie auch schon miteinander, fast wie bei einem Crash auf der Autobahn. Er hatte Fragen zu Salah, Malevsky und Sascha Baseyew. Was wussten die Russen? Was wussten sie nicht? Was kam als Nächstes, und wer war dafür verantwortlich?

Harvath musste an sich halten, um Sergun nicht gleich hier im Flugzeug zu verhören. Lydia Ryan hatte jedoch keinen Zweifel daran gelassen, wie zu verfahren sei. Die

Anweisungen kamen von ihrem Chef, Director McGee. Und Harvath wusste, dass McGee seine Befehle gemäß dem Wunsch des Präsidenten erteilt hatte. Er musste warten, bis er in Malta eintraf.

Während er zusah, wie der blauschwarze Himmel allmählich orangefarben wurde, dachte er an Lara. Es war Tage her, dass er mit ihr gesprochen hatte. Mittlerweile dürfte sie wieder in Boston sein.

So wie er sie kannte, hatte sie wahrscheinlich ein wenig Zeit mit ihrer Familie verbracht und war dann direkt ins Büro gegangen, Jetlag hin oder her.

Er starrte auf die drei kapuzenbedeckten Gestalten im Heck des Flugzeugs und trank einen Schluck von seinem Kaffee. Man konnte schwer sagen, dass dies besser war als bei Lara in Boston zu sein.

Einen Moment lang überlegte er, wie es wohl wäre, nach Boston zu ziehen. In D. C. hatte er seinen Beruf, seine Karriere. Das zumindest hatte er sich immer gesagt.

Die Arbeit bei der Carlton Group brachte eine Menge Vorteile mit sich. Sein Chef war eine Legende in der Branche, die Bezahlung fantastisch, und obwohl der Alte es nicht direkt gesagt hatte, bereitete er Harvath darauf vor, eines Tages den Laden zu übernehmen.

Aber was hieß das? Er kannte die Antwort auf diese Frage, auch wenn er nie wirklich darüber nachgedacht hatte.

Es hieß, das Geschäft zu führen. Politikern Honig ums Maul schmieren. Behördenleitern die Hände schütteln. Verträge abschließen.

Er würde den Außeneinsatz gegen Papierkram eintauschen. Anstelle verdeckter Operationen nur noch Konferenzsäle.

Er kannte viele, die in die Unternehmensleitung gewechselt waren. Männer, die in vorderster Linie gekämpft hatten und nun nur noch auf Umsätze achteten. Oder die gleich ihre eigene Firma aufgemacht hatten.

Im Gegenzug erhielten sie einen Anschein von Beständigkeit. Befreit von dem schonungslosen Tempo eines Elite-Agenten, könnten sie nun Gelegenheit haben, den amerikanischen Traum zu genießen.

Sie kauften sich Boote und Sommerhäuser. Machten lange Urlaub und unternahmen abenteuerliche Jagd- und Angeltouren. Sie lebten den Traum.

Doch kaum hatten sie ein paar Drinks intus, dann erzählten sie einem, dass ihnen die Action fehlte. Dass nichts dem gleichkam. Sosehr sie ihre neue Karriere auch liebten und es genossen, mit ihren Frauen und Familien zusammen zu sein, rief doch stets das alte Leben. Es war ein Verlangen, das durch nichts gestillt wurde.

Außerdem brauchte man auch das Gefühl, etwas Sinnvolles zu tun. Keiner der Männer, die Harvath kannte, hatte es wegen des Geldes getan. Sie waren dabei, weil sie an die Mission glaubten und an die Männer, die an ihrer Seite kämpften. Es war eine Berufung und darum verdammt schwierig, es einfach hinter sich zu lassen.

Harvath trank einen weiteren Schluck Kaffee und blickte erneut aus dem Fenster.

Er hatte nie daran gedacht, dass Reed Carlton ihn aus dem Spiel nehmen könnte, bevor er bereit dazu war. Verrückt, dass ihm dieser Gedanke noch nie gekommen war.

Wenn der Alte vorhatte, den Hut an den Nagel zu hängen, dann würde er es auch tun. Dann spielte es keine Rolle mehr, wo Harvath sich für nützlicher hielt oder was er lieber wollte. Carltons Entschluss würde feststehen.

Er würde alles genau durchdacht haben, jede Erwiderung vorwegnehmen, die Harvath anführen könnte. Er würde ihm ein Angebot machen, und es wäre fantastisch. Und da er Harvath so gut kannte, hätte er auch eine felsenfeste Begründung parat.

Der Alte würde an Harvaths Pflichtbewusstsein appellieren, an seinen Patriotismus. Er würde ihm erklären, warum er für sein Land nun die Außeneinsätze aufgeben und die Leitung der Carlton Group übernehmen müsse. Zuletzt würde er an Harvaths Loyalität appellieren.

Nichts davon wäre schön. Und Harvath hatte offen gesagt keine Ahnung, wie er reagieren würde. Er wusste nur eines: Machte Carlton ihm erst einmal das Angebot, hätte ihre Beziehung den Rubikon überschritten.

Dann gab es kein Zurück mehr zu dem, was vorher war. So ging Carlton nicht vor. Wenn es ums Geschäft ging, war er unglaublich stur und ließ sich durch nichts davon abbringen, wenn seiner Meinung nach etwas den Erfordernissen des Landes diente.

Entweder man befolgte seinen Rat oder er warf einen raus. Die Dinge waren entweder schwarz oder weiß. Grau gab es nicht.

Zwar gab es bei dem Alten kein Grau, wohl aber bei der CIA. Eigentlich *grün* – und das gleich in mehrfacher Hinsicht.

Harvath musste an das Gespräch mit Helen Cartland in der Berliner Kneipe denken. Sie hatte ihn gefragt, ob er einen grünen Ausweis habe und ob er angestellt oder freiberuflich arbeite.

In seiner Zeit bei der CIA hatte er die Erfahrung gemacht, dass es hybride Auftragnehmer gab. Man nannte sie SpecTal, eine Mischform: jemand, der manchmal für ein fremdes Unternehmen, manchmal auf eigene Rechnung arbeitete.

Aber damit das geschehen konnte, würde Carlton ihn bei sich behalten wollen. Harvath bezweifelte, dass es eine Option war, zu einer Führungsrolle im Unternehmen Nein zu sagen. Der Alte würde die Verbindung einfach abbrechen. So war er nun mal.

Wollte Harvath weiter im Einsatz bleiben, könnte die Lösung darin bestehen, sich selbstständig zu machen. Er würde viel aufgeben, wenn er die Carlton Group verließ, aber im Gegenzug würde er auch vieles gewinnen.

Der CIA war es gleichgültig, ob er in Boston wohnte oder in Bangladesch. Das Einzige, was sie interessierte, war, dass er den Hörer abnahm, wenn sie anriefen.

Wenn er als selbstständiger Unternehmer für die CIA tätig war, hatte er die Möglichkeit, genau das zu tun, was er gern machte, und zwar von Boston aus.

Er würde sein Haus aufgeben müssen. Und es war auch durchaus möglich, dass der Präsident seine Entscheidung nicht guthieß. Aber was für eine Rolle spielte das schon?

Er hängte seinen Beruf ja nicht an den Nagel. Er würde nur in eine andere Stadt ziehen. Wenn der Präsident ihn brauchte, war er nach wie vor verfügbar. Nur eben nicht nicht gleich um die Ecke.

Je länger er darüber nachdachte, desto mehr nahm alles Gestalt an. Für einen Moment musste er sich bremsen und fragte sich, ob es wirklich das war, was er wollte. Sollte er die Carlton Group tatsächlich verlassen?

Er war müde und konnte nicht mehr klar denken. Die Idee war doch verrückt. Ganz gewiss war das nichts, worüber man mitten in einem Einsatz nachdenken sollte. Im Moment konnte er es sich nicht leisten, über die Zukunft nachzugrübeln. Er musste sich auf die Gegenwart konzentrieren.

Erneut wandte er sich all den Fragen zu, die sich vor ihm auftürmten wie Unfallwagen bei einer Massenkarambolage, zog hier und dort an einem Faden und versuchte zu enträtseln, was das alles zu bedeuten hatte.

Er war bei seiner dritten Tasse Kaffee und einer Antwort keinen Schritt näher, als die Maschine in den Sinkflug überging. Harvath blickte wieder aus dem Fenster.

Sie befanden sich über dem Meer, südlich von Sizilien. Er sah noch einmal nach den Gefangenen, kehrte an seinen Platz zurück und schnallte sich an.

Es war komisch, wieder hierher zurückzukehren. Als er das letzte Mal hier war, war es eine düstere Zeit für ihn gewesen. Er war ziemlich down und tagelang betrunken gewesen, hatte sogar auf den Mann geschossen, mit dem er sich gleich treffen würde.

Hoffentlich trug er ihm das nicht mehr nach. Hätte Harvath ihn töten wollen, wäre er jetzt tot. Es war bloß ein Warnschuss gewesen.

Aber manche Leute waren nun mal nachtragend. Vor allem wenn auf sie geschossen wurde.

43

Die Vernehmungseinrichtung befand sich etwa eine halbe Stunde außerhalb der Stadt Valetta. Sie war so gebaut, dass sie einem maltesischen Bauernhaus ähnelte. Die Eingeweide des Unterfangens befanden sich unter der Erde in einer Reihe von Tunneln und fensterlosen Zellen, die den Beinamen »das Solarium« trugen.

Ein Mann namens Vella leitete das Programm. Er besaß je einen Doktortitel in Psychiatrie und Neurochemie und galt als einer der besten Vernehmungsspezialisten der Branche.

Er war derjenige, auf den Harvath geschossen hatte. Vella wartete bereits mit seinem Team, als der Jet landete und in den privaten Hangar rollte.

Sobald die Piloten die Triebwerke abstellten und die Treppe herabließen, kamen Vella und sein Team an Bord.

»War der Flug okay?«, fragte Vella, während seine Männer die Gefangenen zum Aussteigen bereit machten. »Irgendwelche Probleme?«

Harvath schüttelte den Kopf.

»Gut. Mein Wagen steht draußen.« Damit winkte er Harvath zur Kabinentür.

Er war ein paar Zentimeter kleiner als Harvath, hager, hatte dunkles Haar und trug eine Brille. Er sah keineswegs aus wie ein verrückter Wissenschaftler, eher wie ein Buchhalter.

Harvath griff sich seine Tasche und folgte ihm zum Wagen.

»Hungrig?«, fragte Vella, während sie in seinen silbernen Jaguar stiegen.

Und ob! »Können wir uns unterwegs etwas holen? Ich möchte so schnell wie möglich mit dem Verhör beginnen.«

»Keine Sorge! Wir haben Zeit.«

Als Harvath die Genehmigung erhalten hatte, Sergun und die anderen beiden ins Solarium zu transportieren, hatte der Alte erklärt, dass Vella das Sagen hatte. Von

Harvath wurde erwartet, dass er seinen Anweisungen folgte.

»Frühstück oder Mittagessen?«, fragte Vella, als sie den Flughafen verließen und auf die Hauptverkehrsstraße fuhren.

»Mittagessen«, antwortete Harvath.

Vella nickte, drückte den Knopf, um das Schiebedach zu öffnen, und trat aufs Gas.

Harvath ließ sein Fenster herab. Die Sonne war hell, draußen war es warm. Er konnte das Meer riechen. Es fühlte sich gut an, nahe am Wasser zu sein.

20 Minuten später bogen sie in einen Feldweg ein und fuhren weiter. Hier standen keine Häuser mehr, keine Geschäfte, nichts. Sie waren mitten im Nirgendwo. Allmählich wurde Harvath misstrauisch. Dann sah er es.

Eine Mischung aus Cottage und Bretterbude, umgeben von einem verblichenen Lattenzaun. Vor ihnen wurde ein grellbuntes Ruderboot auf den Strand gezogen. Zwei alte Männer reparierten ein großes Fischernetz.

Vella stellte den Wagen ab und bedeutete Harvath, ihm ins Haus zu folgen.

Die Vorderseite des Restaurants war zum Meer hin offen. Sie wurden an einen kleinen Tisch geführt und bekamen jeder eine Speisekarte.

»Gibt es etwas, das Sie *nicht* essen?«, fragte Vella.

»Gehirn und Innereien«, erwiderte Harvath.

Vella lachte und bestellte auf Maltesisch für sie beide.

Als die Kellnerin ging, um ihr Essen zu holen, sagte Harvath: »Hören Sie, ich muss mich bei Ihnen entschuldigen.«

Vella hob die Hand. »Nein, müssen Sie nicht.«

»Ich habe auf Sie geschossen.«

»Wenn Sie vorgehabt hätten, mich zu treffen, hätten Sie mich dann getroffen?«

Harvath nickte.

»Dann haben Sie nicht auf mich geschossen. Sie haben neben mich geschossen. Das ist ein Unterschied. In Ihrem Fall war es zwar ein sehr feiner Unterschied, aber trotzdem ein Unterschied.«

»Ich bitte um Entschuldigung.«

»Es ist vorbei«, antwortete Vella. »Reden wir über die Gegenwart.«

»Was möchten Sie wissen?«

»Wie Sie Eichel und Malevsky gebrochen haben. Und was genau soll ich eigentlich aus Sergun rausholen?«

»Haben die Ihnen meine Berichte geschickt?«, fragte Harvath.

Vella nickte. »Ich habe alles gelesen. Ich möchte nur sehen, womit Sie sonst noch aufwarten können. Selbst Kleinigkeiten, Dinge, die einem unbedeutend erscheinen, können mir manchmal helfen.«

Harvath fing an zu reden, hielt jedoch inne, als die Kellnerin mit den Getränken kam. Nachdem sie wieder weg war, redete er weiter. Vella schrieb nichts auf. Er hörte einfach zu und unterbrach ihn nur, wenn er etwas präzisiert haben wollte.

Als ihr Essen kam, hatte Harvath Vella alles über die drei Gefangenen erzählt, woran er sich erinnern konnte.

Das Mittagessen war fantastisch. Frisches Garnelen-Carpaccio, »Aljotta«, eine traditionelle Fischsuppe, und als Hauptgericht Kalbsfilet mit Wildpilzen.

Nachdem Harvath gegessen hatte, fühlte er sich noch müder als auf dem Flug. Vella bestellte Espresso – einen doppelten für Harvath – und zahlte.

Als sie mit dem Kaffee fertig waren, kehrten sie zum Wagen zurück und setzten ihren Weg zum Solarium fort.

Trotz seiner Arabischkenntnisse waren die Verkehrszeichen schwer zu lesen. Maltesisch war, gelinde gesagt, eine interessante Sprache.

Als sie auf der Farm eintrafen, checkte Vella Harvath ein, gab ihm eine Sicherheitskarte und führte ihn auf sein Zimmer.

»Ich werde mit Malevsky anfangen«, sagte der Vernehmungsspezialist. »Ich möchte so viele Informationen wie möglich zusammentragen, bevor ich die Sitzung mit Sergun beginne. Okay?«

»Ihr Haus. Ihre Regeln«, erwiderte Harvath.

Vella lächelte. »Geben Sie mir zwei Stunden, dann können Sie runterkommen.«

»In Ordnung.«

Als Vella ging und die Tür hinter sich schloss, warf Harvath seine Tasche aufs Fußende des Bettes und fing an auszupacken. Anschließend schrieb er Lydia Ryan eine kurze SMS, um sie auf dem Laufenden zu halten, und duschte lange und heiß.

Nachdem er sich rasiert und die Kleidung gewechselt hatte, stellte er an seinem Handy den Wecker und legte sich aufs Bett. Innerhalb von Sekunden war er eingeschlafen.

Eine Stunde später ging der Wecker los. Eigentlich hätte er viel mehr Schlaf gebraucht können, aber zumindest fühlte er sich ein wenig erfrischt.

Er nahm sich eine Flasche Wasser aus dem Minikühlschrank im Zimmer, trank die Hälfte davon und ging die Treppe hinunter. Er kannte sich noch vom letzten Mal aus, als er hier gewesen war.

Es war gegen Ende seines letzten Auftrags. Er hatte eine Liste von Leuten erhalten, die er umbringen sollte. Sie waren Eliten, Unberührbare, über ganz Europa verstreut. Sie waren für die schreckliche Pandemie verantwortlich, die sich über die ganze Welt ausgebreitet hatte.

Die letzte Person auf seiner Liste war ein Südafrikaner gewesen. Ein Gefangener im Solarium. Harvath hatte ihn selbst nach Malta gebracht.

Der Südafrikaner hatte für die Eliten gearbeitet. Er hatte geholfen, ihren Plan möglich zu machen. Er hatte unzählige Unschuldige getötet. Er war das letzte Glied in der Kette, und Harvath hatte ihn mit bloßen Händen umgebracht.

Anschließend hatte er alle aus dem Solarium gejagt und sich die Kante gegeben. Er war tagelang betrunken gewesen. Nur so konnte er mit dem umgehen, was er gesehen und getan hatte.

Als Vella kam, um nach ihm zu sehen, hatte er auf ihn geschossen. 36 Stunden später kam ein Freund in die Zelle spaziert, in der Harvath kampierte, und setzte sich. Sie tranken und redeten. Sie saßen dort, bis Harvath bereit war zu gehen.

Es war in der Tat ein Tiefpunkt in seinem Leben. Er hatte getan, was er tun musste, was man ihm aufgetragen hatte. Sobald er sich dazu in der Lage fühlte, war er nach Hause geflogen.

Er hatte sich mit Lara, ihren Eltern und ihrem Kleinen nach Alaska zurückgezogen. Harvath hatte dort Freunde, die eine Fischerhütte besaßen. Es war ein guter Ort, um die nächsten vier Wochen zu überstehen, sicher und abgelegen genug, um sich vor der Infektion zu verstecken.

Dann, so schnell wie die Krankheit aufgetreten war, verschwand sie auch wieder – sie hatte sich praktisch verausgabt.

Jede Nation hatte gelitten, manche schlimmer als andere. Das Erstaunliche daran war, wie schnell das »normale« Leben zurückkehrte. Ganz gleich was die Natur dem Menschen entgegenschleuderte, die Menschheit schien stets einen Weg zu finden, wieder auf die Füße zu kommen.

Dennoch schleppte Harvath die Dämonen immer noch mit sich herum. Er sah die Gesichter der Toten und Sterbenden vor sich, fühlte sich verantwortlich, als hätte er das Ergebnis irgendwie ändern können. Das Virus irgendwie aufhalten können.

Aber nach allem, was er in Erfahrung gebracht hatte, wie weit er auch gehen musste, um Antworten zu erhalten, er hätte es nicht aufhalten können. Der Prozess war bereits in Bewegung. Das Virus war losgelassen worden, bevor überhaupt jemand wusste, wie ihm geschah. Die Männer hinter dem Anschlag hatten keine höflichen Ankündigungen verschickt, um darauf aufmerksam zu machen, was kommen würde. Es war nicht seine Schuld.

Doch was war mit Anbar? Das SAD-Team war dort gewesen aufgrund der Informationen, die Harvath von Salah erhalten hatte. Sie waren so überzeugt, dass sie zuverlässig waren, dass sie sich felsenfest darauf verlassen hatten. Dann waren das Team und das Hubschrauberkontingent ausgelöscht worden.

Als Nächstes die Ermordung des Verteidigungsministers, seines Security-Teams und der Selbstmordanschlag auf das Weiße Haus. All das führte von Salah zu Sascha Baseyew und nun zu dem Mann, der unten in einer Zelle saß, Oberst Viktor Sergun. Er war der Mann mit den Antworten, die Harvath wollte.

Vor diesem Hintergrund machte es wahrscheinlich Sinn, dass Vella bei diesem Verhör die Leitung innehatte. Harvath wäre nicht subtil vorgegangen. Sondern brutal.

Waleri Kumarins Tod war ein Unfall gewesen. Harvath hatte nicht vorgehabt, ihn zu töten, als er in Malevskys Anwesen auftauchte, aber das war nun mal das Ergebnis. Vielleicht versuchte D. C., sich gegen weitere Unfälle abzusichern.

Was auch immer die Gründe waren, die Entscheidung war getroffen. Nun war er nur noch ein Beobachter. Vella hatte die volle Autorität. Er war derjenige, der das Sagen hatte. Entsprechend würde Harvath sich verhalten.

Als er die Treppe hinunterging, konnte er es kaum abwarten, Viktor Serguns Vernehmung beizuwohnen.

44

WEISSES HAUS
WASHINGTON, D. C.

Seit dem Selbstmordanschlag waren nahezu 24 Stunden vergangen. Der Nordportikus, der als Eingang zum Weißen Haus diente, war schwer beschädigt. Man hatte ein Gerüst errichtet, um ihn vor neugierigen Blicken abzuschirmen. Auf dem Gerüst prangte eine wehende amerikanische Flagge.

Ähnlich beunruhigend wie das Widerstreben des Secret Service, maximale Gewalt gegen Eindringlinge anzuwenden, war die Weigerung des Präsidenten, sich evakuieren zu lassen.

Er hatte sich im Westflügel aufgehalten, als die Attentäterin sich in die Luft sprengte. Seine Leibwächter waren mit ihm umgehend in den unterirdischen Bunker gehastet, der früher als Presidential Emergency Operations Center bekannt war. Im Fernsehen konnten sie das Chaos verfolgen, das sich draußen abspielte, da die Kameras der Sendeanstalten unentwegt auf den Nordrasen gerichtet waren.

Kaum stellte sich heraus, dass es sich um eine Selbstmordattentäterin handelte und dass einige Minuten ohne Folgeanschlag vergangen waren, wollte Präsident Porter den Bunker verlassen, um den Verwundeten zu helfen. Der Secret Service brauchte ihn nicht zurückzuhalten. Sein gesamtes Führungspersonal sprang auf, um ihm den Weg zu versperren.

»Defintiv nicht«, sagte sein Stabschef. »Auf gar keinen Fall.«

Als Porter versuchte, sich an ihm vorbeizuzwängen, erklärte sein Nationaler Sicherheitsdirektor: »Sie wissen, wie diese Leute arbeiten. Die erste Bombe zieht jeden an. Die zweite bringt alle um.«

»Sehen Sie sich doch die Aufnahmen an«, beharrte Porter und deutete auf all die Fernsehbildschirme im Raum. »Die Ersthelfer sind bereits da oben. Es gibt keine zweite Bombe.«

»Das wissen wir nicht«, erwiderte der Vizepräsident. »Bitte, Paul. Lassen Sie uns einfach abwarten.«

»Das sind unsere Leute da draußen«, hielt der Präsident dagegen. »Ich möchte nicht, dass es heißt: ›Der Präsident der Vereinigten Staaten verkroch sich in einem Bunker, während sie Hilfe brauchten.‹«

Nun war es an der Pressesprecherin, einzugreifen. »Das wird niemand sagen, Mister President. Aber im Moment müssen Sie in Sicherheit bleiben. Die Nation wird Sie hören wollen.« Sein leitender Secret-Service-Agent, ein Mann namens Chudwin, zog den Stabschef beiseite und plädierte dafür, den Präsidenten in die Notfalleinrichtung in West Virginia zu evakuieren.

Porter sah die beiden miteinander sprechen. »Agent Chudwin«, unterbrach er sie. »Wir gehen nicht. Das ist endgültig. Haben Sie verstanden?«

Chudwin blickte erst den Stabschef an, dann den Präsidenten. »Ja, Sir!« Was ihm noch weniger gefiel als sich im Bunker zu verkriechen, war vor der Gefahr zu fliehen. Nachdem dieses Problem geklärt war, sah er seine Pressesprecherin an. »Ich möchte eine Rede an die Nation halten.«

»Wann?«, erwiderte sie.

»So schnell wie möglich. Nur ein paar kurze Anmerkungen, um allen zu zeigen, dass wir noch hier sind, und um dem amerikanischen Volk zu versichern, dass wir auf diesen Anschlag reagieren werden.«

Die Pressesprecherin sah auf ihre Uhr. »Geben Sie mir 20 Minuten, um etwas auszuarbeiten.«

»Und ich möchte es vom Oval Office aus tun.«

Die Pressesprecherin blickte den Secret-Service-Mann an.

Chudwin schüttelte den Kopf. »Ich halte das für keine gute Idee, Sir.«

»Zur Kenntnis genommen«, entgegnete Porter. Sein Blick glitt wieder zur Pressesprecherin. »Wir machen es vom Oval Office aus.«

Anderthalb Stunden später unterbrachen Sender auf der ganzen Welt ihr Programm, um die kurze Ansprache des Präsidenten zu übertragen.

Porter war ein begnadeter Redner und traf den richtigen Ton. Er lobte den Secret Service für seine Unerschrockenheit, erklärte, dass seine aufrichtigen Gebete den Toten und Verwundeten galten sowie ihren Freunden und Familien und kündigte seine feste Entschlossenheit an, für den Anschlag Vergeltung zu üben.

Er wählte seine Worte mit Bedacht. Einige seiner Vorgänger hätten die Wendung *die Täter vor Gericht stellen* vorgezogen. Die Täter vor Gericht stellen – das machte man mit Handtaschendieben oder Bankräubern.

Dieser Angriff war keine Straftat. Er war eine Kriegshandlung. Porter wollte die Täter nicht ins Gefängnis bringen, sondern unter die Erde. Falls genug von ihnen übrig war, was noch in einen Sarg passte, nachdem die Amerikaner sie aufgespürt hatten.

Als die Rede beendet war, gesellte der Präsident sich zu seinem Nationalen Sicherheitsrat im Situation Room. Mittlerweile wohnten alle fast schon dort.

Mit Washingtons Netzwerk an Überwachungskameras war es dem FBI gelungen, eine beträchtliche Menge an Informationen zu sammeln.

Sie hatten bereits Überwachungsaufnahmen von der Attentäterin, wie sie mehrere Blocks zum Weißen Haus ging, obwohl ihr Ausgangspunkt unklar war.

Der Weg der Attentäterin begann irgendwo in einer Gegend, in der es keine Kameras gab. Man ging davon aus, dass sie entweder aus einem Gebäude gekommen oder aus einem Fahrzeug gestiegen war.

Der infrage kommende, zwei Blocks umfassende Bereich war vollständig abgeriegelt worden. FBI-Agenten durchkämmten ihn methodisch, was bedeutete, dass die Suche nur sehr langsam vorankam.

Die größte Sorge des FBI bestand darin, dass, falls sie etwas fanden, der Wagen, der Van oder das Apartment der Attentäterin womöglich mit Sprengfallen versehen war. Sie setzten Roboter ein, Hunde und was ihnen sonst noch zur Verfügung stand, um der Sache auf den Grund zu gehen.

In der Zwischenzeit war das Banner, das die Attentäterin geschwenkt hatte, als IS-Flagge identifiziert worden. So viel hatten alle bereits vermutet.

Die große Frage war nun, ob die Attentäterin sich nur vom IS anregen ließ oder tatsächlich von ihm gelenkt worden war.

Der Unterschied war Präsident Porter egal, da war er unerbittlich. Solange der IS zu Anschlägen gegen den Westen aufforderte, insbesondere gegen Amerika, lag die Verantwortung auch beim IS.

Doch was war mit den Russen? Harvath hatte es geschafft, eine Verbindung zwischen seinem ermordeten Informanten in Belgien und der GRU herzustellen. Er hatte sogar in Erfahrung gebracht, dass ein GRU-Agent ungefähr zum Zeitpunkt des Anschlags auf Secretary Devon von Frankfurt nach Antalya geflogen war.

Das hieß jedoch noch lange nicht, dass die Russen etwas damit zu tun hatten. Um eine derart ernste Behauptung aufzustellen, geschweige denn daraufhin etwas zu unternehmen, brauchte er Beweise. Und die mussten hieb- und stichfest sein.

Im Moment allerdings mussten sie eine Reaktion auf den IS zusammenstellen. Weltweit gab es keine anderen Schlagzeilen mehr als den Anschlag auf Amerika. Das Telefon im Weißen Haus stand nicht mehr still, andauernd riefen führende Politiker aus der ganzen Welt an.

Im Handumdrehen hatten die Vereinigten Staaten die Propaganda-Initiative verloren. Der IS war in der Lage gewesen, das Weiße Haus selbst zu treffen. Es war ein unglaublicher Coup.

Die Joint Chiefs of Staff waren im Pentagon versammelt. Über eine sichere Verbindung hielten sie eine Videokonferenz mit dem Situation Room ab.

Porter richtete das Wort an den Vorsitzenden. »Ihre Gedanken bezüglich einer Reaktion, General?«

Der Mann tippte mit dem Bleistift auf den Block vor sich. »Ich vermute, der Anschlag auf das Weiße Haus wurde bereits geplant, bevor wir mit unserer Operation Iron Fury zuschlugen.«

»Da stimme ich Ihnen zu.«

»Alle Informationen, die hier eingehen, besagen, dass wir ihnen ganz schön eingeheizt haben. Wir können jede Art von Reaktion zusammenstellen, die Sie wünschen, Mister President. Allerdings müssten wir wissen, was Ihnen vorschwebt.«

»Das heißt?«

»Das heißt«, antwortete der General, »möchten Sie etwas, das verhältnismäßig ist? Oder etwas Unverhältnismäßiges?«

Die Frage war angebracht. Porter hatte sich auch schon Gedanken darüber gemacht. »Angenommen, wir wollen eine ebenso symbolische Botschaft übermitteln. Was bräuchte man, um den Eingang des IS-Hauptquartiers aus den Angeln zu sprengen?«

»Nun, für den Anfang müssten wir erst einmal ihr Hauptquartier finden«, meinte der General.

»Und wenn wir das schaffen?«, fragte der Präsident.

»Wenn Sie das hinkriegen, geben wir Ihnen die unglaublichste symbolische Reaktion, die Sie je gesehen haben.«

45

MALTA

»Sie haben ihn ganz schön zugerichtet«, sagte Vella, als Harvath zu ihm ins Büro kam. »Sein Knie ist zertrümmert. Wahrscheinlich wird er für den Rest seines Lebens hinken.«

Harvath nahm den Scan und sah ihn sich an. »Führen Sie auch zahnärztliche Untersuchungen durch?«

»Wir checken jeden durch, der reinkommt. Wir möchten nicht, dass uns unvorhergesehene Krankheiten eine Vernehmung kaputtmachen.«

Zwar konnte manches von dem, was hier geschah, einem den Magen umdrehen. Trotzdem ging man im Solarium streng wissenschaftlich vor. Harvath sah ein, dass es notwendig war, die Gefangenen medizinisch durchzuchecken. Es half nicht nur, potenzielle Probleme zu identifizieren, sondern lieferte auch Basisdaten, auf deren Grundlage sich feststellen ließ, ob eine Methode funktionierte.

»Haben Sie aus Malevsky etwas Nützliches herausbekommen?«, fragte Harvath.

»Einiges«, erwiderte Vella. »Hintergründe zumeist, aber ich denke, es könnte hilfreich sein. Einstweilen benötige ich einen neuen Nachweis, dass seine Töchter noch am Leben sind. Können Sie Ihrer Kontaktperson sagen, dass sie Fotos machen soll?« Er warf einen Blick auf seine Notizen und fügte hinzu: »Er möchte ein Bild von jedem Mädchen in der Küche neben ihrem jeweiligen Lieblingsgerät.«

»Was soll das denn heißen?«

»Er sagt, die Mädchen werden es schon wissen.«

Harvath zückte sein Handy, um Alexandra eine SMS zu schreiben. »Wie lautet Ihr WLAN-Passwort?«

Vella gab es ihm. Harvath tippte es in sein Handy ein und verschickte die SMS. »Ich lasse es Sie wissen, sobald ich eine Antwort bekomme. Nun, was ist mit Sergun?«

Vella nahm eine Fernbedienung in die Hand und schaltete einen der Bildschirme an der Wand an. Eine Gestalt saß dort, eine Kapuze über dem Kopf, die Füße an den Boden gekettet und die Hände an eine Stange gefesselt, die in der Mitte eines Edelstahltisches entlanglief.

»Worauf warten Sie?«, fragte Harvath.

Der Vernehmungsspezialist zog eine Schublade an seinem Schreibtisch auf, holte ein Tablettenfläschchen heraus und reichte es Harvath. »Öffnen Sie das.«

Kaum hatte Harvath es getan, bereute er es auch schon. Er bekam nur eine kleine Duftwolke von dem ab, was sich darin befand. Aber es genügte, dass ihm die Brust eng wurde und sein Puls raste.

Er schraubte die Kappe wieder auf und gab Vella das Fläschchen zurück. »Das ist ja furchtbar.«

»Jetzt wissen Sie, wie Angst riecht.«

Harvath schüttelte den Kopf, um die Nachwehen des Geruchs aus der Nase zu bekommen. »Was reden Sie da? Was ist das für ein Zeug?«

»Ein Synthetikum.«

»Wovon?«

Vella überlegte einen Moment. »Gewisse Spezies sind in der Lage, chemische Faktoren abzusondern, die soziale Reaktionen auslösen.«

»Pheromone«, sagte Harvath.

»Ganz recht! Und werden diese chemischen Faktoren freigesetzt, beeinflussen sie das Verhalten des Individuums, das ihnen ausgesetzt ist. In der Tierwelt gibt es unterschiedliche Arten von Pheromonen, die sich auf Verhalten und Physiologie auswirken. Es gibt Alarmpheromone, Sexualpheromone und sogar Angstpheromone.

Dieses letzte Pheromon ist besonders interessant, insbesondere in Bezug auf Menschen, sowohl auf Gruppen bezogen als auch auf Einzelpersonen. Im Wesentlichen haben wir herausgefunden, dass Angst chemisch ausgelöst werden kann. Und zwar über den Geruchssinn.«

Diese Jungs gingen in ihrer Arbeit auf. Sie entwickelten ständig neue Befragungstechniken, Methoden, um Menschen zu brechen und zur Zusammenarbeit zu bewegen.

»Lassen Sie mich raten«, sagte Harvath. »Sie pumpen gerade das Vernehmungszimmer damit voll.«

»Wollen Sie mich auf den Arm nehmen?«, entgegnete Vella. »Dann wäre ich nicht mehr in der Lage, darin zu arbeiten.«

»Wie führen Sie es ihm dann zu?«

Vella trat an den Monitor und deutete auf die Kapuze, die Sergun trug. »Sehen Sie diesen Teil hier? Direkt um Mund und Nase?«

Harvath sah hin. Der Stoff erschien dort dunkler. »Was ist damit?«

»Eigentlich ist das eine Tasche. Wir haben mit dem synthetischen Pheromon getränkte Stoffstücke hineingelegt.«

»Also atmet er es ein.«

Vella nickte.

»Funktioniert das tatsächlich?«, wollte Harvath wissen.

»Wir werden sehen.«

Eine Viertelstunde später drehte Vella die Lautstärke an dem Monitor auf und entschuldigte sich. Harvath blieb im Büro zurück, um zuzusehen.

Augenblicke später hörte er, wie der schwere Riegel an der Tür des Vernehmungsraums zurückgeschoben wurde, dann das Quietschen der Scharniere, als die Tür geöffnet wurde.

Einer der Wachposten schloss die Tür hinter Vella und sperrte ab.

Für Harvath war es interessant zu beobachten, wie jemand anders ein Verhör durchführte. Normalerweise war er derjenige, der das machte. In der Regel war es ihm nicht vergönnt, anderen bei der Arbeit zuzusehen.

Vella ließ sich Zeit. Leise ging er in die gegenüberliegende Ecke des Raumes, lehnte sich an die Wand und beobachtete seinen Gefangenen.

Mittlerweile hatte man Sergun den Gehörschutz und die Augenbinde abgenommen. Die einzige Reizabschirmung, die er noch erdulden musste, waren seine Fesseln und die Kapuze über dem Kopf.

Bei der medizinischen Untersuchung hatte man ihm an diversen Stellen Sensoren auf die Haut geklebt. Nun drückte irgendwo im Solarium ein Techniker einen Knopf, und die Vitalfunktionen des Mannes wurden unten am TV-Monitor eingeblendet.

Serguns Herzfrequenz war gestiegen, seit sich die Tür geöffnet und Vella den Raum betreten hatte. Er war sich der Anwesenheit des Mannes deutlich bewusst. Vella tat jedoch nichts. An die Wand gelehnt, blieb er in der Ecke stehen und beobachtete nur.

Harvath konnte nur mutmaßen, was Sergun im Moment durch den Kopf ging. Aller Wahrscheinlichkeit nach versuchte er, sich an seine Ausbildung zu erinnern. Leugnen, leugnen, leugnen und Gegenvorwürfe erheben. Das wurde allen guten Agenten beigebracht.

Nach weiteren fünf Minuten näherte Vella sich ihm und stellte sich dicht neben ihn, sodass er fast über ihm stand. Harvath beugte sich vor, um zu ergründen, was er da machte. Vorsichtig nahm Vella Sergun die Kapuze ab und trat zurück.

Mit seinen 58 Jahren hatte Sergun gut 20 Kilo Übergewicht. Sein teigiges weißes Gesicht war rund und aufgedunsen. Seine Wangen bebten, während seine Augen sich an das Licht gewöhnten und er den Kopf von links nach rechts drehte. Sein graues Haar war militärisch kurz geschnitten.

»Ich habe mir sagen lassen, dass Sie Englisch sprechen«, sagte Vella.

Sein Blick wurde klar und heftete sich auf den Vernehmungsspezialisten. Er nickte.

»Gut«, fuhr Vella fort. »Wissen Sie, wo Sie sind?«

Sergun schüttelte den Kopf.

»Dieser Ort hat viele Namen. Manche vergleichen ihn mit Dantes siebtem Kreis, in dem die Gewalttätigen in einen Fluss aus kochendem Blut und Feuer getaucht werden. Andere hingegen vergleichen ihn mit dem Paradies. Ein Ort, an dem ihre Gebete endlich erhört werden. Wo sie Erlösung finden.«

Der Russe verhielt sich reglos. Sein Gesicht blieb teilnahmslos, wie versteinert. Seine Augen erzählten jedoch eine andere Geschichte. Sogar auf der Überwachungsaufnahme konnte Harvath es sehen. Und wenn er es zu sehen vermochte, dann Vella erst recht.

»Was möchten Sie hier erreichen?«, fragte Vella.

Es war eine seltsame Frage. Sie hätte besser in ein Vorstellungsgespräch oder ein Selbsthilfeseminar gepasst.

Vella ging zurück in seine Ecke des Raumes, lehnte sich wieder an die Wand, wartete. Er hatte es nicht eilig.

Harvath warf einen Blick auf die Grafik mit Serguns Vitalwerten. Seine Herzfrequenz hatte sich erhöht.

Schließlich nahm Sergun sich so weit zusammen, dass er sprechen konnte. »Was wollen Sie?«, fragte er.

Vella lächelte. »Ich möchte, dass Sie für Ihre Sünden geradestehen.«

»Ich habe keine Sünden.«

Nicht eine Sekunde lang schwand das Lächeln aus dem Gesicht des Vernehmungsspezialisten. »Wir alle sind Sünder, Viktor. Wir müssen alle büßen. Ich bin hier, um Ihnen zu helfen.«

»Sie sind *nicht* hier, um mir zu helfen«, beharrte der Russe. Er wurde immer aufgeregter. Seine Stimme überschlug sich, während seine Vitalwerte in die Höhe schnellten. »Lassen Sie mich gehen. Ich will hier weg.«

»Jeder will hier weg.«

»Lassen Sie mich gehen!«

Harvath sah auf dem Monitor zu, wie der Mann immer aufgelöster wurde. Er konnte das Weiß seiner Augen sehen, sie waren vor Angst geweitet. Das Pheromon wirkte.

Vella stieß sich von der Wand ab und langte nach einem freien Stuhl. Langsam zog er ihn zu sich und setzte sich neben den Gefangenen. »Wie ich hörte, haben Sie in Russland Dante gelesen. Erinnern Sie sich noch an das *Inferno*?«

Sergun fing an zu zittern.

»Wer befand sich im neunten Kreis, Viktor?«

»Der Teufel«, flüsterte Sergun. »*Luzifer.*«

»Ganz recht. Du bist jetzt beim Teufel«, sagte Vella. »Und niemand weiß, dass du hier bist. Niemand wird kommen, um dich zu retten. Du kannst schreien. Du kannst kreischen. Aber nur ich werde dich hören.«

Er holte eine Zange hervor und befahl: »Spreize die Finger.«

Der Edelstahltisch, an den Sergun gefesselt war, war wie eine mittelalterliche Streckbank. Die Stange in der Mitte funktionierte mechanisch.

Als der Russe sich weigerte zu tun, was er sagte, drückte Vella einen Knopf, der seine Handgelenke vorwärtszog, während seine Knöchel an den Boden gekettet blieben.

Beinahe augenblicklich fing Sergun an zu schreien.

20 Minuten später war der Russe gebrochen. Vella blickte hoch zur Kamera des Vernehmungsraums, eine fast unmerkliche Rückmeldung an Harvath.

Dann wandte er seinen Blick wieder Sergun zu. »Erzähl mir von der GRU, Viktor. Lass mich dir helfen, von hier wegzukommen. Lass mich dir helfen, nach Hause zu gehen.«

46

Harvath nutzte die Sensitive Compartmented Information Facility, kurz: SCIF, des Solariums, einen kleinen, abhörsicheren Raum für die Übermittlung streng geheimer Informationen, um einen ausführlichen Bericht nach Washington zu senden. Er blieb stundenlang in dem Raum.

Keiner wollte es glauben. Auch Harvath nicht. Doch sobald der Schock über Serguns Enthüllungen sich allmählich legte, begannen sie zu erörtern, wie ihre Reaktion ausfallen sollte.

Es mussten viele ernste Entscheidungen getroffen werden. Nicht zuletzt ob die USA Russland den Krieg erklären sollten.

Der Präsident wollte vertraulich mit seinen Beratern Rücksprache halten. Es wurde beschlossen, dass in einer Stunde alle wieder zusammenkommen würden.

Als Harvath aus der SCIF kam, sah er Vella und winkte ihn zu sich.

»Wie ist es gelaufen?«, wollte der Vernehmungsspezialist wissen.

Harvath brauchte dringend Wasser und eine Handvoll Aspirin. Er kniff sich in den Nasenrücken, damit seine Kopfschmerzen nachließen. »Nicht gut«, antwortete er.

Vella hatte ein verblüffendes Geständnis aus Sergun herausgeholt. Die Russen hatten nicht nur einen Maulwurf tief im amerikanischen Geheimdienst, sondern auch den Angriff auf das SAD-Team in Anbar organisiert, die Ermordung des Verteidigungsministers und den Selbstmordanschlag auf das Weiße Haus.

Die ganzen Anschläge legten es darauf an, die Amerikaner in einen umfassenden Bodenkrieg mit dem IS hineinzuziehen. Die Russen hatten ein Medienspiel gespielt – sie gaben vor, sich nicht umfassend in Syrien zu engagieren, obwohl sie in Wirklichkeit bis über den Hals darin verstrickt waren. Sie mussten den IS besiegen, aber allein schafften sie es nicht.

Für die Russen ging es um zwei Hauptfaktoren. Einer im Ausland. Einer zu Hause.

Russlands einziger tiefer Warmwasserhafen befand sich in der syrischen Küstenstadt Tartus. Von diesem Mittelmeerhafen aus konnte Russland seine Seestreitkräfte in die ganze Welt auslaufen lassen.

Alle anderen Haupthäfen waren entweder für große Teile des Jahres von Eis blockiert oder von Land umschlossen, weshalb russische Marineschiffe von anderen Ländern kontrollierte Meerengen passieren mussten.

Falls der IS Syrien übernahm, war nicht abzusehen, was mit dem Vertrag geschehen würde, der die russische Marineeinrichtung in Tartus und ihren Luftwaffenstützpunkt nördlich davon bewilligte. Es lag im Interesse Russlands, den Status quo aufrechtzuerhalten.

Doch dazu mussten die Russen einen Großteil ihrer Energie darauf verwenden, die von der CIA unterstützten Rebellen zu besiegen, die versuchten, die derzeitige Regierung zu stürzen. Russland konnte es sich nicht leisten, eine zweite Front gegen den IS zu eröffnen. Die USA hingegen waren dazu durchaus in der Lage.

Das Einzige, was sie dazu brauchten, war ein Anstoß, der stark genug war. Wurden die Amerikaner immer wieder auf dramatische Art und Weise gedemütigt, blieb ihnen gar keine andere Wahl als zu handeln.

Selbst Amerikas kriegsmüde Bürger würden letztlich fordern, dass etwas unternommen wurde. Dessen waren die Russen sich sicher.

Der Anschlag auf das Weiße Haus war das Tüpfelchen auf dem i. Er würde ein dramatisches IS-Propagandavideo abgeben, aber der eigentliche Sinn dahinter bestand darin, das patriotische Ehrgefühl der Amerikaner zu kränken – eine Provokation, die absolut nicht ignoriert werden konnte.

Ein weiterer Grund, aus dem die Russen die Vernichtung des IS wollten, lag im Inland. Die größte Zahl von Nichtarabern, die in den Irak und nach Syrien zogen, um für den IS zu kämpfen, war russischsprachig.

Sie kamen zu Tausenden aus russischen Satellitenstaaten wie Tschetschenien und Inguschetien, Dagestan und Abchasien.

Beim IS sammelten sie umfassende Kampferfahrung. Sie lernten, wie man Sprengfallen baut, ebenso nukleare, biologische und chemische Bomben.

Viele von ihnen würden irgendwann nach Hause zurückkehren in ihre instabilen Regionen. Sie würden andere ausbilden, Unruhen schüren, Revolutionen vom Zaun brechen. Und begann erst einmal eine Revolution, würden andere folgen. Russland wäre überfordert, nicht in der Lage zu reagieren. Es war ein Albtraumszenario. Und dafür sahen sie nur einen einzigen Ausweg – nämlich die USA hineinzuziehen.

Es war dumm, ungeheuerlich, gefährlich, tödlich und fraglos eine direkte Kriegshandlung. Während Harvaths Telefonkonferenz in der SCIF hatte dies niemand infrage gestellt. Was sie erörtert hatten, war die angemessene Reaktion darauf.

Was Harvath anging, bestand die einzig angemessene Reaktion darin, die Russen so hart zu treffen, dass sie etwas Derartiges nie wieder versuchten. Doch schon vor zehn Jahren hatten die Amerikaner geglaubt, sie hätten den Russen einen solchen Schlag versetzt, als sie kleine, tragbare Atomwaffen entdeckten, die über die ganzen USA verteilt waren. Aber anscheinend war die Nachricht nicht angekommen. Nun mussten die USA mit etwas Größerem aufwarten.

Im Moment bestand das Problem darin, dahinterzukommen, wie weit nach oben die Verschwörung in der Befehlskette reichte. War sie nur auf die GRU beschränkt? Oder war sie ganz oben, im Kreml, abgesegnet worden?

Harvath sah nur eine Möglichkeit, das herauszufinden. Und er wollte derjenige sein, der es ausführte. Aber vorher wollte er wissen, wie Vella es angestellt hatte, Sergun so schnell und so gründlich zu brechen.

»Der Geruchssinn hat eine Verbindung zu dem Teil des Gehirns, in dem Erinnerungen gespeichert werden«, erklärte Vella. »Er kann sich auch auf Stimmung und Leistung auswirken, ohne dass man das Bewusstsein um Erlaubnis bittet.

Im Wesentlichen haben wir ein chemisches trojanisches Pferd geschaffen. Es bringt uns ins Gehirn, speziell in die Amygdala, wo Angsterinnerungen gespeichert sind und potenzielle Bedrohungen bestimmt werden.

Es umgeht den ›Kampf‹-Bereich des Kampf- oder Fluchtmechanismus. Die Patienten denken nur noch ans Überleben. Sie werden äußerst kooperativ und gefügig.«

»Warum haben Sie von Dante gesprochen?«, wollte Harvath wissen.

»Als ich Malevsky verhörte, erwähnte er, dass Sergun gern damit angibt, wie schlau er ist – was für Bücher er liest und so. Er hat viel über Dante geredet, also machte ich mir das zunutze.«

»Inwiefern?« Vella wusste, dass Harvath hochintelligent war. Ihm war aber auch klar, dass Wissenschaft langweilig sein konnte. Darum verwendete er die einfachste Analogie, die ihm einfiel. »Angst ist wie ein Eispickel«, sagte er. »Je tiefer ich ihn hineintreibe, desto intensiver das Gefühl. Wenn ich mit Bildern arbeiten kann, die sich bereits im

Kopf der Zielperson befinden, trägt dies dazu bei, die Dinge zu beschleunigen. Deshalb versuche ich, so viele Hintergrundinformationen wie möglich zu sammeln.«

»Funktioniert das auch bei einem Fremden?«

»Ich nehme es an«, meinte Vella. »Aber wahrscheinlich dauert es dann länger.«

Harvath dankte ihm und strebte dem Treppenhaus zu. Er wollte noch etwas frische Luft schnappen, bevor er in die SCIF zurückmusste.

In seinem Kopf nahm allmählich ein Plan Gestalt an. Er hoffte, dass ein kurzer Spaziergang um das Anwesen half, damit er sich auch über den Rest klar wurde.

47

WEISSES HAUS
WASHINGTON, D. C.

Präsident Porter wartete, bis alle den Situation Room verlassen hatten. Erst dann ließ er Reed Carlton von oben herab eskortieren. CIA-Direktor McGee und Deputy-Direktor Ryan waren die Einzigen, die gebeten worden waren zu bleiben.

Als sie alle am Konferenztisch saßen, fragte der Präsident: »Also, was denken Sie?«

Carlton ergriff als Erster das Wort. »Ich denke, es ist machbar. Harvath hat schon mehrere Einsätze in Syrien absolviert.«

»Mit der Verstärkung durch Peschmerga-Kämpfer«, stellte Porter klar.

»Ja, Sir. Das ist korrekt.«

»Also war er nicht zu 100 Prozent auf sich gestellt.«

»Nein, Sir.«

»Die Agency hat ein ziemlich zuverlässiges Netzwerk an Einheimischen«, bot McGee an. »Wir können ihn ins Land bringen.«

Der Präsident blickte ihn an. »Was heißt *ziemlich zuverlässig*?«

»Für Syrien heißt es: das Beste, was man bekommen kann.«

»Also das Beste, was man für Geld kaufen kann.«

Der CIA-Direktor nickte.

»Können wir ein Team mit ihm einschleusen?«

»Ein Weißer«, erwiderte Ryan, »ein Problem. Viele Weiße? Viele Probleme.«

»Aber es wäre machbar.«

»Alles ist möglich. Ja, Sir.«

Porter blickte wieder zu Carlton. »Selbstverständlich habe ich Bedenken. Ich würde mich besser fühlen, wenn ich wüsste, dass ihm jemand den Rücken deckt. Letztlich liegt die Entscheidung jedoch bei Ihnen. Er ist Ihr Mann.«

Carlton wusste die Offenheit des Präsidenten zu schätzen. »Danke, Mister President. Zweifellos muss man es abwägen, aber ich denke, je kleiner der Fußabdruck, desto besser. Ich weiß, dass er Ihnen dasselbe sagen würde.«

Porter unternahm einen letzten Vorstoß. »Das wird nicht wie in Berlin sein. Wir sprechen von einem Spitzenagenten der GRU. Harvath wird in Damaskus keine zuverlässige Unterstützung haben.«

»Richtig. Es wird nicht wie in Berlin sein. Aber wir werden etwas haben, das wir dort nicht hatten.«

»Und das wäre?«

»Einen Köder.«

Der Präsident lehnte sich in seinem Sessel zurück, während er seine Optionen abwägte. Es war keine leichte Aufgabe. Es gab kein Handbuch, das mit diesem Job geliefert wurde. Kein Verzeichnis, das einen auf Seite y verwies, wenn man mit Krise x konfrontiert wurde.

Wenn es Ärger gab, dann kam er von allen Seiten, wie ein Hagelgewitter; oder passender: wie eine Flutwelle.

Er hatte seinen Kreis lediglich auf die Leute beschränkt, die zurzeit mit ihm im Raum waren. Niemandem sonst konnte er vertrauen. Nicht bei einer derart heiklen Angelegenheit und schon gar nicht, solange die undichte Stelle noch nicht identifiziert war.

Dies veranlasste den Präsidenten, McGee zu fragen: »Wie wollen Sie Harvath in das syrische CIA-Netzwerk einschleusen, ohne dass etwas davon durchsickert?«

Die Frage war angebracht, der CIA-Direktor hatte bereits damit gerechnet. »Mit einer Mogelpackung«, antwortete er.

»Mit einer *Mogelpackung?*«

»Wir geben in ein paar unserer internen Kanäle ein Memo heraus, das besagt, dass wir Grund zu der Annahme haben, dass mehrere CIA-Nachrichtenquellen in Syrien kompromittiert wurden. Bis auf Weiteres sei jede Meldung aus syrischen Quellen als verdächtig anzusehen.

Sollten die Russen die Information in die Finger bekommen, werden sie den Eindruck haben, dass bei uns alles, was Syrien angeht, in Auflösung begriffen ist. Außerdem erzeugt es eine Nebelwand für Harvath. Falls gemeldet wird, dass er sich in Syrien aufhält, wird die Meldung automatisch als fragwürdig angesehen.

Und nur damit sie weiter im Dunkeln tappen, werden wir ein weiteres Memo an einen noch engeren Kreis weiter oben in der Nahrungskette verteilen. Dieses Memo wird alle darauf hinweisen, dass wir Spezialisten entsenden, um alle syrischen Quellen neu zu bewerten, und dass absolute Funkstille zu bewahren sei.«

»Werden Ihre Leute es Ihnen nicht übel nehmen, wenn Sie sie so hinters Licht führen?«, fragte Porter.

»Ich tue es nur äußerst ungern, es schmerzt mich viel mehr als sie. Aber in der Nachrichtenbranche muss man das manchmal tun.«

Carlton und Ryan nickten zustimmend.

»Und was ist mit der eigentlich undichten Stelle?«

»Wir arbeiten dran. Aber zum jetzigen Zeitpunkt könnte Harvath unsere größte Chance sein, sie aufzudecken.«

»Vorausgesetzt er bekommt einen Namen«, entgegnete der Präsident.

»Einen Namen, eine E-Mail-Adresse, eine Handynummer. Ich wäre schon zufrieden, wenn wir in Erfahrung bringen, welches Shampoo der Kerl benutzt. Das wäre zumindest ein Anfang. Denn im Moment haben wir rein gar nichts.«

Porter hörte es nicht gern, aber so sah die Situation nun mal aus. Die Leute, die er anblickte, wurden nicht dafür bezahlt, dass sie ihm Lügen auftischten. »Und was ist mit der zweiten Hälfte der Operation, für die Sie Harvath vorschlagen?«

»Das hängt offenkundig davon ab, wie erfolgreich er in Damaskus ist«, erwiderte Carlton.

»Es genügt zu sagen«, fügte Ryan hinzu, »dass uns gar keine andere Wahl bleibt, falls Damaskus schiefläuft.«

Der Präsident ließ das einen Moment auf sich einwirken. Stille senkte sich über den Raum. Schließlich sagte er: »Dann sollten wir besser tun, was wir können, und verdammt noch mal darauf hoffen, dass er Erfolg hat.«

48

AMMAN, JORDANIEN

Harvath nach Syrien einzuschleusen war die erste Herausforderung, vor der McGee und Ryan standen. Zwar gab es im Norden des Landes eine geheime, vom Pentagon genutzte Landebahn, aber sie war Hunderte von Kilometern von Damaskus entfernt.

Sie zogen in Erwägung, ihn in den Irak zu fliegen und durch die Wüste ins Land zu schaffen, aber das war mit Problemen behaftet, darunter auch der potenzielle Kontakt mit dem IS.

Am besten war es, ihn in Amman, Jordanien, von Bord gehen zu lassen. Von dort waren es nur 200 Kilometer Richtung Norden nach Damaskus. Dazu mussten sie ihn lediglich über die syrische Grenze bringen.

Ein weißer Embraer Legacy 600 Business Jet mit blutroten Streifen brachte Harvath in weniger als drei Stunden von Malta nach Amman. Bei seiner Ankunft nahm ihn ein verdeckter CIA-Agent namens Williams am Flughafen in Empfang.

Williams war ein NOC, der in Jordanien ohne diplomatische Deckung tätig war. McGee kannte ihn seit Jahrzehnten und sagte Harvath, er könne ihm vertrauen.

Williams fuhr Harvath in ein kleines Apartment, das die CIA schwarz unterhielt. Nachdem er eine weiße Kulisse aufgestellt hatte, fotografierte er Harvath davor und machte noch eine weitere Aufnahme im Profil, wie er aus dem Fenster schaute. Er sagte ihm, er könne sich an dem bedienen, was er in der Küche vorfand. Am nächsten Morgen werde er mit einem neuen Pass zurückkommen und Harvath zur Grenze fahren.

Die winzige Wohnung roch muffig, wahrscheinlich war sie schon seit einer Weile nicht mehr benutzt worden. Harvath öffnete ein paar Fenster und ging in die kompakte Küche.

Er durchsuchte die Schränke und fand eine Flasche Bulleit Bourbon. Wie Williams an einem Ort wie Amman so etwas in die Finger bekam, war ihm ein Rätsel. Aber das machte nun mal einen NOC aus, einen Agenten ohne offizielle Rückendeckung. Die waren verdammt einfallsreich.

Harvath schenkte sich einen Drink ein, schnappte sich ein paar Stücke Fladenbrot und ein Schälchen Hummus und spazierte zurück ins Wohnzimmer.

Die Geräusche von Motorrädern, Autohupen und Radios drangen durchs offene Fenster. Die Musik war eindeutig arabisch.

Harvath machte das Licht aus, zog sich einen Stuhl heran und ließ alles auf sich wirken, während er aß.

Bei sich nannte er diese Momente »Präkompression«. Es war ein anderer Begriff dafür, seine Gedanken zu verdichten, sich darauf zu konzentrieren, wo er war und was er tun musste. Es war das Gegenteil von »Dekompression«. Letzteres geschah, nachdem ein Einsatz beendet war, wenn er versuchte, alles wieder aus dem Kopf zu bekommen und hinter sich zu lassen.

Über eine Stunde lang saß er am Fenster, stand nur auf, um sich einen weiteren Drink zu holen, und nahm alles in sich auf, insbesondere die Gespräche der Einheimischen auf Arabisch, während sie unten auf dem Bürgersteig vorübergingen.

Er befand sich nun in einer völlig anderen Welt. Andere Menschen, andere Motivationen, andere Regeln. Ganz gleich wie oft man ihn in den Nahen Osten geschickt hatte, es kam ihm jedes Mal fremd vor. Anders konnte er es nicht beschreiben. Kein Ort auf der Welt war damit vergleichbar.

Nachdem er geduscht hatte, legte er sich aufs Bett. Über ihm drehte sich langsam ein alter Deckenventilator, der die Luft kaum in Bewegung brachte.

Er hatte gehofft, der Bourbon würde ihm beim Einschlafen helfen, doch seine Gedanken wanderten zu Lara.

»Verheiratet?«, hatte sie ihn gleich bei ihrer ersten Begegnung gefragt. »Kinder?«

»Nein«, hatte er geantwortet.

»Geschieden?«

»Nein.«

»Wusste ich's doch«, sagte sie. »Die Frisur und der Anzug sind ein eindeutiges Zeichen.«

»Wofür?« Sein Haar war kurz geschnitten und er trug einen teuren Brooks-Brothers-Anzug.

»Fühl dich nicht gleich auf den Schlips getreten. Boston ist eine fortschrittliche Stadt. Wir haben hier viele Schwule bei der Polizei.«

Er musste lachen. »Ich bin nicht schwul.«

»Also, was ist dein Problem?«, hatte sie gefragt. »Nie erwachsen geworden? Peter-Pan-Syndrom?«

»Ich habe einfach nie das richtige Mädchen getroffen.«

»Du solltest nicht nach einem Mädchen suchen. Sondern nach einer *Frau*.«

Sie hatte natürlich vollkommen recht. »Wenn du so weit im Leben gekommen bist«, fügte sie noch hinzu, »ohne die Richtige zu finden, liegt das Problem nicht bei den Frauen, sondern bei dir.«

Drei Sätze. Mehr nicht. Aber sie hatten sein Leben völlig umgekrempelt.

Sie rief ihm ins Gedächtnis, dass es keine »perfekte Zehn« gab. Damals wirkte es beinahe komisch, da es von einer so attraktiven Frau kam. Doch er verstand immer mehr, was sie meinte. »Wenn es mit jemand, dem wirklich etwas an einem liegt, auch nur halbwegs funktioniert, sollte man sich glücklich schätzen.«

Sie hatte recht. Außerdem war sie eine unglaubliche Frau. Ihm war klar, dass er nie wieder jemandem wie ihr begegnen würde.

Und damit wusste er endlich, was er tun würde, wenn dieser Einsatz beendet war.

Bei Tagesanbruch erschien Williams mit zwei Bechern Starbucks-Kaffee und einer großen Einkaufstasche.

»Sorry«, meinte er, während er ihm einen der Becher reichte. »Was hier als Dunkin-Donuts-Laden durchgeht, war noch nicht geöffnet.«

Lächelnd nahm Harvath den Deckel von seinem Becher. Er war schon eine ganze Zeit lang nicht mehr in Amman gewesen. »Wer hat schon besseren Kaffee?«

»Ich mag es zwar nicht, dass sie eine amerikanische Marke klauen, aber der Kaffee ist verdammt gut. Billiger außerdem. Die Donuts sind nicht schlecht«, meinte Williams.

»Hast du die in deiner Tasche?«

Der NOC grinste. »Ein schicker Typ wie du kriegt einen Muffin.« Damit langte er in die Tasche und warf ihm einen zu.

»Danke«, sagte Harvath. »Sonst noch etwas?«

Williams spähte in seine Einkaufstasche wie der Weihnachtsmann bei einer Betriebsfeier. »Ich weiß nicht recht. Mal sehen. Hast du einen Satz neue Luis-Vuitton-Taschen bestellt?«

»Eigentlich nicht mein Stil.«

»Dachte ich mir«, erwiderte der CIA-Mann, während er einen Hartschalenkoffer hervorholte und auf den Tisch stellte. »Bitte schön! Sonderzustellung!«

Als Harvath den Deckel aufklappte, erkannte er auf Anhieb das Logo im Innern. Die Palafox Solutions Group war ein Unternehmen aus Gulf Breeze, Florida.

Es wurde von einem SEAL geleitet, der als Bootsmann aus dem Dienst ausgeschieden und in den privaten Sektor gewechselt war und nun alle möglichen interessanten Verträge hatte. Einer davon war die Erstellung von »Capability Kits« für die Central Intelligence Agency.

Ein Capability Kit enthielt alles, was man als Agent oder im Antiterroreinsatz brauchte, womit man jedoch unmöglich ein fremdes Land betreten konnte.

Manchmal benötigte Harvath lediglich eine Waffe, ein andermal mehr. Es gab keine einheitliche Lösung.

Als Erstes nahm Harvath eine sandfarbene, modifizierte Palafox 9 Millimeter SIG Sauer P226 heraus. Die Pistole hatte ein hellgrünes TRUGLO Tritium/Glasfaser-Tag-Nacht-Visier, das eine schnelle Zielerfassung unabhängig von den Lichtverhältnissen ermöglichte. Teile des Schlittens waren weggefräst worden, um das Gewicht der Waffe zu reduzieren. Außerdem wurde damit der Arm beim Schießen nicht mehr so weit nach oben gerissen, und der Rückstoß ließ sich besser abfangen.

Zu der Pistole gehörten ein Sticky-Holster, das sie allein durch Druck, ohne Gürtelschlaufen, im Bund hielt, Ersatzmagazine und mehrere Schachteln TNQ 9 Millimeter Frangible Munition, die beim Auftreffen zerplatzte und so das Risiko von Querschlägern minimierte.

Zudem gab es einen tiefschwarzen, ultrakompakten Single-Shot-Taser X26P, eine Taschenlampe, einen Kompass und ein kleines Erste-Hilfe-Set. Eine erstklassige Auswahl.

Das Letzte, was Harvath entnahm, war ein fantastisches Messer mit feststehender Klinge der Marke Daniel Winkler, es hieß The Spike. Das Team von Palafox wusste offensichtlich, was es tat, denn das Messer wurde in einer Lederscheide geliefert. Leder schärfte nicht nur jedes Mal die Klinge, sobald sie gezogen wurde, es war auch absolut lautlos. Kydex dagegen sah zwar cool aus, machte aber Geräusche.

Als Nächstes übergab Williams Harvath seinen Pass nebst einem Umschlag voller Kleinkram, den man so in den Taschen hatte und der seine neue Identität stützen sollte – Quittungen, eine stornierte Bordkarte, eine Handvoll Visitenkarten, die aussahen, als wären sie schon eine Weile in der Brieftasche gewesen.

Er sah sich den Pass an und prägte sich die Informationen ein. Er war ein Kanadier aus Ottawa. Williams reichte ihm eine Reihe von Artikeln, die unter seinem angeblichen Namen verfasst waren und sich mit Konfliktgebieten und humanitären Krisen befassten.

Sie waren zurückdatiert auf einen gefakten Blog, den die CIA auf einem kommerziellen Server in Kanada betrieb. Das Foto von ihm, das Williams in der Nacht zuvor am Fenster aufgenommen hatte, diente als Passbild.

Anschließend reichte er Harvath einen laminierten internationalen Presseausweis an einem Umhängeband von Associated Press. Es war das Beste, was die Agency in so kurzer Zeit auf die Beine stellen konnte.

Harvath sah sich alles an und wusste, dass es nicht perfekt sein musste. Es genügte, wenn er damit über die Grenze kam.

Als er fertig war, folgte er Williams die Treppe hinab zum Wagen.

49

Der Grenzübergang Nasib markierte die internationale Grenze zwischen Jordanien und Syrien. Er lag direkt an der Autobahn Amman – Damaskus und war lange Zeit als einer der verkehrsreichsten Grenzübergänge beider Länder bekannt. Aber während es den Jordaniern gelungen war, ihre Seite unter Kontrolle zu halten, waren die Syrer nicht so erfolgreich gewesen.

Die syrische Seite des Checkpoints hatte während des Bürgerkriegs so oft den Besitzer gewechselt, dass nicht abzusehen war, wer das Sagen hatte, wenn man dorthin kam, oder ob er »eigentlich« sogar offen sein würde.

Allerdings öffnete in Jordanien, ebenso wie in Syrien und auch überall sonst auf der Welt, der richtige Geldbetrag alle Türen.

Williams hatte es arrangiert, dass ein syrischer Lkw-Fahrer Harvath nach Damaskus mitnahm. Die Firma hatte sich seiner in der Vergangenheit mehrfach bedient.

Er ist »zuverlässig«. Das war das Beste, was Williams über ihn sagen konnte. »Aber rechne nicht damit, dass er für dich den Kopf riskiert.«

Harvath erwartete lediglich, dass der Mann ihn mitnahm.

Ein paar Kilometer vor der Grenze bog Williams in eine kleine Tankstelle mit Café ein. Er musste Harvath noch etwas geben.

Er langte hinter seinen Sitz, holte eine graue Nylon-Kameratasche hervor und reichte sie ihm. »Die Kamera soll dein Cover zusätzlich unterstützen. Aber wenn du ein paar Bilder machen kannst, würde die Firma sie natürlich gern kriegen.«

»Verstanden«, erwiderte Harvath.

»Im Außenfach befinden sich zwei Umschläge. Jeder Grenzposten kennt den üblichen Preis für den sicheren Übergang. Ein Umschlag ist für die jordanische Seite, der andere für die Syrer.«

»Und der Rest des Geldes?«

»Im Schultergurt«, sagte Williams.

Harvath tastete die Polsterung ab. Sie hatten gute Arbeit geleistet, indem sie die Scheine zwischen die dünnen Schaumschichten gesteckt hatten.

»Das behältst du in der Fahrerkabine«, fuhr Williams fort. »Zusammen mit deinem Rucksack. Die Waffe allerdings und alles andere kommt hinten in ein verstecktes Fach.«

Das hatte Harvath sich schon gedacht. Nichtsdestotrotz hatte er das Messer bereits herausgenommen, das wollte er bei sich behalten. Wenn sie ihn damit erwischten, dann sei's drum. Kulturell war ein Messer für die Jordanier oder die Syrer keine so große Sache. Eine Pistole oder ein Taser hingegen schon.

»Wenn du noch mal aufs Klo willst«, meinte Williams, während er den Wagen auf Parken stellte und die Zündung ausschaltete, »wäre jetzt die Gelegenheit dazu.«

Harvath nickte und folgte ihm hinein. Während Williams seinen Kontaktmann ausfindig machte, ging Harvath auf die Toilette.

Er nahm die Kamera aus der Tasche und überprüfte, ob die Batterien aufgeladen waren und eine Speicherkarte eingelegt war. Befriedigt, dass alles in Ordnung war, verließ er die Toilette, kaufte an der Theke eine Flasche Wasser und ging wieder hinaus auf den Parkplatz.

Williams unterhielt sich mit einem stämmigen Syrer in einem schweißfleckigen grünen T-Shirt, einer grauen Polyesterhose und hellbraunen Sandalen.

Als er Harvath sah, winkte er ihn zu sich. »Yusuf, das ist Russ. Russ, das ist Yusuf.«

Die Männer schüttelten einander die Hand, und Williams redete noch einige Momente mit Yusuf auf Arabisch.

Als er fertig war, blickte Williams Harvath an. »Viel Glück bei deinem Artikel«, sagte er. »Und denk dran, viele Bilder zu machen.«

»Werde ich. Was ist mit dem Rest meiner Ausrüstung?«

»Schon erledigt«, antwortete Williams. Er zog Harvath zu einer Umarmung an sich: »Geheimfach über dem letzten Radsatz. Beifahrerseite.«

»Verstanden«, sagte Harvath, während Williams zurückwich und ihm mit einer Handbewegung zu verstehen gab, dass er zum Führerhaus gehen solle.

»Bereit?«, fragte Yusuf.

Er hatte gelbe Zähne und große Augen, in denen ringsum das Weiße zu sehen war. Sie huschten hin und her, untersuchten unentwegt die Umgebung.

»Bereit«, antwortete Harvath.

Sie stiegen in die Fahrerkabine des Lkw. Sie roch stark nach Zigaretten. Der Aschenbecher quoll über. Am Rückspiegel hingen mehrere Perlenschnüre.

Harvaths Rucksack war bereits hinter dem Sitz verstaut. Die graue Kameratasche stellte er sich vor die Füße.

Yusuf startete das Fahrzeug und fuhr vom Parkplatz. Er zündete sich eine Zigarette an und deutete aus dem Fenster in den Himmel. »Guter Tag zum Fahren.«

Harvath nickte. »Ja. Ein guter Tag. Wo hast du Englisch gelernt?«

»Universität«, erwiderte der Mann. »Aleppo.«

»Was hast du studiert?«

Die Zigarette zwischen den Lippen baumelnd, wechselte Yusuf die Spur. »Verkehrsingenieurwesen. Jetzt fahre ich Lkw.«

»Hast du Familie?«

Er nickte. »*Deshalb* fahre ich ja Lkw.«

»Eines Tages werden die Kämpfe ein Ende haben.«

»*Inschallah.*«

»*Inschallah*«, sagte auch Harvath.

»*Hal tatakallamu allogha alarabiah?*« – *Sprichst du Arabisch?*

»*Qualeelan.*« – *Nur ein bisschen.*

Yusuf lächelte und zog an seiner Zigarette. »Warum willst du nach Syrien?«

Harvath fischte seinen Presseausweis unter dem Hemd hervor und hielt ihn hoch.

291

»Journalist.«

Sie wussten beide, dass es nicht stimmte. »*Warum* Syrien?«, wiederholte Yusuf.

»Ich suche ein paar Leute.«

»Böse Leute?«

Harvath nickte.

»Davon gibt es viele in Syrien.« Yusuf nahm die Zigarette aus dem Mund und pflückte sich einen Tabakkrümel von der Zunge.

»Was ist mit dir, Yusuf? Bist du ein guter oder ein schlechter Mensch?«

Yusuf überlegte einen Moment, dann ließ er sein gelbes Lächeln aufblitzen. »Das kommt auf den Tag an.«

Harvath mochte ihn und erwiderte sein Lächeln. »Wie groß ist deine Familie?«

Yusufs Lächeln schwand, als er den jordanischen Kontrollpunkt vor sich sah. »Wir reden, wenn wir drüben sind«, sagte er.

Harvath nickte.

»Hast du das Geld?«

Abermals nickte Harvath.

»Gib her!«

Er öffnete das Seitenfach seiner Kameratasche, nahm den ersten Umschlag heraus und reichte ihn ihm.

»Nicht reden«, mahnte Yusuf. »Kein Arabisch. Kein *Inschallah.*«

Harvath verstand. Besser, er stellte sich dumm. Sollte Yusuf das Reden übernehmen. Dafür wurde er schließlich bezahlt.

Als sie am Checkpoint ankamen, wurden sie von vier sehr ernst aussehenden jordanischen Soldaten umringt. Yusuf schaltete sein gelbes Lächeln auf volle Leistung.

Sie unterhielten sich einige Augenblicke. Dann reichte Yusuf den Umschlag diskret aus dem Fenster.

Nachdem der Soldat, der das Sagen hatte, in den Umschlag geschaut hatte, steckte er ihn in seine Uniformjacke, lächelte und winkte sie durch.

Yusuf legte den Gang ein und trat aufs Gas.

Als sie an den letzten Soldaten und Militärabsperrungen vorbeirollten, warf Harvath einen Blick in seinen Seitenspiegel. »Das war einfach«, meinte er.

Yusuf drückte seine Zigarette im Aschenbecher aus und zündete sich rasch eine neue an. »Jordanien ist immer einfach«, sagte er. »Jetzt kommt der schwierige Teil. Jetzt kommt Syrien.«

50

Weite grüne Felder, dazwischen Stacheldraht und lange Wälle aus Betonblöcken, erzeugten ein Niemandsland, das Jordanien von Syrien trennte. Durch die Windschutzscheibe konnte Harvath den nächsten Checkpoint vor sich sehen.

»Geld, bitte!« Yusuf streckte die Hand aus.

Harvath holte den letzten Umschlag heraus und reichte ihn ihm.

»Danke. Kein Reden. Okay?«

Harvath nickte, während sie sich dem Kontrollpunkt näherten und Yusuf allmählich abbremste.

Hier sah alles ganz anders aus als auf der jordanischen Seite. Jedes einzelne Bauwerk zeigte Kampfspuren. Alle Gebäude waren von Einschusslöchern übersät, viele durch Feuer oder Explosionen geschwärzt. Sie fuhren zweifellos in ein Kriegsgebiet.

Acht Bewaffnete umschwärmten den Lastwagen, als sie unter einem großen Betonvordach zum Stehen kamen. Erneut setzte Yusuf sein Lächeln auf.

Die Männer waren unrasiert, ihre Kampfanzüge schmutzig und zerknittert. Sie hielten ihre Kalaschnikows umklammert, den Finger am Abzug. Sie waren schmuddelig und undiszipliniert. Ein Pulverfass, dem nur noch ein Funke fehlte. Harvath verspürte ein äußerst ungutes Gefühl in der Magengegend. Sein Arabisch war zwar gut, aber nicht gut genug, um mit dem rasanten Dialog Schritt zu halten, der wie ein Maschinengewehr hin und her ging. Die Dinge liefen hier definitiv nicht so gut wie auf der anderen Seite.

Schließlich nickte Yusuf und legte den Gang ein. Harvath hatte kein Geld gesehen, das den Besitzer wechselte. »Was ist los?«, wollte er wissen.

»Die wollen, dass ich vorfahre, damit sie den Laster durchsuchen können.«

Verflucht, dachte Harvath. Er hatte gewusst, dass es passieren könnte, jedoch gehofft, dass es nicht so weit kommen würde.

Als sie an den Rand fuhren, umstellten Männer den Lastwagen. Yusuf wurde angewiesen, den Motor abzustellen und auszusteigen. Harvaths Tür wurde aufgerissen, und auch ihm befahl man auszusteigen.

Ein Kerl mit entsetzlichem Mundgeruch stand nur wenige Zentimeter von Harvath entfernt und verlangte seinen Pass. Harvath hielt den laminierten Presseausweis hoch, der ihm um den Hals baumelte.

Der Kerl schlug den Ausweis beiseite und wiederholte mit starkem Akzent: »Pazport! Pazport!«

Langsam holte Harvath seinen kanadischen Pass hervor.

Der Kerl riss ihn ihm aus der Hand und trat einen Schritt zurück. Mehrmals blickte er zwischen Harvath und dem Passbild hin und her. Einer seiner Kumpane kam herangeschlendert und stellte sich zu ihm.

Anscheinend beschäftigte den Kerl etwas. Er lenkte die Aufmerksamkeit seines Kollegen erst auf das Foto, dann auf Harvath. Dann zerrte er an seinem eigenen Haar.

Fuck, dachte Harvath. *Nicht gut!* Dem Kerl gefiel nicht, wie neu das Foto war.

»Journalist«, erklärte Harvath, bemüht, die Situation unter Kontrolle zu bringen. »Foto?«, fragte er, die Bedienung einer Kamera nachahmend. Er drehte sich um, langte nach hinten zum Lastwagen nach seiner Kameratasche.

Die plötzliche Bewegung gefiel den Kerlen ganz und gar nicht. »Oh! Oh! Oh! Oh! Oh!«, schrien sie unisono und richteten ihre Waffen auf ihn.

Harvath hob die Hände, die Handflächen nach vorn. »Kein Foto? Alles klar! Kein Problem. Journalist«, wiederholte er und deutete erst auf sich selbst, dann auf die laminierte Karte um seinen Hals. »Journalist.«

Wer auch immer diese Männer waren, sie waren verdammt schlecht ausgebildet. Nach seiner Kameratasche zu greifen war ein kluger Schachzug gewesen. Damit hatte er sie zu sich gelockt.

Zwei von ihnen standen so nahe, dass er sie beide entwaffnen und den Rest erschießen konnte, bevor auch nur einer von ihnen begriff, was los war.

Ein Blick nach links zeigte ihm, dass Yusuf sich mit dem Anführer abgesondert hatte. Sie standen abseits und besprachen etwas. *Wahrscheinlich Geld.*

Im Nahen Osten ging jeder davon aus, dass Leute aus dem Westen reich waren. Und nach den hiesigen Maßstäben waren es die meisten ja auch, was sie zu einem Hauptziel für Erpressungen und Entführungen machte.

Sollte das Bargeld im zweiten Umschlag aus einem unerfindlichen Grund nicht genügen, hatte Harvath noch mehr im Schulterriemen der Kameratasche. Eigentlich sollte ihn das durch den Rest seiner Operation bringen. Wenn er ohne Bargeld in Damaskus auftauchte, würde er in ernsthafte Schwierigkeiten geraten.

Harvath beobachtete ihre Körpersprache. Yusufs Gespräch mit dem Kommandanten schien nicht gut zu laufen.

Als der Kommandant sich umdrehte und Anstalten machte wegzugehen, streckte Yusuf die Hand aus und legte sie dem Mann auf den Arm. Kaum hatte er das getan, wirbelte der Kommandant herum und schlug ihn.

Der Schlag traf ihn so heftig, dass er k. o. ging. Yusuf sank zu Boden, sein Kopf schlug gegen den Bürgersteig.

Harvath wollte ihm helfen, doch zwei der Männer packten ihn an den Armen und hielten ihn fest.

Die Situation hatte sich weiter verschlechtert. Dann kam der Kommandant herüber, um ihn abzufertigen.

Harvath sah ihm an, dass er das Alphatier dieses Wolfsrudels war. Er hatte kalte, dunkle Augen. Sein braunes ledriges Gesicht war von so vielen Narben durchzogen, dass es aussah wie eine Straßenkarte. Er trug einen dichten Schnurrbart, so schwarz, dass er gefärbt sein musste.

Der Bewaffnete, der Harvaths kanadischen Pass in den Händen hielt, reichte das Dokument dem Kommandanten. Auf Arabisch sprach er Harvaths Erscheinungsbild auf dem Foto an.

Der Kommandant musterte erst ihn, dann den Pass. Anschließend nahm er Harvaths Presseausweis in Augenschein.

Unterdessen überschlugen sich Harvaths Gedanken. Er hatte das Winkler-Messer bei sich. Es steckte an seinem Kreuz im Hosenbund. Die Kerle, die ihn festhielten, hatten keine Ahnung, was sie da machten. Er könnte sich ohne Weiteres aus ihrem Griff befreien. Er konnte sich den Kommandanten schnappen und ihm das Messer an die Kehle halten, dann wären die Karten neu gemischt. Aber die Wahrscheinlichkeit war ziemlich hoch, dass ein übereifriger, undisziplinierter Rekrut sich dazu entschloss, es trotzdem drauf ankommen zu lassen.

In diesem Moment hätte Harvath alles darum gegeben, hätte er drüben auf der jordanischen Seite einen Scharfschützen, der ihm Rückendeckung gab.

Der Kommandant blickte vom Pass auf, sah Harvath in die Augen. Es war offensichtlich, dass Harvath etwas an sich hatte, das der Kerl nicht mochte. Das Gefühl beruhte eindeutig auf Gegenseitigkeit.

Harvath senkte den Blick und spähte zu Yusuf hinüber. Der lag immer noch bewusstlos lang ausgestreckt auf dem Boden. Am liebsten hätte Harvath dem Kommandanten eine reingehauen.

Als Harvath seinen Blick erwiderte, starrte der Kerl ihn einige Sekunden lang an. Ohne den Blickkontakt zu unterbrechen, befahl er seinen Männern auf Arabisch, den Auflieger zu öffnen.

Die Kerle stoben auseinander, und nur die beiden, die Harvath festhielten, blieben zurück. Die Männer rissen die Türen des Aufliegers weit auf und kletterten hinein. Als einer von ihnen den Kopf herausstreckte, um zu berichten, was sie gefunden hatten, brüllte der Kommandant sie an, sie sollten den Hänger ausräumen.

Anstatt mit leerem Laster zurückzufahren, hatte Yusuf auf eigene Rechnung Waren eingekauft in der Hoffnung, sie in Damaskus mit Gewinn an den Mann zu bringen. Er hatte Wasserkisten, Säcke mit Mehl und Reis, Batterien, Toilettenpapier, Seife und Shampoo – Luxusgüter, für die die Bürger des vom Krieg zerrissenen Landes gut bezahlt hätten. Nun nahmen sie ihm alles weg.

Yusuf hatte damit gerechnet, dass man ihm auf dem Rückweg einen Teil der Waren abnahm. Das war nun mal der Preis dafür, Geschäfte zu machen. Jeder wollte auf seine Kosten kommen. Er hatte jedoch nicht erwartet, alles zu verlieren.

Als die Männer den Anhänger entluden, wuchs Harvaths Zorn. Aus der Uniformjacke des Kommandanten ragte die Ecke des weißen Umschlags, den Yusuf ihm gegeben hatte. Der Kerl hatte das Geld genommen, aber er wollte trotzdem mehr. *Gieriger Hurensohn!*

Harvath war wütend. Am liebsten hätte er dem Kommandanten den Hals umgedreht. Er hasste solche Kerle. Kerle, die Schwächere ausnahmen.

Es gab jedoch nichts, was Harvath dagegen tun konnte. Er musste es schlucken und einfach hinnehmen.

Nachdem der Auflieger ausgeräumt war, befahl der Kommandant seinen Männern, das Führerhaus zu durchsuchen. Die Geier waren noch nicht fertig.

Doch gerade als die Männer in das Fahrzeug steigen wollten, näherten sich aus der anderen Richtung zwei neue Lastwagen.

Die Männer hielten inne und sahen ihren Kommandanten an. Er warf einen Blick auf die ankommenden

Lkws. Sie waren schwer beladen, was bedeutete, dass sie einen Abnehmer auf der jordanischen Seite hatten. Die Fahrer hatten bestimmt Bargeld dabei, damit man sie durchließ. Der Tag ließ sich gut an.

Er gab Harvath seinen Pass zurück, hielt ihn jedoch einen Sekundenbruchteil länger fest, als er eigentlich musste, während er Harvath mit eisigem Blick musterte.

Schließlich ließ er das Dokument los und nickte seinen Männern zu, Harvath freizulassen. Sie machten kehrt und strebten der anderen Seite des Checkpoints zu, um ihre nächsten Opfer zu schröpfen.

Harvath steckte den Pass wieder in die Tasche und ging rasch zu Yusuf, der allmählich wieder zu sich kam.

»Bist du okay?«, fragte er, während er ihm auf die Beine half.

Der Syrer nickte, war jedoch etwas wackelig und musste sich an ihn lehnen.

Harvath half ihm zurück in die Fahrerkabine und verfrachtete ihn auf den Beifahrersitz.

»Was machst du da?«, fragte Yusuf.

»Keine Sorge. Du brauchst Ruhe.«

»Kannst du fahren?«

»*Inschallah*«, erwiderte Harvath und schloss die Tür.

51

Es war eine zerklüftete, trostlose Landschaft. Hin und wieder wuchs ein dünner, schwächlicher Baum in dem braunen felsigen Untergrund. Das einzige sonstige Leben war ab und zu eine Ziege, angebunden vor einer zerfallenden

Lehmziegelhütte. Die von Schlaglöchern übersäte vierspurige Autobahn, auf der sie sich befanden, hatte schon bessere Tage gesehen.

Als Harvath das Gefühl hatte, weit genug vom Checkpoint weg zu sein, fuhr er rechts ran.

»Was machst du da?«, fragte Yusuf.

»Ich will nach dir sehen. Sichergehen, dass du okay bist.«

»Mir geht es gut.«

»Trotzdem …«

»Nein«, beharrte der Syrer, während er seine Tür öffnete und ausstieg.

Harvath öffnete seine Tür und folgte ihm.

Yusuf ging zum Heck des Aufliegers und machte die Türen auf. Er wusste, dass sie ihm alles weggenommen hatten, aber er musste es mit eigenen Augen sehen.

Lange stand er da und starrte in den leeren Lkw. Unter seinem rechten Auge bildete sich ein heftiger, blauer Bluterguss. Harvath stand neben ihm, sagte jedoch nichts.

»Jetzt habe ich nichts mehr«, sagte Yusuf.

»Du wirst das Geld wieder reinholen.«

Der Mann schüttelte den Kopf. »Das war meine letzte Chance.«

»Was meinst du damit: deine *letzte Chance*?«

»Ich habe kein Geld mehr. Ich habe alles eingesetzt, um in Jordanien Waren zu kaufen. Und die sind jetzt weg.«

»Dir wird schon etwas einfallen.«

»Ich glaube, nicht«, erwiderte Yusuf. »Ich schulde zu vielen Leuten zu viel Geld.«

Er holte eine Schachtel Zigaretten hervor, zündete sich eine neue an, blickte über die Felder. »Syrien«, meinte er kopfschüttelnd.

Der arme Kerl tat Harvath furchtbar leid, aber er konnte nichts machen. Er ließ ihm noch ein paar Momente der Ruhe und half ihm dann, den Auflieger zu schließen.

»Ich denke, ich werde fahren«, sagte Yusuf.

»Bist du sicher, dass du okay bist?«, fragte Harvath.

Er versuchte zu lächeln. »*Inschallah.*«

Ehe sie wieder ins Führerhaus stiegen, ließ Harvath ihn das Geheimfach öffnen, in dem seine Pistole und weitere Dinge versteckt waren.

Nachdem er alles in seinen Rucksack gesteckt hatte, stiegen sie ein und machten sich auf den Weg.

Yusuf war nicht nach Reden zumute. Harvath konnte es ihm nicht verdenken. Er gab sich damit zufrieden, schweigend weiterzufahren.

Das Schweigen währte nicht lange. Zehn Minuten später überlegte Yusuf es sich anders. »Vor der Grenze hast du mich nach meiner Familie gefragt.«

Harvath hatte aus dem Fenster geschaut. Nun wandte er sich ihm zu.

»Ich habe eine Frau«, sagte Yusuf. »Einen Sohn und zwei Töchter.«

Er klappte seine Sonnenblende herunter, holte ein Foto aus dem Stoff und reichte es ihm.

Harvath betrachtete sich Yusufs Familie. Sie waren ein bisschen stämmig, genau wie er, und lächelten breit. Das Foto war irgendwo am Meer aufgenommen. Sie sahen glücklich aus.

»Hübsch«, sagte Harvath. »Wie alt sind deine Kinder?«

»Der Junge ist neun und die Mädchen zehn und 13.«

Harvath gab ihm das Foto zurück. »Du bist bestimmt sehr stolz auf sie.«

Yusuf blickte auf das Foto hinab, einen Moment lang lächelte er. Doch so schnell, wie das Lächeln erschienen war, verschwand es auch wieder. Offensichtlich regte er sich noch immer sehr darüber auf, dass er ausgeraubt worden war.

»Dir wird schon etwas einfallen«, beruhigte Harvath ihn. »Gib bloß nicht auf.«

Yusuf schüttelte den Kopf. »Du verstehst nicht.«

»Was verstehe ich nicht?«

»Egal! Erzähl mir von Ottawa.«

Harvath lachte gutmütig. »Es ist die Hauptstadt von Kanada. Lass uns über deine Lage sprechen.«

Yusuf schüttelte eine weitere Zigarette aus seiner Packung, steckte sie in den Mund und griff nach seinem Feuerzeug. »Das Geld, das ich heute verloren habe. Ich habe es wirklich gebraucht.«

»Das ist das Tolle am Geld. Man findet doch immer eine Möglichkeit, mehr daraus zu machen.«

Der Syrer nahm einen tiefen Zug von seiner Zigarette und behielt den Rauch lange in der Lunge, ehe er ihn in Richtung seines teilweise herabgelassenen Fensters ausstieß. »Ich habe Lungenkrebs.«

Harvath fühlte mit ihm. Das Leben in Syrien war schon ohne Krebs hart genug. »Tut mir leid, das zu hören, Yusuf. Wie lautet deine Prognose?«

»Ohne Behandlung steht es in den Sternen. Sechs Monate vielleicht.«

»Dafür war das Geld gedacht?«

Er nickte und nahm einen weiteren langen Zug.

»Weißt du, vielleicht solltest du mit den Zigaretten aufhören.«

Yusuf stieß eine weitere Qualmwolke aus dem Fenster.

»Welchen Unterschied macht es jetzt noch?«

Der Mann hatte wahrscheinlich recht, aber trotzdem. »Erzähl mir von deiner Frau. Was macht sie?«

Sein Gesicht verzog sich für einen Moment zu einem Lächeln. »Früher hatte sie einen Kleiderladen.«

»Und jetzt?«

»Den Laden gibt es nicht mehr. Weg, wie alles andere in Aleppo. Ich zog mit meiner Familie nach Damaskus, um Arbeit zu finden. Meine Frau sucht immer noch.«

Harvath war kein Weichei, aber mit diesem Typen fühlte er mit. Zwar verdiente er seinen Lebensunterhalt damit, Leute umzubringen, aber er hasste den Krieg. Hasste ihn absolut.

Die letzten 20 Minuten der Fahrt brachte Yusuf das Gespräch wieder auf Ottawa. Harvath wusste nur wenig über die Stadt, darum dachte er sich den Rest einfach aus. Es gefiel ihm zwar nicht, den Mann zu belügen, aber Yusuf würde es ja nie erfahren.

Je näher sie Damaskus kamen, desto grüner und blühender wurde alles. Dies war ohne Zweifel der Sitz der syrischen Macht. Oder, besser gesagt, der Sitz der nicht zum IS zählenden Macht.

Als sie an einem hübschen, neuen Gebäude vorüberkamen, das wie eine Schule aussah, schnaubte Yusuf verächtlich. »Die Iraner.«

»Gehört denen diese Schule?«

»Diese *Medrese*«, verbesserte Yusuf. »In ganz Damaskus bauen sie diese Dinger.«

»Wozu?«, meinte Harvath. »Habt ihr hier so viele Iraner?«

Yusuf schüttelte den Kopf, während er vor einer Ampel abbremste. »Die Iraner kamen, um das Regime zu stützen.

Sie wollen alle zum schiitischen Islam bekehren. Sie errichten Medresen und Moscheen, kaufen Immobilien und bringen andere Schiiten ins Land, um hier zu leben. Ich glaube, deshalb hat die syrische Regierung die Russen hierhergeholt. Die scheren sich nicht um Religion. Das Einzige, was die Russen interessiert, ist Macht.«

Der Mann hatte ja keine Ahnung, wie recht er hatte.

Als sie in die Stadt fuhren, wurde die Landschaftsgestaltung noch drastischer. Überall standen gesunde Bäume in voller Blüte. Der Mittelstreifen war begrünt, Palmen säumten die Bürgersteige. Blumen quollen aus Pflanzkübeln.

Es gab große Mehrfamilienhäuser, Cafés, Boutiquen, Taxis. Überall waren Autos und Leute, die zu Fuß unterwegs waren oder mit dem Fahrrad.

Es erinnerte Harvath ein wenig an Washington, D.C. Ganz gleich wie schlimm die Dinge im Rest des Landes standen, hier ging das Leben so weiter, als wäre alles in bester Ordnung. Es war erstaunlich.

Er wusste jedoch, dass es in von Rebellen kontrollierten Vierteln außerhalb der Stadt, wie Duma im Nordosten zum Beispiel, völlig anders aussah. Häufig wurden sie vom Regime mit Granaten beschossen und ähnelten eher Teilen Berlins nach dem Zweiten Weltkrieg.

»Damit hast du nicht gerechnet«, meinte Yusuf, während er zusah, wie Harvath alles betrachtete.

»Nein.«

»Warst du schon mal in Damaskus?«

Harvath schüttelte den Kopf. »In anderen Gegenden Syriens, aber nicht in Damaskus.«

»Auf der Suche nach bösen Leuten?«

»Ja«, sagte Harvath.

Yusuf bog ab. »Wir kommen näher. Wo soll ich dich absetzen?«

Williams hatte Harvath ein syrisches Prepaidhandy gegeben. Er schaltete es ein und schickte eine SMS an die Nummer, die er erhalten hatte.

»Da vorn kannst du halten!« Harvath deutete auf eine Fläche, die groß genug war, um den Lastwagen abzustellen.

Während Harvath auf eine Reaktion wartete, bog Yusuf von der Straße ab und parkte.

Einige Sekunden darauf piepste Harvaths Handy. Nachdem er die SMS gelesen hatte, fragte er Yusuf: »Wo sind wir?«

Der Syrer sagte es ihm, und Harvath tippte eine Antwort in sein Handy.

»Hast du noch eine Fuhre geplant?«, wollte Harvath wissen.

»Warum? Soll ich dich noch mal mitnehmen?«

»Vielleicht! Hast du auch Zugriff auf andere Fahrzeuge?«

»Ja«, erwiderte Yusuf. »Aber eigentlich sollte das hier für eine ganze Weile meine letzte Fuhre sein.«

»Wegen deiner Behandlung?«

Der Mann nickte.

»Wie kann ich dich erreichen, wenn ich dich brauche?«

Yusuf gab ihm seine Handynummer.

»Danke«, erwiderte Harvath, während er hinter seinen Sitz langte und seinen Rucksack nahm.

»Bist du sicher, dass du hier aussteigen willst? Es ist keine sehr gute Gegend.«

Harvath lächelte ihn an. »Schon gut! Ich weiß, was ich tue. Schließlich bin ich Journalist.«

Der Syrer lachte.

»Du bist ein guter Mensch«, sagte Harvath und hielt ihm die Hand hin.

»Das kommt auf den Tag an«, antwortete Yusuf und schüttelte ihm die Hand.

Harvath klaubte seinen Rucksack und seine Kameratasche zusammen, öffnete die Tür und stieg aus.

Er warf sich seinen Rucksack über, griff noch einmal nach der Tür und lächelte Yusuf an. »Lass dein Handy eingeschaltet.«

Damit schloss er die Tür, drehte sich um und verschwand im Menschengewühl.

52

WASHINGTON, D. C.

Senator Wells kam aus der Maske, ging zurück in den Aufenthaltsraum der Sendung *Meet the Press* und nahm sich eine Diät-Cola. Er kannte die meisten anderen Gäste und unterhielt sich kurz mit ihnen darüber, worüber sie gleich alle reden würden.

Letzte Woche hatten sich die Sonntags-Talkshows nur um den Anschlag auf amerikanisches Personal in Anbar gedreht und um das entsetzliche Video, das die Vergewaltigung von Botschaftsmitarbeiterinnen zeigte. Diese Woche überschlugen sich alle wegen der Ermordung von Verteidigungsminister Devon und des Selbstmordanschlags auf das Weiße Haus.

Aus dem Augenwinkel bekam Wells mit, wie seine Stabschefin eine vertrauliche Unterredung mit einem der neuen Produzenten der Talkshow führte. Er war von *NBC News* in New York hierher gewechselt. Rebecca verlor keine Zeit, ihn kennenzulernen. Quer durch den ganzen Raum spürte Wells, wie es zwischen den beiden knisterte. Die Frau war eine Naturgewalt, innerhalb von Sekunden brachte sie jeden Mann dazu, ihr aus der Hand zu fressen.

Eine junge Produktionsassistentin riss ihn aus seinen Gedanken. Sie kam herein und gab Bescheid, dass es noch fünf Minuten bis zur Sendung waren. Anschließend drehte sie den Ton an den Monitoren auf, damit jeder dem Programm folgen konnte.

»Sie sehen großartig aus«, sagte Rebecca, als der Produzent ging und sie sich wieder zu dem Senator gesellte. »Wie ein Präsident.«

»Haben Sie einen neuen Freund gefunden?«

»Er ist verheiratet, also mal sehen«, meinte sie mit einem koketten Lächeln.

Wells hob die Hand. »Das möchte ich gar nicht wissen.«

»Natürlich nicht«, flüsterte sie, während sie sich vorbeugte und ihm einen Fussel vom Anzug klaubte.

Selbst in einem Raum voller Menschen war sie unverbesserlich. »Die werden mit Ihnen aufmachen. Sie gehen als Erster in Block A auf Sendung.

Offenbar wollen sie über Secretary Devon sprechen und darüber, was am Weißen Haus passiert ist. Außerdem wollen sie erörtern, was in Anbar geschehen ist, und über die Story in der *Washington Post* von heute Morgen reden, darüber, dass Präsident Porter womöglich seine eigenen Black Ops aus dem Oval Office heraus betreibt.«

Lilliana Grace hatte ihm gestern Abend noch spät mitgeteilt, dass sie die Story heute bringen wollten. Unter dem Titel »America Under Attack« recherchierte die *Post* ausführlich die Hintergründe des Mordes an Devon und die Selbstmordattentäterin im Weißen Haus.

Hinzu kam eine Fortsetzung über den Angriff in Anbar, den Rahmen dafür bildete Grace' Story über das angebliche Programm des Präsidenten.

Die Reporterin hatte die letzten Tage damit verbracht, methodisch jedem Hinweis, dem sie nur konnte, nachzuspüren. Sie hatte mit Mitgliedern der Gang of Eight gesprochen, der Achterbande, dem besonders engen Kreis von Kongressabgeordneten und Mitgliedern des Geheimdienstausschusses, die der Präsident informieren musste. Alle bestätigten, dass sie über Anbar informiert worden waren.

Inoffiziell fand Grace genügend Bestätigung für das, was Wells ihr erzählt hatte, um eine ziemlich eindrucksvolle Story zusammenzustellen.

In rascher Folge erklärte sie die Bedeutung des National Security Act von 1947, des Hughes-Ryan Amendments von 1974, des Intelligence Oversight Act von 1980 und des Intelligence Authorization Act von 1991 sowie deren Auswirkungen auf die ineinandergreifenden Netze des Kongresses, des Oval Office und der Geheimdienste.

Anstatt in trockenes Politikgeschwafel oder juristisches Fachchinesisch zu verfallen, machte sie es interessant und spannend – wie aus einem packenden Agentenfilm. Sie war eine begnadete Reporterin. Dies würde ein großartiges Interview werden.

»Sie waren schon oft bei Alan Gottlieb«, rief Rebecca ihm ins Gedächtnis. »Er ist ein großartiger Talkmaster, aber er ist nicht Ihr Freund. Okay?«

»Ich habe das schon gemacht, bevor Sie auf die Welt kamen. Ich weiß, wie man mit der Presse umgeht.«

Rebecca war im Begriff, etwas zu erwidern, als ein Mann mittleren Alters, der ein Headset und ein Star Wars T-Shirt trug, in den Aufenthaltsraum kam.

»Senator Wells?«, fragte er.

»Hier«, antwortete Rebecca und winkte ihn herüber.

»Hallo Senator. Ich bin Abe von der Tontechnik. Ich bin hier, um Ihr Mikro anzubringen, wenn ich darf.«

»Na klar, Abe von der Tontechnik. Was immer Sie möchten«, erwiderte Wells.

Sobald der Techniker das Mikrofon am Revers des Senators angebracht und den Sender an seinem Hosenbund befestigt hatte, bat er ihn, bis zehn zu zählen.

Wells tat wie geheißen und Abe hob den Daumen.

»Kriege ich auch einen Stöpsel?« Der Senator deutete auf sein Ohr.

Abe fragte über sein Headset noch einmal in der Regie nach. »Nein, Sir. Die senden keine Aufzeichnungen, die Sie mit anhören müssten. Sie sprechen am Set direkt mit Alan. Sind Sie bereit?«

»Ich bin bereit.«

»Hals- und Beinbruch!«, sagte Rebecca, als Abe den Senator aus dem Aufenthaltsraum den Flur entlang ins Studio führte.

Draußen am hell erleuchteten Set ging Alan Gottlieb – ein charmanter, erfahrener Journalist mit einer 100-Dollar-Frisur und einem 1500-Dollar-Anzug – noch einmal seinen Eröffnungsmonolog durch.

Abe von der Tontechnik führte den Senator an seinen Platz. Eine Produktionsassistentin brachte einen Becher Wasser und stellte ihn vor den Senator.

Sobald Gottlieb seinen Monolog beendet hatte, streckte er die Hand aus und begrüßte Wells. »Schön, Sie wiederzusehen, Senator. Vielen Dank, dass Sie heute Morgen bei uns sind.«

»Noch 30 Sekunden«, sagte der Aufnahmeleiter.

Die Crew nahm ihre Plätze ein, die Kameras wurden ein letztes Mal eingestellt, und ehe sie es sich versahen, waren sie live auf Sendung. Während Gottlieb seinen Monolog vom Teleprompter ablas, sah Wells sich die Videomontage an, die die Zuschauer zu Hause sahen.

Es war ein Zusammenschnitt von Nachrichtenmaterial, kombiniert mit den Propagandavideos, die der IS nach den Anschlägen in Anbar und auf Secretary Devon in der Türkei veröffentlicht hatte. Abgerundet wurde das Ganze durch Aufnahmen von dem, was am Weißen Haus passiert war.

Das rote Licht über Kamera eins ging an, und Gottlieb begrüßte die Zuschauer zum Programm. Er stellte Senator Wells vor, den Vorsitzenden des Geheimdienstausschusses des Senats, und sie waren auf Sendung.

Der Senator traf von Anfang an den richtigen Ton. Er drückte seine Trauer um die Verstorbenen aus, sprach ihren Freunden und Angehörigen sein Beileid aus und versprach, dass die Opfer nicht umsonst gestorben waren. Er hätte die Rede ebenso gut aus dem Oval Office halten können. So perfekt war sie.

Zwar hatte er Secretary Devon kein bisschen nahegestanden, dennoch bauschte er seinen Respekt vor dem Mann auf und sprach von ihrer »Freundschaft«. Rebecca hatte ihn über die Namen von Devons Frau und Kindern instruiert, und er rasselte sie herunter, als hätten sie jedes Wochenende gemeinsam verbracht.

Wells war ein Meister der Manipulation, ein durch und durch professioneller Politiker. Hinten im Aufenthaltsraum achtete Rebecca gar nicht auf die Monitore. Sie beobachtete die Gäste, wie sie auf die Monitore starrten. Alle waren sie hin und weg, hingen dem Senator geradezu an den Lippen.

Rebecca lächelte. *Mein Gott, ist er gut,* sagte sie sich. Gemeinsam würden sie es bis ins Weiße Haus schaffen. Das wusste sie einfach.

Als das Interview zu Ende ging, hatte Gottlieb eine letzte Frage. »Abschließend, Senator, möchte ich Sie bitten, sich zu noch einem Punkt zu äußern.«

»Schießen Sie los, Alan«, erwiderte Wells.

»Wir haben gehört, dass Ihr Ausschuss möglicherweise über Informationen verfügt, denen zufolge das Weiße Haus schon vor Secretary Devons Reise in die Türkei von einer möglichen Bedrohung wusste. Erstens: Stimmt das? Und zweitens: Was genau wusste das Weiße Haus, wann erfuhr es davon und was wurde dagegen unternommen?«

Der Produzent hatte angebissen. Rebecca war sich sicher, dass er darauf anspringen würde. In dem Moment, als er hörte, dass ein konkurrierender Sender an der Geschichte dran war, war er Feuer und Flamme gewesen.

Sie sendeten nur ungern Gerüchte oder Spekulationen, aber diese Sensation war zu groß, um das Risiko einzugehen, nicht der Erste zu sein. Die einzige Sorge des Produzenten hatte darin bestanden, wie man die Frage richtig formulierte, damit sie für Gottlieb und sein Team nicht zum Bumerang wurde.

Am Set biss der Senator die Zähne zusammen. Am liebsten hätte er Gottlieb gefragt, woher er das hatte, aber er wusste es verdammt gut. Rebecca hatte es jemandem erzählt. *Verflucht!* Sie würden ein sehr langes Gespräch führen, sobald sie das Studio verließen.

Ohne zu zögern, antwortete Wells: »Der IS hat unmissverständlich klargemacht, dass er jeden Amerikaner als potenzielles Ziel betrachtet. Wann immer der Präsident, ein Kabinettsmitglied oder Kongressabgeordneter nach Übersee reist, besteht ein erhöhtes Risiko.«

»Aber wussten Sie von einer spezifischen Bedrohung für Secretary Devon bei seiner Reise nach Antalya, Sir?«

Gottlieb ließ ihm die Wahl zwischen Pest und Cholera. Sagte er Ja und Rebeccas Informationen, die er immer noch nicht überprüft hatte, stellten sich als falsch heraus, steckte er in Schwierigkeiten. Sagte er Nein und Rebeccas Informationen erwiesen sich als wahr, stand er da, als hätte er den Finger nicht am Puls der Zeit. Der Eckpfeiler seiner Kampagne war die nationale Sicherheit, sie baute auf seiner Erfahrung als Vorsitzender des Geheimdienstausschusses des Senats auf.

Also gab er die einzige Antwort, die er geben konnte. »Alan, leider steht es mir nicht frei zu erörtern, womit der Ausschuss sich gerade befasst oder nicht. Angesichts all dessen, was in den letzten anderthalb Wochen geschehen ist, können Sie das sicher verstehen.«

»Selbstverständlich, Senator«, antwortete der Talkmaster. »Danke, dass Sie heute bei uns waren.«

Nach einem kurzen Hinweis auf den nächsten Beitrag gingen sie zu einem Werbespot über, und der Aufnahmeleiter gab das Zeichen, dass alles okay war.

Wells nahm sein Mikro ab und begab sich umgehend auf die Suche nach seiner Stabschefin.

Im CIA-Hauptquartier in Langley, Virginia, lief in Brendan Cavanaghs Büro im Hintergrund der Fernseher.

Cavanagh musste nicht zurückspulen, um sich noch einmal anzusehen, was er gerade gehört hatte. Er wusste genau, was Senator Wells gesagt hatte.

Er langte nach seinem Handy, rief die jüngsten Anrufe auf und drückte die Wahlwiederholung.

»Wir sind im Begriff, das Studio zu verlassen. Kann ich dich zurückrufen?«

»Nein«, entgegnete Cavanagh. »Wir müssen reden, und zwar sofort.«

53

DAMASKUS, SYRIEN

In besseren Zeiten wären die Zwillingsbrüder Thoman und Mathan Hadid als DJs oder Besitzer eines trendigen Nachtclubs durchgegangen.

Die beiden gut aussehenden jungen Männer waren Ende 20, hatten olivfarbene Haut und braune Augen. Ihr dunkles Haar trugen sie so lang, dass sie es hinter die Ohren kämmen konnten.

Ihr Vater war ein Politiker, den das syrische Regime brutal gefoltert und hingerichtet hatte. Seitdem arbeiteten seine Söhne für die Opposition.

Die Hadid-Brüder mochten jung sein. Doch McGee hatte Harvath versichert, dass sie zwei der besten CIA-Agenten im ganzen Land waren. Vor dem Krieg waren sie Studenten gewesen. Nun fuhr Thoman Taxi und Mathan betrieb eine kleine Autowerkstatt.

Harvath fand Thomans Taxi im Leerlauf vor sich hin tuckernd, drei Blocks von der Stelle entfernt, an der Yusuf ihn abgesetzt hatte. Während er sich auf den Rücksitz gleiten ließ, meinte er: »Ich möchte die Umayyaden-Moschee besichtigen.«

»Um diese Tageszeit«, erwiderte der junge Mann, »besichtigt man besser die Pauluskapelle.«

»Was ist mit dem Suk Midhat Pascha?«

»Es ist immer eine gute Zeit, den Suk zu besuchen.«

Nachdem die Authentifizierung abgeschlossen war, lehnte Harvath sich in seinem Sitz zurück. Thoman schaltete das Taxameter an und fädelte sich in den Verkehr ein.

Der junge Mann machte einen langen Umweg. Harvath sah zu, wie sie Stadtteil um Stadtteil durchquerten. Hin und wieder blickte er auf das GPS seines Handys hinab, um festzustellen, wo sie sich befanden.

Sie waren bereits elf Minuten unterwegs, da ließ er Thoman halten und rechts abbiegen. Ein weißes Motorrad raste an ihnen vorbei.

»Er folgt uns schon seit sechs Blocks«, sagte Harvath.

»Ich weiß«, erwiderte der junge Syrer.

Sie fuhren noch weitere 15 Minuten. In den Straßen herrschte dichter Verkehr. Busse, Autos, Lastwagen, Taxis – alle hupten sie. Sie hupten, um die Spur zu wechseln, um zu signalisieren, wo sie sich befanden, und um andere vorbeizulassen. Harvath fühlte sich an Kairo erinnert, dort machte man es genauso.

Überall waren Menschen. Viele von ihnen rauchten. Sowohl Männer als auch Frauen schienen eine Vorliebe für westliche Mode zu haben. Ein Großteil der Frauen, allerdings nicht alle, bedeckte das Haar mit dem Hidschab genannten islamischen Kopftuch. Einige hatten auch das Gesicht verschleiert.

Viele der Gebäude, an denen sie vorüberkamen, waren baufällig, einige wirkten völlig verlassen. Ein eindrucksvolles Hochhaus sah aus, als stände es schon jahrzehntelang unvollendet herum. Damaskus war keine boomende Stadt. Es blutete aus. Lag im Sterben.

Sie stellten das Taxi in einer ruhigen Gegend ab, und Harvath und Thoman gingen zu Fuß weiter.

Der junge Syrer trug knöchelhohe Canvas-Sneaker, schwarze Jeans und eine Lederjacke, darunter ein T-Shirt mit dem Konterfei des amerikanischen Komikers Bill Murray mit 3-D-Brille.

Schweigend gingen sie eine schmale Gasse entlang zu einer hohen hölzernen Tür. Früher einmal war sie wohl blau gestrichen, aber die Farbe war längst abgeblättert und verblasst.

Thoman zückte einen altmodischen Dietrich und öffnete sie. Es roch nach überreifem Abfall und Pappkartons. An der Wand lehnte das weiße Motorrad, das Harvath vorhin gesehen hatte.

Eine kleine schmiedeeiserne Treppe wurde von einem zerbrochenen Oberlicht mehrere Stockwerke höher erhellt. Thoman bedeutete Harvath, ihm zu folgen.

Sie stiegen in den dritten Stock, dort klopfte Thoman an eine schwere Metalltür. Ein Schatten erschien am Guckloch. Riegel wurden zurückgeschoben, und die Tür öffnete sich.

Mathan begrüßte sie in Blue Jeans, Stiefeln und einem T-Shirt mit der Aufschrift KEEP CALM AND CHIVE ON – RUHE BEWAHREN UND WEITERMACHEN. In seinem Hosenbund steckte eine 9 Millimeter Browning-Hi-Power-Pistole.

Er trat einen Schritt zurück, damit sie an ihm vorbeikonnten, schloss die Tür hinter ihnen und sperrte ab. Thoman stellte Harvath und Mathan einander vor. Neben Arabisch sprachen beide Brüder Englisch und Französisch.

»Hunger?«, fragte Mathan, während er die Männer in die Wohnung führte.

Sie war schmal und lang gezogen, mit nackten Ziegelwänden und Holzbalken. Es gab keine Schlafzimmer, nur einen großen Wohnraum. Die Küche bestand aus einem tiefen Spülbecken, einem kleinen Kühlschrank, einer Mikrowelle und einem Campingkocher, der an einen Propangastank angeschlossen war.

Haltbare Lebensmittel und sonstiger Haushaltsbedarf wie Kerzen, Batterien und Toilettenpapier standen auf Metallregalen. Wasserkästen waren auf dem Boden gestapelt.

»Ja, danke«, antwortete Harvath.

Das letzte Mal hatte er gegessen, bevor sie Amman verlassen hatten.

Es gab einen alten Holztisch, dazu zusammengestückelte Plastikstühle. Thoman zog einen heraus und bot Harvath an, sich zu setzen.

Mathan machte sich an die Arbeit, holte ein paar Sachen aus dem Kühlschrank und erhitzte sie in der Mikrowelle.

Innerhalb kürzester Zeit stellte er einen Stapel warmes Fladenbrot, gefüllte Weinblätter und Lammfleisch-Frikadellen in Tomatensoße auf den Tisch. Sie hatten das große Glück, sich nicht in einem der vom Regime abgeriegelten Rebellengebiete aufzuhalten.

Thoman bot Harvath eine Flasche Wasser mit Zimmertemperatur an, die er gern annahm.

Nachdem Mathan alles hingestellt und sich zu ihnen an den Tisch gesetzt hatte, bedeutete er Harvath, sich zu bedienen.

Während sie aßen, überhäuften ihn die Hadids mit Fragen zu den Zuständen, die er auf seiner Fahrt hierher gesehen hatte. Harvath erzählte ihnen alles, auch welchen Ärger sie auf der syrischen Seite der Grenze gehabt hatten.

Als Harvath mit seiner Rekapitulation fertig war, fragte er die Brüder nach der Stärke der Opposition und wie es mit ihrem Kampf lief.

»Die russischen Eskalationen haben alles verändert«, sagte Mathan, während er Tee zubereitete. »Sie sind nur aus einem einzigen Grund hier – um das Regime und ihre eigenen Interessen zu schützen. Sie kümmern sich um nichts sonst. Um nichts.«

»Außerdem sind sie unglaublich brutal«, fügte Thoman hinzu. »25 Regierungssoldaten können bei einem Angriff getötet werden, und sie unternehmen nichts. Aber wenn auch nur ein Russe einen Kratzer abbekommt, ist die Hölle los.«

Harvath nickte. »So sind sie, die Russen. Sie vergessen und vergeben nie. Ihr kennt den alten Witz, oder?«

Die Brüder sahen ihn an. »Welchen Witz?«, fragte Mathan.

»Ein Engel erscheint drei Männern – einem Franzosen, einem Italiener und einem Russen«, sagte Harvath, »und erklärt ihnen, dass morgen die Welt untergehen wird.

Der Engel fragt, was sie in ihrer letzten Nacht auf Erden tun möchten. Der Franzose sagt, er werde sich eine Kiste besten Champagner holen und seine letzte Nacht mit seiner Geliebten verbringen. Der Italiener sagt, er werde seine Geliebte besuchen und dann nach Hause gehen, um noch ein letztes Mal mit seiner Frau und den Kindern zu Abend zu essen. – Und der Russe?« Harvath hob die Augenbraue und redete mit stark russischem Akzent weiter. »Ich brenne die Scheune meines Nachbarn nieder.«

Die Hadids lachten. Es war ein guter Witz, er brachte auf den Punkt, wer und wie die Russen waren.

»Also«, meinte Thoman, »bist du hier, um zu helfen, den Russen die Hölle heißzumachen.«

»Und hoffentlich auch dem IS«, erwiderte Harvath.

»Wie?«

Er hob die Hand. »Das Wichtigste zuerst. Lasst uns über den Mann sprechen, den eure Leute überwachen sollten.«

Die Hadids gingen mit Harvath alles durch, was sie über den Mann in Erfahrung gebracht hatten. Sie zeigten ihm eine Karte des Viertels, in dem er wohnte, die Fotos, die ihre Leute aufgenommen hatten, und ihre Liste dessen, was sie als ihre besten Optionen erachteten.

Harvath saß ruhig da, nahm alles in sich auf. Sie waren im Begriff, eine äußerst ernsthafte Operation zu starten. Nichts durfte man als selbstverständlich voraussetzen. Jeder Schritt, den sie unternahmen, musste perfekt sein.

Nachdem die Brüder Harvath ausführlich informiert hatten, stellte er ihnen nur eine einzige Frage. »Wie schnell können wir losschlagen?«

54

Generalleutnant Oleg Proskurow war zwar stolz auf die Streitkräfte der Russischen Föderation, dennoch trug er keine Uniform. Das vierköpfige Speznas-Team, das zu seinem Schutz abgestellt war, ebenfalls nicht. Sie waren in Zivil und fuhren in gepanzerten Zivilfahrzeugen. Der Gedanke dahinter war, dass sie sich einfach dem

Straßenbild anpassen sollten. In Syrien allerdings fiel die Schar Russen auf wie ein bunter Hund.

Das Einzige, was nicht auffiel, war ein Gebäude, dem sie den Codenamen »Salzbox« gegeben hatten. Bei seinem Verhör in Malta hatte Viktor Sergun sowohl den Zweck des Gebäudes als auch dessen Standort preisgegeben.

Es war zum Teil Safe House, zum Teil Vernehmungseinrichtung. Proskurow hatte es gewählt, weil es nahe genug an der russischen Botschaft lag, um leicht hinzukommen, allerdings in einem Stadtteil, der den Iranern bekanntermaßen feindlich gesinnt war. Teheran war berüchtigt für sein Ausmaß an Spionagetätigkeit. Je weniger Chancen die Iraner hatten, über die Salzbox zu stolpern oder sie gar zu überwachen, desto besser.

Sie war ein Rädchen im Getriebe einer größeren GRU-Operation. Proskurow hatte den Auftrag, den IS zu eliminieren. Es war seine Idee gewesen, sich Sascha Baseyews zu bedienen, um ihre Reihen zu infiltrieren. Bisher war die Operation besser gelaufen als geplant. Baseyew war ein unfassbar begabter Agent.

Darum war die E-Mail, die er von Oberst Sergun erhalten hatte, so beunruhigend. Sergun hegte plötzlich Zweifel wegen Baseyew.

Mit einem falschen amerikanischen Pass, der in Washington für ihn hinterlegt war, war Baseyew nach Rom geflogen. Von dort nach Athen und weiter nach Zypern. In Zypern wartete eine Maschine, um ihn nach Syrien zu bringen. Beim IS war man versessen darauf, ihm zu gratulieren und seine Anschläge auf die Vereinigten Staaten zu feiern.

Solange Baseyew wieder nach Syrien kam, hielt Proskurow es für eine gute Idee, sich einmal zusammenzusetzen und ein Gespräch zu führen. Er wollte selbst einschätzen, ob Baseyews Loyalität zu wünschen übrig ließ oder nicht. Darum hatte er Sergun eine verschlüsselte Antwort-Mail geschickt und ihm befohlen, es zu arrangieren.

Was Proskurow nicht wusste, war, dass er gar nicht mit Sergun in Berlin kommunizierte, sondern mit einem kleinen Mann namens Nicholas in Nord-Virginia.

Nicholas seinerseits bewegte sich auf sehr dünnem Eis. In Serguns E-Mail-Account zu gelangen war kein Problem, auch nicht die Kommunikation auf Russisch, da es ja seine Muttersprache war. Das Problem bestand darin, die richtigen Worte zu finden. Hier kam Vella ins Spiel.

Vella arbeitete äußerst sorgfältig, um alle korrekten Informationen aus Sergun herauszuholen. Dazu zählte auch, die Codes zu ermitteln, die er voraussichtlich verwenden würde, um darauf hinzuweisen, ob man ihn unter Druck setzte oder nicht.

Anscheinend war alles reibungslos verlaufen. Proskurow hatte für Sonntagabend um ein Treffen mit Baseyew gebeten und als Treffpunkt die Salzbox angegeben. Nun lag alles an Harvath.

Das erste und größte Problem für Harvath war Proskurows Leibwächtertruppe. Der einzige Vorteil, den er auf seiner Seite hatte, war die Überraschung. Die Speznas-Agenten waren Elitesoldaten, weit besser ausgebildet als jeder, den Thoman oder Mathan Hadid zum Kampf mitbringen konnten.

Sie hatten nur einen Versuch, Proskurow zu schnappen. Dieser eine Versuch musste so durchschlagend sein, dass es für seine Leibwächter absolut keine Hoffnung auf Überleben gab.

Das Problem bestand jedoch darin, Proskurows Männer auszuschalten, ohne Proskurow dabei ebenfalls umzulegen. Für das, was Harvath vorhatte, brauchte er Proskurow – zumindest noch eine Zeit lang.

Der andere Aspekt, dem sie sich gegenübersahen, war die Ausrüstung. Die CIA hatte den Rebellen nur bestimmte Waffen zur Verfügung gestellt. Die Dinge, die Harvath wirklich wollte, waren unmöglich zu bekommen.

Und selbst wenn man sie beschaffen könnte, hätte er nicht annähernd genug Geld, sie zu bezahlen. In dem Zustand, in dem Syrien sich befand, nahm niemand Schuldscheine entgegen – schon gar nicht für eine so anspruchsvolle Einkaufsliste, wie sie Harvath vorschwebte. Er musste mit dem auskommen, was die Hadids auftreiben konnten.

Zusätzlich zu genügend Funkgeräten und AK-47, um das gesamte Team auszurüsten, verfügten sie über eine Schrotflinte vom Kaliber 12, ein iranisches Sayyad-2 Scharfschützengewehr Kaliber 50 mit Nachtsichtoptik, ein paar einzelne Nachtsichtgeräte, eine Kiste alter sowjetischer F-1 Handgranaten und zwei jugoslawische Osas beziehungsweise Wasps auf Englisch, Panzerabwehrraketen inklusive Werfer.

Harvath fühlte sich nicht wohl bei dem Gedanken, den Erfolg seiner Operation von Handgranaten aus Sowjettagen abhängig zu machen oder von Raketen aus dem ehemaligen Jugoslawien. Aber es war alles, was sie hatten.

Ihre einzige Hoffnung, Proskurow zu schnappen, bestand dann, wenn er unterwegs war. Und wenn er unterwegs war, dann in einem gepanzerten Land Cruiser. Harvaths Plan musste einfach funktionieren.

Da er Mathans Integralhelm mit dem getönten Visier gesehen hatte, fragte er, ob er sich das Motorrad ausleihen

könne. Er hatte nur eine einzige Gelegenheit, an der Salzbox vorbeizufahren, und dies schien die beste Möglichkeit dazu.

Thoman fuhr in seinem Taxi voraus durch die überfüllten Straßen der Stadt. Harvath folgte ihm auf dem
Motorrad.

Als sie noch zwei Blocks entfernt waren, hielt Thoman
an und kurbelte sein Fenster herunter. Harvath hielt
neben ihm.

»An der nächsten Kreuzung musst du links abbiegen.
Das Gebäude befindet sich auf halber Höhe zu deiner
Rechten. Du kannst es nicht verfehlen. Ich warte hier auf
dich.«

Harvath fuhr bis zur Kreuzung und bog links ab. In
einem niedrigen Gang fuhr er langsam die Straße entlang, bemüht, alles in sich aufzunehmen. Eine unauf-
fällige Videokamera wäre nicht schlecht gewesen.

Die Gegend war eine Mischung aus Läden und Wohn-
häusern. Wenn sie draußen auf der Straße zuschlugen,
standen die Chancen nicht schlecht, dass Unschuldige
getötet wurden.

Es war nicht Harvaths erste Wahl, doch als er weiterfuhr, fiel es ihm schwer, eine andere Option zu sehen. Sie
mussten Proskurow schnappen, und zwar auf der Straße.

Doch als er auf der Höhe der Salzbox war, sah er
das Paar massiver Metalltore. Dies war nicht nur ein
Gebäude. Es war ein regelrechtes Anwesen.

Der Bordstein war abgesenkt, es gab so etwas wie eine
Zufahrt. Innenhöfe waren in ganz Nahost ein geläufiges
architektonisches Merkmal. Oftmals verfügten sie über
einen Brunnen, aber Harvath ging jede Wette ein, dass
dieser Hof zum Parken genutzt wurde.

Es machte Sinn. Wenn man Menschen rein- oder rausschmuggelte, wollte man seine Aktivitäten natürlich weitgehend verbergen. Und so ungefähr das Letzte, was man in einer feindlichen Nation wie Syrien wollte, war, das Risiko einzugehen, dass jemand am Fahrzeug hantierte, während man es unbeaufsichtigt draußen stehen ließ. Am besten man stellte es sicher abseits der Straße ab, sofern man die Gelegenheit dazu hatte.

Die Miete für diese Immobilie musste selbst für syrische Verhältnisse immens sein. Es gab jedoch Dinge, für die selbst die notorisch geizigen Russen bereit waren, Geld auszugeben.

Harvath setzte seine langsame Tour an der Salzbox vorbei fort, anschließend um den Block herum, ehe er wieder zurück zu Thoman fuhr.

Als Nächstes wollte Harvath auf eines der Dächer in der Nachbarschaft.

Nachdem sie einen Parkplatz gefunden hatten, machten sie sechs Türen von der Salzbox entfernt ein Haus aus, das verlassen schien. Während Thoman Schmiere stand, machte Harvath sich am Schloss zu schaffen. Keine Minute später hatte er es geöffnet, und sie glitten hinein.

Das Innere des leer stehenden Gebäudes war von einer dicken Staubschicht überzogen. Die Luft roch muffig und verbraucht. Über vier baufällige, hölzerne Treppenfluchten gelangte man zu einer schmalen Tür, die hinaus aufs Dach führte.

Hier hatte Harvath einen atemberaubenden Blick über die Dächer von Damaskus. Ein Meer aus Satellitenschüsseln, Warmwasserspeichern und Sonnenkollektoren, so weit das Auge reichte.

Die Gebäude lehnten sich direkt aneinander, sodass er und Thoman von Dach zu Dach gehen konnten, bis sie nahe genug waren, um einen optimalen Blick auf die zweigeschossige Salzbox zu bekommen.

Als Harvath nach unten blickte, fiel ihm als Erstes ins Auge, dass er richtiglag. Es gab einen gepflasterten Innenhof direkt in der Mitte, gerade groß genug, um zwei, vielleicht drei SUVs aufzunehmen, allerdings nicht mehr.

Noch etwas fiel ihm auf. Es gab keine Hintertür, zumindest nicht für die Fahrzeuge. Sie mussten durchs Tor fahren, genauso hinaus, wie sie hereingekommen waren. Was die Menschen anging, stand jedoch auf einem anderen Blatt.

Kein Safe House hatte nur einen Ein- oder Ausgang. Es gab stets einen zusätzlichen Weg hinaus. Manchmal mehrere.

Er konnte durch ein benachbartes Grundstück führen, egal auf welcher Seite. Durch das Gebäude, das an die Rückseite der Salzbox grenzte. Es konnte ein Tunnel sein oder ein unterirdisches Abwassersystem, von dem niemand etwas wusste. Der Weg konnte auch über die Dächer führen, auf denen Harvath sich gerade befand. Es konnte jede beliebige Kombination davon sein. Es gab keine Möglichkeit, absolut sicher zu sein. Sie mussten alles abdecken.

Die effektive Reichweite ihrer schultergestützten Raketen betrug 350 Meter. Langsam drehte Harvath sich im Kreis und betrachtete die Gebäude ringsum. Sobald er die ideale Position ausgemacht hatte, deutete er darauf. »Dort werden wir die Wasps platzieren. Von dort aus haben die Schützen einen ausgezeichneten Blick auf den Innenhof und dürften in der Lage sein, die beiden gepanzerten SUVs Proskurows auszuschalten.«

Thoman blickte auf das Gebäude, auf das er zeigte, dann wieder zu Harvath. »Es gibt nur ein Problem.«

»Und das wäre?«

»Bislang hat keiner meiner Leute je eine Wasp abgefeuert.«

55

Die Bedienung der Wasp war zwar nicht unbedingt idiotensicher, aber das Ding war so konzipiert, dass es verdammt nah dran war. Es spielte keine Rolle, wie stark eine Waffe war, wenn der Mann, der sie bediente, sein Ziel nicht traf.

In der Stresssituation eines Gefechts konnte eine Menge schiefgehen. Letztlich kam alles auf die Übung an.

Zwei Männer der Hadids hatten ausgiebige Erfahrung im Abfeuern von Panzerfäusten. Diese beiden wählte Harvath für die Wasps aus.

Eine Wasp-Mannschaft bestand in der Regel aus zwei Personen – ein Mann zum Laden, einer zum Feuern. Aber sie konnten es sich nicht leisten, so viel Manpower zu opfern.

Neben den beiden Männern, die die Wasps abfeuerten, war der beste Scharfschütze der Hadids als ihr Ladeschütze auserkoren. Waren die Raketen abgefeuert, konnte er hinter dem Einzelladergewehr Kaliber 50 Position beziehen. Einer der Wasp-Schützen konnte sich ein Fernglas nehmen und als sein Beobachter fungieren.

Der verbleibende Wasp-Schütze würde die Überwachungsposition verlassen, sich der Salzbox nähern und gerade so weit zurückbleiben, dass er Verstärkungen, die womöglich schneller als erwartet eintrafen, aus dem Hinterhalt angreifen konnte.

Harvath glaubte fest an das alte Sprichwort, dass alles, was schiefgehen konnte, auch schiefging. Darum war es am besten, sich darauf vorzubereiten.

Proskurow und seine Leibwächter würden nicht die Syrer zu Hilfe rufen, sondern ihre eigenen Leute aus der russischen Botschaft. Das hieß jedoch nicht, dass die Polizei von Damaskus und das syrische Militär nicht aufkreuzen würden, sobald Explosionen und Schüsse gemeldet wurden. Es war ungefähr so, als träte man in ein Wespennest.

Nun, da sie alle vollständig in dem verlassenen Gebäude versammelt waren, ging Harvath den Plan durch, während Mathan ins Arabische übersetzte.

Jeder Mann erhielt einen Ausdruck, der Proskurows Bild zeigte. »Das ist unsere Zielperson«, sagte Harvath. »Tot nützt er uns nichts. Regel Nummer eins – erschießt ihn nicht. Ist das klar?«

Alle nickten.

Harvath blickte Mathan an. »Jeder von ihnen soll es laut sagen.«

Mathan tat, was Harvath befahl. Er ließ jeden der acht Männer, die zusammengekommen waren, und seinen Bruder schwören, Proskurow kein Haar zu krümmen.

»Regel Nummer zwei«, fuhr Harvath fort, während Mathan übersetzte. »Erschießt *mich* nicht.«

Die Männer lachten in sich hinein, waren jedoch still, sobald sie sahen, wie ernst er es meinte. Es war ihm egal, wie lange sie schon kämpften und was für Gefechte sie überstanden hatten. Sie waren keine Profis. Er war nicht so weit gekommen, um durch den Beschuss der eigenen Leute zu sterben.

Harvath blickte Mathan an, der wiederum jeden Einzelnen der Männer anblickte und sie Regel Nummer zwei wiederholen ließ. Als das erledigt war, erläuterte Harvath ihnen seinen Plan.

Die Salzbox hatte einen Dachzugang, ähnlich wie das Gebäude, in dem sie sich jetzt befanden. Harvath rechnete damit, dass die Tür verriegelt sein würde.

Bei den Hadids hatte er den Brüdern gezeigt, wie man Kerzenwachs überhitzt, mit Schrot verrührt und die Patronen mit der Mischung neu füllt, um Sprenggeschosse herzustellen. Richtig gemacht, konnte man damit eine Tür geradewegs aus dem Rahmen sprengen.

Der Plan sah vor, dass sechs Mann über das Dach ins Treppenhaus eindrangen. Harvath und die Hadids bildeten ein Team. Drei weitere Männer, ausgewählt von Thoman, das andere.

Harvath und die Hadids waren die Hauptangriffstruppe. Das zweite Team hatte nur eine Aufgabe – das Treppenhaus zu halten und sicherzustellen, dass Harvath und die Hadids nicht in der Flanke oder von hinten angegriffen wurden.

Je mehr Harvath darüber nachdachte, desto mehr wuchs in ihm die Überzeugung, dass das Dach für die Russen Plan B darstellte. Konnten sie nicht sicher durch die Eingangstore entkommen, würden sie auf diese Weise fliehen. Darum rechnete er damit, dass sie ihm entgegenkommen würden, wenn er sich mit den Hadids dem Erdgeschoss näherte – insbesondere wenn man bedachte, wie sie von Anfang an loslegen wollten.

Als Erstes mussten sie ihnen den Zugang zu den gepanzerten Fahrzeugen verwehren. Diese Dinger waren rollende Schutzräume. Sie waren äußerst schwer zu knacken, wollte man die Insassen nicht verletzen. Und wie er die Russen kannte, waren ihre Wagen zudem mit einigen äußerst hässlichen Gegenmaßnahmen ausgestattet.

Darum hatte Harvath beschlossen, beide Fahrzeuge mit den Wasps zu zerstören. Sobald er die Detonationen hörte, würden sie aus ihrer Deckung hervorkommen, die Tür aufsprengen und nach unten in die Salzbox vordringen.

Für den unwahrscheinlichen Fall, dass Proskurows Leibwächter die Zerstörung ihrer Fahrzeuge verirrtem Mörserfeuer der Rebellen zuschrieben, ließ Harvath die noch verbleibenden zwei Männer der Hadids draußen Stellung beziehen. Sobald das Feuerwerk losging, sollten sie auf jeden Russen schießen, den sie sahen, Proskurow ausgenommen.

Wenn ihre SUVs zerstört und draußen auf der Straße Bewaffnete waren, würden die Speznas-Soldaten machen, dass sie mit ihrem Schützling aufs Dach kamen. Sie würden ein paar Männer zurücklassen, um die Schützen zu beschäftigen und dem Rest des Teams einen Vorsprung zu verschaffen, aber sie würden definitiv zu Plan B übergehen.

Es gab nur noch eine letzte Sache, die Harvath benötigte. Er schob seinen Ohrstöpsel etwas tiefer ins Ohr. »Werde ich kriegen, was ich brauche?«

»Ich denke, schon«, antwortete Nicholas in Nord-Virginia.

»*Ich denke* reicht nicht. Du musst dir zu 100 Prozent sicher sein.«

»Ich bin bei 99,9 Prozent«, sagte der kleine Mann. »Gib mir noch ein paar Sekunden.«

Selbst wenn Harvath es mit nur einem Speznas-Soldaten aufnehmen musste, wollte er sich jeden Vorteil verschaffen, den er kriegen konnte. Wenn er es gleich mit vieren zu tun bekam, gab es nur eine Möglichkeit, zu gewinnen: Er musste schummeln. Hier kam Nicholas ins Spiel.

»Alles okay?«, drängte Harvath.

»Noch eine Sekunde.«

Harvath sah ihn regelrecht vor sich, wie seine winzigen Finger in seinen SCIF drüben in den USA wie wild über die Tastatur huschten.

»Ich hab's!«, sagte Nicholas schließlich.

»Glaubst du bloß, du hast es? Oder bist du sicher, dass du es hast?«

»Ich zahle das Essen, sollte ich falschliegen.«

»Darauf kann ich Gift nehmen«, erwiderte Harvath. »Wenn du falschliegst, werde ich nicht mehr da sein, um zu kassieren.«

»Dann sollte ich dir zuliebe wohl besser recht haben.«

Harvath lächelte kopfschüttelnd. Galgenhumor. Die SEALs kannten nichts, wenn es um Witze ging. Je heftiger die Situation, desto häufiger rissen sie Witze. Es war dasselbe bei der Army und den Marines, selbst bei Cops, die er kannte. Es war eine Bewältigungsstrategie, ein Entlastungsventil.

Wer dem Tod ins Auge sah, stand unter enormem Stress. Humor half einem Agenten, ihn durchzustehen.

Nun, da Nicholas online war und alle Männer der Hadids vollständig informiert, gingen sie noch einmal alles durch.

Es war so weit. Harvath sah auf seine Uhr, dann wandte er sich mit stark russischem Akzent an Thoman und Mathan. »Zünden wir die Scheune unseres Nachbarn an.«

56

General Oleg Proskurow war ein vorsichtiger Mann, er plante alles im Voraus. Er wusste, dass selbst das kleinste, unbedeutendste Detail das großartigste Unterfangen aus der Bahn werfen konnte. In der Geschichte wimmelte es von brillanten Männern, die durch scheinbar winzige Umstände zu Fall gebracht wurden.

Darum beunruhigte ihn Serguns Besorgnis wegen Baseyew. Baseyew war zu wichtig, um ihn zu verlieren.

Vielleicht verließen sie sich zu sehr auf Baseyew. Vielleicht hielt er den Stress nicht mehr aus, weil er schon zu lange im Feld war. Sein Einsatztempo war unerträglich. Man hatte nicht nur einen spektakulären Kraftakt von ihm verlangt, sondern unzählige. Das forderte bei jedem seinen Tribut.

Proskurow hatte sich Gedanken gemacht, wie sie mit ihm umgehen sollten. Falls Baseyew allmählich durchdrehte, sollten sie ihn dann im Spiel behalten? Würden ihm ein paar freie Tage helfen, wieder zu Atem zu kommen? Brauchte er mehr? Eine Woche? Konnten sie es sich überhaupt leisten, ihn zu diesem Zeitpunkt aus dem Spiel zu nehmen?

Die Amerikaner standen kurz davor einzumarschieren. Das wusste er. Er spürte es in den Knochen. Es war nur noch eine Frage der Zeit.

Der Anschlag auf das Weiße Haus war ein nationaler Affront für ihr aufgeblasenes Ehrgefühl. Die Vereinigten Staaten konnten tausend Marschflugkörper abfeuern, doch das würde weder den Zorn noch die Demütigung, die ihre Bürger empfanden, lindern.

In den letzten beiden Wochen hatte Proskurow amerikanische Fernsehnachrichten gesehen. Er wusste, wie die Amerikaner dachten und fühlten. Selbst die Friedfertigsten unter ihnen räumten ein, dass der IS sich zu einem zu großen Problem entwickelt hatte, um ignoriert zu werden. Sie forderten lautstark, mit dem IS ein für alle Mal aufzuräumen.

Der amerikanische Präsident hingegen wägte ab, was er tun sollte. Proskurow verstand, weshalb. Man stürzte sich nicht blindlings in so etwas. Die Bürger der Vereinigten Staaten forderten Vergeltung. Schnelles, entschlossenes Handeln; shock and awe – Schock, Furcht und ein Blutbad. Mehr nicht. Keine Nationenbildung. Rein, alle Schlangen in der Grube umbringen und ab nach Hause. Sie hatten nicht den Mut, das Land zu besetzen.

Und das war gut so. Russland wollte ebenfalls keine amerikanische Besatzung. Sie brauchten jemand, der das Ungeziefer ausräucherte, keinen Zimmergenossen.

Sobald die Amerikaner den IS besiegt hatten, konnte Russland die syrische Opposition vollständig zerschlagen. Wenn das syrische Regime dann wieder auf den Beinen war, konnte Russland seine territorialen Ambitionen in der Region ausweiten. Wenn Amerika sich zurückzog, war die Bühne frei für Russland.

General Proskurow war Ende 60. Bis zum jetzigen Zeitpunkt hatte er nicht gewusst, ob er das noch einmal erleben durfte. Der Gedanke an eine russische Vorherrschaft war noch vor wenigen Jahren unvorstellbar. Dann kam die Ukraine und nun Syrien. Anstatt zu schwinden, wuchs der russische Einfluss.

Doch Proskurow wusste, dass es wichtig war, zu Hause die Stabilität zu wahren, während der Einfluss sich ausbreitete. Eine der größten internen Bedrohungen, denen Russland ausgesetzt war, kam von islamischen Radikalen. Darum war es so wichtig, Sascha Baseyew im Spiel zu halten.

Dass er den inneren Kern des IS infiltriert hatte, war eine großartige Leistung der GRU. Aber seine Mission war noch nicht vorbei.

Die GRU brauchte ihn nach wie vor, um Informationen über alle russischsprachigen Personen zu sichern, die gekommen waren, um sich ausbilden zu lassen und für den IS zu kämpfen.

Woher kamen sie? Wie viele waren nach Hause zurückgekehrt? Wie viele waren geblieben? Wie viele waren getötet oder verwundet worden? Wie wurden sie rekrutiert? Wer führte die Rekrutierung durch? Gab es konkrete Pläne für Anschläge innerhalb Russlands? Was und wer waren ihre Ziele? Wie kommunizierten die Zellenmitglieder miteinander? Wie wurden sie finanziert? Und so weiter.

Es waren entscheidende Informationen, und niemand war in einer besseren Lage, sie zu beschaffen, als Baseyew. Was auch immer Proskurow sagen würde, was auch immer er ihm versprechen musste, er würde es tun. Es war unbedingt erforderlich, dass Baseyew seinen Einsatz zu Ende brachte.

Der General blickte durch das dicke, schusssichere Glas seines Land Cruisers, während sie durch die Straßen

von Damaskus fuhren. Es war eine faszinierende Stadt –
exotisch, aber mit genügend modernen Annehmlich-
keiten, dass man sich dort wohlfühlte.

Hier gefiel es ihm besser als in Moskau. Was allerdings
nicht viel zu sagen hatte. Ihm gefiel es überall besser als
in Moskau.

Der einzige Ort, den er noch weniger mochte, war seine
Heimatstadt Dserschinsk. Sie war ein Knotenpunkt für die
russische Chemieindustrie. Und mit den Chemieunter-
nehmen waren Chemiewaffen-Programme gekommen.

Passenderweise war Dserschinsk nach dem allerers-
ten Chef der russischen Geheimpolizei benannt. Boden
und Wasser der Stadt waren verseucht. Geburtsfehler
und Krebs gingen durch die Decke. Es hieß, dass die
Sterblichkeitsrate in Dserschinsk dreimal so hoch war
wie die Geburtenrate. Nur Tschernobyl war gifthaltiger.
Proskurow schauderte bei dem Gedanken daran. Er war
froh, dass er von dort weg war.

Aber während er Dserschinsk den Rücken kehrte, ließ
Dserschinsk ihn nicht in Ruhe.

Ein Jahr nachdem er zum ersten Mal geheiratet hatte,
erfuhr er, dass er unfruchtbar war. Die Ärzte konnten
keine Ursache ermitteln. Er hingegen wusste genau,
was ihn der Fähigkeit beraubt hatte, Nachkommen zu
zeugen – Dserschinsk. Sein Hass auf die Stadt seiner
Geburt schwoll an.

Letztlich verließ seine Frau ihn wegen seiner Unfrucht-
barkeit. Es war ein herber Schlag. Als echter Russe
ertränkte er seinen Schmerz in Wodka und stürzte sich in
seine Militärkarriere.

Jahre später heiratete er erneut. Sie hatte keine Kinder
und wollte auch keine. Sie war ihm eine gute Gefährtin,

und es machte ihr nichts aus, dass er lange von zu Hause weg war.

Wenn er zu Hause war, kochte sie für ihn, und sie liebten sich. Alles in allem wäre es billiger gewesen, sich eine Einzimmerwohnung zu nehmen und in Moskau Prostituierte aufzusuchen. Aber zu wissen, dass es irgendwo auf der Welt einen Menschen gab, der zu ihm gehörte, machte seine Auslandseinsätze erträglicher.

Es machte sie allerdings nicht einfacher. Vor allem diesen nicht.

In Syrien waren die Russen aufs Ganze gegangen. Anschließend hatten sie den Einsatz verdoppelt. Sie hatten nicht vor, sich von den Türken, den Saudis oder sonst jemandem verdrängen zu lassen.

Neben dem kürzlich eingetroffenen Lenkwaffenkreuzer *Moskwa* der Slawa-Klasse und drei weiteren, in Tartus stationierten Landungsschiffen der Ropucha-Klasse befand sich nun Russlands einziger Flugzeugträger, die *Admiral Kusnezow*, im Mittelmeer gemeinsam mit ihrem Geleitschiff, der *Admiral Tschabanenko*, einem Zerstörer der Udaloy II-Klasse.

Dann waren da noch die Flugzeuge.

90 Kilometer nördlich von Tartus lag der Luftwaffenstützpunkt Hmeimim, der ausschließlich russischem Personal zugänglich war. In den letzten beiden Tagen war eine Flotte superwendiger Su-35S-Mehrzweckjäger eingeflogen worden. Es waren die modernsten Kampfflugzeuge der russischen Luftwaffe, und dies war das erste Mal, dass sie außerhalb der Grenzen Russlands im Einsatz waren.

Zwei Tu-214R waren ebenfalls eingetroffen. Die Tu-214R war Russlands fortschrittlichstes Aufklärungs- und

Überwachungsflugzeug. Mit Allwetter-Radarsystemen und hoch entwickelten elektronisch-optischen Sensoren war das Spionageflugzeug prädestiniert dazu, versteckte oder getarnte Ziele zu lokalisieren. Außerdem konnte es feindliche Fernmeldeverbindungen und elektronische Signale abfangen und überwachen.

Als krönender Abschluss waren hochmoderne S-400-Raketenabwehrsysteme nach Syrien verlegt worden, um die russischen Anlagen zu schützen.

Die Botschaft, die Russland an den Rest der Welt sandte, war eindeutig: *Legt euch nicht mit uns an!*

Es war ein enormes Wagnis, was Proskurows Aufgabe noch wichtiger machte. Und er hatte nicht vor, sein Land im Stich zu lassen.

Als sie an die Salzbox kamen, sprang einer der Agenten seines Sicherungstrupps heraus und öffnete die Tore.

Nachdem die SUVs durch waren, schloss er die Tore hinter ihnen. Im Hof wendeten die Fahrzeuge, sodass sie in Fahrtrichtung nach draußen standen, bereit loszufahren, sobald Proskurows Besprechung vorüber war.

Der Speznas-Agent öffnete dem General die Tür. Dieser stieg aus, die Laptoptasche über der Schulter und in der Hand einen kleinen Karton, der Tee und ein paar andere Dinge aus der Heimat enthielt, über die Baseyew sich wohl freuen würde.

Er holte einen Schlüsselbund aus der Tasche, schloss eine der Hoftüren auf und trat ein. In der Küche stand ein Samowar. Den wollte er anwerfen, um Wasser für den Tee zu kochen.

Er fand es entspannend, Tee auf die altmodische Art zuzubereiten. Außerdem schmeckte er besser als mit einem Wasserkocher.

Sein Lieblingstee war russischer Karawanentee – eine Mischung aus Oolong, Keemun und Lapsang Souchong. Er hatte einen rauchigen Geschmack, der den alten Tee nachahmte, der mit Kamelkarawanen aus China nach Russland importiert wurde. Auf der langen Reise – mitunter ein bis anderthalb Jahre – nahm der Tee seinen besonderen Geschmack vom Lagerfeuer der Karawane an.

Er stellte den Samowar in die Spüle und füllte ihn mit Wasser. Anschließend holte er den Sack mit Anmachholz und Holzschnitzeln, den er im Schrank aufbewahrte, und füllte etwas davon in den Zylinder in der Mitte.

Als er seine Taschen abtastete, stellte er fest, dass er seine Zigaretten und mit ihnen sein Feuerzeug im Wagen gelassen hatte. Irgendwo musste allerdings eine Schachtel Streichhölzer sein.

Nachdem er mehrere Schubladen durchgesehen hatte, fand er sie schließlich in einem Schrank bei den Kaffeetassen.

Er stellte den Samowar auf den Herd, nahm ein Streichholz aus der Schachtel, zögerte aber, es anzuzünden.

Plötzlich standen ihm die Haare im Nacken zu Berge. Er vermochte nicht zu sagen, was, aber etwas stimmte nicht.

Er legte das Streichholz und die Schachtel auf die Theke und drehte sich um, um aus der Küche zu gehen. In diesem Moment gab es draußen eine gewaltige Explosion, die die Fenster zersplittern ließ und eine ungeheure Druckwelle durch das Gebäude sandte.

57

Heulend kam die erste Wasp angeflogen und detonierte in einer so lauten Explosion, dass sie nicht einmal merkten, dass die zweite Rakete abgefeuert worden war, bis diese den zweiten SUV traf und ein gigantischer Feuerball in den Nachthimmel quoll.

»Jetzt!«, gab Harvath den Befehl für Nord-Virginia.

Nicholas hatte sich ins Stromnetz von Damaskus gehackt. Nun stellte er den Strom im Umkreis von zehn Blocks ab. Das gesamte Viertel wurde dunkel.

Harvath kam auf dem Dach der Salzbox auf und gab den Hadids und ihren Männern das Zeichen, ihm zu folgen.

Er stürmte zur Tür des Treppenhauses, lud die Pumpgun, hielt sie in einem Winkel von 45 Grad zur Seite und 45 Grad nach unten. Er löste die Sicherung und blickte Thoman an, der ihm Deckung gab.

Als Thoman nickte, zog Harvath den Abzug durch und jagte eines seiner schweren Geschosse in den Bereich zwischen Schloss und Türrahmen. Anschließend drehte er sich um und trat nach hinten aus. Die Tür bewegte sich nicht.

Er drehte sich um, lud die Pumpgun erneut und zielte auf die Angeln.

Donnernd jagte er drei weitere Geschosse in die Tür.

Als er diesmal zutrat, flog die Tür nach innen. Mit erhobener Waffe spähte Thoman nach unten ins Treppenhaus, bereit, jeder Bedrohung zu begegnen, die womöglich auf der anderen Seite wartete. Das Treppenhaus war leer.

Harvath reichte die Schrotflinte weiter und wechselte zu seinem Gewehr. Er tippte Thoman an, der ihm Platz machte, übernahm die Spitze und ging dem Team voran in das Gebäude hinunter.

In ihren Wärmebildbrillen glomm das Treppenhaus in einem gespenstischen Grauweiß. Harvath hatte keine Ahnung, ob die Russen eine vergleichbare Ausrüstung hatten oder nicht. Nach Angaben des Teams in der Feuerschutz-Stellung war Proskurow der Einzige, der beim Aussteigen aus einem Fahrzeug etwas trug – so etwas wie eine Tasche über der Schulter und einen kleinen Karton. Falls das Speznas-Team über Nachtsicht- oder Wärmebild-geräte verfügte, hoffte Harvath, dass sie alles in ihren SUVs gelassen hatten und es in Flammen aufgegangen war.

Als Harvath ins erste Obergeschoss hinaustrat, schwenkte er seine Kalaschnikow von einer Seite zur anderen.

Alle Fenster zum Innenhof waren weggesprengt. Auf den Perserteppichen lagen überall Glasscherben. Draußen brannte das Feuer so heiß, dass er die Hitze auf seinem Gesicht spüren konnte. Staub und Rauch nahmen einem den Atem. Nicht mehr lange, dann würde das gesamte Gebäude in Flammen stehen.

Harvath gab seinem B-Team ein Zeichen, in Deckung zu gehen und die Position zu halten. Anschließend bedeutete er den Hadid-Brüdern, ihm zu folgen. Den Scherben aus-weichend, bewegten sie sich rasch den Flur entlang.

Sie kamen an zwei Schlafzimmern vorbei. Beide leer. Als er die Treppe erreichte, die ins Erdgeschoss führte, traf er eine Entscheidung. »Wartet hier!«

Bevor die Hadids Einwände erheben konnten, war Harvath die Treppe hinunter und im immer dichter wer-denden Rauch verschwunden.

Als er das Erdgeschoss erreichte, überflog sein Blick den Raum. Die Wärmebildbrille erlaubte ihm, durch Qualm und Staub zu sehen. Er konnte einen umgestürzten Tisch, Stühle und ein Sofa erkennen. Was er nicht sah, waren Russen.

Dann hörte er Schüsse von draußen. Innerhalb von Sekunden entwickelte es sich zu einer ausgewachsenen Schießerei. Proskurow und seine Leibwächter mussten versucht haben, auf die Straße zu fliehen.

Aufgrund der Position der beiden Syrer draußen wusste Harvath, dass die Russen festgenagelt wurden. Die Männer der Hadids hatten eine ausgezeichnete Deckung und waren bestens getarnt. Sie konnten die Russen die ganze Nacht lang mit Blei eindecken, ohne sich selbst zu zeigen. Doch dann geschah etwas.

Kaum hörte Harvath die Explosion, war ihm auch schon klar, was los war. Jemand hatte eine Granate geworfen. Keiner der Syrer draußen hatte Handgranaten dabei. Es mussten die Russen gewesen sein. *Verflucht!* Sie kamen nicht zurück ins Gebäude. Sie wollten zu Fuß fliehen!

Harvath fing an, über Funk Anweisungen zu brüllen, während er in den Hof hinausrannte.

Überall lagen verbogene, brennende Metallstücke. Schwarze Rauchsäulen schraubten sich in den Himmel.

Es wurde immer noch geschossen. Aber es klang, als käme es nur noch aus einer Waffe.

An der Hofmauer blieb Harvath stehen und ließ sich auf ein Knie sinken. Er hob seine Waffe, beugte sich um die Ecke und sah kurz nach.

Am Ende der Auffahrt, direkt vor den Toren, feuerte ein einzelner Mann aus einer kurzen, vollautomatischen

Waffe. Seine Aufmerksamkeit konzentrierte sich auf die andere Straßenseite, wo sich die Männer der Hadids befunden hatten.

Aus dieser Entfernung sah es so aus, als schösse er mit einer Bizon SMG – einer 9-Millimeter-Maschinenpistole, die bei russischen Antiterroreinheiten beliebt war.

Er gab Feuerschutz, damit Proskurow und der Rest seiner Leute fliehen konnten. Er hätte besser auch auf seinen Rücken geachtet.

Harvath zielte, drückte ab, erschoss ihn direkt vor dem Tor. *Einer ausgeschaltet.*

Er hörte ein Geräusch hinter sich, drehte sich um und sah, wie die Hadids aus dem Gebäude in den Hof gestürmt kamen.

»Wo ist der Rest eurer Männer?«

Thoman zeigte nach oben. »Sie gehen über die Dächer.«

Mathan trug eine schmale Laptoptasche. »Wo hast du das gefunden?«, fragte Harvath.

»Drinnen auf dem Boden. Ich glaube, es ist womöglich die Tasche, die Proskurow dabeihatte.«

Harvath nickte und sah auf seine Uhr. Sobald die Russen bemerkt hatten, dass sie angegriffen wurden, hatte bestimmt einer von ihnen eine schnelle Eingreiftruppe von der Botschaft angefordert.

In einer perfekten Welt hätten sie zehn Minuten Zeit gehabt. Aber da die reale Welt nun mal so war, wie sie war, schätzte Harvath, dass ihnen keine fünf Minuten blieben. Und falls die syrische Armee noch nicht eingeschaltet war, dann mit Sicherheit bald.

Er rannte zu den Toren und erreichte den Speznas-Soldaten, auf den er geschossen hatte. Harvath blickte nach unten. Der Mann lebte noch. Das war ein Problem.

Er hatte einen Ohrhörer im Ohr, ein Mikro steckte in seiner Jacke, und er plapperte etwas auf Russisch.

Harvath drückte den Abzug, schoss aus nächster Nähe zweimal auf ihn. *Problem gelöst.*

Er nahm dem Mann das Funkgerät ab, trat an die Tore und blickte hinaus.

Auf dem Bürgersteig lag ein weiterer Speznas-Mann in einer riesigen Blutlache und bewegte sich nicht. Die Männer der Hadids hatten einen erwischt. Gut für sie.

»In welche Richtung sind sie?«, wollte Harvath wissen.

»Unser Wachposten sagt, sie sind nach links gegangen«, antwortete Mathan und fuchtelte mit der linken Hand in der Luft.

Harvath hielt sich das Funkgerät ans Ohr und lauschte. Tatsächlich war ein Eingreiftrupp unterwegs. Sie waren gerade aufgesessen und fuhren durch die Tore der Botschaft. *»Shest' minuty«*, sagte eine Stimme. *Sechs Minuten.*

Als Harvath nickte, beugten sich die Hadids aus den Toren und richteten ihre Waffen in entgegengesetzte Richtungen, um ihm Deckung zu geben.

Nachdem er sich vergewissert hatte, dass der Russe auf dem Bürgersteig tot war, rannte er über die Straße und ging zwischen zwei schwer beschädigten Autos in Deckung. Die beiden Syrer, die dazu abgestellt waren, die Vorderseite der Salzbox zu decken, hatte es in Stücke gerissen.

Er stützte seine Waffe auf die Motorhaube des geparkten Wagens, hinter dem er sich versteckte, und winkte Mathan herüber. Sobald dieser wohlbehalten die Straße überquert hatte, kam sein Bruder. So vorsichtig wie nur möglich huschten sie den Bürgersteig entlang.

Sie hatten fast das Ende des Blocks erreicht, da sagten Thoman und Mathan wie aus einem Mund: »Stopp!«

Einer ihrer Männer meldete über Funk etwas in schnellem Arabisch.

»Wir haben sie«, sagte Thoman.

»Wo?«, fragte Harvath.

»Das Mietshaus an der Ecke.«

»Beobachten deine Leute es?«

Mathan nickte. »Ittak ist der Mann, der eine der Wasps abfeuerte. Danach kam er, um uns Deckung zu geben. Er ist den Russen gefolgt.«

Schlau von ihm, sich nicht auf ein Gefecht einzulassen, dachte Harvath. »Gut, sag ihm, er soll außer Sicht bleiben und einfach weiterbeobachten.«

Mathan gab Harvaths Anweisungen weiter, während sie liefen.

Kurz vor der Kreuzung wurden sie langsamer und hielten an der Rückseite des Gebäudes an.

Harvath überflog den Bereich durch sein Wärmebildgerät. Er konnte das B-Team ausmachen, das sich auf dem Dach auf der anderen Straßenseite hinter die Brüstung duckte.

Er zeigte auf sie und fragte Thoman: »Wie treffsicher sind sie auf diese Entfernung?«

Der Mann hob den Daumen, drehte ihn jedoch nach unten. »Es sind keine Scharfschützen.«

»Vielleicht müssen sie auch keine sein«, erwiderte Harvath. Er deutete auf den Boulevard unten an der Ecke. »Dein Mann mit dem 50er und sein Beobachter …«

»Outha und Koshy.«

Harvath schüttelte den Kopf. »Wie auch immer. Die russische Botschaft hat ein Team losgeschickt. Sie dürften jeden Moment vor diesem Gebäude vorfahren, um ihre Leute abzuholen. Deine Männer müssen vorbereitet sein, um sie auszuschalten. Das Gleiche gilt, sollten Armee oder Polizei auftauchen. Verstanden?«

Thoman nickte und begann sofort, per Funk Befehle an seine Männer durchzugeben.

Mathan sah Harvath an. »Und wir?«

Harvath warf einen Blick auf das T-Shirt unter Mathans Jacke. »Wie gut seid ihr beide, dein Bruder und du, mit Pistolen auf kurze Distanz?«

58

Mit ihren langen Haaren, den T-Shirts und ihren Canvas Sneakers marschierten die Hadids, Smartphone in der Hand, um den Weg auszuleuchten, in die Lobby des Apartmenthauses, als wären sie dort zu Hause.

Kaum betraten sie das Haus, waren die Russen auch schon über ihnen.

»Hände hoch! Hände hoch!«, befahlen die beiden verbliebenen Speznas-Agenten in grauenhaftem Arabisch, während sie den Brüdern mit ihren Taschenlampen ins Gesicht leuchteten.

Die Zwillinge kamen dem sofort nach und hoben die Hände in einer Geste, die besagte: »Nicht schießen!«

»Auf den Boden!«, kommandierte einer der Soldaten.

Mathan blickte ihn an.

»Auf den Boden?«

»AUF DEN BODEN!«, brüllte der Mann abermals auf Arabisch. Er hatte nicht die geringste Ahnung, wer die beiden waren, und es war ihm auch egal. Er spielte hier keine Spielchen.

Das Eingreifteam musste jeden Augenblick eintreffen. Sobald es da war, konnten sie fliehen. Bis dahin hatte er das Sagen, und diese beiden Syrer würden ihm gehorchen.

»Aber wir wohnen hier«, protestierte Thoman auf Arabisch. »Im vierten Stock.«

Der Russe hielt ihm den Lauf seiner Waffe mitten ins Gesicht.

Mathan bat den Mann, ruhig zu bleiben, und redete seinem Bruder zu, zu kooperieren. Langsam legten sich die Hadids auf den Bauch.

»Wer zur Hölle sind Sie?«, fragte Thoman. »Was ist hier überhaupt los?«

»Halt's Maul!«, knurrte der Russe.

In diesem Moment klingelten die Handys der Zwillinge, beide erhielten sie eine SMS von Harvath. Das war ihr Zeichen.

»Das ist doch Schwachsinn«, meinte Mathan, während er aufstand.

»Totaler Blödsinn«, pflichtete Thoman ihm bei und machte ebenfalls Anstalten aufzustehen.

Die Russen rückten näher. Einer holte mit dem Stiefel aus, bereit, dem Hadid, der ihm am nächsten war, einen Tritt zu verpassen. Da erscholl ein Schuss von der anderen Seite der marmorverkleideten Lobby.

Harvath feuerte, die SIG Sauer mit beiden Händen gepackt, eine Kugel auf den Speznas-Agenten ab. Sie erwischte den Mann direkt über dem linken Ohr und durchschlug sein Gehirn, was ihn auf der Stelle tötete.

Ehe der andere Russe zu reagieren vermochte, zogen Thoman und Mathan ihre Pistolen unter ihren Hemden hervor und begannen zu schießen. Der Mann hatte keine Chance.

Die Brüder feuerten weiter, bis der Schlitten arretierte und ihre Waffen leer waren. Dann standen sie einfach da und betrachteten das Blutbad.

»Los jetzt!«, befahl Harvath und brach damit den Bann.

Er hatte die Lobby verdeckt überwacht, bevor die Hadids eintraten, und zerrte nun Proskurow aus dem Treppenhaus, wo ihn sein Sicherheitsteam versteckt hatte. »Zur Hintertür«, sagte er. »Los!«

Die Hadids schoben frische Magazine in ihre Waffen und folgten ihm.

Harvath rammte General Proskurow seine Pistole in den feisten Nacken. »Ich weiß, dass du Englisch sprichst«, sagte er, während er mit ihm vorwärtshetzte. »Wenn du Widerstand leistest, bringe ich dich um. Ist das klar?«

Proskurow nickte. Er hatte unzählige Soldaten darin geschult, wie sie sich bei einer Gefangennahme zu verhalten hatten.

Dies hier kam ihm allerdings anders vor. Proskurow war sich bewusst, wozu die Amerikaner fähig waren. Er musste alles tun, was er konnte, um am Leben zu bleiben.

Draußen auf der Straße lenkte Harvath sie vom großen Boulevard weg, zurück zur Salzbox. Gleich würde es äußerst hässlich werden.

Sie waren erst einen halben Block weit gekommen, da hörten sie, wie die Fahrzeuge der russischen Botschaft mit quietschenden Reifen vor dem Apartmenthaus zum Stehen kamen.

Sobald der Eingreiftrupp aus seinen Fahrzeugen sprang, eröffneten die syrischen Rebellen das Feuer.

Aus drei Blocks Entfernung durchschlugen die Geschosse vom Kaliber 50 ihre ungepanzerten Fahrzeuge, und die

Syrer auf dem angrenzenden Dach deckten sie aus ihren Kalaschnikows ein. Dann fingen sie an, Handgranate um Handgranate zu werfen – und alle gingen sie hoch.

Das russische Team wurde überwältigt. Es erlitt schwere Verluste. Überall war Blut.

Durch die Fenster der Lobby konnten die Russen die toten Speznas-Soldaten sehen. Panik überkam sie. Sie gaben auf, wichen zurück.

Beim Rückzug zu den Fahrzeugen versuchten sie noch nicht einmal, ihre Toten einzusammeln. Ihre Flucht war so schnell, dass die Reifen durchdrehten.

Während sie flohen, kam bei Harvath und den Hadids ein Van mitten auf der Straße schlitternd zum Stehen. Zwei Männer mit schwarzen Sturmhauben sprangen heraus.

Die Männer streiften Proskurow einen Sack über den Kopf und zogen ihn in den Van. Harvath und die Hadids stiegen ebenfalls ein.

Rückwärts fuhren sie die Straße entlang, wendeten an der nächsten Ecke und rasten los. Weitere Fahrzeuge waren bereits zur Stelle, um den Rest des Teams aufzunehmen.

Sie fuhren zu der Werkstatt, die Mathan betrieb. Er sprang aus dem Van und öffnete das Rolltor. Nachdem der Van durchgefahren war, trat er ein, ließ das Tor wieder herunter und schloss ab.

Die Werkstatt war klein, hatte nur eine Hebebühne. Es roch nach verschüttetem Motoröl. Es gab keinen Wartebereich – lediglich ein Büro und einen Vorratsraum.

»Wo ist alles hergerichtet?«, wollte Harvath wissen.

Mathan öffnete den Vorratsraum und schaltete die Deckenbeleuchtung ein. An der Rückwand war eine schwarze Abdeckplane aufgehängt. Vor einem Stativ, auf das eine Videokamera montiert war, stand ein Stuhl, dazu zwei Leuchtenständer.

Harvath warf einen Blick auf seine Uhr. Das hier war für ihn absolutes Neuland. Vella hatte gesagt, die Droge wirke auf verschiedene Menschen unterschiedlich. Es konnte 15 Minuten dauern oder drei Stunden. Sie mussten ihn einfach im Auge behalten und überwachen.

Sie zogen Proskurow aus dem Van, zerrten ihn nach hinten in den Vorratsraum und fesselten ihn an den Stuhl.

Harvath war ausdrücklich davor gewarnt worden, dem Gefangenen eine zu hohe Dosis zu verpassen. Egal wie lange es dauerte, er musste langsam vorgehen. Bekam Proskurow zu schnell zu viel von dem Medikament, konnte dies aus seinem Gehirn Quark machen.

Der General trug die Kapuze, die Harvath aus dem Solarium in Malta mitgebracht hatte. Im Van hatten sie ihm Hände und Füße gefesselt und ihm ein Stück Isolierband über den Mund geklebt.

Harvath packte mehrere Stoffstreifen aus sowie etwas, das aussah wie ein Fläschchen Hustensaft, und bereitete alles genau so vor, wie Vella es ihm gezeigt hatte.

Sobald die Stoffstücke mit dem synthetischen Pheromon getränkt waren, nahm er sie aus der Schale, faltete sie zweimal und packte sie in das Steckfach der Kapuze, die Proskurows Nase und Mund bedeckte.

Anschließend stellte er den Skalenring seiner Uhr ein und ging sich die Hände waschen. Er wollte nichts von dem Gemisch in die Nähe von Mund, Nase oder Augen bringen.

»Wie lange dauert es?«, fragte Mathan, während er eine Flasche Wasser aus der Kühlbox in seinem Büro holte.

»Keine Ahnung.«

»Hast du ein Verhör schon mal so durchgeführt?«

Harvath schüttelte den Kopf und nahm einen langen Zug aus der Flasche. Nachdem er das Wasser heruntergeschluckt hatte, schraubte er die Kappe wieder auf. »Hast du schon etwas gehört? Hat der Rest deiner Männer es geschafft?«

Mathan nickte.

»Tut mir leid wegen der beiden, die du verloren hast.«

Abermals nickte der junge Syrer. »Sie waren gute Kämpfer. Es war ein ehrenhafter Tod.«

Harvath wusste diese Ansicht zu schätzen, die viele nicht verstehen würden. Wenn man schon gehen musste, dann war es immer noch am besten, aufrecht zu sterben für eine Sache, an die man glaubte.

So viel wollte er gerade sagen, als Thoman an die Bürotür gerannt kam. »Da stimmt was nicht.«

»Womit?«

»Mit Proskurow. Ihm ist gar nicht gut.«

Harvath stellte die Flasche Wasser weg und folgte Thoman in die Vorratskammer.

Obwohl er nach wie vor an den Stuhl gefesselt war, zuckte Proskurows Körper heftig.

Harvath hastete zu ihm und riss die Kapuze herunter. Die Augen des Generals lagen völlig verdreht in den Höhlen. Nur das Weiße war zu sehen. Proskurow hatte so etwas wie einen Anfall.

»Was ist los mit ihm?«, fragte Mathan.

»Ich weiß nicht.«

Harvath riss Proskurow das Klebeband vom Mund und wurde von einem Sprühregen aus rosafarbenem Schaum empfangen. Alle machten sie einen Satz zurück.

»Zyankali«, sagte Thoman.

Harvath hatte keine Ahnung, was zum Teufel los war. Er zückte sein verschlüsseltes Smartphone, versuchte, Vella anzurufen, bekam in der Werkstatt jedoch kein Signal. *Verflucht!*

Er warf das Telefon beiseite und zog sein Messer aus der Scheide. »Haltet ihn fest«, befahl er.

Die Hadids packten den Mann, so gut sie konnten, während Harvath ihm die Fesseln durchtrennte.

Sie schoben alles aus dem Weg, damit er sich nicht verletzen konnte, legten Proskurow auf den Boden und rollten ihn auf die Seite. Sein Körper zuckte und verkrampfte sich weiterhin heftig, während ihm rosafarbener Schaum aus dem Mund quoll.

Harvath langte nach seinem Handy und forderte die Brüder auf, Proskurow im Auge zu behalten, während er zur Vorderseite der Werkstatt rannte.

In der Nähe des Rolltors bekam er einen Balken. Doch jedes Mal wenn er versuchte, den Anruf zu tätigen, erhielt er dieselbe Meldung – *keine Verbindung.*

Er schloss das Tor auf, rollte es ein Stück weit hoch und schlüpfte darunter hindurch. Es gefiel ihm nicht, dass er zum Telefonieren im Freien stehen musste, doch ihm blieb keine andere Wahl.

Vella nahm beim ersten Klingeln ab, und Harvath erklärte, was los war.

Prompt stellte Vella eine Reihe von Gesundheitsfragen, die Harvath unmöglich beantworten konnte. Er fragte nach Müdigkeit, Bluthochdruck, Blutzucker und Stress.

Natürlich war der Russe gestresst. Er war gerade in ein größeres Feuergefecht verwickelt und gefangen genommen worden.

Vella bat Harvath, ausführlich darzulegen, wie er die Mischung hergestellt und verabreicht hatte. Dann fragte er, wie lange nach der Verabreichung die Anfälle begonnen hatten.

Harvath beantwortete alle Fragen so schnell und prägnant wie möglich. Allerdings war nichts davon eine Hilfe. Harvath musste wissen, was genau er tun konnte.

Er war fassungslos über Vellas Antwort. »Nichts.«

Nichts?, wollte Harvath gerade erwidern, als Thoman sich unter dem Rolltor hindurchduckte und nach draußen trat.

Harvath brauchte nicht zu fragen, weshalb er nicht drin bei dem Russen war. Er sah es ihm am Gesicht an. Proskurow war tot.

59

Harvath war sauer. Die Hadids hatten zwei gute Männer verloren, und alles, was sie dafür bekamen, war ein toter russischer General.

Vella glaubte nicht, dass Proskurow auf eine Zyankalitablette gebissen hatte. Das machte heutzutage niemand mehr, insbesondere nicht die Russen. Man handelte einen Deal aus – eine komfortable Zuflucht in den Vereinigten Staaten im Austausch für Informationen. Proskurow musste eine Vorerkrankung gehabt haben.

Harvath war es egal, was die Todesursache war. Sein Vorhaben, Proskurows »Geständnis« aufzuzeichnen, um damit Zweifel, Misstrauen, Angst und Panik in den Reihen des IS zu säen, war hinfällig.

Er stellte die Laptoptasche aus der Salzbox auf Mathans Schreibtisch und zog den Reißverschluss auf.

In der Tasche befand sich ein schmaler, robuster Laptop – von der Art, wie sie bei Soldaten und Agenten beliebt war, die in rauen Gegenden eingesetzt wurden. Als Harvath den Deckel aufklappte, fiel ihm als Erstes der Fingerabdrucksensor ins Auge.

Vieles wurde mittlerweile über die Biometrie erledigt. Damit bestand keine Notwendigkeit mehr, ständig Passwörter zu ändern.

Harvath schaltete den Laptop ein, trug ihn nach hinten in den Vorratsraum und wartete auf die Sicherheitsabfrage. Als sie erschien, langte er unter die Abdeckplane, ergriff Proskurows rechte Hand und zog seinen Zeigefinger über den Sensor.

In dem Glauben, es sei alles in Ordnung, stand Harvath auf, doch schon erschien eine zweite Sicherheitsabfrage, das Bild eines Augapfels mit einem Fadenkreuz darüber. Er rief die Hadids, damit sie ihm halfen, bat sie, noch etwas Klebeband mitzubringen.

Sie brachten den General in eine sitzende Position und lehnten ihn an die Wand. Mit Klebeband hielt Harvath ihm die Augenlider offen.

Er hatte keine Ahnung, ob der Computer einen Iris- oder einen Netzhaut-Scan benötigte und ob es sich um das linke Auge, das rechte Auge oder beide handelte. Als Proskurow bereit war, hielt Harvath ihm den Laptop vors Gesicht und aktivierte den Scan. Eine Statusleiste zeigte den Fortschritt an.

Zwei Sekunden später erscholl ein Ton, und der Desktop auf dem Bildschirm des Generals erwachte zum Leben.

Ein nichtssagender, mittelblauer Hintergrund war übersät von hellbraunen Ordnern. Alles war auf Russisch geschrieben.

Technisch wie sprachlich kam Harvath an seine Grenze. Er war klug genug, es nicht auf eigene Faust zu versuchen. Zeit, einen Profi hinzuzuziehen.

Dazu brauchte er allerdings eine bessere Signalstärke für sein Telefon.

Thoman brauchte eine halbe Stunde, um sein Taxi zu holen und zurückzukehren. Kaum war er da, stieg Harvath hinten ein und machte sich an die Arbeit.

Mithilfe des USB-Kabels seines Ladegeräts schloss er den Laptop an sein verschlüsseltes Smartphone an. Über seine Hörmuschel hörte er zu, wie Nicholas erklärte, was er machte, während er die Kontrolle über den Bildschirm übernahm.

Harvath sah zu, wie der kleine Mann zu Hause in den USA per Remote-Zugriff einen Ordner nach dem anderen für ihn öffnete.

Es gab Unmengen geistloser Regierungsnotizen. Anscheinend deckten die Russen ihre Mitarbeiter ebenso mit Schriftstücken ein wie die Amerikaner.

Schließlich stieß Nicholas auf etwas.

»Was ist das?«, wollte Harvath wissen.

»Etwas, das anscheinend wert ist, dass man es verschlüsselt.«

»Kannst du es entschlüsseln?«

»Die Datei ist passwortgeschützt«, erwiderte der kleine Mann. »Es wird einige Zeit dauern.«

Harvath blickte auf die verbleibende Akkulaufzeit des Computers. »Der Laptop hat noch eine Leistung von circa 30 Prozent.« Er vergewisserte sich, dass sich in der

Laptoptasche ein Kabel befand, und wandte seine Aufmerksamkeit Thoman zu. »Ich muss ihn irgendwo einstöpseln. Wie lange brauchen wir, um zur Wohnung zu gelangen?«

»20 Minuten. Solange wir nicht kontrolliert werden.«

Harvath bezweifelte, dass der Akku des Laptops so lange halten würde. Außerdem wollte er nicht das Risiko eingehen, an einem Checkpoint angehalten zu werden. »Gehen wir zurück in die Werkstatt. Dort laden wir ihn auf und versuchen es noch einmal.«

»Ich weiß, wo wir es versuchen können«, meinte Thoman. »Nicht weit von hier. Dort müsstest du ihn eigentlich anschließen können, und dein Handy müsste ein Signal bekommen.«

»Ist es dort sicher?«

»Durchaus.«

Es war ein kleiner, schummriger Laden. Ein paar Männer saßen hinten an einem Tisch, rauchten Wasserpfeife und spielten Backgammon.

Per Handzeichen bestellte Thoman zwei Kaffee, während er Harvath die Wahl ließ, wo er sitzen wollte. Er suchte sich einen Tisch in der Nähe einer Steckdose aus, von dem aus man die Eingangstür im Blick hatte.

»Wie ist dein Signal?«

Harvath blickte auf sein Handy. »Ausgezeichnet.«

»Gut!«

Als der Cafébesitzer den Kaffee brachte, sprach er einige Momente mit Thoman. Als sie fertig waren, fragte Thoman Harvath: »Möchtest du rauchen?«

Nicht unbedingt, dachte Harvath, doch da er bemüht war, nicht aufzufallen, nickte er. »Sicher. Danke.«

Der Cafébesitzer kehrte zurück und bereitete die Wasserpfeife mit Tabak mit Wassermelonenaroma zu. Harvath war zwar nicht gerade versessen darauf, nahm aber trotzdem ein paar Züge.

Als er zusah, wie der Rauch zu der fleckigen Decke aufstieg, musste er an die ganzen Zigaretten denken, die Yusuf auf ihrer Fahrt von Jordanien hierher geraucht hatte.

Er wusste, wohin seine Gedanken als Nächstes wandern würden – zu Yusuf, der Krebs hatte, wie er an der Grenze ausgeraubt worden war.

Normalerweise wäre ihm Stille lieber gewesen, doch er kam zu dem Schluss, dass es vielleicht besser war, sich zu unterhalten. »Warum hast du diesen Ort ausgesucht?«, fragte er Thoman.

»Wegen des Besitzers.«

»Was ist mit ihm?«

»Er ist mit meinem Vater aufgewachsen. Sie waren gute Freunde.«

So viel zur Abkehr von ernsten Problemen. »Wo ist deine Mutter? Ist sie in Damaskus?«

Thoman schüttelte den Kopf. »In Paris. Sie ist dorthin gezogen, nachdem das Regime meinen Vater ermordet hatte.«

»Sie ist bestimmt nicht glücklich darüber, dass ihr beide, du und dein Bruder, hiergeblieben seid.«

»Nein. Glücklich ist sie nicht gerade, aber ich denke, sie versteht es. Unser Vater hat für die Amerikaner gearbeitet. CIA. Darum wurde er getötet.«

»Das tut mir leid«, antwortete Harvath.

»Das braucht es nicht. Er hat getan, was er für richtig hielt. Er war ein Ehrenmann.«

»Dessen bin ich mir sicher.«

»Und du?«, fragte Thoman.

»Was ist mit mir?«

»Dein Vater. Was macht er?«

»Er war ein Navy SEAL. Er kam bei einer Übung ums Leben.«

»Tut mir leid.«

»Muss es nicht. Er liebte seinen Job.«

»Und deine Mutter?«

»Sie lebt in Kalifornien«, sagte Harvath.

»Macht sie sich Sorgen wegen dem, was du tust?«

Das war eine gute Frage. Harvath musste überlegen, was er darauf antworten sollte. Schließlich meinte er: »Sie weiß eigentlich gar nicht so richtig, worin mein Job besteht. Sie weiß bloß, dass ich versuche, das Richtige zu tun.«

Thoman lächelte. »Weil du so erzogen wurdest.«

»Ja. Von beiden.«

»Wir haben einiges gemeinsam.«

Harvath lächelte ebenfalls. »Ja, das haben wir.«

Er lehnte sich in seinem Stuhl zurück und wollte gerade einen weiteren Zug von der Wasserpfeife nehmen, als eine SMS von Nicholas auf seinem Handy erschien.

Sie war in Großbuchstaben und lautete: DRINGEND. RUF MICH AN.

60

Präsident Porter tippte mit seinem Stift auf den Briefing-Ordner vor sich. »Haben Sie eine Bestätigung, dass Senator Wells hinter der Story der *Washington Post* steckt?«

»Noch nicht«, erwiderte McGee. »Aber wir werden sie bekommen.«

»Bis dahin allerdings: Könnten die Informationen auch von jemand anderem stammen? Von einem anderen Mitglied, das Sie informiert haben? Vom Oppositionsführer vielleicht?«

»Ich weiß, dass es Wells war.«

»Das war nicht meine Frage«, sagte Porter.

»Sir, Sie wissen, was für ein Mensch Wells ist. Er ist ein absoluter Opportunist. Ihm ist alles zuzutrauen.«

»Könnte es eines der anderen Mitglieder gewesen sein?«

Verärgert räumte McGee ein: »Sicher, es hätte auch einer von ihnen sein können, aber dem ist nicht so. *Er* war es.«

Der Präsident war nicht unbedingt anderer Meinung, aber man musste jede Frage stellen. Was da gegen ihn vorgebracht wurde, war unglaublich ernst. »Reden wir darüber, was in *Meet the Press* gesagt wurde.«

»Darüber, dass jemand im Vorfeld über den Anschlag auf Secretary Devon in der Türkei Bescheid wusste.«

Porter nickte. »Woher zum Teufel kam das?«

»Von mir.«

»*Von Ihnen?*«

»So lockt man einen Maulwurf in die Falle. Man legt Desinformationen aus, die einfach unwiderstehlich sind, beobachtet, wo sie auftauchen, und arbeitet sich dann rückwärts vor.«

»Koste es, was es wolle?«

McGee fühlte sich furchtbar. »Hätte ich gewusst, dass es Wells ist und dass er damit an die Öffentlichkeit geht, hätte ich es anders gemacht. Es war ein Fehler, und es tut mir ...«

Der Präsident war zwar nicht glücklich darüber, doch er winkte ab. »Wie sicher sind Sie, dass Senator Wells mit dem Maulwurf Informationen austauscht?«

»Er mag ein Opportunist sein, aber er ist nicht dumm«, antwortete McGee. »Bei Weitem nicht.«

»Welche Verbindung gibt es dann zwischen den beiden?«

»Wir glauben, es ist seine Stabschefin.«

Präsident Porter nahm ein Foto aus dem Ordner und sah es sich an. »Was wissen wir über sie? Abgesehen von der Tatsache, dass sie äußerst attraktiv ist.«

»Rebecca Ritter«, begann der CIA-Direktor. »26 Jahre alt. Geboren und aufgewachsen in Davenport, Iowa. Besuchte die St. Ambrose University und erwarb einen Master in Public Policy an der Kennedy School. Sie ist das jüngste von drei Kindern, ihr Vater besitzt ein industrielles Recyclingunternehmen, und ihre Mutter arbeitet bei einer Bank.«

»Woher wissen Sie, dass Ritter die Informationen nicht von Ihrem Assistenten erhalten hat?«

»Weil Brendan Cavanagh ein guter Mann ist«, sagte McGee. »Ein *sehr* guter Mann. Als Junge war er ein Eagle Scout, und niemand, der ihn kennt, war überrascht, als er zum Marine Corps ging und mehrfach für seine Tapferkeit im Irak und in Afghanistan ausgezeichnet wurde. Er hat drei Silver Stars.

Hätte er einen Abschluss in Jura oder Rechnungswesen gemacht, wäre er wahrscheinlich drüben beim FBI gelandet. Aber das hat er nicht. Wir haben ihn, und er ist ein Gewinn für die CIA. Er ist ein Mann von untadeliger Integrität. Darum habe ich ihn zu meinem Assistenten gemacht.«

»Aber er hat«, sagte Porter der Klarheit halber, »Zugang zu den Informationen.«

»Ja. Zu allem.«

»Und Ritter ist seine Freundin.«

McGee schüttelte den Kopf. »Ich denke, es ist wesentlich lockerer.«

»Sie schlafen miteinander.«

»Korrekt!«

Der Präsident blickte seinen CIA-Direktor an und hob die Augenbrauen. »Und?«

»Und ich denke nicht, dass das Brendan zu der undichten Stelle macht. Das ist nicht sein Stil.«

Porter hielt Rebeccas Foto hoch, damit McGee es sehen konnte. »Kommen Sie, Bob. Sehen Sie sie sich an. Welcher Mann würde ihr nicht verraten, was sie wissen möchte?«

»Brendan Cavanagh, Mr. President. Er würde es nicht tun.«

»Wie können Sie sich da so sicher sein?«

»Weil ich ihn kenne. Ich weiß, in welche Richtung sein moralischer Kompass zeigt. Ich weiß, dass sein Land ihm mehr bedeutet als alles andere, und ich weiß, dass man ihm trauen kann.«

»Wussten Sie, dass er mit ihr schläft?«

Obwohl die Situation so ernst war, entfuhr McGee ein Kichern.

»Ist das ein Nein?«, drängte Porter.

McGee schüttelte den Kopf. »Im Gegenteil. Ich wusste nicht nur davon, ich habe ihn dazu ermutigt.«

»Wie bitte?«

»Brendan ist ein kluger Junge. Würde einen verdammt guten Agenten abgeben.«

»Wieso?«, fragte der Präsident.

»Bis vor ungefähr sechs Monaten war das einzige Mal, dass Brendan Rebecca Ritter jemals gesehen hatte, in Zusammenhang mit Angelegenheiten des Geheimdienstausschusses des Senats. Dann begegnete sie ihm plötzlich zufällig an mehreren Orten, die er aufsuchte.

Wie gesagt, Brendan ist ein kluger Junge. Ihm war klar, dass es kein Zufall war. Und es war auch kein Zufall, dass sie jedes Mal ein bisschen aufreizender angezogen war.«

»So als würde sie versuchen, seine Aufmerksamkeit zu erregen?«

»Sie wollte seine Aufmerksamkeit, ganz recht«, erwiderte McGee. »Und noch einiges mehr. Doch als es zum dritten Mal passierte, wusste er, dass etwas Seltsames vor sich ging, und er kam damit zu mir.«

»Was soll daran denn seltsam sein?«, fragte Porter. »Ich bin ihm begegnet. Er ist ein großer, kräftiger, gut aussehender Marine.«

»Er ist groß und kräftig, aber *so* gut sieht er nun auch wieder nicht aus. Meint er jedenfalls. Deshalb nahm er an, dass Ritter etwas anderes von ihm will. Immerhin ist

ihr Chef, Senator Wells, Vorsitzender des Geheimdienstausschusses des Senats.«

»Und er ist nicht gerade ein Freund von Ihnen.«

Abermals schüttelte McGee den Kopf. »Durchaus
nicht.«

»Also sagten Sie Ihrem Assistenten, er solle …«

»Mitspielen.«

»Das heißt mit ihr schlafen«, meinte der Präsident.

»Das heißt, was auch immer Cavanagh für angemessen
hielt«, erwiderte der CIA-Direktor. »Sollte etwas Übles im
Gange sein, wollte ich es wissen, da haben Sie verdammt
recht. Ich bin ein Spion. Das ist unser Job.«

Der Präsident lächelte. »Aus diesem Grund habe ich
Sie dafür vorgeschlagen.«

»Dann müssen Sie mir glauben. Brendan ist nicht
unsere undichte Stelle. Es ist jemand anders.«

Noch einmal fragte Porter: »Und dessen sind Sie sich
ganz sicher?«

McGee nickte. »Ich hasse diese Talkshows. Das wissen
Sie. Aber angesichts all dessen, was passiert ist, und,
wichtiger noch, weil Sie mich darum gebeten haben, ging
ich hin.

Als ich aus dem CBS-Studio kam, rief Brendan mich an,
um mir zu sagen, dass wir umgehend miteinander sprechen müssten. Er hatte gerade Wells auf NBC gesehen.
Gottlieb hatte ihn gefragt, was er über ein Gerücht wisse,
dass das Weiße Haus vor dem Anschlag auf Secretary
Devon eine Vorwarnung erhalten habe.«

»Und woher hat Gottlieb das?«

»Rebecca Ritter hat es zu NBC durchgestochen.«

»Woher wollen Sie das wissen?«

»Wir haben jemanden bei NBC.«

»Einen Spion?« Der Gedanke, dass die CIA einen Fernsehsender infiltrierte, gefiel dem Präsidenten ganz und gar nicht.

McGee schüttelte den Kopf. »Einen Freund. Jemanden, der sicherstellen möchte, dass es fair zugeht. Als wir unsere Fühler ausstreckten, fand diese Person heraus, woher Alan Gottlieb diese Frage hatte.

Ritter hatte es einem neuen Produzenten erzählt. Einem Typen, der erst vor Kurzem aus New York hierhergezogen ist.«

»Aber wenn es nicht von Ihrem Mann, Cavanagh, kam, woher hat sie dann die Information?«

»Wollen Sie meine professionelle oder meine persönliche Meinung?«

»Beides«, antwortete der Präsident.

»Professionell: Wir haben irgendwo im Geheimdienst ein Leck. Es ist entweder ein Mitarbeiter oder jemand mit direktem Zugriff auf unsere Kommunikationswege. Wir sehen uns noch eine Handvoll Leute an, die infrage kommen. Aber ich hoffe, bald etwas Neues für Sie zu haben.«

»Gut«, meinte Porter. »Und jetzt Ihre persönliche Meinung?«

Der CIA-Direktor nahm Rebecca Ritters Foto in die Hand und hielt es dem Präsidenten hin, damit er es sehen konnte. »Wer auch immer es ist, sie schläft mit dem Informanten. Sehen Sie sie sich an. Wer würde ihr nicht verraten, was immer sie wissen möchte?«

61

Proskurows Laptop enthielt eine Fülle an Informationen. Die verschlüsselten Dateien waren eine wahre Fundgrube. Verband man es mit dem, was Viktor Sergun bei seinen Verhören in Malta preisgegeben hatte, ergab sich ein erstaunliches Bild.

Das Nachrichtengeschäft war jedoch eine heikle Angelegenheit. Nicht immer ergab zwei und zwei vier – und selbst wenn, bedeutete es womöglich nicht das, wofür es selbst die klügsten Köpfe hielten.

Waren die Informationen auf Proskurows Laptop belastbar? Hatte man sie überprüft? Oder handelte es sich um eine Falle? So vieles musste bedacht werden.

Letztlich musste Harvath die Entscheidung treffen. Der Präsident, ebenso Bob McGee und der Alte, hatten gesagt, sie würden jede respektieren, die er traf.

Harvath dachte darüber nach, wie viele Menschen getötet worden waren – wie viele Amerikaner. Die Operation war mit unvorstellbaren Risiken verbunden, aber was dabei herausspringen konnte, war zu gut, um es sich entgehen zu lassen.

Abgesehen von der schieren Gefahr, der er ausgesetzt war, war sein nächstgrößtes Problem die Manpower.

Die Hadids standen auf der Gehaltsliste der CIA. Sie waren zwar nicht unbedingt wild darauf, aber sie würden ihn begleiten. Anders der Rest ihrer Männer. Diejenigen, die beim Angriff auf die Salzbox mitgemacht hatten, standen auf niemandes Gehaltsliste. Harvath hatte sie aus dem Schultergurt seiner Kameratasche in bar bezahlt. Nun hatte er fast kein Geld mehr.

Das war ein Problem gleich auf mehreren Ebenen – nicht zuletzt, weil die Hadids dort, wo sie hinwollten, absolut keine Kontakte hatten. Und selbst wenn sie die Leute beschwatzen konnten, würde niemand sein Leben aufs Spiel setzen, um ihnen zu helfen, ohne dafür bezahlt zu werden, und zwar in bar und im Voraus.

Harvath wollte nur ein einziger Mann einfallen, der ihn vielleicht unterstützen würde. Er holte sein Handy heraus und wählte Yusufs Nummer.

Spät am nächsten Vormittag trafen sie sich am Stadtrand, und Harvath stellte die Hadids vor. Während die drei Syrer miteinander plauderten, musterte er das Fahrzeug, einen weißen viertürigen Toyota Hilux Pick-up.

Toyotas waren im vom IS kontrollierten Gebiet so sehr an der Tagesordnung, dass man meinen könnte, der IS besäße Aktien des Unternehmens. Auf jeden Fall würde es dazu beitragen, dass sie sich etwas freier bewegen konnten. Nun brauchte Harvath nur noch die richtige Waffe.

45 Minuten später händigte Harvath in einer Stadt nordöstlich von Damaskus fast den gesamten Rest seines Bargeldes aus nebst seiner Kamera. Im Gegenzug erhielt er ein modifiziertes halbautomatisches rumänisches 7,62 Millimeter PSL-Scharfschützengewehr mit einem Schalldämpfer, der wahrscheinlich bei den irakischen Sicherheitskräften gestohlen worden war.

Dazu gab es ein LPS 4X6+ TIP2-Zielfernrohr, ein russisches NSPUM-Nachtsicht-Zielfernrohr und eine halb leere Schachtel Munition.

Als Harvath obendrein noch einen Transportkoffer verlangte, reichte der alte, knorrige Waffenhändler der Rebellen ihm einen schwarzen Plastikmüllsack. *Willkommen im Krieg in Syrien.*

Nun, da er das Gewehr erstanden hatte, fuhr Yusuf sie nach Norden. Mathan saß neben ihm, während Thoman mit Harvath hinten saß.

Sie drangen tief ins IS-Territorium vor, und Harvath hatte nur eine einzige Möglichkeit, die Fahrt anzutreten – in Verkleidung.

Er trug schwarze Handschuhe und eine pechschwarze Burka. Mathan sagte ihm, er sehe wunderschön aus. Thoman meinte, die Burka lasse seinen Hintern vielleicht ein bisschen breit aussehen.

Harvath sagte ihnen, dass er sie beide erschießen würde, wenn sie nicht die Klappe hielten. Yusuf unterdrückte ein Lachen, zündete sich noch eine Zigarette an und fuhr weiter.

Sobald sie sich außerhalb des vom Regime kontrollierten Gebiets befanden, stießen sie auf mehrere IS-Kontrollstellen.

Yusuf, ganz der versierte Schmuggler, bewältigte alles wunderbar. Nicht ein Cent wechselte den Besitzer.

Er hatte seine Krankenberichte und andere wichtige Papiere mitgebracht. Er spielte tatsächlich die Krebskarte aus.

Er sagte ihnen, er wolle nach Hause in sein Dorf in der Nähe von Raqqa zurückkehren, um mit dem Rest seiner Familie zusammen zu sein. Das Krankenhaus in Damaskus könne nichts mehr für ihn tun. Er wolle in seinem eigenen Bett sterben, in dem Haus, in dem er aufgewachsen sei.

Keiner der IS-Kämpfer wusste, wie er darauf reagieren sollte.

Viele Menschen hatten gebettelt, geschmeichelt, gedroht, um lebend herauszukommen. Sie hatten noch nie jemanden gesehen, geschweige denn einen so guten, frommen Muslim, der angefahren kam und höflich um Erlaubnis bat, ihr Territorium betreten zu dürfen, damit er sterben konnte.

Es war erstaunlich. Und es funktionierte an jedem der Kontrollpunkte. Nicht ein einziges Mal wurden sie durchsucht. Nicht ein einziges Mal aufgefordert, aus ihrem Fahrzeug auszusteigen.

Wäre es dazu gekommen, war Harvath am schwersten bewaffnet. Es war verblüffend, wie viel sich unter einer Burka verstecken ließ. Dann war da noch die Drohne hoch oben, die sie beschattete.

Sie hatten den langen Weg genommen. Nicht weil sie es wollten, sondern aus purer Notwendigkeit. Indem sie der offenen Wüste zustrebten, konnten sie viele der syrisch-russischen Luftpatrouillen vermeiden. Dadurch erhielten sie früher und damit auch länger Deckung durch die US-Drohne.

In 4500 Metern Höhe flog eine MQ-9 Reaper von General Atomics Aeronautical Systems.

Sie war mit zwei AGM-114 Hellfire Luft-Boden-Raketen und zwei AIM-92 Stinger Luft-Luft-Raketen bestückt für den Fall, dass sie mit feindlichen Flugzeugen in Kontakt kamen.

Das Letzte, was Harvath wollte, war, die Hellfire-Raketen an einen IS-Checkpoint zu verschwenden. Trotzdem war es gut zu wissen, dass sie da waren, nur für den Fall, dass sie sie brauchten.

In Tadmur, in der Nähe der antiken Ruinen von Palmyra, hielten sie an, aber nur Yusuf stieg aus. Er kaufte Essen und weiteres Mineralwasser.

Damit kehrte er zum Lastwagen zurück, und sie aßen auf dem Weg nach as-Suchna, wo sie tankten und weiter nach Deir ez-Zor fuhren.

Rings um sie herum waren überall Zeugnisse eines Bürgerkriegs und langwieriger Unruhen.

In ausgebombten Wohnungen hausten Flüchtlinge, die nirgendwo sonst hinkonnten. Die Glücklicheren hatten ihre Dächer mit Wellblech gedeckt. Die weniger Glücklichen benutzten Plastikplanen. Die völlig Glücklosen nahmen Schilf, Pappe und was sie sonst noch ergattern konnten.

Der Standstreifen war in beiden Richtungen von den verkohlten Gerippen ausgebrannter Autos übersät. Während sie fuhren, ergriff sie die unausgesprochene Angst, auf eine Sprengfalle zu fahren oder ins Visier eines regierungstreuen Kämpfers zu geraten.

Die Straße war so stark in Mitleidenschaft gezogen, dass sie es ohne Allradantrieb nicht geschafft hätten. Immer wieder waren sie gezwungen, ins Gelände auszuweichen und lange Fels- und Sandabschnitte zu durchqueren.

Auf halbem Weg nach Raqqa, im fruchtbaren Korridor des Euphrat, südlich der Stelle, an der er sich aus dem Assad-Stausee ergießt, hielten sie.

Etwas außerhalb von al-Kasarah lag ein kleiner Bauernhof, auf dem eine einst wohlhabende Familie Datteln und Feigen anbaute. Was von der Familie übrig war, kämpfte nun ums nackte Überleben.

Schon vor langer Zeit hatte der IS ihr gesamtes Vieh beschlagnahmt – ihre Ziegen, ihre Hühner, sogar eine

Kuh. Was der IS nicht mitnahm, holten sich die Regierungssoldaten, als sie durchzogen. Es war, als wäre man Welle um Welle einem Heuschreckenschwarm ausgesetzt.

Dennoch lehnte der Patriarch es ab, sein Land zu verlassen. Dazu war er zu stolz. Seine Familie betrieb hier schon seit Generationen Landwirtschaft. Konflikte waren gekommen und gegangen. *Inschallah* würden sie es überstehen.

Als der Pick-up vor seinem Haus zum Stehen kam, hielt er seine Frau und die Kinder im Innern verborgen. Die IS-Kämpfer und die Regierungssoldaten waren gleichermaßen grausam und verdorben. Seine Familie hatte bereits zu sehr unter ihnen gelitten.

Der Mann trat nach draußen und hielt sich die Hand über die Augen, um sie vor der Sonne abzuschirmen. Sein Gesicht war faltig und wettergegerbt von einem Leben im Freien. Er sah wesentlich älter aus, als er eigentlich war. Mit zusammengekniffenen Augen versuchte er auszumachen, wer sich in dem Fahrzeug befand.

Ein weißer Toyota konnte jeder sein, aber wahrscheinlich war es der IS. Der hatte die Steuern wieder erhöht. Niemand hatte mehr etwas, das er geben konnte. Jeden, den er kannte, hatten sie bis aufs Hemd ausgenommen. Dem IS war das egal.

Der Puls des Bauern beschleunigte sich. Wenn er nicht zahlen konnte, würden sie ihn wegbringen. Sie würden ein Exempel an ihm statuieren. Seine öffentliche Folter – vielleicht gar sein Tod – sollte seine Verwandten so weit einschüchtern, dass sie bezahlten.

Der Gedanke, seine Frau und seine Kinder nie wiederzusehen, machte ihm das Herz schwer. Er wünschte, er hätte sie ein letztes Mal umarmt, bevor er nach draußen trat. Aber woher hätte er es wissen sollen?

Riad Qabbani straffte seinen krummen Rücken und machte sich auf das Schlimmste gefasst.

62

»Ich werde mit ihm reden«, sagte Yusuf. »Okay? Niemand sonst. Es ist besser, wenn es bloß ich bin.«

Harvath verstand. Thoman und Mathan stimmten zu. Als Yusuf aus dem Wagen stieg, um mit dem alten Bauern zu sprechen, stiegen auch die Zwillinge aus, um sich die Beine zu vertreten.

Harvath wäre ebenfalls gern ausgestiegen, doch er gab sich ja als Frau aus. Das hieß, dass sein Status der eines Bürgers zweiter Klasse war. Er blieb im Truck zurück.

Es war ruhig, friedlich sogar, hier in der Nähe des Euphrat. Die Dattelpalmen und Feigenbäume hingen voller Früchte. Die Luft war gut.

Die Hadids hielten ihre Handys hoch in die Luft, bemüht, ein Signal zu erhalten, während Yusuf mit dem Bauern sprach.

Harvath blieb wachsam, unter der Burka schweifte sein Blick hin und her, er hielt nach Problemen Ausschau.

Auf der Fahrt hatte er ihre Position auf seinem Handy verfolgt und in Gedanken festgehalten, wo sie sich befanden. Damaskus lag fast 500 Kilometer hinter ihnen, Erbil, via Mossul, 500 Kilometer nordöstlich. Bagdad lag 560 Kilometer südöstlich.

Sie waren mitten im Nirgendwo, auf allen Seiten vom IS umgeben. Hinter dem nächsten Hügel wartete keine Kavallerie, bereit, zu ihrer Rettung zu eilen. Alles, was sie hatten, war eine einsame Drohne, hoch oben, außer Sicht.

Nachdem Yusuf sich fünf Minuten unterhalten hatte, kehrte er zum Truck zurück. »Wir sind zum Tee eingeladen.«

»Wir alle?«, wollte Harvath wissen.

»Ja. Du kannst Qabbani trauen.«

Thoman öffnete ihm die Tür, Harvath stieg aus, und alle gingen sie zu dem kleinen Steinhaus.

Das Erste, was Harvath ins Auge fiel, war, wie niedrig die Decken waren. Das Nächste, was er bemerkte, waren die Bücher. Der Mann hatte ganze Stapel davon.

Auf dem Boden lagen Teppiche, an der Wand lehnten Kissen. Der Bauer forderte seine Gäste auf, sich zu setzen.

Er verschwand in einem angrenzenden Raum, wohl die Küche, und kehrte einige Momente später mit einem großen Tablett zurück. Darauf standen ein Teller mit Datteln, ein Teller mit Feigen und Tee. Er stellte es mitten auf den Boden und nahm Platz.

Sein Gesicht war hager und sonnengebräunt; seine Augen lagen tief in den Höhlen. Er wirkte sehr schlecht genährt.

Lächelnd blickte der Mann Harvath an. Auf Englisch sagte er: »Hier ist es sicher. Du kannst die Burka ablegen.«

Harvath dankte ihm und zog sie aus. Er hatte keine Ahnung, wie muslimische Frauen den ganzen Tag in diesen Dingern verbringen konnten.

Er faltete das Kleidungsstück zusammen, legte es neben sich auf den Teppich und nahm dankend eine Tasse Tee an.

»Wie lange ist es her?«, fragte Yusuf seinen alten Studienfreund.

»So viele Jahre, dass ich mich gar nicht mehr erinnern kann.«

Qabbanis Englisch war gut. Aus Respekt vor seinem Gast verzichtete er auf Arabisch, außer er musste nach einem bestimmten Wort fragen.

Nach einigen Minuten höflichen Austauschs kamen sie zu dem eigentlichen Grund, aus dem Yusuf hier war.

»Die Straßen sind gefährlich«, sagte Qabbani. »Überall Kontrollpunkte und Patrouillen. Es ist nicht sicher für dich, nach Raqqa zu fahren.«

»Wir fahren nicht nach Ar Raqqa.« Harvath holte eine Karte hervor, breitete sie auf dem Boden aus und deutete auf eine Stadt auf halber Strecke. »Hier müssen wir hin.«

Der Bauer schnalzte mit der Zunge. »Nicht sicher.«

»Aber ist es möglich?«, wollte Yusuf wissen.

Der Mann überlegte. »Vielleicht.«

»*Vielleicht?*«

»Es gibt Gerüchte über diese Stadt. Dort passieren schlimme Dinge. Die Leute gehen hin und kommen nicht mehr zurück. Nie mehr.«

Harvath war nicht überrascht. »Kennst du dich dort aus?«

Qabbani nickte.

»Kannst du uns helfen, dorthin zu gelangen?«

»Nein.«

»Wie bitte?«

»Die bringen meine Familie um, wenn ich euch helfe. Das kann ich nicht riskieren.«

»Gibt es etwas, das du brauchst? Etwas, das ich dir anbieten könnte, um mich deiner Hilfe zu vergewissern?«, fragte Harvath.

Qabbani lächelte traurig. »Kannst du Frieden bringen?«

»Nein«, erwiderte Harvath. »Tut mir leid. Das kann ich nicht.«

»Dann, fürchte ich, gibt es nichts zu besprechen.«

Harvath nippte an seinem Tee, stellte das Glas ab. »Aus wie vielen Leuten besteht deine engste Familie?«

»Warum fragst du?«

»Wie viele?«, wiederholte Harvath.

»Fünf. Ich habe eine Frau und vier Kinder.«

»Wie alt sind deine Kinder?«

»Die beiden Jungen sind zwölf und 14. Meine Mädchen sind acht und elf. Warum willst du das wissen?«

Harvath blickte ihn an. »Ich kann deinem Land zwar keinen Frieden bringen. Aber was, wenn ich dir und deiner Familie Sicherheit geben könnte?«

Damit hatte er definitiv die Aufmerksamkeit des Mannes. Qabbani beugte sich vor. »Sag mir, wie.«

63

Die Stadt Furat sah aus wie tausend andere, die Harvath in seiner beruflichen Laufbahn gesehen hatte. Die Häuser waren quadratisch. Viele hatten ummauerte Innenhöfe. Sie waren aus Lehmziegeln errichtet. Einige, in der Regel die zweistöckigen Häuser, waren aus Hohlblocksteinen gebaut.

Die ursprüngliche Drohne war zurückgeflogen, um aufzutanken. Eine identische kreiste nun hoch oben und lieferte Bilder.

Vier Straßen führten nach Furat hinein und heraus, in jeder Himmelsrichtung eine. Es war ein alter Karawanenstopp, bekannt für die Güte seines Wassers, das aus tiefen, kalten Brunnen kam.

Harvath betrachtete die Einblendungen von General Proskurows Computer und verglich sie mit den Aufnahmen, die die Drohne in sein Handy einspeiste. Auf Anhieb entdeckte er Baseyews Haus. Der GRU-Agent hatte seine Wahl klug getroffen.

Das Haus lag am Stadtrand, nur wenige Gehminuten von allem entfernt, allerdings abgelegen genug, um geschützt zu sein, sollte eines der anderen Gebäude bei einem Luftangriff ins Visier genommen werden.

Proskurow hatte es auf seiner Karte hervorgehoben. Drei alte Satellitenschüsseln lagen, im Dreieck nach oben gerichtet, auf dem Dach. Harvath vermutete, dass man sie dort als eine Art Kennzeichnung platziert hatte. Von einem russischen Kampfflugzeug, Spionageflugzeug oder Satelliten waren sie unschwer auszumachen.

Der IS hatte die unerbittlichen Angriffe auf Aleppo, Raqqa und Dabiq vorausgesehen und einfach einen Teil der Stadt mit Beschlag belegt, damit dieser stillschweigend als neue Operationsbasis diente. Darum hatte die Stadt den Ruf erlangt, dass dort schlimme Dinge passierten und Menschen verschwanden. Denn sah ein IS-Angehöriger einen Fremden, hielt man diesen Fremden automatisch für einen Spion.

Yusuf war felsenfest davon überzeugt, wenn jemand sie in die Nähe von Furat bringen konnte, dann Qabbani. Und er hatte recht gehabt.

Qabbanis Familie lebte seit Generationen in der Region. Sie kannten jeden Bauern, Hirten, Korbflechter und

Koranverkäufer von hier bis Aleppo. Er hatte ein Netzwerk an Kontakten, das seinesgleichen suchte.

Der Mann hatte sie zu einem kleinen, lange verlassenen Anwesen gebracht, mehrere Kilometer außerhalb der Stadt. Den winzigen Garten hatte der Sand verschlungen. Das baufällige Zweizimmerhaus sah aus, als ob hier schon seit über 100 Jahren niemand mehr wohnte.

Als Harvath einen umgestürzten Tisch aufrichtete, entdeckte er zwei Skorpione, die sich paarten. Ehe er reagieren konnte, hatte Qabbani sie schon mit dem Fuß zerquetscht.

»Sei vorsichtig«, mahnte er. »Wo zwei sind, gibt es immer auch mehr.«

Harvath befolgte seinen Rat, als er am Fenster Position bezog. Während er den Video-Feed der Drohne verfolgte, machte er sich Notizen in einem kleinen Notizbuch.

Der IS wollte keine Aufmerksamkeit auf sich ziehen, darum hielten sie sich bedeckt. Es gab keine Flugabwehrgeschütze, permanenten Kontrollpunkte oder Kämpfer, die mit 50-Millimeter-Maschinengewehren auf der Ladefläche ihrer Pick-ups Streife fuhren. Das machte Harvaths Job wesentlich schwieriger.

Der IS hatte Feinde – und zwar jede Menge – und seine ranghohen Führer hatten nicht vor zuzulassen, dass man geradewegs bei ihnen vorfuhr.

In Häusern verborgen und unter die Stadtbevölkerung auf den Straßen gemischt waren Beobachter. Jedes Augenpaar war eine potenzielle Bedrohung. Zwischen Gut und Böse zu unterscheiden stellte eine nahezu unmögliche Aufgabe dar.

Wenn Harvath ehrlich zu sich selbst war, wäre es am besten, einfach zwei Rotten F-22 einzufliegen und alles plattzumachen. Einfach alles in einen schwelenden Trümmerhaufen verwandeln, und dann Feierabend.

Doch sosehr ihm der Gedanke auch zusagte, er war nichts dagegen, Sascha Baseyew in die Augen zu blicken. Er wollte das Gesicht des Mannes sehen, wenn er merkte, dass es aus war und er sterben musste. Dies war Harvath dem CIA-Team und den Botschaftsmitarbeiterinnen in Anbar schuldig, Secretary Devon und seinen Leibwächtern, die in der Türkei abgeschlachtet wurden, sowie allen, die bei dem Bombenanschlag im Weißen Haus getötet und verwundet worden waren.

Außerdem wollte er noch etwas – den Russen einen wohlverdienten Shitstorm bereiten.

Den Informationen zufolge, die Sergun bei seinem Verhör preisgegeben hatte, war Baseyew heute Abend wieder in der Stadt. Viele hochrangige IS-Mitglieder, darunter ihre russischsprachigen Top-Leute, planten eine Zusammenkunft, um ihn zu ehren.

Wenn Harvath bestätigen konnte, wo das Ereignis stattfand, konnten die USA etwas unternehmen. Mit Nicholas' Hilfe konnten sie es so aussehen lassen, als wären die Russen dafür verantwortlich.

Der Präsident, McGee und Carlton, sie alle hatten Harvath gesagt, die Entscheidung liege bei ihm, doch keinem von ihnen gefiel es. Es war zu riskant. An Baseyew ranzukommen wäre schon ein unwahrscheinlicher Erfolg. Danach noch in Furat zu bleiben, war Selbstmord. Sie wollten, dass Harvath sich so schnell wie möglich davonmachte.

Harvath war einverstanden. Er wollte nicht länger als nötig bleiben. Aber wenn sie das durchziehen konnten, war es das Risiko wert. Zu viel war verloren gegangen, zu viele umgekommen, als dass er es nicht wenigstens versuchen würde.

Entscheidend war der zeitliche Ablauf des Ganzen. In die Stadt reinkommen, den Job erledigen und wieder raus.

Harvath sah sich eine Karte des Gebiets an. Zwei Dinge musste er herausfinden. Wo konnte er sein Gewehr einschießen? Und sobald es dunkel war, wie sollten sie sich nähern?

Nachdem Harvath die erste Frage mit Qabbani und Yusuf besprochen hatte, kontaktierte er D. C., um darum zu bitten, die Drohne zurückzuziehen und die Sanddünen acht Kilometer östlich ihrer Position auszukundschaften.

Als der Bescheid kam, dass alles klar sei, schnappten sich Harvath und Thoman einige Dinge, die sie als Ziele verwenden konnten, stiegen in den Truck und machten sich auf den Weg.

Auf der Fahrt diskutierten sie eine Vielzahl von Punkten, die sich auf ihren Einsatz auswirken konnten. Harvath erklärte, dass vieles nicht nur schiefgehen könne, sie sollten auch auf jeden Fall damit rechnen.

Er hatte keine Ahnung, wie prophetisch sich seine Worte erweisen sollten. Nachdem er die erste Kugel mit dem PSL-Gewehr abgefeuert hatte, konnte das nächste Geschoss aus dem Magazin nicht zugeführt werden.

Harvath hatte seine Bedenken gehabt. In der Regel sah man kein PSL, das so modifiziert war, dass man einen Schalldämpfer anbringen konnte. So etwas war komplizierte Maßarbeit und führte nur zu Problemen, wenn man es nicht richtig machte.

Aber es war die einzig verfügbare Langwaffe mit Schalldämpfer gewesen, und damit sein Plan aufging, benötigte er so etwas. Es musste nicht das Beste sein. Es musste lediglich seine Aufgabe erfüllen und zumindest funktionieren.

Sein erster Gedanke war, dass der Verschluss nicht ganz zurückgeglitten war, um die nächste Patrone aufzunehmen. Doch bei genauerer Untersuchung stellte er fest, dass das nicht das Problem war.

Er warf das Magazin aus, entfernte die Patrone, die nicht eingezogen wurde, und setzte das Magazin wieder ein. Nachdem er die Waffe durchgeladen hatte, visierte er sein Ziel an und drückte den Abzug.

Die Waffe feuerte, doch abermals wollte die nächste Patrone im Magazin nicht ins Patronenlager gleiten. »Ihr wollt mich doch verflucht noch mal auf den Arm nehmen«, murmelte Harvath.

»Stimmt was nicht?«, fragte Thoman.

»Ich werde deinen Waffenhändler umbringen, das stimmt nicht.«

Er war das Risiko eingegangen, eine Waffe von jemand zu kaufen, den er nicht kannte, ohne sie probeweise abfeuern zu können. *Willkommen im Krieg in Syrien.*

Er warf das Metallmagazin aus und besah sich die oberen Kanten, die man als Magazinlippen bezeichnete. Er hoffte, dass das Problem nicht beim Gewehr selbst lag, sondern lediglich beim Magazin. »Haben wir eine Zange?«, wollte er wissen.

Thoman ging zurück zum Truck und kehrte mit einem verstellbaren Schraubenschlüssel zurück. »Das ist alles, was ich finden konnte.«

Harvath streckte die Hand aus wie ein Chirurg und nahm das Werkzeug entgegen. Er musste es fünfmal biegen und mehrere weitere Schüsse abgeben, bis das

Magazin die Patronen richtig zuführte. Doch kaum geschah dies, funktionierte die Waffe einwandfrei.

Sobald er das Nachtsicht-Zielfernrohr eingestellt hatte, sprangen er und Thoman in den Pick-up und machten, dass sie zurückkamen.

Es war schon spät am Tag, und Harvath hatte noch viel zu tun. Dies war die einzige Chance, die sie bekommen würden. Er war zwar nicht abergläubisch, kam aber nicht umhin, die Probleme mit dem Gewehr als schlechtes Zeichen zu betrachten.

Die ganzen IS-Videos gingen ihm durch den Kopf, die er gesehen hatte – wie sie Gefangene ertränkten, verbrannten, häuteten.

Er spürte, wie die Besorgnis in ihm wuchs. Handelte er auch wirklich klug? Hatte er alles durchdacht? Gab es eine bessere Möglichkeit? Hatte er auch nichts ausgelassen? Hatte er, Gott bewahre, etwas Wesentliches übersehen?

Er holte tief Luft, hielt sie ein paar Sekunden lang an, stieß sie wieder aus. Er war im Begriff, geradewegs in die IS-Zentrale zu spazieren. Diese Kerle waren mehr als bloß Barbaren, das Wort böse reichte nicht aus für sie, und er war absolut unterlegen.

Was er empfand, war Angst. Es war nicht das erste Mal, dass er so etwas fühlte. Und ganz bestimmt nicht das letzte Mal. Niemand war dagegen immun.

Mut war jedoch nicht die Abwesenheit von Angst. Mut war, was man trotzdem tat.

Das Einzige, was er tun konnte, war, den bestmöglichen Plan zusammenzustellen und diesen Plan getreu auszuführen, immer bereit zu improvisieren, falls alles zum Teufel ging.

Als er seine Zweifel begrub und versuchte, sich zu konzentrieren, kam ihm ein letzter, verstörender Gedanke. *Dies könnte der letzte Auftrag sein, den er je übernahm. Hier, mitten im Nirgendwo, könnte er sterben.*

64

WASHINGTON, D. C.

»Gefällt es dir?« Rebecca stand mitten im Hotelzimmer. Langsam drehte sie sich im Kreis. »Das ist eine Corsage.«

Joe Edwards war es egal, was es war. Es war geil. Er schluckte und nickte gleichzeitig. *Gott, sie war unglaublich.*

Rebecca biss sich auf die Unterlippe, während sie ihn ansah. Die weiße Spitzencorsage war wie ein figurbetontes Korsett, das bis über die Hüften reichte. Es endete in Rüschenstrumpfbändern, die an einem Paar hauchdünner Strümpfe befestigt waren. Sie winkte ihm mit dem Zeigefinger, dass er zu ihr kommen solle, und er gehorchte.

Sie presste ihre Lippen auf die seinen, zog ihn aufs Bett. Sie hatten es noch nie in der Mittagspause gemacht. Das Zimmer hatte sie eine Stange Geld gekostet. Sie hoffte, dass es sich lohnen würde.

Ungeschickt zog er sie aus. Er war immer ungeschickt. Im Bett war er wirklich miserabel. Aber wenigstens war er schnell.

Kaum waren sie beide ausgezogen, rieb sie sich an seinem Körper. Es machte ihn wild vor Verlangen. Manchmal musste er ihr sagen, sie solle langsamer machen. Es gab Zeiten, in denen sie ihn fast zu heiß machte.

Sie küsste seine Brust, arbeitete sich nach unten vor, brachte sich genau zwischen seinen Beinen in Stellung, hielt inne, als sie an seinen Nabel kam. Langsam ließ sie ihre Zunge darum kreisen. Sie spürte, wie er sich gegen ihre Brust drückte. Er wollte sie, *unbedingt*.

Und sie war bereit, sich von ihm nehmen zu lassen. Aber zuerst brauchte sie etwas von ihm. »Vielleicht sollten wir das nicht tun.«

Wie eine Schlange wand Joe sich zum Kopfteil, um Rebeccas Mund genau dorthin zu bringen, wo er ihn haben wollte. »Doch, sollten wir«, flüsterte er, während er seine Finger durch ihr Haar gleiten ließ und ihr den Kopf nach unten drückte.

Sie konnte ihn an ihrer Kehle spüren. »Du hast mich in Schwierigkeiten gebracht.«

»Schhhhh.«

»Ich meine es ernst«, antwortete sie und leckte ein wenig unter seinem Nabel. »Mein Chef ist nicht gerade zufrieden mit mir.«

Er bewegte seine Hände nach vorn zu ihrem Gesicht und hörte mit allem auf. »Sind wir deshalb hier?«

Rebecca lächelte und rutschte ein wenig tiefer. »Natürlich nicht. Ich wollte dich sehen.«

Er hielt sie auf. »Im Ernst! Worum geht es hier? Was ist mit Wells?«

»Es geht um Secretary Devon.«

»Was ist mit ihm?«

»Wells konnte nicht bestätigen, was du mir über den Anschlag in der Türkei erzählt hast. Du weißt schon, dass das Weiße Haus im Vorfeld Bescheid wusste.«

»Mein Gott, Rebecca!« Er schlängelte sich unter ihr hervor. Die Stimmung war dahin. Er langte über die Bettkante und fischte seine E-Zigarette aus seinem Jackett, das zerknittert auf dem Boden lag.

»Was?«, meinte sie mürrisch.

Er stopfte sich ein paar Kissen hinter den Kopf, lehnte sich gegen das Kopfteil und nahm einen Zug.

Er stieß den Rauch aus, drückte sich die Handfläche an die Stirn. »Natürlich kann er es nicht bestätigen. Nur der Präsident und der CIA-Direktor wussten davon. Abgesehen von einigen ihrer engsten Berater wusste sonst niemand etwas.«

»Bist du dir sicher?«

»Ich habe doch das Memo gelesen. Ich lese alle ihre Memos – und noch viel mehr. Das weißt du doch. Was meinst du, woher ich wohl alles bekomme?«

Rebecca wusste genau, woher er alles bekam. Er zählte zu den besten IT-Leuten der CIA. Außerdem war er brillant darin, Schlüsse zu ziehen. In der Welt der Nachrichtendienste war, was gesagt wurde, ebenso wichtig wie das, was nicht gesagt wurde. Mit seinen 33 Jahren war Joe Edwards ein Meister darin, ein Gesamtbild zu erstellen, selbst wenn die Hälfte der Puzzleteile fehlte.

Seine Eltern, sogar seine Großeltern hatten Karriere im Geheimdienst oder als Beamte gemacht. Sie alle, selbst Joe, hatten es als Ehre betrachtet, ihrem Land zu dienen.

Aber D.C. hatte sich verändert. Amerika hatte sich, Joes Meinung nach, verändert. Es hatte die Orientierung verloren. Es hatte ihn enttäuscht.

Wenn er sich so umsah und feststellte, dass ein Versprechen nach dem anderen gebrochen wurde, fragte er sich allmählich, was er da machte und für wen. Das war nicht das, was er wollte. Es war nicht das, wofür er sich gemeldet hatte.

Er hatte die Welt zu einem besseren Ort machen wollen. Stattdessen arbeitete er für eine korrupte Oligarchie, die nichts anderes im Sinn hatte als sich die Welt gefügig zu machen. Der Wert anderer Länder, anderer Kulturen bemaß sich lediglich daran, was sie für die Vereinigten Staaten tun konnten. Es war Bullshit – alles.

Das gefiel ihm so an Senator Wells. Joe sah in ihm einen Mann, der Washington verändern konnte. Er konnte die Regeln grundlegend ändern. Er hatte den Mut, alles einzureißen und wieder neu aufzubauen – so wie es sein sollte. Und Joe fühlte sich geehrt, daran mitzuwirken.

Die Tatsache, dass Rebecca die Welt ebenso sah wie er, war das Tüpfelchen auf dem i. Sie waren füreinander bestimmt. Das war von Anfang an offenkundig gewesen.

Er verstand, warum sie ihre Beziehung geheim halten musste. Washington war voller Neider, denen es Spaß machte, etwas Gutes auseinanderzureißen.

Obwohl sie so beschäftigt war, fand sie doch stets noch Zeit, sich mit ihm zu treffen. Ihm war klar, dass es viel mit Sex zu tun hatte. Sie schwärmte immer davon, wie fantastisch er war.

Bis er sie kennenlernte, hatte er eigentlich nie gedacht, dass er im Bett etwas Besonderes sei. Aber sie brachte wohl das Tier in ihm zum Vorschein.

In vielerlei Hinsicht tickten sie gleich, aber das Wichtigste war ihre Vision, die sie beide für das Land hatten.

Senator Wells hatte verdammt gute Chancen, der nächste Präsident zu werden. Wenn er die Wahl gewann, würde er Rebecca mitnehmen. Und wenn sie mit Wells ging, würde sie Joe mitnehmen.

Rebecca war Joes Eintrittskarte ins Weiße Haus. Dort boten sich grenzenlose Möglichkeiten. Das Gute, das er bewirken konnte, war unermesslich. Er konnte helfen, die USA wieder auf Kurs zu bringen, sie dorthin zu steuern, wo sie ihrer Bestimmung gemäß hingehörten.

Was auch immer dazu nötig war, er war willens, es zu tun. Darum hatte er ihr angeboten, ihr zu helfen. Wells zu helfen.

Selbstverständlich hatte sie zunächst abgelehnt. Rebecca gefiel der Gedanke ganz und gar nicht, mit vertraulichen Informationen zu handeln. Joe hatte sie jedoch beruhigt – auch wenn er dazu die Wahrheit ein wenig dehnen musste.

Ihr Chef war der Vorsitzende des Geheimdienstausschusses des Senats. Joe teilte ihr ja nichts mit, das Wells nicht ohnehin erfahren durfte.

Es war alles einwandfrei. Nicht dass Rebecca in der Öffentlichkeit darüber sprechen konnte. Das kam nicht infrage. Das Einzige, worum Joe gebeten hatte, war, dass sie ihn mitnahmen, wenn sie es, so Gott wollte, ins Weiße Haus schafften.

Rebecca hatte natürlich Ja gesagt. Eigentlich hatte sie mehr getan als nur Ja zu sagen. Sie hatte ihm in allen Einzelheiten ausgemalt, welche wunderbaren Dinge sie gemeinsam tun konnten, sobald Wells im Oval Office war.

Er fand dies alles zwar äußerst anregend. Aber seine unanständige Vorstellung davon, was sie in *Air Force One* treiben könnten, war bestimmt ein Novum in der amerikanischen Geschichte, auf das er sich schon wahnsinnig freute.

Rebecca kroch neben ihn und legte ihm den Kopf an die Brust. »Du weißt doch, wie der Senator ist. Er übt auf jeden enormen Druck aus.«

»Insbesondere auf seine Stabschefin.«

Sie nickte. Dabei strich ihr weiches Haar über seine Haut.

»Was, wenn ich dir etwas noch Besseres geben könnte? Noch größer als die Informationen über Devon?«

Rebecca sah zu ihm auf und lächelte. »Was würde mich das denn kosten?«

Joe Edwards legte seine E-Zigarette auf den Nachttisch und drehte sich wieder zu ihr um. »Es kommt darauf an«, meinte er. »Wo waren wir stehen geblieben?«

25 Minuten später verließ Rebecca Ritter das Hotel. Sie bog nach links ab und strebte einem verschlafenen Café zu, circa sechs Blocks entfernt. Die Nachmittagsluft war warm. Nicht eine Wolke stand am Himmel. Perfektes Wetter für einen Spaziergang.

Fast war ihr, als könnte sie die Kirschblüten vom Tidal Basin riechen.

Sollte das, was Joe Edwards ihr gerade gesagt hatte, wahr sein, und sie hatte keinen Grund anzunehmen, dass dies nicht der Fall war, hatte sie eine weitere außergewöhnliche Information an Land gezogen. Ihr Führungsoffizier würde sehr interessiert daran sein, was sie zu berichten hatte.

Ein Stück weit vor ihr befand sich eine Ansammlung von Einzelhandelsgeschäften. Einer der Läden hatte eine Hintertür, die in ein Parkhaus führte.

Von dort aus konnte sie die nächste Straße erreichen und sich vergewissern, dass niemand ihr folgte. Sie überquerte die Kreuzung und ging darauf zu.

Der Mann, der ihr in einiger Entfernung folgte, sprach in ein kleines Mikro und sagte seinem Team, sie sollten das Parkhaus im Auge behalten.

65

Den bekanntesten Brunnen der Stadt umgab ein kleiner, gepflasterter Platz. Rings um den Platz standen Straßen-händler und allerlei kleine Läden. Auf dem Rücksitz des Pick-ups nahm Harvath unter seiner Burka alles in sich auf.

Yusuf fuhr. Qabbani saß auf dem Beifahrersitz neben ihm. Die Hadids hatten sie bereits abgesetzt.

»Hast du genug gesehen?«, fragte Yusuf, den Blick auf die Straße vor sich gerichtet. Er fühlte sich äußerst unbehaglich, hier durchs Stadtzentrum zu fahren.

»Fahr weiter«, antwortete Harvath. »Ich gebe dir schon Bescheid.«

Yusuf tat wie geheißen und fuhr weiter.

Der CIA zufolge lebten in der Stadt rund 10.000 Men-schen. Die paar IS-Leute, die er sah, versuchten, unter den Einheimischen nicht aufzufallen, doch sie waren leicht zu erkennen.

Sie waren unterwegs, um Informationen zu sammeln, Vorräte oder waren einfach Beobachtungsposten. Sie wirk-ten vom Krieg gezeichnet, kampferprobt. Ihre Gesichter waren ernst, ihren Augen entging nichts.

Keiner von ihnen hatte einen Kampfanzug an. Sie waren in Zivil. Die traditionelle Kopfbedeckung, Kufija genannt beziehungsweise Palästinensertuch, hatten sie lose um den Hals geschlungen. Alle trugen sie Bärte.

Am verräterischsten jedoch war ihr Körpergewicht. Während die Stadtbewohner ungesund mager waren, waren die jungen IS-Angehörigen wohlgenährt und körperlich gut in Form. Allem Anschein nach hatte keiner von ihnen eine Mahlzeit ausgelassen.

In diese Stadt versetzt zu werden bedeutete, dass man in die IS-Elite eingebunden war. Und wie in jedem totalitären System gab es zwei Klassen – die ganz oben und alle Sonstigen.

Die IS-Anführer und ihr innerer Kreis von Kämpfern lebten sehr gut. Sie hatten die freie Auswahl an Häusern, Autos und weiblichen Gefangenen, die als Konkubinen dienten.

Der Rest der Organisation allerdings musste stark leiden.

Aufgrund der anhaltenden internationalen Bemühungen gegen den IS mussten die gewöhnlichen Soldaten, also das Kanonenfutter, erleben, wie der Sold halbiert und die Rationen gekürzt wurden und die medizinische Versorgung versiegte. Dennoch ließ ihr Glaube sie weiter in die Schlacht marschieren.

Raffinierte Social-Media-Kampagnen sorgten für einen steten Zustrom an Kämpfern und verhalfen dazu, Anhänger auf der ganzen Welt zu rekrutieren, die bereit waren, auch zu Hause Anschläge durchzuführen. So schlimm es auch stand, der IS schien an Umfang und Einfluss nur zuzunehmen.

»Willst du an dem Haus vorbeifahren?«, fragte Yusuf, als sie den Platz hinter sich ließen und Richtung Norden fuhren.

Harvath hatte eine Tasche auf dem Schoß. Darin befand sich sein Handy. Er konnte sehen, was die Drohne über ihm sah. Mithilfe seines Ohrstöpsels konnte er mit Langley zu Hause kommunizieren.

»Nicht jetzt«, antwortete er. »Fahren wir an der Haupt-moschee vorbei und sehen wir uns die Route an, die aus der Stadt führt.«

Yusuf schüttelte den Kopf. Für seinen Geschmack war Harvath viel zu unverfroren. Aber Harvath hatte ihm das Gleiche versprochen wie Qabbani.

Er würde sich um sie und ihre Familien kümmern. Eine derartige Chance hätte Yusuf sich nie träumen lassen. Wenn der Amerikaner Wort hielt – und Yusuf betete zu Allah, dass er das tat –, war dies jedes Risiko wert, das er für ihn eingehen sollte.

Harvath hatte diese Route gewählt, damit sie an der winzigen Ladenfront vorbeikamen, die als örtliche Polizei-dienststelle diente. Nun, da der IS in der Stadt war, war die Polizei natürlich gekauft. Er wollte sich ein Bild davon machen, wie professionell sie war.

Ihm fielen zwei Beamte auf, die im Freien saßen und rauchten. Sie waren ungepflegt, ihre Uniformen zer-knittert, eine hatte einen großen Fleck. Dies waren keine Polizisten, die stolz auf sich waren, geschweige denn auf ihren Beruf.

Die stellten kein Problem dar. Das Problem würden die IS-Leute sein.

Als sie sich der Moschee näherten, hätte Yusuf um ein Haar einen von ihnen überfahren. Der Mann stieg aus einem geparkten Fahrzeug, um den Verkehr anzuhalten. Mehrere seiner Kumpane wollten die Straße überqueren, um das Abendgebet zu verrichten.

Yusuf hatte ihn nicht gesehen und trat in letzter Sekunde auf die Bremse. Er kam so dicht vor ihm zum Stehen, dass der Mann krachend mit der Hand auf die Motorhaube des Pick-ups schlug.

O Shit! war das Erste, was Harvath durch den Kopf ging, als der Mann wütend auf Arabisch auf Yusuf losschimpfte.

Zu seiner Ehre blieb der Syrer ruhig, entschuldigte sich und bat, den Blick niedergeschlagen, um Vergebung.

Der IS-Mann war jedoch auf Krawall gebürstet. Er griff nach der Fahrertür und riss sie auf.

Harvath hatte sein Handy bereits in eine Innentasche gesteckt, die Tasche auf den Boden gestellt und die Hände unter der Burka verschwinden lassen, wo sie die Kalaschnikow hielten.

Er hatte mehrere Ersatzmagazine an der Brust festgeschnallt, die Palafox SIG Sauer steckte im Sticky-Holster in seinem Kreuz, dazu die Granaten, die sie in der Salzbox nicht gebraucht hatten. Wenn die Kerle es hart auf hart wollten, würde er ihnen die beste verdammte Schießerei liefern, die sie jemals erlebt hatten.

Er behielt die Ruhe und begegnete Yusufs Blick im Rückspiegel. Yusuf hatte panische Angst. Harvath nickte bedächtig, bemüht, ihn zu beruhigen.

Der IS-Mann rief Yusuf zu, er solle aussteigen. Yusuf zog die Handbremse und tat wie geheißen. Zwei der IS-Kämpfer, die die Straße überquerten, kamen herüber, um nachzusehen, was los war. Harvath betrachtete die beiden abschätzend, entschied, wen er zuerst erschießen sollte. Die Sache entwickelte sich rasend schnell zu einem Fiasko.

Er kam zu dem Schluss, zuerst den Kerl zu erschießen, der Yusuf schikanierte. Da hörte er, wie sich die Beifahrertür öffnete. Qabbani hatte beschlossen, auszusteigen und einzugreifen.

Harvath konnte es nicht fassen. Yusuf wusste, wie man mit derartigen Situationen umging. Harvath hatte ihn mehrmals in Aktion erlebt. Qabbani hätte im Truck bleiben sollen. Er würde noch sich und alle anderen umbringen.

Kaum war er aus dem Pick-up gestiegen, fing der IS-Kämpfer, der das Sagen hatte, auch schon an, ihn anzubrüllen, er solle wieder einsteigen.

Harvath sah, wie Qabbani die Strahlen der Scheinwerfer durchbrach, als er vor dem Fahrzeug vorbeiging. Den IS-Leuten gefiel diese Unverschämtheit ganz und gar nicht.

Der Anführer packte Yusuf vorn am Hemd und herrschte einen seiner Kumpane an, Qabbani aufzuhalten.

Kaum setzte der Kerl sich in Bewegung, sah Harvath, wie Qabbani unter sein Gewand langte.

O Shit!, dachte Harvath erneut. *Lass es keine Waffe sein.*

Offenkundig dachten die IS-Leute das Gleiche, denn prompt kamen die Waffen zum Vorschein, die sie bisher verdeckt getragen hatten, und wurden auf Qabbani gerichtet.

Die Lage war aussichtslos. Sobald Harvath anfing zu schießen, würde entweder Yusuf oder Qabbani sterben. Er konnte nur einen von ihnen retten.

Ein anderer hätte vielleicht mit dem Gedanken gespielt, Qabbani zu retten. Mit seinem Krebs war Yusuf ja eigentlich bereits so gut wie tot. Aber so dachte Harvath nicht.

Er kannte Yusuf jetzt vielleicht 36 Stunden, aber sie hatten gemeinsam Schwierigkeiten gemeistert. In erster Linie war Harvath loyal. Wenn er wählen musste, wen er retten sollte, dann Yusuf.

Es war jedoch alles umsonst, wenn dieser verfluchte Qabbani nicht genau dort stehen blieb, wo er jetzt war.

Wenn er weiter auf Yusuf zuging, konnte Harvath für keinen von beiden mehr etwas tun.

Zum Glück stieß ihm einer der IS-Männer den Stummel-Lauf einer Skorpion-Maschinenpistole gegen die Brust und stoppte seinen Vormarsch.

Mit einem Ruck zog der IS-Mann den Arm des krumm-rückigen Bauern unter dem Gewand hervor, zerrte ihn auf der Fahrerseite ins Scheinwerferlicht und zeigte den ande-ren, wonach der Mann gegriffen hatte – nach einem Beutel Datteln.

Harvath konnte es nicht glauben. Um ein Haar hätte Qabbani sie alle umgebracht wegen eines Beutels ver-fluchter Datteln.

Auch den IS-Leuten entging die Ironie nicht. Sie fingen an zu lachen.

Der Mann bei Qabbani entriss diesem den Beutel und schubste ihn zurück in die Richtung, aus der er gekom-men war.

Der Mann, der bei Yusuf stand, schlug ihm ins Gesicht und stieß ihn lachend wieder in den Truck.

Um den Beutel Datteln streitend überquerten die drei IS-Männer die Straße, um zur Moschee zu gelangen.

Yusuf setzte sich und zog seine Tür zu. Harvath wagte kein Wort zu sagen und sah zu, wie der Syrer das Lenk-rad umklammerte, bis seine Knöchel weiß wurden. Yusuf kochte vor Wut, ließ noch das letzte bisschen davon in die Karosserie fließen.

Nachdem Qabbani wieder eingestiegen war und die Tür geschlossen hatte, legte Yusuf den Gang ein. Er ver-gewisserte sich, dass niemand sonst versuchte, die schmale Straße zu überqueren, um zur Moschee zu gelangen. Dann ließ er die Kupplung kommen und fuhr los.

»Bist du okay?«, fragte Harvath, sobald sie in Bewegung waren. Es war eine dumme Frage, das wusste er, aber er musste sie trotzdem stellen.

Yusuf hatte schon so oft über seinen Schatten springen müssen, dass es ihm keinesfalls mehr lange zu schaffen machte. »Mir geht es gut«, antwortete er. »Bringen wir es hinter uns.«

66

Der weiße Toyota Hilux rollte vorwärts. Seine Insassen bereiteten sich darauf vor, an der Behausung vorbeizu-fahren, die der Amerikaner auf dem Rücksitz auf seiner Karte ermittelt hatte.

Sie hatten fast den Stadtrand erreicht, da sagte Harvath: »Stopp!«

»Ich kann hier nicht anhalten«, erwiderte Yusuf. »Wir könnten Aufmerksamkeit erregen.«

»Tu es einfach«, befahl Harvath. »Fahr rechts ran, steig aus und öffne die Motorhaube. Tu so, als ob mit dem Truck etwas nicht stimmt.«

Yusuf tat, was er verlangte.

»Da ist ein Gebäude auf elf Uhr«, sagte Harvath über seinen Ohrstöpsel. »Drei Häuser von der Ecke. Sehen Sie es?«

»Roger, Norseman«, antwortete Lydia Ryan. Sie beo-bachtete die Aufnahmen der Drohne über ihm. »Wir sehen es. Was ist damit?«

»Jemand hat dort eine Menge Bildschirme laufen.«

»*Bildschirme?*«

»Monitore oder so was in der Art. Ich kann es von hier aus nicht ganz sehen.«

»Können Sie näher ran?«, fragte sie.

»Nicht ohne auszusteigen.«

»Was sehen Sie sonst noch?«

Harvath suchte die Umgebung nach allem ab, was ungewöhnlich schien oder irgendwie aus dem Rahmen fiel. »Generatoren«, sagte er schließlich. »Vier Stück.«

»Vier?«, erwiderte Ryan. »Warum zum Teufel brauchen die so viele?«

Unmerklich drehte er den Kopf zum Fenster, bemüht, durch das Gittergeflecht der Burka zu spähen. »Ich schätze, dass diese Monitore, wozu sie auch dienen mögen, viel Strom verbrauchen. Außerdem kann ich Klimaanlagen sehen.«

»Bleiben Sie auf Stand-by, Norseman«, sagte sie.

Harvath wartete.

Eine Minute später war Ryan wieder in der Leitung. »Wir sind sehr daran interessiert, was in diesem Gebäude vor sich geht. Wir fangen jede Menge Aktivitäten auf.«

»Elektronisch?«, fragte Harvath.

»Roger! Können Sie näher ran?«

Er war im Begriff zu antworten, da schloss Yusuf die Motorhaube und stieg wieder in den Truck. »Wir müssen fahren.«

»Was ist denn?«

»Wir werden beobachtet!« Der Syrer ließ den Truck an und brachte den Motor auf Touren, so als hätte er Schwierigkeiten, legte dann langsam den Gang ein und fuhr los. »Kaum dass wir hielten, tauchte vor dem Gebäude ein Mann mit einem Gewehr auf und fing an zu telefonieren.«

Von seinem Platz aus hatte Harvath ihn nicht sehen können. »Gute Augen.«

Langley antwortete er: »Ob ich näher rankann? Negativ! Wir werden jetzt am Ziel vorbeifahren.«

»Roger«, erwiderte Ryan. »Passen Sie auf sich auf.«

Als sie die Straße entlangfuhren, spähte Harvath zur Seite und prägte sich alles ein, was mit dem Gebäude mit der Klimaanlage und den Zusatzgeneratoren zusammenhing. Hier hatte jemand wirklich Geld ausgegeben.

Als sie sich Basejews Haus am Stadtrand näherten, ließ Harvath den Truck etwas langsamer fahren, allerdings nicht viel.

Die Drohne hatte ihnen bereits bemerkenswerte Aufnahmen geliefert. Er wollte sich lediglich einen Eindruck von der Gegend verschaffen – wer hatte wo geparkt? Welche Fenster waren geöffnet? Wirkten irgendwelche Nachbarn zu interessiert an dem, was draußen auf der Straße geschah?

Das waren die grundlegendsten Dinge, die er in Erfahrung bringen musste, bevor Yusuf den Wagen 90 Sekunden später ausrollen ließ und ihn absetzte.

»Hast du alles?«, fragte Yusuf.

Harvath nickte. »Halte dich einfach an den Plan. Es wird sehr schnell ziemlich heftig werden. Tu, was ich dir gesagt habe, und alles wird gut.«

»Hier«, sagte Qabbani, als Harvath im Begriff war, seine Tür zu schließen. Er hatte einen Extrabeutel Datteln mitgebracht und reichte sie ihm.

»*Schukran*«, erwiderte Harvath auf Arabisch. *Danke.*

Sacht schloss er die Tür und sah zu, wie Yusuf in die Dunkelheit davonfuhr und verschwand. Sollte er es nicht zurück schaffen, steckten sie in großen Schwierigkeiten. *Inschallah,* dachte er, *würde das nicht passieren.*

Er hatte die Burka im Fahrzeug gelassen und war gekleidet wie die IS-Leute in der Stadt, in Jeans, T-Shirt und Jacke. Allerdings war seine Kufija so gewickelt, dass sie das Gesicht bedeckte. Er fand die Hadids genau dort, wo sie sein sollten.

»Hat sich was getan?«, wollte er wissen.

Mathan deutete nach oben, zum zweiten Stock von Sascha Baseyews Haus. Dort befand sich ein kleiner Balkon, seine Läden waren weit geöffnet.

»Habt ihr ihn gesehen?«

Thoman nickte. »Er kam für einen Moment raus und ging dann sofort wieder rein.«

Harvath rief Ryan. »Zweiter Stock. Eckbalkon im Nordwesten. Läden sind geöffnet. Könnt ihr mal einen Blick reinwerfen?«

»Bleiben Sie auf Stand-by«, antwortete sie.

Während sie warteten, warf Harvath einen Blick auf seinen Kobold-Chronografen.

Die Uhr leuchtete grün.

Er versuchte zu überlegen, was er jetzt tun würde, wenn er Baseyew wäre. Was würde er tun, wenn er gerade von einer Reihe Auslandseinsätze zurückgekommen wäre?

Kaum hatte er sich diese Frage gestellt, erscholl in seinem Ohrstöpsel knisternd Ryans Stimme. »Er schläft.«

»Sagen Sie das noch mal«, erwiderte Harvath.

»Er schläft. Zumindest glauben wir das. In dem Zimmer liegt jemand lang ausgestreckt auf einem Bett, er atmet und ist definitiv lebendig.«

Harvath nickte. Genau das hätte er auch getan. Im Flugzeug döste er nur leicht vor sich hin. Erst wenn er an einem Ort war, an dem er sich sicher fühlte, gab er sich dem Tiefschlaf hin. Dann aber richtig.

Wahrscheinlich hatte Baseyew eine Pistole griffbereit, vielleicht auch ein, zwei Messer. Aber sobald er sich wieder an einem Ort befand, den er als Zuhause betrachtete, würde er sich in den tiefen schwarzen Abgrund völligen, totalen Schlafs sinken lassen – bis sein Wecker klingelte.

Dann musste Baseyew seine Erschöpfung überwinden und sich aus dem Bett schälen, um an der Feier seiner IS-Kameraden teilzunehmen.

»Ist sonst noch jemand im Haus?«, fragte Harvath.

»Positiv. Zwei zusätzliche Tangos. Einer im Hof. Scheint zu sitzen. Und wir bekommen ein dürftiges Wärmebild aus dem Erdgeschoss. Sieht aus wie nur eine Person, aber die tun alles, um sich von den Fenstern fernzuhalten.«

»Roger«, antwortete Harvath.

»Zwei Leibwächter?«, fragte Mathan, als Harvath sich von Langley verabschiedete.

»Bodyguards, Babysitter. Ich habe keine Ahnung, und es ist mir auch egal. Ich will nur Baseyew«, sagte er. »Seid ihr bereit?«

Die beiden Hadids nickten.

»Dann los!«

67

Harvath ging als Erster über die Mauer. Sie zog sich um das ganze Haus. Autos sollten vorn parken, hinten befand sich ein üppiger Garten. Offensichtlich hielt der IS viel von Sascha Baseyew, sie hatten ihm ein ausgesprochen schönes syrisches Anwesen übereignet. Das würden sie bald bereuen – und noch einiges mehr.

Harvath nahm an, die beiden IS-Aufpasser im Haus hatten Baseyew wahrscheinlich vom Flugplatz abgeholt und ihn nach Hause gefahren, und nun behielten sie ihn aus einem unerfindlichen Grund im Auge. Betrachtete man seine Fähigkeiten, kam Baseyew ihm nicht wie jemand vor, der Schutz brauchte.

Nicht dass der IS seinen Hintergrund kannte. Aber bislang hatte er sich im Kampf als außergewöhnlich fähig erwiesen. Da wirkten Bodyguards etwas übertrieben.

Andererseits war Personenschutz ein Bombenjob. Vielleicht waren die Idioten, die über ihn wachten, mit irgendwelchen IS-Führern verwandt. Vermutlich tat er jemandem einen Gefallen, indem er sie als Personenschützer akzeptierte. So liefen diese Dinge normalerweise.

Harvath war es egal. Er würde sie beide umbringen.

Er bewegte sich zur Vorderseite des Hauses und stellte seine Wärmebildbrille ein, dieselbe, die er in der Salzbox getragen hatte.

Inzwischen mussten die Hadids über die Mauer sein, um ihre zuvor festgelegten Positionen einzunehmen. Harvath hatte ihnen sehr konkret gesagt, was er von ihnen verlangte und, wichtiger noch, was sie auf keinen Fall tun sollten.

Als er in den Vorhof spähte, sah er den Mann, der das geschlossene Eingangstor bewachte. Hinter ihm stand ein großer Toyota Land Cruiser.

Der Posten saß zurückgelehnt in einem Stuhl, die Füße hochgelegt auf einer Art Kiste. Seine Waffe lehnte neben ihm an der Wand.

Harvath starrte durch die Brille und konzentrierte sich auf den Oberkörper des Mannes. Er hob und senkte sich in tiefen, langsamen Atemzügen. *Sag bloß, dieser Typ schlief ebenfalls?*

Über der Schulter trug Harvath einen kleinen Stoffbeutel mit zwei 1,5-Liter-Wasserflaschen.

Er holte eine heraus, schraubte die Kappe ab, zog seine SIG und steckte den Lauf in die Öffnung der Flasche: ein Schalldämpfer für Arme.

Er würde seinen ersten Schuss ein wenig dämpfen, aber Reichweite und Treffsicherheit einschränken. Also musste er ganz nahe ran. Und danach hatte er nur noch eine Flasche.

Leise schlich er vorwärts. Als er keine fünf Meter mehr entfernt war, hielt er inne. Er konnte etwas hören. Der Mann … schnarchte. Er schlief eindeutig.

Harvath steckte seine Waffe ins Holster, schraubte den Verschluss wieder auf die Flasche und schob sie zurück in den Beutel. Dann zog er sein Winkler-Messer.

Er wusste, dass die Klinge ein letztes Mal geschärft wurde, als es aus der Lederscheide glitt. Nicht dass es notwendig war. Das Messer war ohnehin scharf genug.

Sorgsam darauf bedacht, wo er seine Füße hinsetzte, bewegte Harvath sich über den Hof.

Als er die Distanz zu dem IS-Mann überbrückt hatte, der Baseyews Eingangstor bewachte, fiel ihm auf, wie riesig der Kerl war. Der Wachposten konnte unmöglich ein Araber sein. Einen so großen Araber hatte Harvath noch nie gesehen.

Noch ein paar Schritte, und Harvath konnte das bärtige Gesicht sehen. Der Mann war Ende 20 und sah kaukasisch aus, möglicherweise ein Tschetschene. Harvath verlor keine Zeit.

Er glitt hinter den Mann, legte ihm die linke Handfläche auf den Mund und bog ihm den Kopf zurück, während er ihm das Messer rechts in den Halsansatz stieß.

Mit einem Ruck aus dem Handgelenk riss er das Messer nach vorn, schlitzte ihm die Luftröhre auf und durchtrennte die Arterie.

Obwohl der Mann nicht in der Lage war, um Hilfe zu rufen, wehrte er sich wie wild, während ihm das Blut aus der Kehle schoss.

Er war so groß, dass Harvath ihn mit aller Kraft festhalten musste, damit er auf seinem Stuhl sitzen blieb.

Als kein Leben mehr in dem Kerl war, löste Harvath seinen Griff, wischte seine Klinge an der Jacke des Mannes ab, steckte sie wieder in die Scheide und näherte sich dem Haus.

Ausgehend von den Drohneninformationen war es nicht einfach, den Mann im Erdgeschoss zu überwältigen. Erneut nahm Harvath die Wasserflasche heraus und machte sich bereit, ins Haus zu gehen.

Er trat an die Vorderseite des Gebäudes, schaute nach links, dann nach rechts. Die Hadids waren an Ort und Stelle, beide bedeuteten ihm, dass er durch die Haustür gehen könne.

Harvath probierte die Klinke. Es war nicht abgeschlossen. Vorsichtig schob er die Tür auf, spähte hinein.

Eine Wärmebildbrille registrierte Wärme. Damit konnte er nicht nur Menschen ausmachen, sondern auch die Wärme, die ihre Hand- und Fußabdrücke hinterließen.

Muslimischer Tradition gemäß hatten die Männer ihre Stiefel ausgezogen und sie an der Haustür abgestellt.

Baseyews Wärmesignatur war bereits verblasst. Dafür konnte Harvath jedoch die Fußabdrücke des Mannes ausmachen, den die Drohne im Erdgeschoss aufgespürt hatte. Er war gerade aus einem Raum in der Nähe gekommen und zur Rückseite des Hauses gegangen.

Harvath war sich nicht sicher, ob in die Küche oder ein anderes Zimmer. Ein schwaches Licht glomm am Ende des Flurs. Vorsichtig, um ja keinen Lärm zu machen, schlüpfte er ins Haus und schloss die Tür hinter sich.

Er klappte die Brille hoch, damit seine Augen Gelegenheit hatten, sich an das Licht zu gewöhnen. Er sah den Mann zwar nicht, aber er konnte ihn hören: gedämpfte Schüsse, dann eine *Explosion*. Harvath wusste sofort, was los war. Der IS-Mann spielte ein Videospiel – wahrscheinlich einen Ego-Shooter.

Jüngere Dschihadisten standen auf Spiele wie *Halo* und *Call of Duty*. Sie spielten sie exzessiv, vertrieben sich stundenlang die Zeit und glaubten, damit ihre Leistungsfähigkeit auf dem Schlachtfeld zu verbessern.

Darüber konnte man bestimmt streiten, doch eines war sicher. Wer sich derart in ein Computerspiel vertiefte, bekam nichts mehr von seiner Umgebung mit. Der IS-Mann hatte keine Ahnung, dass Harvath den Raum betreten hatte und direkt hinter ihm stand.

Sein Gewehr lag neben ihm auf der Couch, doch er hatte beide Hände am Game-Controller. Er war zwar nicht so groß wie der Mann draußen im Hof, aber trotzdem noch ziemlich kräftig und ungefähr gleich alt. Harvath hob seine Waffe.

Als der Mann in seinem Spiel eine laute, vollautomatische Salve abfeuerte, drückte Harvath den Abzug seiner SIG Sauer.

Die Kugel durchdrang die Wasserflasche und zerfetzte den Kopf des Mannes.

Blut, Knochen und Hirnmasse spritzten über die Konsole, den Bildschirm und die Wand dahinter. Die Rückseite der Couch war von Wasser getränkt.

Zwei außer Gefecht. Noch einer, dachte Harvath.

Er verließ den Raum, ging durchs Haus, überprüfte dabei jedes Zimmer.

Die Einrichtung war billig und abgenutzt, doch ein Gegenstand fiel ihm ins Auge. In der Küche lag zwischen den verbeulten Töpfen und jahrzehntealten Pfannen ein wunderschönes, sehr teures japanisches Kochmesser.

Es war zur Schau gestellt wie ein Museumsstück, genau wie die Messer in Baseyews Frankfurter Wohnung. Das Böse wollte stets besitzen, was es selbst nicht erschaffen konnte.

Harvath verließ die Küche und erreichte die düstere Treppe, die ins erste Obergeschoss führte. Er hielt inne, blieb einige Augenblicke stehen, um zu lauschen. Kein Ton war zu hören. Während die Hadids draußen Wache standen, klappte er seine Brille herunter und machte sich an den Aufstieg.

Vorsichtig setzte er die Füße auf die Stufen, immer darauf bedacht, bei jedem Schritt möglichst weit an der Außenkante zu bleiben. Die Treppe war robust. Nicht eine Stufe ächzte unter dem Gewicht seiner Stiefel.

Oben auf dem Treppenabsatz blieb er stehen, blickte nach links, dann nach rechts. Alle Türen standen offen, bis auf eine – Baseyews Tür.

Abermals lauschte er, hörte jedoch immer noch nichts. Er hatte keine Ahnung, ob der Kerl wach war oder schlief. Er steckte seine Pistole ins Holster, zückte den schwarzen

Taser X26P, den Williams ihm in Amman besorgt hatte, und schaltete ihn ein.

Der Boden im Flur war gefliest. Daher brauchte er sich keine Sorgen zu machen, dass womöglich eine Diele knarrte und ihn verriet. Trotzdem wählte er seine Schritte ebenso sorgsam wie beim Heraufsteigen auf der Treppe. Baseyew war so nahe, dass er ihn geradezu spüren konnte.

Aber kaum näherte er sich der Schlafzimmertür, merkte er, dass er in der Klemme steckte. Die Tür hatte keine Klinke. Zur Sicherheit hatte Baseyew sie so zurechtgebastelt, dass man sie nur von innen öffnen konnte.

»Fuck«, fluchte Harvath leise vor sich hin.

Er nahm die Tür in Augenschein, dann den Rahmen, suchte nach einem Riegel oder Schalter, irgendetwas, womit man sie von dieser Seite öffnen konnte. Doch nichts.

Denk nach, sagte er sich. *Es muss eine Möglichkeit geben. Es gibt immer eine Möglichkeit.* Dann fielen ihm der Balkon und die offenen Fensterläden ein.

Er wich von der Tür zurück, ging wieder zum Treppenabsatz und begann, nach dem Zugang zum Dach zu suchen. Er musste irgendwo hier oben sein.

Lautlos bewegte er sich durch jeden Raum – auf der Suche nach einer Platte in der Decke, einer Leiter oder Ausziehtreppe. Er versuchte, sich an die Bilder zu erinnern, die er vom Dach gesehen hatte. *Wie kam man dorthin?*

Schließlich wurde ihm klar, dass der Zugang sich wohl in Baseyews Zimmer befand. Wahrscheinlich eine Falltür, die von einer der nach oben gerichteten Satellitenschüsseln verdeckt wurde. Das hieß, dass Harvath einen anderen Weg hinauf finden musste.

In zwei Zimmern streckte er den Kopf aus dem Fenster, bevor er endlich einen Teil der Fassade fand, der ihm genügend Halt bot, um bis aufs Dach zu kommen. Er fixierte seine gesamte Ausrüstung, trat auf einen schmalen Sims hinaus und fing an zu klettern.

Es dauerte nur ein paar Sekunden, bis er oben war.

»Was machen Sie auf dem Dach?«, erkundigte sich Ryan aus Langley.

Harvath blickte nach oben, obwohl er wusste, dass er die Drohne nicht sehen konnte. »Lange Geschichte. Ist Pitchfork noch im Bett?«

»Roger«, erwiderte sie. »Die Reaper ist gerade noch einmal drüber geflogen. Er ist immer noch da.«

Wenigstens etwas, das so lief, wie er es wünschte. »Roger«, flüsterte Harvath. »Gehe auf Zero Comm.«

Zero Comm war das Codewort für *keine weitere Kommunikation.* Er brauchte niemanden, der ihm ins Ohr quasselte, während er sich bereit machte, Baseyew hochzunehmen.

»Zero Comm. Roger, sagte Ryan. »Viel Glück.«

Harvath wusste es zu schätzen. Bei dem, was er vorhatte, würde er alles Glück der Welt brauchen.

68

Aufs Dach zu klettern war eine Sache. Wieder runterzukommen etwas ganz anderes.

Harvath war gezwungen, den größten Teil seiner Ausrüstung zurückzulassen. Sie zog ihn nicht nur nach unten, sie klapperte auch noch und machte zu viel Lärm.

Dabei konnte er es sich nicht leisten, ein Geräusch zu machen.

Er glitt über die Dachkante und begann seinen Abstieg zu Baseyews Balkon. Hier war es wesentlich schwieriger als auf der anderen Seite des Hauses, er fand viel weniger Halt für seine Hände und Füße. Stellenweise nur so minimal, dass er seine Fingernägel in den weichen Mörtel grub, um sich daran festzuhalten.

Er bewegte sich nicht zentimeter-, sondern millimeterweise vorwärts. Seine Hände schmerzten, schon bald war sein ganzer Körper schweißbedeckt. Falls unten jemand zufällig vorbeikam, würde er auffliegen.

Er verdrängte den Schmerz und die Tatsache, dass ihm das Herz bis zum Hals schlug, und machte weiter. Der Balkon war nur noch wenige Meter entfernt.

Immer öfter fand er keinen Halt mehr, weder für die Hände noch für die Füße. Doch jedes Mal holte er tief Luft, zwang sich, sich umzusehen. *Du musst etwas finden,* sagte er sich. *Es ist hier, du brauchst bloß die Augen aufzumachen.*

Und jedes Mal war da etwas.

Der Balkon war nun nur noch wenige Meter entfernt. Es war fast vorüber. Er bewegte sich weiter darauf zu, bereit, die Wand loszulassen.

Als er den Balkon fast erreicht hatte, vernahm er von drinnen ein Geräusch. Baseyew hatte auf seinem Handy den Wecker gestellt.

Harvath schaffte es nicht einmal, einen Fluch zu murmeln. Der Schmerz in seinen Händen war unerträglich – und er breitete sich aus. Er spürte ihn in seinen Beinen, den Armen, in seinem Rücken. Sein ganzer Körper wollte, dass er aufgab. Flehte ihn an.

Seine Nervenenden schrien danach loszulassen, sich einfach fallen zu lassen. Dass er bei dem Sturz schwer verletzt würde, spielte keine Rolle mehr. Die Muskeln seines Körpers waren einzig auf sofortige Erleichterung aus. *Loslassen*, schrien sie ihm zu. *Lass los!*

Harvath biss die Zähne zusammen und packte seinen dürftigen Halt an der Wand fester. Er hatte nicht vor loszulassen, zwang sich, sich weiter zum Balkon zu bewegen.

Aber was war mit Baseyew? Angestrengt lauschte er darauf, was drinnen vor sich ging.

Der Alarm war verstummt. Bedeutete das, dass Baseyew wach war? Oder hatte er die Schlummerfunktion aktiviert, sich umgedreht und war wieder eingeschlafen?

Harvath war zu nahe, um Ryan auch nur zuzuflüstern, dass sie ihm einen Lagebericht der Drohne geben solle. Und wenn die Drohne nicht genau in diesem Moment das Haus überflog, konnte sie ihm ohnehin nicht das Feedback geben, das er brauchte. Es gab nur einen Weg, es in Erfahrung zu bringen.

Den letzten halben Meter strengte er sich noch einmal an, erreichte den Balkon und ließ sich auf die feste Betonumrandung hinab. Erleichterung durchströmte seinen Körper.

Er hatte allerdings keine Zeit, dort stehen zu bleiben, damit sein Körper sich entkrampfen konnte. Er musste in Bewegung bleiben.

Lautlos trat er von der Einfassung auf den Balkonboden. Mit reiner Willenskraft zwang er seine steifen Finger, den Taser zu ziehen. Jetzt kam es darauf an. Gleich würde Baseyew für alles bezahlen, was er angerichtet hatte.

Als er sich auf die hohen Läden zubewegte, die den Balkon vom Schlafzimmer trennten, hielt er inne. Kein

Ton war zu hören. Harvath wertete das als gutes Zeichen. Der Mann war erschöpft, hatte sich umgedreht und wieder schlafen gelegt.

Den Taser vor der Brust im Anschlag sprang er in Baseyews Zimmer und machte sich bereit zu feuern.

Doch das Bett war leer. In der Ecke lehnte ein AK-47, aber keine Spur von Baseyew. Harvath hatte kaum Zeit, zu begreifen, was los war, da fiel seine Zielperson auch schon über ihn her.

Baseyew war aufgewacht und hatte wohl ein Geräusch auf dem Balkon gehört. Da er keine Zeit mehr hatte, an seine Waffe zu kommen, hatte er sich einfach an die Wand gedrückt, um zu warten, bis sein Angreifer auftauchte. Dann schnellte Baseyew vor und nutzte, so gut es ging, das Überraschungsmoment.

Er verpasste Harvath zwei vernichtende Schläge – einen unter den Kiefer, einen gegen die Schläfe. Augenblicklich sah Harvath Sterne, seine ohnehin bereits müden Beine wurden ihm weich.

Baseyew ließ ihm keinen Moment, keinen Millimeter, um sich zu sammeln. Seine Schläge regneten herab, als würde ein Gorilla einen Vorschlaghammer schwingen.

Es war reines Systema – die tödliche russische Kampfkunst, die den Speznas und jedem Geheimagenten des Landes beigebracht wurde.

Die Ellbogen- und Kniestöße kamen wieder und wieder. Harvath wurde ganz schummrig vor Augen, er verlor die Kontrolle über den Taser. Kaum dass er ihn fallen und über den Boden klappern hörte.

Die Schläge kamen so hart und schnell, dass Harvath sich nicht lange genug in eine Position bringen konnte, um nach seiner Pistole oder seinem Messer zu greifen.

Er wurde fürchterlich verprügelt. Anders konnte man es nicht nennen. Baseyew war ein erstaunlich gut ausgebildeter, brutaler Kämpfer, der unerbittlich angriff.

Wenn Harvath nicht bald etwas unternahm, würde er das Bewusstsein verlieren. Und dann wäre es aus. Es gab nur eines, was ihm einfallen wollte.

Er stemmte die Füße in den Boden, ging in die Hocke, stürzte sich auf Baseyew und packte ihn um die Hüfte, sodass er hintenüberkippte.

Sie landeten hart auf dem Betonboden, Baseyew wurde die Luft aus der Lunge gedrückt. Harvath zeigte kein Erbarmen.

Er schlug doppelt so fest zu wie Baseyew, verpasste ihm eine für jeden Amerikaner, den er getötet hatte, schlug ihn für jeden Angehörigen, jedes Familienmitglied, die Hinterbliebene waren.

Er brach ihm die Rippen und sah zu, wie Baseyew Blut spuckte. Er zog ihm die Faust so heftig über den Schädel, dass er ihm ein Stück Kopfhaut abriss.

Und dann, kurz davor, den Mann zu töten, hielt er inne und wälzte sich von ihm herunter.

Keuchend schnappte Baseyew nach Luft, hustete immer wieder oder verschluckte sich an seinem eigenen Blut. Es strömte ihm von seiner gespaltenen Lippe, ein bisschen lief ihm sogar aus dem linken Ohr.

Harvath hatte einige Platzwunden im Gesicht, aber im Vergleich zu Baseyew sah er aus wie ein Supermodel.

Er mühte sich auf die Beine, holte seinen Taser, kehrte dann wieder zurück und trat Baseyew, so fest er konnte, in die Rippen.

Der Tritt war so heftig, dass er sie tatsächlich knacken hörte. »Das ist vom Präsidenten der Vereinigten Staaten.«

Er war versucht, Baseyew einen weiteren Tritt zu versetzen, wollte aber nicht riskieren, dass sich eine Rippe in die Lunge bohrte und womöglich ein Lungenflügel kollabierte. Es gab noch ein paar Dinge, die er von dem Kerl brauchte.

Harvath rollte Baseyew auf den Bauch, fesselte ihm Handgelenke und Knöchel mit Kabelbindern, pappte ihm ein Stück Klebeband auf den Mund und zwang ihn, sich aufrecht an die Wand zu setzen.

Harvath fühlte sich, als hätte ihn ein Güterzug überrollt. Neben Baseyew glitt er an der Wand hinab in eine sitzende Position, hielt den Atem an und wartete, bis etwas von seiner Kraft zurückkehrte.

Er musste an sich halten, um Baseyew nicht auf der Stelle umzubringen. Was D. C. anging, war dies eine vollkommen legitime Option. Harvath wollte allerdings mehr.

Er zückte sein Handy und machte sich bereit, Baseyew zu verhören. Aber bevor er ihm das Klebeband vom Mund zog, legte er ihm dar, welche Möglichkeiten er hatte.

Er bot ihm einen einmaligen Deal an. Wenn Baseyew zustimmte, würde Harvath sich an seinen Teil der Abmachung halten.

Wenn nicht, würde Harvath ihn dem IS überlassen und sicherstellen, dass sie erfuhren, dass er ein Verräter war.

»Also, was soll es sein, Sascha?«, fragte er, während er Baseyew mit einem Ruck das Klebeband vom Mund riss.

Der Mann drehte sich zur Seite, spie einen Klumpen Blut und Speichel auf den Boden. Anschließend wandte er seinen Blick wieder Harvath zu. »Ich akzeptiere.«

69

Harvaths ursprünglicher Plan hatte vorgesehen, an Baseyew zu kommen, ihn zu verhören und herauszufinden, wo die Veranstaltung zu seinen Ehren stattfinden sollte. Von dort konnte er einen Drohnenschlag anfordern. Anschließend würden er und Nicholas das Ganze verfeinern.

Nicholas würde die Drohnenaufnahmen überarbeiten, damit es so aussah, als hätten die Russen den Schlag geführt. Die Aufnahmen würde er auf antirussische, dschihadistische Webseiten stellen und sie in Foren und Chatrooms verbreiten. Die Islamisten in all den Ländern, die Russland Sorgen bereiteten, würden Amok laufen.

Harvath für seinen Teil wollte sich mit dem Scharfschützengewehr auf die Lauer legen. Wenn die IS-Kämpfer zum Ort des Angriffs hasteten, um nach Überlebenden zu suchen und Menschen aus den Trümmern auszugraben, wollte er so viele wie möglich umlegen und dann machen, dass er wegkam.

Am Stadtrand sollten die Hadids einen Unfall inszenieren. Baseyew sollte bewusstlos in einem Fahrzeug eingeschlossen sein, das sich überschlagen hatte. Harvath würde ihm das Gewehr unterschieben sowie weiteres Belastungsmaterial, das auf die Russen hinwies, und dann nichts wie weg. Wenn die IS-Leute Baseyew fanden, würden sie ihn in der Luft zerreißen. Harvath hatte eine Schwäche für Happy Ends. Doch wie so oft im Außeneinsatz kam alles ganz anders. Baseyew enthüllte eine brisante Information, die einschlug wie eine Bombe.

In dem Haus mit den leuchtenden Monitoren, den ganzen Zusatzgeneratoren und Klimaanlagen befand sich der

Social-Media-Mastermind des IS – die kreative Kraft nicht nur hinter ihrer Internet-Rekrutierung, sondern hinter ihrer gesamten Propaganda, inklusive der entsetzlichen Videos.

Es gab allerdings einen weiteren Faktor, der ihn für Harvath zu etwas Besonderem machte – er war das High-Value Target, die hochrangige Zielperson, die Salah identifiziert hatte. Seinetwegen waren das SAD-Team der CIA und dessen Piloten in Anbar getötet worden. Seinetwegen waren drei amerikanische Frauen der US-Botschaft in Amman brutal vergewaltigt und umgebracht worden. Und seinetwegen war Harvath bereit, ein großes Risiko einzugehen. Der Mann war ein so wertvolles Ziel, dass er ihn sich nicht entgehen lassen durfte.

Normalerweise beschäftigte Harvath zu einem solchen Zeitpunkt nur eine einzige Frage: *Töten oder gefangen nehmen?* Das Töten sorgte zwar stets für eine gewisse Genugtuung, doch hier hatte er den Eindruck, dass es nicht ausreichte – nicht nachdem es bereits so viele Tote gegeben hatte. Harvath wollte mehr als nur Blut.

Er wollte substanzielle Vergeltung üben – sowohl am IS als auch an den Russen. Das hieß, dass der Social-Media-Mastermind und Baseyew für ihn lebend mehr wert waren. Entsprechend hatte er sich entschieden.

»Moment! Sie bitten um Genehmigung, was genau zu tun?«, antwortete Ryan aus Langley.

»Ich bitte nicht um Genehmigung«, stellte Harvath klar. »Kriegen Sie es hin oder nicht?«

Sie war klug genug, nicht mit ihm zu streiten. Seine Fähigkeit, sich in Stresssituationen anzupassen und sein Ziel zu erreichen, war der Grund, weshalb sie ihn eingestellt hatten. Er war frei, selbstständig, ganz besonders im Außeneinsatz. Mit oder ohne die CIA, er würde tun, was er vorhatte. Sein Entschluss stand fest.

Nach kurzer Rücksprache mit dem Pentagon war sie wieder in der Leitung. »Das Department of Defense hat eine Reaper im Westirak. Sie brauchen allerdings mindestens 45 Minuten, bis sie über Ihnen in Position ist.«

»Womit ist sie bestückt?«

»Vier Hellfire-Raketen, dazu zwei 500 Pfund schwere GBU-38.«

JDAMs – Joint Direct Attack Munition. Harvath wusste über die Munition Bescheid. Es handelte sich um einen Nachrüstsatz, der »dumme«, ungelenkte Freifallbomben in smarte, präzisionsgesteuerte Bomben verwandelte.

Die DoD-Drohne stellte eine gewaltige Menge an Feuerkraft dar. Das gefiel Harvath. Overkill war etwas Feines. Wenn schon ein bisschen gut war, dann war eine Tonne noch besser – und die Nachricht, die diese Tonne aussandte, war unmissverständlich.

»Die Veranstaltung beginnt in einer halben Stunde«, antwortete er. »Sagen Sie ihnen, sie sollen einen Zahn zulegen.«

Als Ryan sich verabschiedete, drehten Harvaths Gedanken sich darum, wie sie es anstellen sollten, den Social-Media-Guru zu schnappen.

Baseyew zufolge befanden sich zwei Wachen im Haus – eine im Erdgeschoss und eine im Obergeschoss, wie Yusuf gesehen hatte.

Außerdem waren in dem Haus drei Server-Racks. Wenn Harvath sich neben dem Mediengenie auch noch ihre Festplatten schnappen konnte, wäre das ein Riesencoup für die Vereinigten Staaten.

Allerdings hatte jeder im Haus ausdrückliche Anweisung, alles zu zerstören, falls sie angegriffen wurden. Damit stand Harvath vor einem ernsten Problem.

Das Erdgeschoss war in ein Großraumbüro umgewandelt, in dem die Social-Media-Leute arbeiteten.

Neben dem Guru gab es sechs Hauptakteure – zwei Videoredakteure sowie vier Assistenten, die alle Social-Media-Kanäle des IS im Blick behielten und eine Reihe von Sympathisanten auf der ganzen Welt mit IS-Propaganda versorgten, die wiederum als »Repeater«-Stationen fungierten.

Die Server wurden oben in einem verschlossenen Raum verwahrt. Baseyew gab Harvath einen vollständigen Überblick über den Grundriss des Hauses.

Falls alles stimmte – und in Anbetracht der Tatsache, dass Baseyews Leben auf dem Spiel stand, und Baseyew hatte keinen Grund, etwas anderes anzunehmen –, war Harvath im Vorteil. Er hatte das Überraschungsmoment auf seiner Seite. Was er jedoch nicht hatte, war ein Plan.

Er hatte Baseyew so übel zugerichtet, dass er den Kerl nicht als Vorwand benutzen konnte, um hineinzugelangen. Außerdem gab es zwar nur zwei Wachen. Aber der Rest der Social-Media-Leute, auch wenn sie zugegebenermaßen mehr oder weniger Computerfreaks waren, hatte Kalaschnikows. Sie trugen sie, um hart auszusehen, aber keiner von ihnen war ein Killer.

Trotzdem genügte bereits ein Zufallstreffer. Ein bewaffneter Kämpfer war ein bewaffneter Kämpfer. Computerfreaks oder nicht, sie waren bekennende Dschihadisten, und Harvath hatte nicht vor, auch nur einem von ihnen Gnade zu erweisen. Der Einzige, der ihn in diesem Haus interessierte, war der Social-Media-Chef.

Baseyew sagte, sein Name sei Rafael – ein 27-jähriger britischer Staatsbürger pakistanischer Herkunft. Er war klein und dick, hatte einen struppigen Bart, fettiges Haar und trug eine Brille. Er gab vor, den Westen wegen dessen Dekadenz zu hassen. Trotzdem sah man ihn immer nur in Retro-T-Shirts mit erlesenen Rockbands wie The Clash oder Elvis Costello. Außerdem war er dafür bekannt, dass er sich von riesigen Mengen Erdbeer-Lakritze und großen Dosen zuckerhaltiger Energydrinks ernährte.

Während er über die Details nachdachte, fragte Harvath sich: *Wer zum Teufel ernährt sich mitten in einem Kriegsgebiet von Erdbeer-Lakritze und Energydrinks?*

Dann kristallisierte sich wie ein Blitz aus heiterem Himmel mit einem Mal ein brillanter, elegant einfacher Plan heraus.

70

Harvath und Mathan gingen 20 Minuten vor den anderen. Mithilfe der CIA-Reaper hatten sie den idealen Ort gefunden.

In dem halb fertigen Gebäude wohnte niemand. Vom Dach aus hatte man die Straße vor Rafaels Haus perfekt im Blick.

Sie füllten einen Kissenbezug aus Baseyews Wohnung mit Sand, und nachdem Harvath alle Vorbereitungen getroffen hatte, verschwand Mathan, um ein letztes Mal die Gegend auszukundschaften.

Mithilfe der Bordgeräte der Reaper bestätigte Ryan in Langley, dass Harvath beide Schüsse abfeuern konnte.

Basierend auf der Leistung des Gewehrs in den Dünen korrigierte er den Haltepunkt ein wenig und legte sich hin.

Er lag auf einer alten Palette, die jemand oben auf dem Dach gelassen hatte, und benutzte das Kissen als Auflage für das Gewehr. Er hatte bereits zweimal uriniert – einmal vor dem Verlassen von Baseyews Wohnung und noch einmal, als er an dem Gebäude ankam. Er hatte fast eine ganze Flasche Wasser hinuntergestürzt und durfte sich nicht mehr bewegen, bis sein Job erledigt war.

Ryan gab ihm weiterhin detaillierte Berichte aus Langley darüber durch, was sie dort via Drohne sahen. »Pitchfork rückt aus«, sagte sie. »Ich wiederhole: Pitchfork rückt aus.«

Das hieß, dass Baseyews Land Cruiser unterwegs war. Thoman saß am Steuer, Baseyew auf dem drehbaren Pilotensitz hinter ihm und Qabbani und Yusuf in der dritten Reihe.

Thoman spielte die wichtigste Rolle. Harvath verließ sich darauf, dass er sowohl auf Baseyew aufpasste als auch sofort bereit war, das Feuer zu erwidern, sollten sie in ein Gefecht geraten. Es war viel verlangt, doch Harvath hegte keinerlei Zweifel, dass Thoman dem gewachsen war.

Harvath spähte durch sein Nachtzielgerät, richtete sich hinter der Waffe ein und machte sich bereit, seine Schüsse abzugeben.

»Ankommend«, übermittelte Ryan. »Pitchfork. 90 Sekunden. Bereithalten.«

Harvath beobachtete die Blätter an den Bäumen unten auf der Straße. Ein Windhauch. Er stellte sein Zielfernrohr entsprechend ein.

»Pitchfork. Noch 60 Sekunden bis zum Ziel«, meldete sich Ryans Stimme aus Nord-Virginia. »Akteure gefechtsklar. Ich wiederhole – alle Akteure gefechtsklar.«

Das war ein gutes Zeichen. Es hieß, dass Langley keine Nichtkombattanten in der Nähe sah. Es stand ihnen frei, jeden im Haus anzugreifen.

Ein plötzlicher Windstoß. Harvath machte Anstalten, sein Gewehr neu zu justieren, doch die Blätter beruhigten sich wieder. Um seinen Herzschlag zu verlangsamen, atmete er in langen, tiefen Atemzügen und legte die Fingerkuppe auf den Abzug des PSL.

»Pitchfork. Noch 30 Sekunden bis zum Ziel. Ich wiederhole: 30 Sekunden bis zum Ziel.«

Harvath wartete auf das nächste Update vom CIA-Hauptquartier. Es kam Sekunden später. »Pitchfork Handy aktiv.«

Er konzentrierte sich auf das obere Fenster auf der gegenüberliegenden Straßenseite und machte sich bereit für seinen Schuss.

Ryan las die Textnachrichten vor, die zwischen Baseyews und Rafaels Handys hin- und hergingen:

Erdbeer-Lakritze?

Monsterpackung.

Du bist spitze!

Hab sie auf dem Rückweg im Duty-free-Shop gekriegt.

Du hast was gut bei mir. Wann kann ich sie abholen?

Bin auf dem Weg zum Treffen. Bei dir in der Nähe. Kann sie jetzt vorbeibringen.

Wirklich?

Wirklich.

Du bist klasse!

Bis gleich.

Okay.

Danach sagte Ryan: »An alle! Noch 15 Sekunden, Pitchfork am Ziel. Ich wiederhole: Pitchfork am Ziel, 15 Sekunden.«

Harvath beobachtete das Fenster im Obergeschoss und übte ganz allmählich Druck auf den Abzug aus.

Die Regel Nummer eins bei einer Schießerei lautete, dass man besser den Standort wechselte oder nachlud, wenn man nicht gerade schoss. In seinem Fall jedoch musste er die Beine in die Hand nehmen, sobald er seine Schüsse abgegeben hatte.

Sie waren mehr als nur unterbesetzt. Es gab nur einen einzigen Grund, weshalb er sich auf dem Dach befand, nämlich weil keiner der Hadids auch nur halbwegs anständig mit einer Langwaffe umgehen konnte. Sobald er seine Schüsse abgefeuert hatte, musste er schnell sein.

»Los, Norseman«, sagte Ryan. »Pitchfork am Ziel in fünf, vier, drei, zwo, eins.«

Harvath öffnete das andere Auge und sah zu, wie Baseyews Land Cruiser unten auf der Straße zum Stehen kam. Auf dem Dach bildeten drei Streifen Klebeband ein großes N, damit man das Fahrzeug von oben identifizieren konnte. Das Gleiche hatten sie mit dem Dach von Yusufs Pick-up gemacht.

»Bin vor der Tür«, gab Ryan Baseyews SMS an Rafael durch.

Harvath beobachtete, wie Augenblicke später eine Gestalt am oberen Fenster erschien. »Tango, Obergeschoss«, sagte er.

»Er kommt raus«, sagte Ryan, als sich die Haustür öffnete. »Auf Ihr Zeichen, Norseman.«

»Roger«, erwiderte Harvath. »Bleiben Sie auf Empfang!«

Während er sein Gewehr ausrichtete, konzentrierte er sich auf die Tür und sah Rafael herauskommen. Harvath erkannte ihn sowohl an seinem Aussehen als auch an seinem T-Shirt, auf dem einer der bei Harvath beliebtesten Funkmusiker prangte, George Clinton.

Ihm voran ging der Sicherheitsmann aus dem Erdgeschoss. Circa einen halben Meter vor Rafael marschierte er auf Baseyews Geländewagen zu.

»Boardwalk«, sagte Thoman vom Fahrersitz des Land Cruisers aus. Er benutzte Harvaths Codewort, um zu signalisieren, dass die beiden Männer das Gebäude verlassen hatten und Harvath feuern konnte, wenn er bereit war.

»Roger«, erwiderte Harvath und konzentrierte sich erneut auf die Gestalt im oberen Fenster. »Boardwalk«, wiederholte er und drückte den Abzug.

Kaum war das Geschoss aus dem Lauf, zielte er wieder auf den unteren Wachposten und feuerte noch einmal.

Als der Kopf des Postens im Erdgeschoss in einem rosafarbenen Sprühnebel explodierte, befahl Harvath: »Los, los, los!«

Thoman hatte die Tür des Land Cruisers bereits ein Stück weit geöffnet. Als er den Befehl hörte, sprang er heraus, hob Harvaths Taser und feuerte auf Rafael.

Gleichzeitig trat Mathan die Hintertür des Hauses ein, stürmte ins Innere und schoss mit seiner Kalaschnikow über die Köpfe der Social-Media-Dschihadisten hinweg.

Während all dies geschah, ließ Harvath sein Gewehr fallen, nahm die Kalaschnikow und raste die Treppe des leer stehenden Gebäudes hinab.

Drei Stufen auf einmal nehmend, rief er Thoman über seinen Ohrhörer zu: »Rein jetzt! Los, los, vorwärts!«

Den Beifahrersitz in der zweiten Reihe hatten sie ausgebaut, damit Yusuf, während Thoman Rafael taserte, herausspringen, um das Heck des Wagens herumkommen und Rafael fesseln konnte.

Der krebskranke Syrer war zwar nicht unbedingt der Schnellste, aber dafür war er voller Eifer bei der Sache. Während Thoman den Taser fallen ließ und zum Haus rannte, landete Yusuf auf Rafael, rammte ihm das Knie in den Rücken und zückte die Rolle Klebeband, die sie ihm zum Fesseln gegeben hatten.

Während Harvath über die Straße hetzte, bekam er aus dem Augenwinkel mit, wie Yusuf, der kein Freund des IS war, dem dicken Social-Media-Experten eine Reihe heftiger, gemeiner Schläge verpasste.

Unter anderen Umständen wäre er stehen geblieben, um ihn anzufeuern, doch im Moment hatte er Wichtigeres zu tun.

Als Harvath an der Tür ankam, waren die beiden Hadids bereits drinnen. »Redet mit mir«, brüllte er.

Mehrere Schüsse aus automatischen Waffen waren die Antwort. Augenblicklich ging Harvath hinter einer der Säulen des Hauses in Deckung.

Zwei Minuten später brüllte Thoman: »Clear!«

»Mathan?«, rief Harvath.

»Clear!«, brüllte der zweite Hadid.

Langsam spähte Harvath um die Säule herum in den großen, offenen Raum. Alles war voller Blut, dazwischen lagen Leichen. Die Hadids hatten alle getötet. Zu ihrer Verteidigung musste Harvath sagen, dass er nicht einen Dschihadisten sah, der nicht so aussah, als hätte er nach seiner Waffe gegriffen. Thoman und Mathan hatten das Richtige getan.

»Also los!«, befahl er, während er zum zweiten Stock deutete.

Harvath führte den Angriff an. Er rannte die Treppe hinauf und blieb nur lange genug stehen, um den Flur zu überprüfen, bevor er in den Raum fegte, durch dessen Fenster er den IS-Kämpfer erschossen hatte.

Der Mann lag tot in einer Blutlache. Harvaths Kugel war knapp über dem rechten Auge eingedrungen, direkt durchs Gehirn gegangen und aus dem Hinterkopf wieder ausgetreten.

Harvath schloss zu den Hadids auf, half ihnen, die restlichen Festplatten zu entfernen, und rief dann zu Yusuf hinab: »Wir kommen jetzt raus. Halte dich bereit.«

Als sie mit drei Kissenbezügen voller Festplatten das Haus verließen, wartete Yusuf bereits hinter dem Lenkrad des Land Cruisers.

Die drei Männer sprangen in den Wagen. Harvath sah nach, um sich zu vergewissern, dass Baseyew und Rafael noch da waren, und befahl: »Los, los, los!«

Sie fuhren an die Stelle, an der Mathan Yusufs Pick-up abgestellt hatte, und trennten sich. Nachdem sie die Stadt hinter sich gelassen hatten, meldete Harvath sich bei Ryan: »Wir sind draußen. Gebt ihnen Zunder! Jagt sie hoch, jetzt! Alle miteinander.«

71

Es war ein langer Tag gewesen, und Rebecca brauchte einen Drink – und zwar einen großen.

Nach ihrem Quickie mit Joe Adams hatte sie sich davongestohlen zu einem weiteren vertraulichen Rendezvous. Diesmal ging es allerdings nur ums Reden. Tatsächlich war Rebecca weit über eine Stunde durch die Mangel gedreht worden.

Als sie endlich ging, hatte sie rasende Kopfschmerzen. Anscheinend hatte jeder den Eindruck, dass sie nicht genug machte.

Intuitiv war ihr klar, dass es bei diesem Spiel nur um Zuckerbrot und Peitsche ging. Ganz gleich wie gut sie sich anstellte, sie wollten stets mehr von ihr. Sie vertickte die ultimative Droge – *Macht* –, und danach waren sie süchtig.

Auf dem Rückweg ins Büro ging sie an einem Minimarkt vorbei und kaufte ein Fläschchen Naprosyn und zwei Dosen Red Bull. Sie war versucht, sich für den Rest des Nachmittags krankzumelden, durfte es jedoch nicht riskieren, Senator Wells noch wütender zu machen.

Er war immer noch völlig aus dem Häuschen wegen der Frage, die sie ihm gestern bei *Meet the Press* untergeschoben hatte. Es hatte ihn überrascht, was ja auch ihre Absicht gewesen war, und er hatte es mit Bravour gemeistert. Er hatte sich verhalten wie ein gewiefter Staatsmann, über den

Dingen stehend. Ohne Einzelheiten zu nennen, hatte er dem Moderator und dem amerikanischen Volk versichert, dass man dem nachgehen werde.

Es war perfekt. Sie hatten das Gerücht in die Welt gesetzt, allerdings ohne dass es so aussah, als käme es direkt von Wells. Heute Morgen hatten es alle Zeitungen gebracht.

Der Senator würde noch ein, zwei Tage verärgert tun. Dabei wusste er tief im Innern, dass Rebecca ihm einen Riesengefallen getan hatte. Präsident Porter hatte in den Köpfen der amerikanischen Wähler gerade einen weiteren Dämpfer erhalten. Wenn man bis zur Wahl noch hin und wieder etwas an die Presse durchstach, hatte Porter keine Chance mehr.

Als sie in ihr Büro zurückkehrte, nahm sie den Papierkram auf ihrem Schreibtisch in Angriff und versuchte, die lange Liste von Telefonanrufen und E-Mails abzuarbeiten, die beantwortet werden mussten. Um fünf Uhr schnappte sie sich ihre Handtasche und machte sich auf den Weg zum Hay-Adams Hotel gegenüber dem Weißen Haus.

Dessen renommierte Off the Record Bar galt als eine der angesagtesten Kneipen in D.C. Sie war bekannt als der Ort, an dem man sich sehen lassen konnte, ohne dass einen jemand belauschte.

Die Bar lag im Untergeschoss des Hotels. Die Wände hingen voller Karikaturen der politischen Elite – sowohl der Vergangenheit als auch der Gegenwart. Rebecca rechnete voll und ganz damit, eines nicht allzu fernen Tages auch ihr Konterfei dort hängen zu sehen.

Als sie eintraf, füllte die Bar sich bereits. Als sie sie betrat, drehten sich mehr als nur ein paar Männer nach ihr um. Sie hatte zwar einen harten Tag hinter sich, doch das schien keinem der Männer hier aufzufallen, und es hätte auch keinen interessiert. Rebecca Ritter war eine atemberaubende Frau, ganz gleich in welcher Situation.

Sie ging an den Tresen, schnappte sich den letzten Hocker am Ende, winkte den Barkeeper zu sich und bestellte einen doppelten Maker's Mark on the Rocks.

Während der Keeper ihren Drink einschenkte, drehte sie sich um, um ihren Blick durch den Raum schweifen zu lassen. Selbst nach dem Anschlag auf das Weiße Haus war die Bar nach wie vor ein Treffpunkt für jeden, der in Washington Rang und Namen hatte. Sie hielt ständig Ausschau nach gut vernetzten Leuten, die ihren Einflussbereich erweitern konnten.

Ihr Blick blieb bei einem hochgewachsenen, distinguiert aussehenden Mann hängen, der gerade an den Tresen getreten war, um etwas zu bestellen.

»Sie sind doch Brian Wilson«, sagte sie. »*Mornings on the Mall* auf WMAL.«

»In der Tat«, erwiderte der Radiosprecher mit einem Lächeln, geschmeichelt, dass eine so attraktive junge Frau ihn erkannte.

»Rebecca Ritter. Chief of Staff bei Senator Wells.«

Sie hielt ihm die Hand hin.

Wilson ergriff sie höflich, und da er nicht auf den Kopf gefallen war, entging ihm nicht, wie sie ihren Rücken durchdrückte, um einen anderen Teil ihres Körpers fast unmerklich vorzustrecken.

»Der Senator macht in letzter Zeit ja einige Schlagzeilen. Es wäre toll, wenn er in unsere Talkshow kommen könnte.«

»Auf jeden Fall!« Ritter kramte nach einer Visitenkarte. »Haben Sie einen Stift?«

Wilson zog einen Stift aus der Tasche seines Blazers und reichte ihn ihr.

Sie schrieb etwas auf die Rückseite der Karte. »Das ist meine private Handynummer.«

Der Radiosprecher brauchte weder nach links noch nach rechts zu blicken. Er konnte die neiderfüllten Blicke der anderen Männer am Tresen geradezu spüren.

»Sie waren fantastisch bei Fox, und wenn ich mich recht entsinne, berichteten Sie doch als Erster über den Rücktritt von Sandra Day O'Connor als Richterin des Supreme Courts.«

»Sie haben einen guten Geschmack *und* ein gutes Gedächtnis«, meinte Wilson. »Allerdings glaube ich, dass Sie ein bisschen zu jung sind, um sich daran zu erinnern.«

»Ich mache es mir zur Aufgabe, Dinge zu wissen«, erwiderte sie mit einem koketten Lächeln, während sie ihren Drink nahm und verführerisch an ihrem Strohhalm zog. »Ihre Arbeit hat mir schon immer sehr gut gefallen. Ja, ich glaube sogar, Sie würden einen großartigen Regierungssprecher für das Weiße Haus abgeben.«

Wollte sie ihn abschleppen oder bot sie ihm einen Job an? Egal was, Wilson gefiel es. Und was auch immer noch geschehen sollte, morgen früh konnte er seinem Co-Moderator, Larry O'Connor, eine verdammt gute Geschichte erzählen.

»Also«, brachte er das Thema wieder zurück zu seiner Arbeit, »wann können wir Senator Wells in unserer Talkshow bringen?«

Rebecca war im Begriff zu antworten, als einer der Portiers vom Hotel oben erschien. »Miss Ritter?«, fragte er.

»Ja?«

»Ein Anruf für Sie an der Rezeption. Es ist Ihr Büro.«

»Mein Büro?« Sie holte ihr Handy aus der Handtasche, blickte darauf. Die Signalstärke schien in Ordnung, und es gab keine verpassten Anrufe oder Nachrichten.

»Ja, Ma'am. Wenn Sie mir bitte folgen möchten.«

»Entschuldigen Sie mich einen Moment«, sagte sie zu Wilson.

»Natürlich!«

Sie nahm noch einen Schluck, stellte ihr Glas auf den Tresen, raffte ihre Handtasche zusammen und folgte dem Portier.

Oben führte er sie zu einem Telefon, das jemand auf den Rezeptionstresen gestellt hatte. Am anderen Ende stand ein Ehepaar, wahrscheinlich Hotelgäste, die Reservierungen fürs Abendessen oder dergleichen machen wollten.

Als sie ans Telefon ging und den Hörer abnahm, auf den der Portier deutete, traten der Mann und die Frau zu ihr.

»Rebecca Ritter?« Die Frau zeigte ihr einen Ausweis. »FBI. Sie sind festgenommen.«

72

SYRIEN

Es war erstaunlich, wie kalt die Wüste nachts werden konnte, selbst nach einem für diese Jahreszeit ungewöhnlich warmen Tag. Die Felsen, der Sand, anscheinend alles verlor sofort jede gespeicherte Wärme, sobald die Sonne unterging.

Während Harvath sich die Beine vertrat, checkte er sein Handy und bestimmte ihre Position. Sie waren circa 100 Kilometer von der irakischen Grenze entfernt.

Thoman füllte bei dem Land Cruiser Sprit aus einem Kanister nach, Mathan behielt die Gefangenen im Auge.

Schon vor Stunden hatten sie sich von Yusuf und Qabbani getrennt. Harvath war relativ zuversichtlich, dass die Syrer es ohne ihn nach Hause schafften. Nur für den Fall, dass sie Probleme bekamen, hatte er ihnen den Rest seines Bargeldes gegeben und seinen Kobold-Chronografen.

Er war der Meinung, dies war das Mindeste, was er tun konnte – zumal er und die Hadids alle Waffen und die Reaper der CIA bei sich hatten.

Die Drohne über ihren Köpfen hatte sich als unschätzbar erwiesen. Wenn man stets wusste, was vor einem lag, war es möglich, Probleme zu umgehen. Allerdings hatten sie dadurch auch einige weite Umwege gemacht, um potenziellen Feindberührungen auszuweichen. Infolgedessen hatten sie viel Treibstoff verbraucht. Und in der syrischen Wüste waren Tankstellen nicht gerade dicht gesät.

»Das war unser letzter.« Thoman stellte den leeren Benzinkanister in den Kofferraum.

Harvath hatte mitgezählt, das wusste er bereits. »Es gibt nichts mehr zwischen uns und der Grenze. Wir sollten es schaffen.«

»Sag das mal Mr. Murphy«, meinte Thoman grinsend.

Harvath erwiderte das Lächeln. Die Hadids waren gute Männer. Hart, klug, unerschrocken. Das musste Harvath McGee lassen, die Firma wusste, wie man Talente einschätzte. Ob sie in Syrien den Ausschlag geben würden, musste sich erst zeigen, aber eines war sicher: Das syrische Volk konnte sich über die Maßen glücklich schätzen, dass die Zwillingsbrüder auf der Seite der Freiheit kämpften.

Harvath hatte verdammt großen Respekt vor ihnen. Sie hätten bei ihrer Mutter in Paris eine ruhige Kugel schieben können, doch das wollten sie nicht. Sie waren genau hier, mitten im Kampfgetümmel.

»Okay«, meinte Harvath, als Thoman die Heckklappe schloss. »Brechen wir auf.«

Die Männer nahmen ihre Kalaschnikows von der Schulter und stiegen wieder in den Geländewagen. Da sie sich beim Fahren abwechselten, übernahm Harvath das Lenkrad, Mathan setzte sich auf den Beifahrersitz, und Thoman nahm hinten Platz, um auf Baseyew und Rafael aufzupassen, die gefesselt und geknebelt auf dem Boden lagen.

Harvath stöpselte sein Handy wieder in den Zigarettenanzünder und steckte es in den Getränkehalter, wo er es sehen konnte. Er legte den Gang ein, bog zurück auf die Wüstenstraße und fuhr weiter Richtung Grenze. Sie waren erst ein paar Hundert Meter weit gekommen, als sich Ryans Stimme über seine Hörmuschel meldete. »Norseman, Sie kriegen Gesellschaft.«

Rasch blickte Harvath von links nach rechts und drehte sich um, um aus dem Heckfenster zu sehen. »Ich sehe nichts. Machen Sie schon den Mund auf.«

»Russische Drohne. Kommt heiß rein.«

Harvath latschte auf die Bremse und brüllte den Hadids zu, auszusteigen.

»Was ist mit den Gefangenen?«, erwiderte Mathan.

Harvath schnappte sich sein Handy. »Vergiss sie!«, rief er, während er machte, dass er aus dem Wagen kam.

Die Brüder auf den Fersen, rannte er die steile Straßen-böschung hinab. Auf einen mächtigen Felsvorsprung in 500 Metern Entfernung deutend, winkte er ihnen, ihm zu folgen.

»Hawk Four scharf«, gab Ryan durch. Sie benutzte das Codewort für die Reaper der CIA.

»Wie viel Zeit noch?«, brüllte Harvath im Rennen.

»Stand-by, Norseman.«

»Verdammt noch mal!«, fluchte er. »Wie viel Zeit?«

Ryan hörte nicht zu. Sie war ganz auf das Kampfge-schehen über der Wüste konzentriert.

»Russische Drohne, Rakete abgefeuert«, sagte sie nüch-tern. Mit einem Mal, als würde ihr plötzlich klar, was das Ziel war, drängte sie: »Laufen Sie, Norseman! Lauft!«

Das brauchte sie Harvath nicht zweimal zu sagen. »Beei-lung!«, rief er den Hadids zu. »Rakete!«

Sie rannten durch den Sand so schnell wie noch nie in ihrem Leben, gaben alles.

»Einschlag«, sagte Ryan, »in drei, zwei, eins!«

Es gab einen blendenden Lichtblitz und eine gewaltige Explosion. In dem Moment, als Harvath und die Hadids die Felsen erreichten, schlug die Rakete der russischen Drohne in den Land Cruiser ein.

Harvath und die beiden Brüder hechteten hinter dem Felsvorsprung in Deckung, als sich eine heiße, orange-farbene Flammensäule in den Himmel schraubte und eine gewaltige Eruption aus Hitze, Sand und zertrümmertem Gestein mit der Wucht eines Hurrikans durch die Wüste fegte. Harvath machte sich so klein wie möglich, um so viel wie möglich von seinem Körper zu schützen. Die Hitze der Explosion war so stark, dass sie ihm die Haare an den Armen versengte.

Kaum war es vorüber, löste Harvath sich aus seiner Haltung und wälzte sich auf die Knie, damit er über die Felsen hinweg auf die Überreste des Geländewagens blicken konnte. Auf der Straße befand sich nur noch ein rauchender Krater.

»Fuck«, sagte er laut. »Fuck! Fuck! Fuck!«

Alles war futsch. Die Gefangenen. Die Festplatten. Und am schlimmsten: auch das einzige Transportmittel, das sie aus Syrien wegbringen konnte.

Über dem Klingeln in seinen Ohren hörte Harvath: »Russische Drohne im Anflug.«

Schon wieder? Worauf zum Teufel wartete Langley noch?

»Hawk Four Ziel erfasst«, gab Ryan durch. »Hawk Four Rakete abgefeuert. Einschlag in fünf, vier, drei, zwei, eins.«

Harvath hatte keine Ahnung, wo der Drohnen-Luftkampf stattfand. Er konnte lediglich nach oben in den Nachthimmel blicken. Dabei sah er einen orangefarbenen Flammenstreifen, als Hawk Four seine Luft-Luft-Rakete abfeuerte. Sekunden später folgte eine strahlende Explosion, die den Nachthimmel erleuchtete.

»Russische Drohne zerstört«, meldete Ryan.

Harvath sah zu Thoman und Mathan hinüber. Beide Männer hatten überlebt.

»Was zum Teufel ist gerade passiert?«, wollte er von Ryan wissen. »Warum haben die Russen uns ins Visier genommen?«

»Wir haben ihre Drohne erst erfasst, als sie ihre Waffensysteme scharfmachte. Aber Sie befinden sich mitten in der Wüste, tragen Kalaschnikows und fahren in Richtung Grenze. Das reicht für die aus.«

Murphy. Harvath kannte eine Menge erlesener Worte, die er am liebsten gesagt hätte, besonders über die Russen, doch jetzt war nicht der richtige Zeitpunkt dafür.

»Wir werden es nicht bis zum Treffpunkt schaffen.«

»Roger. Bleiben Sie auf Empfang.«

Während Ryan beim Joint Special Operations Command wegen der beiden Tarnkappenhubschrauber anfragte, die gleich hinter der irakischen Grenze warteten, blickte Harvath erneut zu den Hadids. Thoman lächelte.

»Was grinst du so?« Er fand das alles nicht gerade amüsant.

Thoman rollte sich zur Seite und enthüllte zwei Kissenbezüge.

Harvath blickte zu Mathan. Dieser hatte den dritten.

Er wollte das Lächeln gerade erwidern, als er an dem Krater, an dem vorher ihr Land Cruiser gestanden hatte, eine Bewegung wahrnahm.

Er zog seine Pistole, stand auf und rannte darauf zu.

Auf halbem Weg sah er sie. Baseyew und Rafael waren am Leben.

Irgendwie war es ihnen gelungen, sich wie Fische aus dem Land Cruiser plumpsen zu lassen. Sie hatten es bis zur Böschung geschafft und sich bergab rollen lassen, um der Explosion zu entgehen.

Harvath machte langsam, steckte die Pistole wieder in das Holster in seinem Kreuz und lächelte. Kopfschüttelnd sagte er nur ein Wort. »Murphy.«

73

Die CIA-Reaper und zwei F-22 Raptors gaben Harvath, den Hadids und ihrer wertvollen Fracht lange genug Deckung, damit die eigens umgerüsteten Sikorsky UH-60 Black Hawks sie abholen und auf einem geheimen Luftwaffenstützpunkt in Kurdistan in Sicherheit bringen konnten.

Von dort transportierte ein Security-Team Baseyew und Rafael per Privatjet nach Malta. Vella wartete im Hangar, als sie ankamen. Er freute sich bereits darauf, eine neue Verhörtechnik an ihnen auszuprobieren, sobald sie ihre medizinischen Untersuchungen hinter sich hatten.

Williams nahm Harvath und die Hadids in Empfang, als ihr Jet in Amman landete. Während sie in die Stadt fuhren, überprüfte Harvath noch einmal, ob alles da war, was er verlangt hatte.

Sie gingen die gesamte Liste durch, und als sie zum letzten Punkt kamen, sagte Williams: »Dazu musste ich mich direkt an den Botschafter wenden.«

Harvath hatte auf jordanischer Seite einen Scharfschützen angefordert, der ihnen Deckung geben sollte bei dem, was sie vorhatten. »Und?«

»Es hat Wellen geschlagen bis hoch zum König.«

»König Abdullah von Jordanien?«, meinte Harvath.

Williams nickte.

Harvath war Abdullah zwar nie begegnet, aber er hielt große Stücke auf ihn. Abdullah hatte sowohl in den

Vereinigten Staaten als auch in Großbritannien eine umfassende Ausbildung erhalten. Doch noch beeindruckender war seine militärische Erfahrung. In der britischen Armee war er Truppenkommandeur gewesen, in Jordanien Panzerkommandant der 91. Panzerbrigade. Darüber hinaus war er auch ehemaliger General und Kommandeur der jordanischen Spezialeinheiten, außerdem ausgebildet als Pilot von Cobra-Kampfhubschraubern.

»Was hat er gesagt?«

»Offiziell hat der König gar nichts gesagt. Das Gespräch hat nie stattgefunden.«

»Und inoffiziell?«, wollte Harvath wissen.

»Deine Geschichte hat ihn sehr bewegt. Du kriegst jordanische Rückendeckung.«

Es war nicht Harvaths, sondern Yusufs Geschichte. Und die von Qabbani. Doch das spielte keine Rolle. Alles, was zählte, war, dass er sie und ihre Familien aus Syrien herausholen konnte. Das hatte er versprochen.

Sofern sie es an die Grenze schafften, gab es in den Vereinigten Staaten einen Platz für sie. Die Männer hatten es sich mehr als verdient.

Harvath wollte zurück nach Syrien, um gemeinsam mit ihnen die Fahrt anzutreten, doch Yusuf hatte Nein gesagt. Es war zu riskant. Er kannte die Route. Außerdem hatte er das bisschen Geld und die Uhr, die Harvath ihm gegeben hatte, dazu noch das Geld, das er für seine Behandlungen gespart hatte. Damit wollte er die Leute an den Kontrollpunkten bestechen. Qabbani hatte zwar nicht viel Geld, aber was er hatte, wollte er ebenfalls dazu benutzen, sich seinen Weg freizukaufen.

»Komm einfach an den Grenzübergang«, hatte Yusuf gesagt. »Versprich es mir.«

»Versprochen«, erwiderte Harvath.

Mehr wollte Yusuf gar nicht hören. Er vertraute Harvath. Wenn der Amerikaner sagte, dass er dort sein werde, wusste Yusuf, dass er, *Inschallah,* auch da sein würde.

Inschallah, Murphy … Letzten Endes hing es immer von Dingen ab, auf die man keinen Einfluss hatte. Dennoch hatte Harvath nicht die Absicht, diese Männer beziehungsweise ihre Familien im Stich zu lassen.

Harvath lächelte den unrasierten, bewaffneten Strolch auf der syrischen Seite des Grenzübergangs Nasib an, hielt seinen laminierten Presseausweis hoch, zusammen mit seinem gefälschten kanadischen Pass, und sagte: »Journalist.«

Er wusste, dass der Mann sich an ihn erinnerte. Und seinem Gesichtsausdruck nach zu urteilen, fragte er sich, was Harvath schon wieder hier wollte.

Williams, der neben Harvath auf dem Beifahrersitz saß, hielt den Strolchen auf seiner Seite ebenfalls seinen Presseausweis hin und sagte: »Kameramann.«

Man hätte meinen können, jemand hätte ihnen gerade glühende Kohlen in die Hose gesteckt. Wie ein Haufen Schimpansen fingen sie an, mit den Armen zu rudern und allesamt auf und ab zu hüpfen, während einige nach ihrem Kommandanten riefen.

»Komm raus, Motherfucker«, flüsterte Harvath leise.

Wie auf ein Stichwort trat der Mann aus dem zerfallenden Gebäude. Er war noch hässlicher als beim letzten Mal. Sein braunes, ledriges, von Narben durchzogenes Gesicht schien noch missmutiger. Sein Schnurrbart war so schwarz, dass er aussah, als wäre er mit Schuhcreme gefärbt.

Die rechte Hand auf dem Lederholster an seiner Hüfte, hob er die linke Hand und machte eine ruckartige

Bewegung. Die Botschaft war klar. Vorfahren für eine »Kontrolle«.

Als Harvath den fensterlosen Lieferwagen langsam vorwärtsrollen ließ, klopfte Williams dreimal schnell hintereinander an die Wand hinter seinem Sitz.

Beim Einfahren in den Kontrollbereich hielt Harvath, ließ den Motor jedoch laufen. In Amman hatten sie die Bremslichter abgeklemmt.

Kaum stand das Fahrzeug, waren sie auch schon umzingelt. Die Bewaffneten brüllten sie an, dass sie aussteigen sollten, begannen an den Türgriffen zu ziehen, konnten sie jedoch nicht öffnen. Sie langten in den Wagen, versuchten die Verriegelungsknöpfe zu lösen, aber auch das funktionierte nicht.

Augenblicklich sah der Lieferwagen aus wie ein umgestülptes Stachelschwein, als zahllose Gewehrläufe durch die Fenster auf der Fahrer- und Beifahrerseite geschoben wurden.

Die Männer brüllten sie weiter an, dass sie aufmachen sollten, bis Harvath einen dicken, versiegelten Umschlag hob und damit vor der Windschutzscheibe hin und her wedelte, damit der Kommandant ihn sehen konnte.

Der Kommandant raunzte seine Männer an. Diese wichen zurück und nahmen die Gewehrläufe aus den Fenstern.

Er trat vom Bordstein weg und ging langsam auf den Van zu. Er hatte das hochmütige Auftreten eines kleinlichen Despoten. Ein Mann mit einem Quäntchen Macht, das er missbrauchte, um sich als Gebieter über diejenigen aufzuspielen, die das Pech hatten, ihm über den Weg zu laufen. Er war ein brutaler Fiesling, ein Erpresser, ein Tyrann. Genau die Sorte Mensch, die Harvath hasste.

Der Kommandant kam an den Lieferwagen, eine Hand auf der Pistole in seinem Holster. Die andere spielte mit seinem öligen Schnurrbart.

Er beugte sich durchs Fenster. »Monnee, Monnee«, sagte er, betrachtete den Umschlag, der im Getränkehalter steckte.

»Journalist«, sagte Harvath, während er auf den Ausweis deutete, der ihm um den Hals hing. Williams, der Harvath nicht den ganzen Spaß überlassen wollte, tat das Gleiche.

»Monnee!«, blaffte der Kommandant. »Monnee jetzt!«

»Kein Geld«, entgegnete Harvath. Er deutete auf den Highway. »Einfach fahren.«

Der Kommandant, der gar nicht mitbekam, dass er verscheißert wurde, war perplex. Der Journalist hatte doch mit einem Umschlag herumgewedelt. Mit einem ziemlich dicken sogar.

»Monnee!«, knurrte er und zog seine Pistole. Eine alte, russische Scheiß-Tokarew. Die Dinger waren berüchtigt dafür, dass sie aus Versehen losgingen. Wer sich auch nur ein bisschen mit Waffen auskannte, trug niemals eine durchgeladen mit sich herum. Verdammt, wer sich mit Waffen auskannte, trug überhaupt keine Tokarew, und damit basta. Doch das war eine andere Geschichte.

»Wir können es ebenso gut hinter uns bringen.« Harvath griff nach dem Umschlag und überreichte ihn.

Der Kommandant trat einen Schritt zurück und riss den Umschlag, die Tokarew nach wie vor in der rechten Hand, am oberen Ende auf.

Als er begriff, dass man ihn reingelegt hatte und sich in dem Umschlag bloß Zeitungspapier befand, feuerten Harvath und Williams bereits.

Mit der linken Hand zog Harvath seine Pistole aus dem Ablagefach der Fahrertür. Sobald die Waffe am Rahmen vorbei war, drückte er den Abzug und fing an zu schießen.

Fünf Kugeln trafen den Kommandanten. In weniger als zwei Sekunden stanzte Harvath sie ihm vom Bauch bis hoch ins Gesicht. Noch bevor der letzte Schuss fiel, trat er aufs Gas.

Kaum machte er das, wurden beide Türen der Ladefläche aufgerissen und die Hadids, bewaffnet mit Maschinengewehren, begannen auf alles zu schießen, was ein Gewehr trug. Jeder einzelne Verbrecher rannte in Deckung.

Harvath schlug das Lenkrad hart nach links ein und verfolgte sie. Es war ein absolutes Blutbad. In weniger als zwei Minuten mähten sie über 14 Männer nieder.

Als Harvath den Lieferwagen unter der Betonüberdachung wieder zum Stehen brachte, konnte er hören, wie heiße Messinghülsen auf den Boden schlugen, die die Hadids aus dem Laderaum kickten.

Er wollte gerade alle beglückwünschen, da sah er aus einem halb zerstörten Gebäude gut anderthalb Kilometer vom Grenzübergang entfernt sechs Pick-ups mit auf der Ladefläche montierten Maschinengewehren Kaliber 50 auf sie zurasen. »Das ist nicht gut!« Er deutete auf die ankommenden Fahrzeuge.

Williams lächelte. »Raus aus dem Van.«

»Was?«

»Das wirst du dir ansehen wollen«, erwiderte er. »Steig aus.«

Harvath hielt ihn zwar für verrückt, doch er gab nach und sprang hinaus. Williams und die Hadids taten es ihm gleich.

»Was zum Teufel machen wir da?«, fragte Thoman.

»Sieh einfach zu«, sagte Williams.

Sie standen da und sahen zu, aber Harvath bemerkte lediglich, dass die Fahrzeuge immer näher kamen. Sie waren bereits in Schussweite. Tatsächlich, als könnten sie seine Gedanken lesen, begann der Schütze auf der Ladefläche des Führungsfahrzeugs zu schießen.

Harvath, Williams und die Hadids waren gezwungen, in Deckung zu hechten. Teile der Betonüberdachung regneten auf sie herab.

»Was zum Teufel machen wir da?«, wollte Harvath wissen.

»Gleich passiert es. Sieh hin!«, brüllte Williams über die Schießerei hinweg.

Von der jordanischen Seite der Grenze erscholl intensiver, unfassbar lauter Donner. Harvath und sein Team schwenkten die Köpfe in diese Richtung.

Dabei sahen sie, wie sich eines der stark befestigten jordanischen Verkehrstore öffnete und ein schnittiger Cobra-Kampfhubschrauber herausgeflogen kam.

Kaum hatte er die jordanische Seite hinter sich gelassen, da erwachten auch schon seine beiden 7,62 Millimeter Minigun-Pods dröhnend zum Leben und begannen, aus den herannahenden Pick-ups Hackfleisch zu machen. Jubelnd stießen die Hadids ihre geballten Fäuste in die Luft.

Nachdem die ersten beiden Fahrzeuge außer Gefecht waren, begriffen die anderen, dass sie sich in Schwierigkeiten befanden, und versuchten zu wenden, um zurückzufahren. Das war der Zeitpunkt, als die Cobra zu den 70-Millimeter-Raketen wechselte.

Einer nach dem anderen wurden die mit Maschinengewehren bestückten Pick-ups mitsamt ihren Besatzungen ausgeschaltet. Es war Wahnsinn, es mitanzusehen.

Kaum war der Job erledigt, verschwand die Cobra wieder.

Harvath war mehr als beeindruckt. Es war eine absolut überwältigende Machtdemonstration gewesen – ganz nach seinem Geschmack. Die Jordanier waren unglaublich.

Einige Augenblicke lang standen sie nur da, ehe Harvath Williams ansah. »Sagenhaft! Ich hoffe, jemand sagt König Abdullah mal, wie großartig seine Piloten sind.«

Williams lächelte. »Das muss ihm keiner sagen. Genau genommen war das eben Abdullah.«

Während ein jordanisches Team herbeieilte, um ihnen dabei zu helfen, den Schauplatz zu säubern, zückte Harvath sein Handy, um Yusuf anzurufen. Er wartete mit seiner und Qabbanis Familie zehn Kilometer entfernt an der Autobahn.

Der Grenzübergang war sicher. Harvath würde auf der anderen Seite auf ihn warten. Es gab keine bewaffneten Schläger mehr, die ihn am Kontrollpunkt drangsalieren konnten.

74

CAPITOL HILL
WASHINGTON, D. C.

Senator Daniel Wells beugte sich vor und musterte den Mann auf der anderen Seite seines Schreibtisches. »Habe ich gestottert?«, fragte er.

»Nein«, erwiderte der Director of Central Intelligence. »Haben Sie nicht.«

»Habe ich mich einer Fremdsprache bedient?«

Bob McGee verdrehte die Augen. Er hatte genug von diesem arroganten, herablassenden Senator aus Iowa. »Lassen wir den Mist.«

»Wie bitte?«

»Sie haben mich gehört.«

»Ihre Behörde, Direktor McGee, startete nicht einen, nicht zwei, sondern gleich drei Drohnenschläge in Syrien. Während zwei dieser Angriffe angeblich die Social-Media-Ressourcen des IS zerstörten und viele hochrangige IS-Mitglieder, darunter eine Handvoll aus dem Kaukasus, getötet haben sollen, haben Sie auch eine russische Drohne abgeschossen. Darüber hinaus haben Sie Gerät des Verteidigungsministeriums umgeleitet, darunter eine Drohne und zwei Tarnkappenhubschrauber vom Einsatzgebiet im Irak nach Syrien. Wie würden Sie das Handeln Ihrer Behörde beschreiben?«

McGee blickte ihn an. »Ich würde sagen, wir hatten einen verdammt guten Tag.«

»Wie bitte?«, erwiderte der Senator.

»Sie haben mich schon verstanden. Oder habe ich etwa gestottert? Vielleicht spreche ich ja auch eine Fremdsprache.«

Wells wurde augenblicklich wütend. »Das war's. Sie und ich, wir sind fertig miteinander. Seit über einer Woche warte ich auf einen persönlichen Bericht von Ihnen. Jetzt, wo Sie geruhen, in mein Büro zu kommen, führen Sie sich so auf?

Ich habe Sie gewarnt, was passiert, sollten Sie sich dafür entscheiden, ein Klugscheißer zu sein. Sie sind ein beschissener CIA-Direktor. Sie und Ihre Behörde zahlen jetzt den Preis. Sie sind durch. Verstehen Sie mich? Es ist vorbei. Es ist aus mit Ihnen.«

McGee wartete, bis der Kerl mit seinem Geschwafel fertig war. Dann blickte er ihn an. »Jetzt hören Sie *mir* mal zu, Dan.«

Bei dieser Bemerkung stellte Wells prompt die Nackenhaare auf. Er war im Begriff, McGee seinen *Was fällt Ihnen ein? Nennen Sie mich Senator!*-Blick zuzuwerfen, als McGee ihn seinerseits mit seinem Blick durchbohrte.

»Sie und ich, wir sind miteinander fertig, ganz recht«, fuhr der CIA-Direktor fort. »Aber nicht mit mir ist es aus – sondern mit Ihnen.«

»Was zum Teufel reden Sie da?«

McGee tat, als blickte er sich um. »Ich habe Ihre Stabschefin gar nicht gesehen, als ich reinkam.«

»Sie hat sich ein paar Tage freigenommen.«

»Das glauben Sie. Das FBI hat sie vor zwei Tagen im Hay-Adams-Hotel verhaftet.«

Wells konnte es nicht fassen. »Rebecca wurde verhaftet? Weshalb?«

»Das steht morgen in der *Washington Post*. Lilliana Grace ist an der Story dran. Ich glaube, Sie kennen sie.«

Bei dieser Bemerkung ging der Senator direkt in den Verteidigungsmodus. »Ich habe keine Ahnung, wovon Sie reden.«

»Natürlich nicht, Dan.« Wells kochte vor Wut, weil McGee andauernd seinen Vornamen verwendete. »Nicht nur mit Ihrem Vorsitz im Geheimdienstausschuss ist es aus«, fuhr McGee fort, »sondern auch mit Ihrer Hoffnung, für das Weiße Haus zu kandidieren. Ja, es würde mich wundern, wenn Sie noch jemand zum Hundefänger wählen würde, wenn das Ganze hier vorüber ist.«

»Ich habe immer noch keine Ahnung, wovon Sie eigentlich reden.«

Der CIA-Direktor lehnte sich in seinem Stuhl zurück. »Ihre Stabschefin Rebecca Ritter ist eine Spionin, sie spioniert für die Russen.«

Dem Senator fehlten die Worte.

»Ein Durchsuchungsbeschluss wurde nicht nur für Miss Ritters Wohnung ausgestellt, sondern auch für Ihr Büro und Ihre gesamte Kommunikation mit ihr.«

Wells hatte nicht vor, sich kampflos geschlagen zu geben. Er sammelte sich und sagte das Erste, was ihm in den Sinn kam. »Sie vertreten die Central Intelligence Agency. Gemäß der Verfassung sind Sie nicht befugt, irgendwelche Anordnungen oder Befehle zuzustellen.«

McGee lächelte. »Sie haben recht. Dazu bin ich nicht befugt.«

Kaum hatte er das gesagt, klingelte die Gegensprechanlage am Telefon des Senators.

»Senator Wells?«, meldete sich die Sekretärin aus dem Vorzimmer. »Der FBI-Direktor ist hier und möchte Sie sprechen.«

EPILOG

Harvath schenkte zwei Bier in einen Yeti-Tumbler und trat auf seine Terrasse hinaus.

»Was machst du?«, rief Lara von irgendwo drinnen.

»Gewerkschaftliche Kaffeepause«, rief er zurück. »20 Minuten.«

Er schob sich einen Stuhl ans Geländer und setzte sich. Von hier aus konnte er weiter unten den Charles River sehen.

Das war seine einzige Bedingung gewesen – etwas Ruhiges in der Nähe des Wassers.

»Ruhig« – das schloss Boston Harbor von Anfang an aus. Es war eine Gegend zum Ausgehen, allerdings zu viel los für Harvaths Geschmack. Wenn er zu Hause war, wollte er entspannen.

Der Makler war ein Freund von Lara und hatte das perfekte Anwesen für ihn gefunden. Es war schon älter, hatte jedoch Charakter und war gut in Schuss. Es gab zwei Schlafzimmer und einen Dachboden über der Küche.

In dem Moment, in dem Laras Sohn Marco das Dachgeschoss sah, kletterte er gleich die Leiter hinauf und erklärte den Raum zu »seinem«. Das war alles, was Harvath brauchte. An jenem Abend unterschrieb er den Mietvertrag.

Lara hatte angeboten, nach Virginia zu fliegen, um ihm beim Umzug zu helfen. Doch er wusste, wie beschäftigt sie war. Außerdem brauchte er Zeit für sich. Es gab vieles, worüber er nachdenken musste.

Yusuf, Qabbani und ihre Familien waren in der US-Botschaft in Amman vernommen und ihre Fälle bearbeitet worden. Als alles in Ordnung war, wurden sie nach Baltimore geflogen, um ihr neues Leben in den Vereinigten Staaten zu beginnen.

Zwei arabischsprachige Familien aus dem Außenministerium hatten sich freiwillig gemeldet, um sie zu unterstützen, damit sie sich in den Vereinigten Staaten einleben konnten. Yusuf war sofort ins Sidney Kimmel Comprehensive Cancer Center des Johns-Hopkins-Hospitals eingeliefert worden. Seine Prognose war nicht gut.

Sein medizinisches Team war jedoch entschlossen. Und dem ganzen Krankenhaus war stillschweigend klar, dass Yusuf ein wichtiger Mann war, den die Vereinigten Staaten sehr schätzten. Man tat für ihn, was man konnte.

Harvath war von Amman aus allein nach Hause geflogen. Kaum hatten Yusuf und seine Begleiter die Grenze nach Jordanien sicher überquert, hatte Williams übernommen.

Er brachte die Familien in ein Safe House und regelte alles für sie in der Botschaft. Dazwischen verbrachte er Stunden damit, mit den Hadid-Brüdern zu sprechen.

Sie waren nicht seine Agenten, unterstanden nicht seiner Führung, aber es war offensichtlich, dass sie in Syrien nicht ausgelastet waren. Mit etwas zusätzlicher Ausbildung ließe sich viel mehr aus ihnen herausholen.

Nach einigem Hin und Her mit Langley segneten Bob McGee und Lydia Ryan den Vorschlag ab. Williams erhielt grünes Licht, eine neue Einheit für verdeckte Operationen in Syrien aufzustellen. Die Hadids sollten die Speerspitze bilden.

Auf Malta holte Vella weiterhin wertvolle Informationen aus Baseyew, Rafael und Sergun heraus. Das Ausmaß dessen, was Russland und der IS vorhatten, war erschreckend. Als Präsident Porter die Berichte erhielt, wuchsen sowohl seine Wut als auch seine Entschlossenheit ins Unermessliche.

In den Tagen, die auf Harvaths Rückkehr in die Vereinigten Staaten folgten, wurde viel über das Wort *proportional* diskutiert. Es wurde im Weißen Haus, im Außenministerium, bei der CIA und im Pentagon erörtert.

Das andere Wort, das nur im engsten Kreis des Präsidenten zur Sprache kam, war Vergeltung. Es mangelte ihm sicherlich an Raffinesse. Es hatte auch keinen diplomatischen Schliff. Aber es traf die Sache genau. Die USA wollten Rache. Und die sollten sie bekommen.

Innerhalb von 48 Stunden nach seiner Rückkehr wurde Harvath ins Weiße Haus gerufen. Er hatte keine Ahnung, warum, bis er nach unten in den Situation Room geführt wurde.

Er nahm neben dem Präsidenten Platz und sah zu, wie die Operation Full Justice gestartet wurde.

Bomben und Raketen regneten auf die russische Marinestation im syrischen Hafen Tartus sowie auf den nördlich gelegenen Luftwaffenstützpunkt Hmeimim. Die russischen Luftverteidigungssysteme erwiesen sich als völlig nutzlos gegen die Hightech-Waffen der Vereinigten Staaten.

Schiff um Schiff wurde in Tartus zerstört, ebenso fast jedes russische Flugzeug in Hmeimim. Es war der größte militärische Verlust, den eine einzelne Nation seit dem Zweiten Weltkrieg erleiden musste.

Keine halbe Stunde später trat Präsident Porter vors Fernsehen, um sich an die Nation zu wenden und die

Maßnahmen der Vereinigten Staaten zu erklären. Er betonte, dass jeder Versuch Russlands, darauf zu reagieren, noch vernichtendere Folgen haben werde.

Nachdem er ausführlich den Versuch der Russen beschrieben hatte, Amerika in Syrien in einen Krieg mit dem IS zu verwickeln, legte er eine Reihe nicht verhandelbarer Forderungen vor.

Die erste war, dass Russland sich sofort aus der Region zurückzog. Die zweite war, dass die Nahoststaaten unverzüglich eine Konferenz einberufen sollten, um die Bekämpfung des Terrorismus durch eine Reform des Islam zu erörtern.

Ohne nachweisbare Reformen würden die Vereinigten Staaten das Sykes-Picot-Abkommen nicht mehr anerkennen. Die einzige Nation, die die Vereinigten Staaten weiterhin anerkennen wollten, war der Staat Israel.

Es war die einzige Demokratie der Region und ein Beispiel, dem muslimische Nationen folgen könnten. Als Beweis für ihr Engagement für die Sicherheit Israels würden die Vereinigten Staaten ihre Waffenlieferungen an den jüdischen Staat verstärken, einschließlich einiger ihrer fortschrittlichsten und ausgefeiltesten Programme.

Der Präsident rief zur Einheit in den Tagen und Wochen, die vor ihnen lagen, auf und versicherte Amerika und dem Rest der Welt, dass sie, indem sie gegen das Böse zusammenstanden, für sich und ihre Kinder den Frieden sichern würden.

Schließlich beendete er seine Ansprache mit einem Zitat von Edmund Burke: »Wenn die Bösen sich zusammenschließen, müssen die Guten sich vereinen; andernfalls werden sie einer nach dem anderen fallen, ein erbarmungsloses Opfer in einem verachtenswerten Kampf.«

Es war eine der besten Reden, die Porter je gehalten hatte – und sie folgte auf mehrere andere, wie sie eigentlich kein Präsident jemals halten möchte. Das Video von dem Grauen in Anbar, die Ermordung von Secretary Devon, der Selbstmordanschlag im Weißen Haus und jetzt ein massiver Schlag der USA gegen die Russen. All dies zusätzlich zu den Verlusten, die schon so viele erlitten hatten.

Der Präsident betete, dass dies nicht zu einem Krieg mit den Russen führen würde. Er hatte bereits mit Verbündeten auf der ganzen Welt gesprochen, die Verurteilung Moskaus war universell. Die Russen waren vollkommen isoliert. Sollten sie versuchen zurückzuschlagen, wäre dies das Ende ihrer Nation.

Als Harvath vom Weißen Haus nach Hause fuhr, trieben ihn viele der Sorgen und Befürchtungen um, die auch der Präsident hegte. Von den Russen erfolgte zum Glück keine Reaktion. Tatsächlich waren sie zu sehr mit mehreren islamistischen Aufständen zu Hause beschäftigt.

Nicholas hatte die Aufnahmen der Angriffe auf das IS-Treffen manipuliert und mit den Stimmen russischer Piloten und Einsatzleitstellen unterlegt. Es war eine schöne Täuschung und hatte perfekt funktioniert.

Während die CIA noch zu bestimmen versuchte, was sie mit Malevsky und Eichel anstellen sollte, arbeitete McGee mit dem Justizministerium zusammen, um zu entscheiden, wie mit Rebecca Ritter, ihrem russischen Führungsoffizier und Joe Edwards zu verfahren war – die alle in einem Hochsicherheitsgefängnis schmorten.

Ritter kooperierte. Sie gab zu, dass sie einen Pakt mit dem Teufel geschlossen hatte. Die Russen hatten ihr nicht nur ein Vermögen fürs Spionieren bezahlt, sondern ihr auch geboten, was sie mehr als alles andere wollte.

Sie hatten sie davon überzeugt, dass sie Senator Wells ins Weiße Haus bringen könnten und dass ihr von dort aus jede Position offenstehe, die sie wollte. Für Geld und die Aussicht auf Macht hatte sie ihr Land bereitwillig verraten.

Und obwohl McGee mit Ritter und allem anderen genug zu tun hatte, schlug Harvath ihm vor, das Eisen zu schmieden, solange es heiß war, sprich: zu versuchen, Anna Strobl zu rekrutieren. Er hatte nach wie vor das Gefühl, dass sie alles mitbrachte, was man dazu brauchte.

Der ultimative Gewinn für sie wäre natürlich Alexandra Iwanowa. Einmal mehr hatte sie erkennen müssen, wie rücksichtslos und korrupt ihre Regierung war. Vielleicht war sie jetzt reif für die Rekrutierung.

McGee hatte Harvath gesagt, er werde alles in Erwägung ziehen und ihn über alle Entwicklungen auf dem Laufenden halten.

Als Harvath den Wagen vor seinem Haus am Potomac zum Stehen brachte, kam es ihm fremd vor. Wie aus einer anderen Zeit seines Lebens – ein Ort aus der Vergangenheit. In gewisser Weise war es das ja auch. Er war dabei, seine Verbindungen nach D. C. abzubrechen.

Er hatte sich bereits mit Reed Carlton zusammengesetzt und ihm seine Lage erklärt. Er hatte seine Kündigung eingereicht, aber der Alte hatte sich geweigert, sie anzunehmen. »Geh nach Boston«, sagte er zu ihm. »Mal sehen, was passiert.«

Und das war's.

Er packte alles im Haus zusammen – oder zumindest die Dinge, von denen er dachte, dass er sie brauchen würde, um neu anzufangen. Alles andere konnte vorerst zurückbleiben.

Er lud alles in seinen Tahoe und fuhr, einen Wohn-wagen hinter sich herziehend, nach Massachusetts – fast den ganzen Weg dorthin grinsend wie ein Idiot. Einmal in seinem Leben war er glücklich – wirklich glücklich.

Er freute sich nicht nur darüber, wohin er ging und mit wem er zusammen war, sondern auch über das, was vor ihm lag. Er hatte die drei Zutaten des Glücks direkt in seiner Hand, und er wusste es – einen Job, jemanden, den er liebte, und etwas, worauf er sich freuen konnte.

Was auch passierte, er würde niemals auf sein Leben zurückblicken und sich fragen, was hätte sein können, wäre er nur nach Boston gezogen.

»Was ist das?« Lara trat auf die Terrasse und unter-brach seinen Gedankengang.

Sie trug Shorts und ein T-Shirt. Und obwohl sie so leger gekleidet war, war sie unglaublich hinreißend. Prompt dachte er daran, seine Pause von 20 auf mindestens 45 Minuten auszudehnen. Er fragte sich, ob die Nachbarn wohl von ihren Fenstern aus seine Terrasse einsehen konnten.

Lara hatte ihm beim Auspacken geholfen. Nun hielt sie einen Schalldämpfer für eine Pistole in der Hand.

»Das?«, erwiderte Harvath. »Das ist ein Schnapsglas.«

Lara verdrehte die Augen.

»Und das hier?« Sie hielt einen weiteren Schalldämpfer hoch.

»Eine Langhalsvase. Ich wollte eine Blume pflücken und sie dort reinstellen, um dich zu überraschen.«

»Du weißt schon, dass die hier in Boston illegal sind, oder?«

»Gut, dass ich eine Polizistin kenne.« Er lud sie ein, sich zu ihm zu setzen.

Sie stellte die Schalldämpfer ab, ging zu ihm und lehnte sich an den Rand des Geländers.

»Für einen Cop hast du hübsche Beine. Ist dir das klar?«

»Damit ich dich besser fangen kann.«

»Auf keinen Fall. Ich laufe nicht mehr weg. Du hast mich schon gefangen«, erwiderte er und zog sie auf seinen Schoß.

Sie drückte ihre Lippen auf die seinen und küsste ihn – lang, langsam, unglaublich sexy – genau wie bei ihrem letzten Kuss in Budapest, nur besser. Dieser Kuss sagte ihm alles, was er wissen musste.

Es gab keine Frage. Sie waren ein großartiges Paar – klug, leidenschaftlich, und der Funke sprang über. Sie waren füreinander geschaffen und hatten einen Weg gefunden, dass es funktionierte.

Er ließ seine Hand unter ihr T-Shirt gleiten und fuhr damit sanft über ihren Rücken, bis er den Verschluss ihres BHs fand und ihn öffnete.

»Gutes Timing«, flüsterte sie ihm ins Ohr. »Ich habe das Bett gerade frisch bezogen.«

»Lass uns zuerst die Terrasse einweihen.«

Lachend küsste Lara ihn abermals. »Ich bin wirklich froh, dass du hier bist.«

»Ich auch«, erwiderte er. »Ich auch.«

DANKSAGUNG

Es war ein unglaubliches Jahr, und ich möchte mich bei all meinen fantastischen Lesern bedanken. Vielen Dank für eure Unterstützung, all die tollen Chats in den sozialen Medien und dafür, dass ihr so vielen Leuten von meinen Büchern erzählt habt.

Ich möchte mich auch bei all den wunderbaren Buchhändlern auf der ganzen Welt bedanken, die meine Romane führen und ihnen jeden Tag neue Leser erschließen. Ich weiß das mehr zu schätzen, als ich je in Worte fassen kann.

Wieder einmal waren meine sehr guten Freunde Sean F., James Ryan und Rodney Cox außerordentlich hilfreich beim Verfassen dieses Romans. Sie sind drei der begabtesten, mutigsten und patriotischsten Männer, die ich kenne. In allem, was ich tue, werde ich besser, weil ich mich bemühe, die hohen Standards zu erfüllen, die sie sich setzen.

J'ro, Pete Scobell, Jeff Boss, Peter Osyff und Jon Sanchez haben den Vereinigten Staaten mordsmäßig ehrenhaft und mit Auszeichnung gedient. Es ist mir eine Ehre, sie meine Freunde nennen zu dürfen und teilzuhaben an ihrem hart erarbeiteten Wissen. Vielen Dank für alles, was ihr für mich und, wichtiger noch, für unser Land getan habt.

Auf der internationalen Bühne halfen Chad Norberg und Robert O'Brien mit Hintergrundinformationen zu einigen Schlüsselelementen des Romans. Sie sind zwei weitere gute Männer, denen ich für ihre Freundschaft und ihren Dienst an unserer Nation zutiefst verbunden bin. Vielen Dank.

Ich danke all jenen, die stillschweigend zu diesem Roman beigetragen haben, aber darum baten, dass ihre Namen hier nicht aufgelistet werden.

Die Charaktere Lilliana Grace, Helen Cartland und Alan Gottlieb erhielten ihre Namen von großzügigen Spendern, die dazu beitrugen, zwei lohnenswerte Anliegen zu unterstützen, für die ich mich engagiere. Vielen Dank für Ihre Großzügigkeit, ich hoffe, die Charaktere gefallen Ihnen.

Viel von meinem Erfolg verdanke ich den tollen Menschen, mit denen ich zusammenarbeite. Von der großartigen Carolyn Reidy und der unvergleichlichen Louise Burke bis hin zur fantastischen Judith Curr – ohne euch würde ich es nicht hinkriegen. Vielen Dank für alles, was ihr und alle anderen bei Simon & Schuster für mich getan habt.

Man kann unmöglich jedes Jahr Abenteuer um Abenteuer schaffen ohne einen phänomenalen Lektor und Herausgeber. Emily Bestler ist zweifellos die absolut Beste. Vielen Dank, Emily, für dein scharfes Auge, deine großartigen Ideen und vor allem deine beständige Freundschaft. Das bedeutet mir sehr viel.

Wenn es um Presseagenten geht, ist David Brown der Capo di tutti i capi – der Boss der Bosse. Er ist nicht nur großartig in dem, was er tut, sondern auch als Mensch. Danke, David, für alles, was du Tag für Tag für mich tust.

Außerdem möchte ich der herausragenden Cindi Berger und dem gesamten exzellenten Team von PMK-BNC dafür danken, dass sie mich Jahr für Jahr neu beflügeln. Das Wort erstklassig beschreibt nicht annähernd, was ihr tut und wie gut ihr darin seid.

Ich habe eine unglaubliche Familie bei Simon & Schuster und möchte allen bei Emily Bestler Books und Pocket Books meinen Dank aussprechen, darunter meinen guten Freunden Michael Selleck, Gary Urda und John Hardy sowie dem großartigen Colin Shields, Paula Amendolara, Janice Fryer, Seth Russo, Lisa Keim, Irene Lipsky, Lara Jones, Megan Reid, Emily Bamford, Ariele Fredman, dem gesamten Verkaufsteam von Emily Bestler Books/ Pocket Books, Albert Tang und den Emily Bestler Books/ Pocket Books Art Departments, Al Madocs und der Buch-produktionsabteilung von Atria/ Emily Bestler, Chris Lynch, Tom Spain, Sarah Lieberman, Desiree Vecchio, Armand Schultz und der gesamten Audioabteilung von Simon & Schuster.

Als ich davon träumte, Schriftsteller zu werden, stellte ich mir vor, wie es wohl wäre, einen Agenten zu haben. Ich hatte es im Fernsehen und im Kino gesehen. Ein guter Agent ist nicht nur ein Partner im Schreibprozess, sondern auch dein größter Fürsprecher und, wenn man Glück hat, ein noch größerer Freund. All dies und mehr ist meine brillante Agentin Heide Lange von Sanford J. Greenburger Associates. Danke, Heide, dass du alles möglich gemacht hast.

Heides große Hilfe dabei, alles zu ermöglichen, sind die talentierten Stephanie Delman und Samantha Isman. Vielen Dank, Ladys, für alles, was ihr und alle anderen bei SJGA für mich tut. Meine Anerkennung für euch alle kennt keine Grenzen.

Auch wenn ich mich tausendfach bedankte, wäre es immer noch nicht genug, um Yvonne Ralsky wissen zu lassen, wie viel sie mir bedeutet. Gerade wenn ich denke, es kann eigentlich nicht mehr besser werden, hebt sie alles auf eine völlig neue Ebene. Es war eine große Freude, mit dir zusammenzuarbeiten, YBR, und ich freue mich auf viele, viele weitere Jahre! Vielen Dank für alles, was du getan hast.

Dieser Roman ist einem der mir teuersten Menschen der Welt gewidmet: Scott Schwimer. Scottie unterstützt mich von Anfang an. Er begann als mein Medienanwalt und wurde zu einem meiner besten Freunde. Noch nie bin ich einem anständigeren, talentierteren, intelligenteren oder engagierteren Menschen begegnet. Er ist einzigartig, ich bin jeden Tag froh, dass es ihn gibt. Danke, Scottie.

Das Beste hebe ich mir für den Schluss auf – meine wundervolle Familie. Während ich dies hier schreibe, sind sie alle unten und hoffen, dass ich das Buch endlich abschließe, damit wir feiern können. Tag für Tag, bis spät in die Nacht und am Wochenende haben meine Frau Trish und unsere Kinder mir den Rücken freigehalten, damit ich schreiben kann. Sie haben mir das Essen an den Schreibtisch gebracht, Mitteilungen in den Schnee vor meinem Fenster geschrieben und mich bei allem, was sie tun, nur daran erinnert, wie sehr sie mich lieben. Ein Danke scheint kaum auszureichen. Ich liebe euch alle sehr, und wisst ihr was? Es ist Zeit, zu feiern!

Wenn ihr noch nicht auf der Seite BradThor.com wart, schaut doch bitte vorbei – und abonniert meinen flotten, unterhaltsamen, kostenlosen Newsletter. Ich erstelle das ganze Jahr über ständig neuen Content und vergebe einige sehr coole Preise. Es ist eine weitere Art, auf die ich mich für all eure Unterstützung bedanken möchte.

Nun haben wir das Ende von Foreign Agent erreicht. Ich hoffe, das Lesen hat euch ebenso viel Spaß gemacht wie mir das Schreiben. Es gibt jetzt eine besondere Verbindung zwischen uns, und ich freue mich darauf, für euch im Lauf der Jahre noch viele weitere großartige Bücher herauszubringen.

Nochmals vielen Dank, dass ihr den großartigsten Beruf der Welt möglich macht.

– Brad Thor

BRAD THOR (1969 in Chicago geboren) ist einer der erfolgreichsten Autoren der USA. Dort erreichen seine Thriller regelmäßig Platz 1 der Bestsellerlisten.

Nach Abschluss der Universität, wo er unter T. C. Boyle einen Kurs in ›creative writing‹ belegte, arbeitete Brad als Produzent und Autor fürs Fernsehen, später auch als Moderator der erfolgreichen Reisesendung *Traveling Lite*.

Seine Karriere als Schriftsteller begann mit *The Lions of Lucerne,* der erste Roman über den ehemaligen Navy-SEAL und Geheimagenten Scot Harvath. Inzwischen ist er der Held in mehr als 20 Bänden.

Infos, Leseproben & eBooks:
www.Festa-Verlag.de

Die SCOT HARVATH-Serie

BRAD THOR
Die Löwen von Luzern

BRAD THOR
DER PFAD DES MÖRDERS

BRAD THOR
Verschwörung gegen die Nation

BRAD THOR
DER VERRÄTER

Nelson DeMille:
»Scot Harvath ist der perfekte amerikanische Held.«

Dan Brown:
»Brad Thor ist so brisant wie die Schlagzeilen von morgen!«

Die GRAY MAN-Serie

Die Abenteuer des Gray Man werden unter der Regie von Joe und Anthony Russo *(Avengers: Endgame)* für Netflix verfilmt. In den Hauptrollen Ryan Gosling und Chris Evans.

Die BOB LEE SWAGGER-Thriller

Rocky Mountain News: »Der beste lebende Autor knallharter Thriller.«

Stephen King: »Ich liebe die Romane von Stephen Hunter.«

Zuletzt erschienen in der Reihe FESTA ACTION:

Wenn Lesen zur Mutprobe wird ...
www.Festa-Verlag.de

Festa: If you don't mind sex and violence and lots of action

Niemand veröffentlicht härtere Thriller als Festa. Werke, die keine Chance haben, in großen Verlagen veröffentlicht zu werden, weil sie zu gewagt sind, zu neuartig, zu extrem.

Statt der üblichen Matt- oder Glanzfolie haben die Bücher von Festa eine raue, lederartige Kaschierung. Sie symbolisiert die Härte und sexuelle Gewagtheit unseres Programms. Diese »Bücher im Ledermantel« sind auch sehr widerstandsfähig – die Bücher wirken nach dem Lesen noch wie neu.

Unsere erfolgreichsten Buchreihen:

HORROR & THRILLER – Moderne Meister des Genres

FESTA ACTION – Blockbuster zum Lesen

MUST READ – Große Erzähler. Muss man gelesen haben

FESTA EXTREM – Wenn Lesen zur Mutprobe wird …

Wegen der brutalen und pornografischen Inhalte erscheinen die Titel ohne ISBN und werden nur ab 18 Jahre verkauft. Sie können nur direkt beim Verlag bestellt werden.

Festa steht beim Thema harte Spannung für viele Jahre bewährte Qualität. Darauf geben wir sogar eine Zufriedenheitsgarantie. Dieser Service ist für einen Buchverlag einzigartig.

Warum tun wir das?

Frank Festa: »Wir wollen, dass die Leser unsere Bücher lieben. Das geht nur mit Qualität. Und als Spezialist für Horror und Thriller aus Amerika können wir in dem Bereich diese Qualität garantieren – so einfach ist das.«